BIBLIOTHÈQUE DES OLIVETTES
2, rue des Olivettes
44000 NANTES
Tél. 02 40 20 39 29

W0323153

OLIVIER DUTAILLIS

LA PENSIONNAIRE DU BOURREAU

roman

ALBIN MICHEL

© Éditions Albin Michel, 2014

À Jean-Pierre Tison

« Mourir tout à l'heure ? Volontiers.
Mais je veux aimer encore. »

Vergniaud, député de la Gironde.

« Le repos et la liberté me paraissent incompatibles ; il faut opter. »

Rousseau, *Les Confessions*.

I.

Cahier blanc cassé

1.

À l'époque où je l'ai connu, les affaires du bourreau ne marchaient pas fort. La famille Sanson qui était dans le métier depuis de nombreuses générations avait connu des temps meilleurs. Le règne de Louis XVI était laxiste, tolérant. La répression n'était plus ce qu'elle avait été. La faute aux philosophes et à l'opinion publique qu'ils avaient fécondée, disait-il. Le roi lui-même avait un tempérament doux, peu porté aux châtiments. Et c'était la famille Sanson qui en faisait les frais. On ne flétrissait plus guère. Les fers, marqués du V des voleurs et de la fleur de lys des prostituées, étaient dévorés par la rouille. On rouait rarement. À tel point que le public en perdait le goût. Quelques mois à peine avant mon arrivée, papa Sanson avait même failli se faire lyncher par la foule quand il avait monté sa roue à Versailles. On avait dû suspendre l'exécution et le faire évacuer par les gardes suisses. Le pilori n'était plus à la mode. Il y avait bien une petite pendaison de temps en temps. Un peu de flagellation aussi. Mais ça n'allait pas chercher loin. Trente coups de fouet par-ci, cinquante coups de verges par-là. Une misère ! Depuis combien de printemps Sanson n'avait pas entraîné Marie-Anne au bord de l'eau pour cueillir les verges fraîches d'un jeune saule, comme celles dont il avait fustigé la si jolie comtesse de La Motte ?... Son activité devenait si calme que d'une fois sur l'autre, quand il montait son gibet, il ne retrouvait plus les boulons ! Il n'avait pas décapité de noble à l'épée depuis des années... Quant au temps glorieux où l'on ébouillantait les faux-monnayeurs en leur travaillant le cuir comme de la peau de porc, où l'on guérissait du blasphème en arrachant la langue, où l'on prévenait les évasions en amputant une jambe, ou plus subtilement en faisant sauter quelques orteils, où l'on fendait les oreilles en guise d'avertissement... tout cela n'était qu'un lointain souvenir. Les pinces et les tenailles adéquates gisaient dans des caisses colonisées par les toiles d'araignée. Le bourreau ne les avait pas jetées cependant, animé par le vague espoir que des temps meilleurs reviendraient. Sur le mur de sa grange, papa Sanson avait gardé – car il était porté à la nostalgie – la liste des tarifs en vigueur du temps de son grand-père. Une carte avec pas moins de cinquante spécialités ! Et des tarifs qui doublaient quand on portait les quartiers de viande humaine, présentés bien comme il faut, en divers points éminents de la ville !

En ce printemps 1789, le bourreau vivait donc chichement. Car ce ne sont pas les quelques ouvertures de cadavres auxquelles il procédait dans la basse geôle du Châtelet qui suffisaient à nourrir les solides appétits de sa maisonnée.

Il était donc obligé d'avoir des activités annexes. Il avait une petite échoppe, faubourg Poissonnière, où il exerçait ses talents de guérisseur. Plus proche des rebouteux que de la faculté de médecine, certes. Mais il s'était constitué une clientèle fidèle. Des braves gens qui estimaient qu'à force de fréquenter la mort il avait bien dû apprendre quelques secrets sur la vie.

Sanson avait l'avantage de disposer de potions, tisanes, onguents qu'on ne trouvait chez aucun de ses concurrents. Sa graisse de pendu était particulièrement renommée. Un produit rare car on ne pendait plus guère et le gibier de potence est souvent maigre. Mais il en avait toujours quelques pots pour ses meilleurs clients. Elle était, disait-on, très efficace contre les rhumatismes. Surtout quand Sanson vous l'appliquait lui-même en vigoureuses frictions.

Son autre source de revenus, c'était la location de chambres. C'est ainsi que, malgré moi, j'ai débarqué chez le bourreau, un jour d'avril 1789.

2.

J'avais dix-neuf ans quand je suis montée à Paris. On était à la veille de la Révolution française. Et si quelqu'un était persuadé que l'ordre ancien ne changerait jamais, c'était bien moi. J'étais convaincue que tout se jouait dès la naissance et que si l'on n'était pas né du bon côté de la barrière, ce qui était hélas mon cas, il n'y avait aucun espoir d'amélioration.

Des circonstances sur lesquelles je reviendrai plus tard m'avaient poussée à quitter précipitamment mon village sans même dire au revoir à mes parents. C'était la première fois que je voyageais. J'avais peu d'argent et un bagage si réduit que j'en paraissais suspecte.

Il fallait alors quatre jours pour se rendre par la malle-poste de Nantes à Paris. Par souci d'économie, j'avais pris la place la moins chère, à côté du cocher. J'étais tiraillée par l'angoisse d'être rattrapée. Je ne cessais de me retourner, dans la crainte de voir surgir derrière moi des cavaliers au galop. Mais cette inquiétude ne dura guère. Et je me laissai bientôt gagner par une douce jubilation. La diligence filait allègrement ses deux lieues à l'heure en tenant le haut du pavé, au beau milieu de la route sur la partie empierrée, tandis que les carrioles des paysans s'embourbaient sur les bas-côtés. Nous croisions les postillons, dans leurs habits rutilants, chaussés de bottes de sept lieues, qui ramenaient les chevaux fourbus aux relais précédents. Et ils me saluaient comme une princesse, tandis que dans les champs les petites vachères raccompagnaient leurs troupeaux comme je le faisais moi-même, il n'y a pas si longtemps. J'étais bien contente d'être à ma place.

On sortait de l'hiver le plus rude que j'aie jamais connu. Il avait tant neigé, cette année-là, que pendant deux mois on n'avait pas vu la terre. Le sol était devenu trop dur pour qu'on enterre les morts. Le vin de messe gelait dans les burettes du père Frédéric. Hébété par le froid, le gibier se laissait parfois approcher si près qu'on aurait presque pu l'attraper à mains nues, comme les truites dans la rivière gelée.

C'était un bonheur de respirer l'air chargé de mille senteurs retrouvées, le visage fouetté par le vent, dans les soubresauts de la diligence. Les pommiers et les cerisiers croulaient sous les fleurs. Les coquelicots et les aubépines constellaient le bord de la route. Le printemps éclatait dans toute sa splendeur.

Je rêvassais à côté de mon cocher quand, peu avant Angers, un violent orage me réveilla brutalement. En quelques instants, je fus trempée. Au relais suivant, des voyageurs descendirent et le cocher eut pitié de moi. Il me laissa occuper une place vacante, au sec, dans la berline.

On s'apprêtait à repartir. Le palefrenier finissait d'atteler le deuxième cheval. Le cocher calait les sacs de courrier que lui avait remis le valet de poste ou négociait son pourboire avec les villageois qui lui confiaient un colis ou une volaille à remettre à quelque parent au relais suivant. On allait partir quand je l'ai vu arriver en courant. Il est monté de justesse en extirpant son billet des Messageries royales et il s'est assis en face de moi. Il avait une trentaine d'années. Nous étions aussi trempés l'un que l'autre. Il extirpa de son manteau un grand registre et il parut très soulagé qu'il n'eût pas été endommagé par la pluie.

Il multiplia les tentatives pour engager la conversation. Mais j'étais sauvage, je n'avais aucune envie de me livrer. Cela ne le dérangea pas outre mesure et à défaut de m'avoir pour interlocutrice, il discourut tout seul. Il s'appelait Benjamin. Il était si passionné par sa mission qu'il aurait pu en parler sans s'arrêter pendant les quatre jours du voyage. Il était avocat, venait d'être élu député et partait pour Versailles aux états généraux. Posé sur ses genoux, le précieux registre dont il ne se séparait jamais, même lors des étapes, était le cahier de doléances de sa circonscription.

– Tout ce qu'il faut changer pour améliorer la société. Peut-être avez-vous déjà inscrit vos doléances, mademoiselle… Sinon, il n'est pas trop tard !

Des récriminations, j'en avais, mais bien trop intimes pour les lui confier.

Les impôts étaient, sans surprise, le premier motif de mécontentement du peuple qui croulait sous les corvées, les tailles, la dîme, la gabelle…

Ce qui faisait la saveur de ces cahiers, c'était la diversité des voix qui s'élevaient pour dénoncer les abus et que Benjamin prenait plaisir à imiter.

Qu'on supprime l'impôt sur le sel qui nous prive de soupe, unique soutien de nos bras !

Qu'on cesse d'opprimer les fumeurs, les priseurs et les chiqueurs en imposant aussi lourdement le tabac !

Qu'avant d'embellir leurs châteaux, les seigneurs commencent par entretenir les routes !

Qu'avec nos impôts, les couvents n'oublient plus de faire la charité !

Il y avait aussi des propositions plus radicales : qu'on supprime les receveurs fiscaux et les huissiers !

Beaucoup de récriminations portaient sur la justice.

Qu'il soit permis aux miséreux d'avoir un défenseur !

Que la justice soit rendue gratuitement dans tout le royaume !

Qu'on supprime les tribunaux d'exception ! (Et les lettres de cachet qui envoient tant d'innocents croupir en prison !)

Il y était question de l'éducation et de la précarité face à la maladie, à la misère, à la vieillesse… On sentait poindre une forte aspiration à croire en une vie meilleure, au moins pour ses enfants.

Que les membres du tiers état puissent accéder aux grades militaires et pas seulement les nobles !

Qu'au lieu de nous écraser de frais on puisse acquérir des pâturages pour nos bestiaux, des prés pour nos cultures, des bois pour se chauffer et des vignes pour se désaltérer !

Que les seigneurs se donnent au moins la peine de chasser pour ne pas laisser pulluler les lièvres et les sangliers si nuisibles à nos récoltes !

Qu'on se fasse plus traiter de paresseux par ceux qu'ont le moyen de s'exempter du travail !

Certains voyaient plus loin.

Que les barrières, sources de taxes supplémentaires, soient repoussées aux frontières !

Qu'il n'y ait dans tout le royaume qu'un poids et une mesure pour tous !

Dans ces archives du mécontentement populaire, il était aussi question des étrangers. De la sécurité. Des bonnes mœurs.

Qu'on enferme les traînards et les sans-aveu !

Qu'on interdise une bonne fois pour toutes le vagabondage !

Qu'on empêche l'étranger d'enlever les productions de notre sol !

Qu'on ne lui vende nos grains que si le royaume est suffisamment approvisionné !

Qu'on n'achète aucun produit qu'on peut manufacturer chez nous, sinon autant casser les bras à nos ouvriers !

Qu'on lutte contre le libertinage et la débauche qui provoquent du dérangement dans nos ménages et nos paroisses ! (J'aurais rappelé ce point à Benjamin s'il avait tenté de se montrer plus audacieux avec moi.)

Bref, qu'on nous redonne le rang d'hommes dont nous avons été déchus ! Et que les sangsues n'aient plus la liberté de nous nuire ! Telle était la mission ambitieuse dont il était investi. Tel était son mandat.

– Voilà pourquoi je me rends à Versailles !

– Eh bien, vous auriez mieux fait de rester à Nantes ! n'ai-je pu m'empêcher de lui répondre avec mon optimisme habituel.

Mais il en fallait plus pour le décourager. Dans ma paroisse aussi des registres avaient été ouverts et les doléances animaient les conversations. Leur satisfaction me paraissait totalement irréaliste. À l'époque, d'ailleurs, tout me semblait insignifiant à côté de mes propres blessures.

Dans le même courrier que nous, voyageait un prélat fraîchement élu, lui aussi.

– Vous n'avez même pas de cahier de doléances ! remarqua Benjamin. Évidemment, le haut clergé et la noblesse ne veulent rien changer à la situation actuelle !

– Mais si, j'en ai un ! sourit l'ecclésiastique en extirpant de sa soutane un carnet minuscule. C'est que nous sommes plus modestes que vous, mon fils. La nature du progrès n'est-elle pas d'être progressif ? Des changements, oui, mais en douceur. Pas de secousses ! Surtout pas de secousses !

Une dame assez forte complétait notre équipage. À l'étape

du premier soir, je partageai sa chambre par mesure d'économie. La vieille puait le fromage aigre et ronflait comme un sonneur. Je ne fermai pas l'œil de la nuit. Mais peu m'importait, j'étais jeune ! Ces quelques désagréments ne m'empêchaient pas d'apprécier le voyage. Je n'étais jamais sortie de mon pays. Je m'étonnais de tout. Même des joueurs de vielle qui nous accueillaient aux relais de poste. Même des enfants qui voulaient me vendre des friandises quand je faisais quelques pas pour me dégourdir, le dos fourbu par la turgotine. Même de la soupe du soir sur les grandes tables d'hôtes. Le seul luxe que je me permettais car la nourriture y était onéreuse.

Pendant tout le voyage, Benjamin continua à me faire les yeux doux. Et il avait un certain mérite à persévérer car je n'étais guère encourageante. Je restais très distante, l'observant à la dérobée quand il s'assoupissait ou quand il débattait avec le prélat. Il avait un enthousiasme juvénile, des yeux rieurs, la chevelure bouclée d'un agneau de l'année.

Le dernier jour, nos deux députés descendirent à Versailles. Benjamin s'inquiéta de mon sort.

– Savez-vous où vous logerez à Paris ?

– Pas encore.

– Vous y avez des parents ? Des connaissances ?

– Personne.

– Avez-vous une place ? Un travail ? Des recommandations ?

– Non plus.

Il me dit alors qu'un de ses cousins tenait un café au Palais-Royal, le *Café français*. Un certain Morel.

– Il est vendéen comme vous et moi. Allez le trouver de ma part. Peut-être pourra-t-il vous aider…

Il me salua et après un dernier signe de la main, partit d'un pas léger, impatient de courir à son destin.

À Paris, la diligence s'arrête dans la cour des Messageries royales, rue Notre-Dame-des-Victoires. Il y a des voitures à cheval qui viennent de la France entière. Et même de Milan, de Genève, de Liège… Cela grouille de voyageurs et de badauds. Des valets extirpent les malles de la paille où elles sont calées, à l'arrière des berlines. Les portefaix viennent offrir leurs services aux arrivants. Je n'ai guère besoin d'eux avec ma maigre sacoche pour seul bagage. Je m'informe où se trouve le Palais-Royal. J'apprends qu'il est tout près. Je m'y rends sans délai.

On franchit un porche et c'est l'éblouissement. Une ville dans la ville. La quintessence de Paris. Toutes ces boutiques sous les colonnades ! Tous ces cafés… Sous les arcades récemment bâties pour le compte du duc d'Orléans, tant d'attractions, un tel foisonnement de vie. Les élégantes. La verdure. Les montreurs d'animaux. Et le cirque avec son jardin suspendu…

Je me dirige aussitôt vers le *Café français*. Sa terrasse s'étend sous les arcades et descend dans le jardin. J'ose à peine y entrer. Je me sens si peu à mon avantage dans ma tenue campagnarde défraîchie. Et l'établissement me paraît si luxueux sous les lueurs de ses quinquets, avec ses carrelages en mosaïque, ses banquettes de velours rouge et ses guéridons de marbre.

Je demande M. Morel. On m'indique un homme encore jeune au visage volontaire qui trône derrière un comptoir de bois. Il m'observe tel un maquignon habitué à évaluer les bêtes sur pied. Et quand je me recommande de son cousin, il me demande crûment si je suis sa maîtresse. Je m'en défends maladroitement. Mes joues doivent être cramoisies. Je bous intérieurement, je n'ai pas fui jusqu'ici pour subir un malotru pareil. Mais je ne tiendrai pas longtemps avec mes maigres économies et les quelques écus que le père Frédéric y a ajoutés. Je ne peux pas me permettre de le négliger.

– As-tu déjà travaillé dans un café ?

– Non, mais j'ai travaillé sept ans au service d'un vicomte.

– Tient-il un café, ton vicomte ? Un relais ? Une gargote, au moins ?

– Rien de tout cela !

– Alors je n'ai pas besoin de toi.

Et il se remet dans ses comptes. J'insiste. Je lui dis que je suis de son pays, vendéenne comme lui, et que j'apprends vite. Cela ne sert qu'à l'énerver.

– J'ai besoin de personne, je te dis ! Tu me fais perdre mon temps !

Derrière, une souillon nettoie le carrelage. Elle me regarde d'un air moqueur, comme si son sort était plus enviable que le mien.

Humiliée, je me dirige vers la sortie quand un homme m'interpelle. Son visage est difforme. Un côté de sa mâchoire est protubérant, ce qui altère son élocution. Mais il a un regard intense.

– Tenez, mademoiselle ! dit-il en déchirant une feuille d'un carnet qu'il me tend.

Il a croqué mon visage à mon insu. Et bien que je n'y connaisse rien, je suis stupéfaite par la qualité de son dessin. En quelques traits, c'est moi. Et même, c'est moi telle que je voudrais être.

Je le remercie et commence à m'éloigner mais, arrivée à la porte, poussée par quel instinct de survie, je me retourne :

– Je cherche du travail. Vous n'avez pas besoin de modèle ?

– Il m'arrive d'en engager mais je ne paye pas cher. Deux sous de l'heure…

– C'est parfait !

Il réfléchit en me scrutant pendant quelques instants. Puis il reprend mon dessin et griffonne une adresse au fusain :

– Passe lundi à huit heures à mon atelier. On verra ce qu'on peut faire.

Je me sens beaucoup mieux à présent en retrouvant le grouillement du Palais-Royal. Les clients s'agitent encore autour des boutiques et déjà le public des théâtres commence à affluer. Je comprends l'attraction qu'exerce ce jardin. C'est un creuset. Il y a une tension particulière. Je trouve les regards plus éveillés qu'ailleurs. On dirait que tout peut y arriver. Et encore je ne soupçonne pas la part cachée du quartier. Les complots qui s'y trament. Les libelles qui s'impriment dans l'arrière-salle des librairies. Les cercles de jeu et autres activités que je ne vais pas tarder à découvrir… Malgré la petite victoire que je viens de remporter sur moi-même, l'inquiétude me rattrape. Où vais-je dormir ce soir ?

J'avise un aristocrate d'âge mûr, perruque et bas de soie, qui lit sur un banc. Son âge et la douceur de son visage me rassurent.

– Pardon, monsieur, connaîtriez-vous un logement pas trop cher ?

– Vous arrivez à Paris, mon enfant ?

– Aujourd'hui même.

– Et vous cherchez une maison hospitalière mais bien fréquentée…

– Exactement.

Il réfléchit un instant puis :

– Je connais un endroit très convenable. La propriétaire est de mes amis. Souhaitez-vous que je vous la fasse rencontrer ?

Je souris de gratitude, il m'entraîne vers les arcades. Nous montons un étage et il tire le cordon d'une porte imposante.

L'entrée ne ressemble guère à celle d'une auberge. On dirait plutôt un palais. Mais n'ayant jamais fréquenté d'hôtel avant ces derniers jours, hormis un pauvre gîte, la seule fois où mon père m'a emmenée à la foire, je ne m'en offusque pas.

Une belle femme, élégante, distinguée, nous ouvre. Je suis frappée par l'amabilité de cette aubergiste. On raconte tant de choses sur les Parisiens ! Elle dit qu'en effet, elle aurait peut-être une place pour moi et refuse de parler argent pour l'instant. « On trouvera bien moyen de s'arranger ! » Elle m'invite à me mettre à l'aise, me fait ôter mon manteau et défait elle-même mes cheveux.

Pendant ce temps-là, mon petit marquis ne cesse de grommeler : « Charmante… Absolument charmante ! »

Elle me dit que je dois être bien fatiguée par un si long voyage et, pour me défatiguer, m'invite à prendre un bain chaud et à me changer. Je lui avoue que je suis partie de chez moi sans emporter d'autre robe que celle que je porte. Elle me félicite pour mon absence de coquetterie, si rare chez une jeune personne de mon âge. Elle me prête une jolie robe de soie. Je suis confuse. Elle affirme que j'ai un teint ravissant et qu'elle m'envie. Ah ! l'air de la campagne ! C'est seulement quand elle me demande de sourire pour admirer mes dents qu'un doute me vient…

Une porte s'ouvre alors derrière elle. Une créature dépoitraillée en sort, poursuivie par un jeune homme à moitié dévêtu. Qu'on juge de ma naïveté ! À cet instant seulement, je comprends où je me trouve et ce qu'on attend de moi… Je me sauve en courant.

Le petit marquis me rattrape, haletante, sur le palier.

– Je suis navré ! Je te croyais moins farouche !

J'ai envie de le gifler.

– Tant de filles viennent au Palais-Royal pour y vivre de leurs charmes. J'ai cru que tu voulais faire de même, toi qui n'en manques pas !... Je me suis trompé !

– Vous l'avez fait exprès !

– Mais non ! fait-il, amusé. Tu es honnête et tu cherches un endroit sûr... Je peux t'indiquer l'endroit le plus sûr de Paris. Un fonctionnaire de police qui loue des chambres... Sa réputation est irréprochable !

Il me donne une adresse. Je m'enfuis sans demander mon reste.

La nuit a commencé à tomber tandis que je remonte vers le faubourg Poissonnière. Les maisons sont noires, crasseuses, étroites, les rues malodorantes. Impossible de fouler les pavés sans être souillée. Partout, la misère est présente. Une femme en haillons surgit de nulle part, s'accroche à moi. « J'ai faim ! Donne-moi à manger ! J'ai pas nourri mes gosses depuis hier ! » J'aperçois un petit garçon derrière elle, le visage décavé, les prunelles brûlantes. Je lui jette une poignée de pièces et m'échappe, craignant qu'elle ne me griffe au visage. Une hyène prête à tuer pour nourrir son petit. Ce que je vois est chaotique, menaçant, puant. Et pourtant, j'aime déjà cette ville. Le Palais-Royal en est le cœur mais il y a une vitalité qui pulse jusque dans les moindres artères, les moindres venelles. Ce doit être cela que je suis venue y chercher.

Il fait tout à fait nuit quand j'arrive à l'adresse indiquée. Une large porte cochère, flanquée d'une échoppe à la devanture opaque. Des vitres remplacées par du papier huileux. L'échoppe est faiblement éclairée. Je frappe. Une silhouette massive s'encadre dans la porte. Je m'adresse au colosse :

– On m'a dit que vous aviez des chambres à louer...

Il me scrute. Je précise que c'est seulement pour une location, rien d'autre... Il hausse les épaules et, sans un mot, me fait signe de le suivre. Nous traversons une cour sombre. Nous montons au premier étage d'une petite maison. La chambre me plaît tout de suite. Elle est simple mais très propre. Un grand lit. Une commode avec un broc et une cuvette. Deux grandes fenêtres qui donnent sur la cour. Je m'enquiers du prix.

– Une livre par semaine, payable tous les samedis.

Je craignais que ce fût beaucoup plus cher.

J'acquiesce, il referme la porte.

Je m'étends sur le lit et m'endors aussitôt.

C'est le lendemain que j'ai compris où j'étais tombée. Le chant d'un coq m'a réveillée, suivi par une multitude d'autres oiseaux. Ainsi donc, il y avait des oiseaux à Paris ! La cour est bien plus spacieuse que je ne l'avais imaginé. Elle donne sur plusieurs bâtiments et se prolonge par un véritable jardin. Avec un potager et quelques poules en liberté.

Je descends. Sous mes fenêtres, il y a une écurie et un atelier dont la porte est ouverte. Personne ne me regarde. Je me risque à l'intérieur. L'endroit est impressionnant. Chaînes, fers, sabres, cagoules, tisonniers, fouets. Des bois démontés de sinistre augure. Tout un arsenal gothique qui me fait frissonner…

Soudain, une présence derrière moi. Je me retourne, terrifiée. Un jeune homme au regard placide me fixe. Gabriel.

– Nos bijoux de famille… C'est comme ça que mon père les appelle ! dit-il en désignant du menton le sinistre fatras.

– Qu'en fait-il ?

– Son métier.

– Il n'est pas fonctionnaire de police ?

– Si, mais il a une fonction spéciale… C'est comme qui dirait l'exécuteur des hautes œuvres.

– L'exécuteur ?

– Le bourreau, quoi !

C'est ainsi qu'après m'avoir conduite dans une maison de galanterie, le vieux marquis m'avait expédiée chez Sanson. Mon premier mouvement fut de fuir. Mais je jugeai plus prudent d'attendre de trouver mieux.

Peut-être le marquis avait-il raison et était-ce le meilleur endroit où résider à cette époque… Finalement j'y suis restée cinq ans. Jusqu'à la fin de la Terreur.

3.

Le lundi suivant, je me suis présentée à l'atelier. Et j'ai tout de suite compris que ce peintre, dont le nom ne me disait rien, n'était pas n'importe qui. Comme une douzaine d'autres privilégiés, Jacques Louis David disposait d'un atelier dans le palais du Louvre. Quand j'en poussai la porte, je découvris qu'il n'était pas seul à m'attendre. Une trentaine d'étudiants l'entouraient. On pouvait les répartir en deux catégories : les barbus et les non barbus. Leur nombre déjà m'intimidait...

Le maître m'accueille en m'indiquant un petit paravent où il m'invite à laisser mes affaires.

– Merci mais c'est inutile, elles ne me dérangent pas.

– Si tu préfères te dévêtir sur l'estrade, libre à toi !

Je suis stupéfaite. Dans mon ingénuité, j'étais convaincue qu'il allait se contenter de faire mon portrait, comme au café !

– La peinture ne serait rien sans la beauté de la femme ! Toute sa beauté ! dit-il pour m'encourager.

– Alors les deux sous de l'heure...

– C'est sans tes dessous, oui !

Je comprends à présent pourquoi l'un des barbus s'échine à allumer le poêle à bois alors qu'on est déjà en mai. Jamais je ne me suis dénudée volontairement devant un homme. Trente, c'est beaucoup pour un début… Je sens pourtant qu'à cet instant se joue une partie dont l'enjeu est bien au-delà de ma pudeur. Soit j'ai le courage de surmonter mes appréhensions, soit je capitule. En affrontant l'atelier, j'ai le sentiment d'affronter Paris. Si je me laisse intimider, je n'ai plus qu'à retourner aux Messageries acheter un billet pour Nantes avec le peu d'argent qui me reste et rentrer chez moi, vaincue. Ce serait la pire des humiliations ! Alors me dévêtir, en comparaison…

Je cesse de réfléchir. Je passe derrière le paravent où je délace ma robe et mes bottines, j'ôte ma blouse et mon calicot. Je me drape dans une étoffe posée là et je sors du paravent. Ma vue se brouille. Je suis en larmes. Des étudiants détournent les yeux. Il y a soudain un silence impressionnant.

Avec un air de gravité, le maître s'approche de moi, oriente mon corps pour m'indiquer la pose, desserre mes doigts crispés. Je me décide à lâcher le tissu. Ma respiration se bloque. Je dois rougir de tout mon corps. Le sang bat furieusement dans mes tempes, mais le crissement des fusains finit par s'y substituer.

Par chance, l'atelier donne sur la Seine. Je peux poser mon regard sur les maisons du quai d'en face, ignorant que Voltaire vécut là et, à plus forte raison, que des femmes remarquables y emménageront bientôt, Mme Roland, tête pensante des girondins, ou la jeune et jolie Sophie Condorcet dont l'époux défendra nos droits mieux qu'aucun autre homme. Je regarde passer les bateaux qui ravitaillent Paris avec leurs marchandises que je retrouverai sur l'étal des poissardes des Halles, une fois débarquées sur la grève. Les pièces de vin qui ont remonté les canaux d'Anjou, de Bourgogne ou du Rhin avant d'être mises en perce dans les débits de boissons, bien plus nombreux à Paris que les boulangeries. Ou encore les sacs de grains, trop rares, qui alimenteront les moulins perchés à Montmartre ou sur la Butte-aux-Cailles, là où souffle le vent de la capitale.

Le lendemain, je reviens à l'atelier. Les jours suivants, je persévère. À force de m'observer, tous ces hommes connaissent mon corps mieux que je ne le connais moi-même. Les débutants ont seulement le droit de me dessiner, les plus aguerris peuvent me peindre. Je prends un peu d'assurance. Je relève les yeux. J'en vois qui rougissent à leur tour quand je les fixe. Au bout d'une semaine, je sais que si j'appréhende tout contact physique, je suis capable de soutenir n'importe quel regard, même nue devant trente hommes.

David passe de temps à autre à l'atelier, pendant une heure ou deux. Il corrige les dessins, rectifie un trait, une proportion, ses étudiants semblent l'aimer.

Samedi, il me donne mon salaire avec l'argent des élèves collecté par le massier. Le maître est satisfait. J'ai le droit de revenir la semaine suivante. Je lui avoue que j'ai eu du mal au début.

– C'est justement ce qui était intéressant !

– Ah bon ? Ça vous plu ! fais-je, les nerfs à vif.

– Je ne suis pas un tortionnaire ! sourit-il. Ça a donné des dessins plus forts, c'est tout.

C'est en passant derrière les chevalets que je comprends. Je n'y découvre pas seulement trente visions de mon corps, plus flatteuses que je ne l'aurais imaginé d'ailleurs. Je vois que certains élèves ont capté l'émotion du premier jour. Parfois je me tiens le visage dans les mains. Ou je me cramponne au drapé. Ou je détourne la tête, crispée comme un sarment. Mon évidente détresse fait presque oublier ma nudité.

Ne rien faire est bien plus fatigant qu'on ne l'imaginerait, surtout quand il s'agit de rester immobile pendant des heures. Dans l'atelier de David, le modèle n'a pas le droit de s'appuyer sur des cordes ni sur des coins pour que la pose soit plus naturelle. Mais je tiens bon. David apprécie, il propose même de me recommander à ses confrères. Pourtant au fond de moi, je n'en peux plus de ressasser mes pensées à longueur de séances. Le quai d'en face ne me fait plus rêver.

En sortant du Louvre, je traverse le Palais-Royal pour rentrer faubourg Poissonnière. Un après-midi, je tombe sur Morel devant son café. Il se montre beaucoup plus avenant que la première fois. L'attention que David me porte doit l'intriguer et éveille peut-être même une forme de jalousie.

Il propose de m'engager.

Je le laisse venir… Si c'est pour travailler comme souillon, cela ne m'intéresse pas, lui dis-je.

En commerçant avisé, Morel doit songer qu'il a plus à gagner à me faire travailler en salle, si j'ai attiré l'œil de David. Il accepte donc et me demande combien je gagne. J'exagère la somme, du coup il me propose une rémunération décente.

Ainsi s'achève ma carrière de nu académique.

Le lundi suivant, je débute au *Café français*, sous le regard réprobateur des autres filles, qui n'apprécient guère que j'échappe à la hiérarchie ordinaire : les corvées de plonge, de lessive, de récurage des sols, d'épluchage par lesquelles elles sont passées avant de connaître la consécration du travail en salle.

Lorsque je repense à la jeune personne que j'étais, si exposée, si vulnérable, je suis quand même frappée par ce réflexe de sauvegarde qu'il y avait en moi.

Je n'avais aucune idée de ce que je voulais faire de ma vie mais je savais ce que je refusais, ce en dessous de quoi je ne descendrais jamais. J'avais un sens aigu de ma dignité. Plus jamais je ne me laisserais bafouer, avilir. J'étais extrêmement résolue.

C'est peut-être en cela que, même éloignée des idées de la Révolution, il y avait cependant en moi quelque chose de révolutionnaire.

J'étais d'une nature plus rebelle que les autres filles du café car sans doute plus éduquée. J'ai toujours aimé l'étude, mais le mérite en revient au père Frédéric, le curé de mon village, fils de paysan qui s'était élevé grâce au clergé. Il avait à cœur d'enseigner à son tour aux plus démunis, et tant aux filles qu'aux garçons, à condition qu'on soit assidu pendant les six mois d'hiver que durait l'école, avant de reprendre les travaux des champs. C'est à lui que je dois de parler le français et pas seulement le patois. Il nous a même enseigné un peu de latin. Et m'a donné le goût des livres. Il m'en prêtait quand je gardais les troupeaux ou quand je travaillais au château.

J'ai eu la chance de tomber sur un prêtre exceptionnel.

Ce fut à peu près la seule chance de mon enfance.

Quand la Révolution éclata, je travaillais donc au Palais-Royal, c'est-à-dire au cœur des événements. Et je dois dire – à ma grande honte – que je n'ai rien vu ! Ou plutôt que je n'ai rien compris. J'ai même été d'une imbécillité tout à fait remarquable. Car, quand même, j'étais à quelques mètres de Camille Desmoulins quand il a harangué la foule, depuis la terrasse du *Café de Foy*, le 12 juillet. Je l'ai vu, cet hurluberlu perché sur une table, qui tirait son épée en hurlant : « Aux armes ! » Et tous les agités autour de lui qui arrachaient les feuilles des arbres pour se faire des cocardes et se reconnaître entre bons patriotes, je les ai vus aussi !

Necker était très populaire depuis qu'il avait offert une partie de sa fortune pour lutter contre la famine. Son renvoi, le 11 juillet, créa un climat de panique. On racontait que les Allemands du Champ-de-Mars allaient tirer sur la population et que les premiers boulets tomberaient sur le Palais-Royal. Mais je regardais le ciel et je souriais. Aucun boulet ne tomba, cela renforçait mon scepticisme.

Bien sûr, il y eut la prise de la Bastille ! On ne parlait que de ça. Mais j'y voyais un événement mineur, comme la révolte des ouvriers de la fabrique de papiers peints Réveillon, quelques semaines plus tôt. Elle avait fait des victimes mais j'en retenais surtout ceux qui avaient fini dans la cave en croyant vider des barriques de vin et qui étaient morts en vidant des barriques de colorants.

Les crieurs des gazettes hurlaient leurs titres dans les jardins du Palais-Royal. Les clients du café commentaient les événements à longueur de journée. Et moi, pendant ce temps-là ? Je me disais que les Parisiens, fidèles à leur réputation, s'énervaient pour peu de chose !

La Révolution, c'était d'abord un surcroît de travail. Le café ne désemplissait pas. Cela devenait acrobatique pour tailler son chemin avec les consommations. Et dangereux aussi. Depuis que les Parisiens avaient peur de l'envahisseur, ils ne se déplaçaient plus sans fourches, sans baïonnettes ou sans piques. Ah ! les piques ! Elles avaient fleuri du jour au lendemain comme le chardon. On en avait forgé des milliers en une nuit. On risquait à tout moment de s'éborgner. Et depuis que ce pitre de Desmoulins avait lancé la mode, les clients montaient sur les tables pour un rien. On hurlait les dernières nouvelles, on entonnait des chants patriotiques qui étaient surtout des chansons à boire. J'étais bien placée pour le voir. C'était moi qui nettoyais derrière ! Sans compter que Morel était bien trop lâche pour intervenir. Il tremblait pour ses tables en marbre. Mais il n'aurait rien dit, il m'envoyait en première ligne à sa place pour faire régner la discipline. Bref, il exigeait de moi ce que Louis XVI n'était plus en mesure d'obtenir d'aucun de ses ministres. Ces festivités se terminaient toujours fort tard. Et quand on parvenait à chasser les derniers ivrognes, il fallait encore balayer leurs jonchées de cocardes !

Si je n'avais pas été embauchée au café, Benjamin ne m'aurait sans doute jamais retrouvée. Il est venu le 17 juillet, le jour où le roi a été reçu à l'Hôtel de Ville. Il faisait partie de la délégation de députés qui l'accompagnait.

J'étais en plein service quand des mains se sont abattues sur mes yeux, manquant de faire voler mon plateau. Il était euphorique.

– J'étais sûr de te retrouver ici ! J'en étais sûr !

Plus volubile que jamais, il m'accompagnait pendant que je continuais à faire mon service, ignorant totalement les consommateurs autour de nous, comme si nous étions seuls. C'était la première fois qu'il avait le temps et trouvait l'occasion de venir à Paris depuis que nous nous étions quittés.

– Alors tu le supportes, mon cousin ?

– Je fais avec !

– Tu vois que les choses peuvent changer !

Il me racontait pêle-mêle sa vie à Versailles et sa complicité avec les autres députés du tiers qui, pour beaucoup, étaient jeunes comme lui, pour beaucoup juristes, avec même parmi eux d'anciens camarades de la faculté de droit. Ils avaient vite trouvé un langage commun et une bonne organisation pour faire face aux autres ordres. Et puis, le coup d'éclat du Jeu de paume ! T'en as entendu parler quand même ! T'en as entendu parler ? C'était quelque chose !... Et moi, je me débattais avec les chopes de bière, les verres de marasquin... Tu sais qu'on aurait pu être tous fusillés ou se retrouver aux galères ! On bravait le roi, la loi, l'armée ! On bravait tout le monde ! Mais quand on a juré de ne pas se séparer avant d'avoir doté la France d'une Constitution... tu ne peux pas savoir comme on se sentait forts ! Ou plutôt comme on se sentait unis ! La Fraternité ! C'est à cet instant que j'ai compris ce que ça voulait dire !... Et nos adversaires ont compris que nous étions porteurs d'une force qui nous dépassait ! Ce n'était pas cinq cents députés mais tout le peuple qui se dressait devant eux ! Le vent de la Liberté soufflait ! La Nation était en marche ! Ils auraient pu nous briser. Mais c'est alors qu'il s'est produit un miracle…

J'y crois pas aux miracles ! je lui disais.

L'armée a refusé de tirer sur nous ! C'est ça, le miracle ! Comme elle a refusé de tirer sur le peuple quand il a pris la Bastille ! Les soldats se sont rangés du côté de leurs frères… Il ne peut pas y avoir plus belle révolution !

Benjamin devait retourner le soir même à Versailles. Il m'a arraché la promesse de le revoir, de lui consacrer ma journée de congé quand il reviendrait à Paris.

Je dois avouer que je n'avais guère repensé à lui. Ses propos enflammés ne changeaient en rien mon scepticisme quant aux événements que nous vivions. Ce qui me frappait surtout, c'était la famine qui était toujours là et bien plus cruelle encore ici qu'à la campagne. Les étals des marchandes d'une pauvreté affligeante. Certaines ne vendaient que des choux. Même les carottes ou les patates étaient inabordables. Et autour de leurs étals, on était harcelé par les mendiantes. Je leur coupais un bout de mon chou quand l'une d'elles me serrait le cœur.

En rentrant faubourg Poissonnière, quelques jours plus tard, j'ai vu un garçon mort de ses blessures après la prise de la Bastille. Il était étendu sur le trottoir. Ses camarades avaient posé un chapeau à côté de sa dépouille et demandaient aux passants d'aider sa famille qu'il laissait sans ressources : « Madame… Monsieur… Pour un pauvre diable qui s'est fait tuer pour la Nation ! » J'ai jeté une pièce et je me suis sauvée en détournant la tête pour qu'ils ne me voient pas pleurer. Il était quand même difficile d'échapper tout à fait aux événements.

4.

La Révolution avait beau proclamer que les hommes naissent tous égaux, il faut reconnaître que ce n'était pas un cadeau de naître dans la famille Sanson. Dès le plus jeune âge, les enfants étaient privés de camarades en raison de l'infamie liée au métier de leur père. Cette mise à l'écart était encore plus sensible quelques années plus tôt, quand le bourreau habitait sur son lieu de travail, au-dessus du pilori des Halles. Les affaires marchaient bien à l'époque et il n'y avait guère de jour où les petits Sanson ne voyaient pas de nouveau supplicié quand ils ouvraient leurs fenêtres. Ils les ouvraient rarement d'ailleurs, par crainte des œufs et des tomates pourris jetés sur le malheureux exposé au pilori, qui risquaient de les atteindre en ratant leur cible.

Le bourreau avait une vénération pour Marie-Anne, son épouse, la fille d'un maraîcher de Montmartre, de quelques années plus âgée que lui. Elle lui avait donné deux fils : Henri, l'affreux, et Gabriel, le sensible.

Henri, l'aîné, avait réagi à l'ostracisme familial par la provocation et la surenchère. Il cultivait les plaisanteries morbides et tirait une volupté malsaine de la frayeur qu'il inspirait. Je le fuyais systématiquement. Même son père avait peur de lui. Gabriel, vingt ans, était d'une grande timidité.

Si, au lieu d'avoir eu des fils, Marie-Anne avait donné naissance à des animaux, Henri aurait été un chacal et Gabriel un caméléon. Il n'aspirait qu'à passer inaperçu, se fondre dans la masse. Je n'ai jamais vu un aussi vif désir d'assimilation.

Tandis qu'Henri jouissait d'être craint, Gabriel semblait espérer qu'à force de s'effacer il finirait par être aimé.

Quelques semaines après mon emménagement, je fus invitée pour la première fois à déjeuner chez les Sanson. Henri était absent, heureusement. Mais Gabriel était là et je pus voir à quel point je le troublais. Il fit de gros efforts pour attirer mon attention, multipliant les plaisanteries, et ne tarda pas à se faire rabrouer par son père qui l'humiliait sans s'en rendre compte et exerçait pleinement sur lui l'autorité qu'il avait perdue sur son autre fils.

Après le bénédicité, Mme Sanson servit un plat où je crus voir une farce macabre mais ce n'était pas le cas :

– De la tête de veau, vous aimez ?

J'acquiesçai poliment.

– C'est papa qui l'a raccourci, le veau ?

– Commence pas à faire le mariole, Gabriel !

Un buste de Louis XVI trônait sur la cheminée des Sanson. Chez le bourreau, on était royaliste. Charles-Henri avait même été reçu par le roi en personne, quelques mois plus tôt, en avril. Il avait écrit au souverain pour l'informer que la Couronne ne l'avait pas payé depuis plusieurs années, qu'il était déjà dans une situation dramatique du fait de la réduction de son activité, mais qu'à présent les huissiers le menaçaient. Et il faisait valoir fort habilement que si l'on saisissait ses fers et ses bois, et à plus forte raison sa personne, il ne serait plus en mesure d'exécuter les peines ordonnées par Sa Majesté.

La réponse ne se fit pas attendre. Sanson fut très flatté que le roi lui accorde un entretien en tête-à-tête. Ou plus exactement en tête-à-dos. Car si le souverain reçut le bourreau dans ses petits appartements, il lui tourna le dos et regarda par la fenêtre pendant leur bref entretien, marquant ainsi la distance qui sied entre l'héritier du pilori des Halles et le descendant du Roi-Soleil.

– À quoi ressemble le roi ?

– Sa Majesté a un cou musclé !

– Mon mari est très attentif aux cous. C'est le métier qui veut ça ! précisa Mme Sanson.

Lors de leur face-à-nuque, le souverain impressionna Sanson en se montrant plus habile que lui. Il déplora que les caisses de l'État soient vides, mentionna les prochains états généraux qui devaient permettre de sortir de cette situation. En attendant, il ne pouvait pas, à son grand regret, lui verser d'argent. Mais il signa un sauf-conduit interdisant que l'on saisisse ses biens pour qu'il puisse continuer à remplir son office !

Sanson repartit de Versailles sans un sou mais content. La suite devait montrer les limites d'une telle politique.

– Si ça se trouve, c'est même pas le roi qui t'a reçu ! C'est un valet déguisé ! Un valet à gros cou !

– Ça suffit, Gabriel ! T'es déchaîné ! C'est parce qu'y a une demoiselle qu't'es dans un état pareil ?

Et le pauvre Gabriel se remit à piquer du nez.

Maman Sanson était très pieuse. Elle en faisait profiter toute la maisonnée. Cela ne se limitait pas aux bénédicités avant chaque repas. Une fois par jour au moins, la cloche tintait. On se retrouvait alors, toutes affaires cessantes, pour un moment de prière. Même les valets de potence, Bélisaire et Latuile. J'avais vite compris que ma présence était appréciée. Ce rituel m'intriguait d'ailleurs, il était inhabituel, même pour une fille née dans une région très catholique comme moi.

Je me demandais si, avec ses prières, Anne-Marie voulait blanchir l'âme des bourreaux, comme elle s'était mise à blanchir son linge avec la toute récente eau de Javel que je lui avais fait découvrir en faisant nos lessives dans le jardin. Je l'avais moi-même découverte au restaurant où les filles l'utilisaient pour nettoyer les nappes.

En août, Benjamin m'emmena visiter la Bastille. C'était l'attraction à la mode. Une foule importante s'y pressait. Nous commençâmes par grimper dans l'une des tours d'où l'on avait une belle vue sur Paris.

Benjamin jouait les guides. Plusieurs visiteurs écoutaient ses commentaires. Il adorait parler en public. J'imaginais le plaisir qu'il éprouvait quand il montait à la tribune de l'Assemblée. Je me souviens qu'il nous montra les quartiers entourant la Bastille – le Marais, le faubourg Saint-Antoine, l'Arsenal – en nous disant : « Eh bien, tout cela a failli partir en fumée ! Un tiers de Paris ! Il s'en est fallu de très peu ! »

La Bastille contenait une extraordinaire réserve de poudre. Son gouverneur demanda qu'on assemble cent trente-cinq barils, ce qui en faisait la bombe la plus puissante qu'on ait encore jamais vue ! Lors de l'assaut du 14 juillet, des soldats l'empêchèrent in extremis d'allumer la mèche… Une heure plus tard, la tête du gouverneur était perchée au sommet d'une pique. Et, d'après Sanson, qui examina son corps à la basse geôle du Châtelet, c'était du travail bien fait ; les émeutiers avaient confié la découpe à un boucher du faubourg Saint-Antoine, réputé pour son art, et il s'était appliqué.

Du haut de la tour, on avait aussi un bon point de vue sur la démolition en cours qui se faisait à une vitesse hallucinante. Elle avait commencé une semaine à peine après la prise de la Bastille. Une bonne partie du monument avait déjà disparu sous la cognée des démolisseurs. Par je ne sais quelle accointance, un entrepreneur du faubourg avait obtenu de récupérer toutes les pierres en échange de la démolition. Cela sentait la bonne affaire. Des sculpteurs proposaient déjà des répliques en miniature de la forteresse.

– Prenez la Bastille ! Demandez votre Bastille souvenir, taillée dans les vraies pierres de la Bastille !

Certains murs faisaient dix mètres d'épaisseur. L'entrepreneur, qui devait s'avérer un escroc, allait récupérer assez de pierres pour édifier bon nombre d'immeubles dans Paris et même le pont de la Concorde.

Le clou de la visite, le grand frisson, c'étaient les souterrains avec leurs geôles et leurs cachots où, quelques semaines plus tôt, une lettre de cachet suffisait encore à vous envoyer croupir parmi les rats, la pire prison du royaume devenue une attraction touristique.

Benjamin était léger. Il plaisantait.

– C'est le meilleur endroit de Paris ! Nulle part on n'est aussi bien !

Et c'est vrai qu'il y faisait merveilleusement frais en ce mois d'août caniculaire. Soudain, il s'arrêtait, l'air contrarié.

– T'entends ?

– Quoi donc ?

Il s'amusait à me faire peur en prétendant entendre des gémissements... Avait-on oublié des prisonniers ? Était-ce un emmuré vivant, captif d'une geôle secrète ?... Ou alors les Prussiens, massés dans les souterrains et les galeries dérobées, qui s'apprêtaient à nous assaillir ! Il détalait, se retournait soudain, en profitait pour me serrer contre lui.

Je me souviens que ce jour-là il s'est déclaré pour la première fois. Enfin, il m'a dit que je lui avais manqué, ce qui n'est déjà pas si mal pour un homme. Depuis son arrivée à Versailles, il avait vécu les moments les plus intenses de sa vie. Et son seul regret, disait-il, était de ne pas les avoir partagés avec moi.

– Chaque jour, chaque nuit, j'aurais aimé que tu sois là !

– Chaque nuit surtout ?

– Oui. Surtout la nuit du 4 août !

Nous ne nous étions pas revus depuis le 15 juillet. Entretemps, il y avait eu la Grande Peur dans les campagnes. Et cette séance stupéfiante de la nuit du 4 août dont il avait été le témoin direct, à l'Assemblée. Les plus hauts représentants de la noblesse et du clergé étaient montés à la tribune, les uns après les autres, et dans une surenchère incroyable ils avaient, en quelques heures, renoncé aux privilèges auxquels leurs ordres s'accrochaient depuis des siècles. Il y avait eu la Déclaration des droits de l'homme et du citoyen aussi, qui l'avait à ce point marqué qu'il la connaissait par cœur…

Je me souviens de l'impression de jeunesse qu'il me donnait quand il s'enflammait pour la politique. (Bien qu'il eût dix ans de plus que moi, j'avais souvent le sentiment d'en savoir plus que lui sur la vie.) Je revois ses yeux noisette et ses mèches au vent quand il me montre Paris du haut de la tour, ses mimiques quand il me poursuit dans le souterrain et son air presque désespéré, le dimanche soir, quand la diligence pour Versailles l'emporte comme un collégien.

La Révolution progressait et je ne voyais toujours pas de changement. Les queues devant les boulangeries étaient toujours aussi longues. Et la misère dans la rue, toujours aussi sensible, sinon plus.

C'est en octobre seulement que j'ai perçu un revirement.

J'avais pris l'habitude de trier les restes des cuisines avec la complicité d'un commis. Une ou deux fois par jour, quand Morel avait le dos tourné, j'allais les porter discrètement aux affamés qui rôdaient autour du Palais-Royal. Les vendeuses de la Halle qui me voyaient passer avec mon seau s'indignaient parfois : « Si c'est pas malheureux ! Pire que nourrir des cochons ! » Mais les intéressés ne s'en plaignaient pas. Et c'est tout ce que j'avais à leur offrir.

J'étais de repos ce dimanche-là. En arrivant le lundi matin, le 5 octobre précisément, je trouve un seau avec des restes bien triés que le petit Laflêche m'a mis de côté. Le patron n'est pas encore là, j'en profite pour aller le porter rue des Petits-Carreaux où j'en connais qui ne seront pas mécontents de commencer la journée avec quelque chose dans le ventre.

Et là, je vois arriver un groupe de femmes qui descend du faubourg avec des piques, des fourches, des tisonniers, et même une petite avec un tambour en tête. Elles entraînent toutes les femmes qu'elles trouvent sur leur passage. « Ça ne peut plus durer ! On ne va pas se résigner à mourir de faim ! Toutes à Versailles ! » Des marchandes replient leurs étals pour les suivre. Des mendiantes leur emboîtent le pas. « Elles ont raison ! Toutes à Versailles ! » Je vois arriver un autre groupe qui les rejoint. Encore des femmes ! Je ne sais pas ce qui les a décidées à se mettre en route ce matin-là. Mais, pour la première fois, j'ai envie de me joindre à elles. J'ai envie de tout plaquer pour dire mon indignation. Un sentiment de révolte face à toute cette misère.

Pourtant, au moment de partir, quelque chose me retient.

Je ne suis pas allée à Versailles. Je n'étais pas dans cette foule qui a fait tout le chemin à pied, en entonnant des chants patriotiques. Chaillot, Auteuil, Sèvres, Versailles… Je n'étais pas avec elles quand elles ont été accueillies par l'Assemblée où elles réclamaient leur « petite mère Mirabeau », comme elles disaient. Ni avec la délégation qui a été reçue par le roi quand une petite s'est évanouie en voyant le monarque. Je n'ai pas vu la foule des affamées dévorer un cheval presque cru dont le cavalier était tombé à terre. Je n'ai pas connu le revirement de la foule qui, après avoir conspué la reine, s'est soudain tue quand elle est apparue au balcon au bras de La Fayette, avec ses deux enfants, et s'est même mise à l'applaudir. Je n'étais pas parmi ces femmes triomphantes qui, le lendemain, ont refait le chemin en sens inverse, en ramenant cette fois le boulanger, la boulangère et le petit mitron à Paris ! J'ai entendu cent fois l'histoire, relatée par celles qui en étaient. Moi, je ne pouvais pas me permettre d'abandonner mon nouveau tablier, de planter là Morel pour être au cœur des événements. J'essuyais les verres à marasquin au fond du *Café français,* singulièrement mort pendant ces deux jours-là.

C'était d'ailleurs curieux comme le café donnait le pouls de la ville. Soudain, après une deuxième journée au ralenti, il s'est mis à battre la chamade. On a été submergés. Pour la première fois, j'ai ressenti physiquement la Révolution… Ces femmes que j'avais vu partir si résolues mais que je donnais perdantes ; dans le fond, peut-être était-ce la raison véritable pour laquelle je ne les avais pas suivies. Je ne pouvais toujours pas y croire… Les voir revenir, leurs visages encore plus creusés, ravagées par l'absence de sommeil, l'épuisement de la marche, la pluie, la poussière du chemin, mais transfigurées ! Cela m'a fait un choc. J'ai failli éclater en sanglots. Je me sentais traversée par une incroyable jubilation.

Quand la foule triomphatrice pénétra dans le café, le lendemain soir, une fête s'improvisa, évidente, magnifique. Même Morel, si mesuré, sentit qu'il ne servirait à rien de s'y opposer. Il avait d'ailleurs une sorte de génie du commerce qui le poussait dans le sens du courant, un opportunisme qui l'aidait à être dans le coup. Y avait-il des musiciens ce soir-là ? Sans doute. Des farandoles se formaient spontanément. Et soudain, au milieu de cette foule si nombreuse que je ne savais plus qui servir ni où donner de la tête... Si dense qu'il devenait impossible d'apporter les consommations jusqu'à ceux qui les avaient commandées, distribuant les rafraîchissements au hasard... Soudain, une apparition. Benjamin, hilare. Avec bon nombre de députés, il avait accompagné le cortège. Et maintenant, il était là. Il s'est emparé de ma main et sans écouter mes protestations il m'a entraînée dans la farandole. Je riais, je riais à en avoir mal au ventre et c'était merveilleux. Je me souviens d'avoir trinqué et bu des cerises à l'eau-de-vie avec lui et ses camarades en nous servant à même le bocal. Et comme je lançais un regard inquiet vers Morel : « T'en fais pas ! Avec tout ce monde, il risque pas de te voir ! » Et de rire de plus belle.

C'est cette nuit-là que j'ai fait l'amour avec Benjamin pour la première fois. Si je n'étais plus vierge, ce que j'avais connu avant lui ne pouvait pas s'appeler de l'amour. Je l'ai suivi dans la première auberge où nous avons trouvé une chambre, sans même finir mon service, profitant du chaos ambiant pour m'évaporer, disparaître, changer d'état comme dans une expérience de M. Lavoisier. Car je savais que pour être accessible à l'amour physique, il fallait que je m'oublie. Que je saisisse l'occasion de devenir une autre, dépouillée de mon passé, de cet encombrant cortège de sensations insoutenables, de visions honnies. Alors cette nuit-là, j'ai essayé, j'ai vraiment essayé d'être une jeune femme légère. Une fille de mon âge animée du désir d'être amoureuse. Sans restrictions. Mais mes bonnes intentions n'ont pas suffi. Il s'était produit un événement considérable, le roi de France venait de quitter à jamais Versailles pour vivre près de son peuple. C'était le premier moment d'ivresse collective que je partageais mais ce n'était pas encore assez pour me faire oublier mes démons.

J'étais bien consciente de la peine que je fis à Benjamin, dès la pointe du jour, quand je m'extirpai de ses bras. Alors qu'il me disait qu'il était heureux, je lui répondis que je ne voulais plus le revoir. Ce qui devait arriver était arrivé. Voilà tout. Je souhaitais qu'on en reste là. Je me suis habillée prestement. Benjamin essayait de me retenir, bredouillait qu'il ne comprenait pas. Je me suis sauvée en refusant même de lui dire où j'habitais.

5.

Gabriel Sanson m'attendait dans le jardin quand je suis arrivée, à l'aube.

– J'ai vu que t'étais pas rentrée. J'étais inquiet, avec tous ces événements…

– On a eu un bal, cette nuit au café.

Il m'a tendu un bouquet de fleurs qu'il cachait derrière son dos. Il venait de les cueillir. Mais il les avait tellement triturées qu'elles étaient déjà défraîchies. Elles piquaient du nez comme lui.

– Ça veut dire que j'ai du sentiment pour toi…, ajouta-t-il au cas où je n'aurais pas compris.

Y avait-il, cette nuit-là, une conjonction astrale qui portait à l'amour ? Les événements historiques ont-ils un effet aphrodisiaque ? Soudain, les amoureux sortaient du bois, surgissant de tous côtés comme des lapins au printemps. Étais-je la seule à ne pas être touchée par cette grâce ? À mon expression, Gabriel comprit qu'il était inutile de se faire des illusions. Je crois d'ailleurs qu'il n'en avait aucune.

– J'ai l'habitude, tu sais. Les filles, quand je leur dis que je suis bourreau…

– T'es jeune, change de métier, proposai-je maladroitement.

– Tu connais pas ma famille ! Mon oncle Charlemagne est

bourreau à Provins. Mon cousin Childéric, à Tours. Ma tante a épousé le bourreau de La Rochelle. Mes cousins sont bourreaux à Rennes, à Étampes, à Meaux… C'est comme ça depuis des générations. Tu viens d'où ?

– De Vendée.

– Si tu voulais te rapprocher, je pourrais essayer d'avoir Nantes… Peut-être même La-Roche-sur-Yon… Bourreau de Paris, faut pas rêver, ce sera Henri. Mais on peut trouver une ville agréable. C'est un métier qui gagne pas beaucoup mais ça laisse du temps pour s'occuper de ceux qu'on aime…

Mieux valait mettre clairement les points sur les *i*.

– Écoute, j'ai beaucoup de sympathie pour toi, Gabriel. Mais je ne pourrai jamais t'aimer. Et pas parce que t'es bourreau ! (La perspective d'être bourrelle ne m'enchantait guère quand même.)

– T'as un fiancé, c'est ça ?

– Non et je n'en veux pas !

Devant sa détresse, j'ai fini par lui faire un véritable aveu.

– Je suis incapable d'aimer. C'est comme ça, je ne peux plus !

Benjamin ne tint aucun compte de l'interdiction que je lui avais faite de me revoir. Il me poursuivit de ses assiduités comme si de rien n'était et maintenant que le roi était aux Tuileries, c'était bien plus facile qu'avant. L'Assemblée avait, elle aussi, quitté Versailles pour s'installer à côté, dans la salle du Manège, à dix minutes du Palais-Royal.

Benjamin prit l'habitude de venir travailler au café, ce qui m'exaspérait. J'oubliais délibérément de le servir mais il m'opposait une bonne humeur inaltérable. Il venait corriger un texte de loi entre deux séances. Il y organisait des réunions avec des collègues. Il était toujours là. On commençait à le savoir. Du coup, ses commettants venaient le trouver.

Je me souviens qu'un jour, un acteur du Théâtre-Français, situé à l'entrée du Palais-Royal, a traversé le jardin pour lui apporter une requête, mandaté par ses camarades.

Les comédiens, qui avaient toujours été mis à l'index, voulaient désormais être considérés comme des citoyens à part entière ! Et avoir le droit de vote, eux aussi ! On ne les enterrait même pas dans les cimetières ! La situation n'avait pas évolué depuis l'époque où Voltaire, soixante ans plus tôt, écrivait son ode sur la mort d'Adrienne Lecouvreur, son amie comédienne, son interprète, son amoureuse, morte prématurément et privée de sépulture.

Benjamin promit de lire leur requête devant l'Assemblée. Peut-être même de la confier à Mirabeau qui était alors le meilleur porte-voix, pour lui donner tout l'écho qu'elle méritait. Ensuite, il fut tout content de me faire remarquer :

– C'est ma permanence, tu vois. On sait où me trouver !

À l'époque, il s'intéressait beaucoup aux droits des minorités. La Déclaration des droits de l'homme et du citoyen avait fait naître un formidable espoir. Et toutes les communautés qui avaient souffert s'adressaient à l'Assemblée pour bénéficier des mêmes droits que les autres Français. Chaque catégorie faisait l'objet de débats particuliers. Les juifs, les protestants, les comédiens, les domestiques…

Benjamin refusait de se laisser désarmer par mes rebuffades. Et, bien que je m'en défendisse, sa joie était souvent communicative.

– Je reviens demain. Cela ne te dérange pas ?

– C'est parfait, au contraire ! Demain, je ne travaille pas !

Je m'étais remise à poser pour David. Mais pour lui seul, plus devant un aréopage d'étudiants. Et pour trois sous de l'heure à présent.

– Il te fait poser nue ?

– T'es jaloux ?... Si je dois être nue, on va s'amuser ! Il y a cinq cents députés qui le seront aussi !

David préparait alors son célèbre *Serment du Jeu de paume*, réunissant tous les signataires. Il faisait appel à moi pour des silhouettes de femmes dans le public.

Le lendemain, quand je vins dans l'atelier privé de David, attenant à son domicile, je pus constater qu'il représentait bel et bien tous les députés nus. C'était sa technique. Pour peindre un corps, il avait besoin de tracer ses muscles et ses attributs, avant de l'habiller, d'y faire tomber les vêtements et les plissés précis. Mais pour les séances de pose, les parlementaires et moi-même pouvions rester vêtus. Il nous attribuait des corps de fantaisie.

– Comment allez-vous faire pour tous leurs visages ?

– Chaque député vient poser ou m'envoie son portrait... Ne relève pas la tête !

J'aimais le regard de David quand il me peignait, son regard de fauve qui venait me sonder, par éclipses. Je m'étais habituée à poser devant ses élèves, je n'étais pas insensible au regard de tous ces hommes jeunes qui s'abandonnaient dans le travail. Mais aucun n'avait un regard qui égalât en intensité celui de David.

Il n'en était alors qu'aux esquisses préparatoires de son tableau monumental. Mais certaines célébrités étaient déjà venues poser. Mirabeau, en particulier, qui allait occuper la place centrale.

Charlotte, la femme de David, passait de temps en temps. Au début, cela me paraissait fortuit. Puis j'en suis venue à penser qu'elle n'aimait pas laisser son mari seul avec une jeune modèle. Et qu'il devait y avoir des raisons à cela. D'autres avant moi avaient dû se montrer sensibles au regard de fauve du maître...

– Tu cherches quelque chose, ma douce ?

– Tu n'as pas vu mon châle ?

– Non...

David supportait avec beaucoup de patience ces allées et venues. Rien ne semblait altérer sa concentration. Mais il me dit en souriant, à son insu :

– Ma femme te trouve jolie. Le châle, ça ne trompe pas !

Moi-même je ne me trouvais pas jolie, seulement jeune. Mais pour beaucoup d'hommes, cela semblait suffire.

Je posais donc, baignée dans une belle lumière d'hiver, quand soudain la porte de l'atelier s'ouvre. Et qui je vois entrer du coin de l'œil ? Benjamin ! Je relève la tête.

– La pose ! hurle David.

– Moi aussi, je viens poser ! fait Benjamin, tout content de lui. J'en étais, du Serment !

– Je ne vais pas retarder M. le député ! Je repasserai !

Furieuse, je m'empare de mes affaires et je m'en vais.

J'arrive à la porte. David m'interpelle. Il y a dans sa voix une douceur inattendue. Il me demande de refaire quelques pas, plus lentement, s'approche, m'examine et murmure :

– T'es enceinte...

Sa phrase me transperce. Je soutiens que non.

David ne m'écoute pas. Son opinion est faite :

– La posture que tu prenais tout à l'heure, ton déhanchement... Ta démarche... Les taches qu'on voit à peine sur tes joues plus pleines... J'en ai observé, des femmes enceintes, et pas seulement la mienne...

Prise de panique, je persiste à nier, je ravale mes larmes et je m'enfuis.

Peut-on à ce point nier la réalité ? Il ne fait que confirmer mes craintes ! Depuis des semaines, j'ai bien vu que j'avais du retard. J'ai refusé de l'admettre. Pour la première fois de ma vie, je commence à prendre mon destin en main, serait-ce déjà fini ?… Le sol se dérobe sous moi. Je vais me sentir mal. Je n'ai pas le courage d'affronter la rue. Je vais tomber. Je ne veux pas qu'on me conduise à Bicêtre ou à Saint-Lazare. Je m'accroche à l'escalier. Je parviens à monter quelques marches avant de m'effondrer.

Benjamin sort alors à son tour en hurlant mon nom.

Il file dans la rue sans me voir.

Je ne sais pas comment j'ai réussi à rentrer chez le bourreau. Je me suis écroulée sur mon lit. Dans un état d'abattement profond. C'était la première fois que je sentais mes nerfs lâcher. J'avais déjà affronté des épreuves jusque-là. Mais toujours avec vigueur. Je n'aurais jamais imaginé que mon corps puisse me trahir. Est-ce la grossesse ?… Je sens instinctivement que c'est une affection plus profonde dont aucun accouchement ne pourra me délivrer. Un mal inguérissable. Je n'ai pas encore lu Rousseau. Ce mal de l'âme, qu'il décrit si bien, m'est alors inconnu. Dans mon village, le seul remède contre le mal de vivre, c'est de se jeter dans le puits, comme la veuve Bouchaud. Ce jour-là, je suis prête à en faire autant avec, en guise de pierre, l'enfant au creux de mon ventre. Je bénis le sommeil comme la seule grâce qui me reste.

Je ne songe même pas à aller travailler le lendemain.

Gabriel, qui continue à surveiller obstinément mes allées et venues, me monte de la soupe et du pain. Je lui fais si mauvaise figure qu'il les pose sur la table et s'enfuit, de peur sans doute que sa présence n'aggrave encore mon mal.

Puis, vers le soir, arrive Benjamin. Je me redresse dans la pénombre. Je ne sais même plus quel jour on est. C'est Sanson qui l'introduit. Et on sent qu'il l'a conduit à contrecœur. Il bougonne en remportant le bol auquel je n'ai pas touché et se décide à nous laisser seuls.

C'est drôle de voir comment les hommes disent leur affection. C'est rarement avec les mots qu'on attendrait : Sanson s'inquiète que je ne mange pas, Benjamin plaisante. Mais je devine que la plaisanterie est chez lui une forme de pudeur. Il semble atteint en me voyant. Il a eu du mal à me retrouver. Il est d'abord allé au café où c'est la pagaille avec les révolutionnaires qui s'échauffent la bile pour un rien. En mon absence, Morel a dû faire le service en salle lui-même. Et il a pu vérifier que ce n'était pas simple en ce moment.

– Il était aux prises avec un client chatouilleux ! Il jurait par tous les diables !... J'ai cru qu'il allait se prendre un coup de pique ! J'ai dû le supplier pour qu'il me donne ton adresse ! Tu m'avais caché que t'habitais chez le bourreau...

– Je suis enceinte et je ne veux pas de cet enfant.

– Il est de moi, tu crois ?

– Il ne pourrait être de personne d'autre.

– Et c'est parce qu'il est de moi que tu ne veux pas le garder ?

– Non.

Ma réponse a suffi à le rassurer. Il s'est assis sur le lit.

Je n'en veux pas ! Je suis incapable d'élever un enfant. Je serais même incapable de l'aimer ! Je lui dis que c'est une douleur que je porte en moi ! C'est comme ça et je n'ai aucune envie d'en parler.

Benjamin me demande calmement ce que je compte faire. L'abandonner ? Aller le déposer à l'hospice de Vaugirard, c'est ça ? Il prend alors ma main et il me dit qu'il m'aime et qu'il ne veut pas me perdre. Ni moi ni l'enfant. Et qu'il n'est pas sûr que je veuille le perdre non plus. « Regarde dans quel état cela te met ! »

Je proteste. Il ne me connaît pas ! Il ne sait rien de moi ! Il m'a vue à peine quatre ou cinq fois dans sa vie ! Il serait très malheureux avec moi ! Cela, je le lui dis clairement, honnêtement : il serait très malheureux !

Il a alors un argument qui me déstabilise.

– T'en sais rien. Tu ne croyais pas dans la Révolution non plus. Regarde comme en quelques semaines un monde nouveau est apparu… Je n'ai pas peur de l'avenir avec toi, Manon. Je t'aime… Fais-moi confiance, c'est tout ce que je te demande. Je ne veux plus te quitter…

Il me prend dans ses bras. Je me retrouve désarmée par la consolation très douce qu'il m'apporte. Mes certitudes vacillent. Je n'en reviens pas qu'elles tiennent à si peu de chose. Soudain, j'ai envie d'y croire, moi aussi. Je suis prête à essayer.

II.

Cahier azur

Ainsi, je me suis décidée à écrire mes souvenirs, plus de trente ans après la Révolution.

On m'y a souvent encouragée. J'en entreprends la rédaction sans en parler à personne pour m'épargner le ridicule d'avoir à avouer, le cas échéant, que je me suis arrêtée après les premiers feuillets.

Je tâche d'écrire régulièrement tous les matins en profitant de la lumière du jour avec, pour seule obligation, de ne pas revenir en arrière.

Pour me donner du courage, j'ai acheté un beau vélin, une encre noire, très onctueuse, que je fais épaissir encore en laissant mon encrier ouvert et je forme le projet, quand j'aurai terminé un cahier, de le faire relier dans un joli cuir, d'une teinte chaque fois différente.

Mais revenons à mes débuts à Paris.

6.

Hier, j'étais une petite paysanne, coupée du monde, aujourd'hui, je vis au cœur du Palais-Royal. Hier, j'habitais un royaume que je croyais immuable, aujourd'hui, le roi est gouverné par ses sujets. Hier, je pensais rester à jamais seule, aujourd'hui, il y a auprès de moi un homme qui m'aime et je vais avoir un enfant...

Le changement est si soudain que je me réveille parfois avec le sentiment d'être dans un conte de M. Perrault comme ceux que le père Frédéric nous lisait, avant de nous en dicter un passage. Toute petite déjà, j'en détestais les moralités. On nous racontait une histoire mais c'était pour mieux nous édifier : il y avait un prix à payer. En tout cas, je préférais les fables de M. de La Fontaine que le prêtre nous faisait réciter. Lui, au moins, ne prônait pas la soumission. Ses morales valaient pour tous, les seigneurs comme les miséreux.

Je ne tarde pas à découvrir l'efficacité de Benjamin, cette impatience qui le poussait parfois à commettre des imprudences mais qui était aussi chez lui une qualité d'homme politique. Il ne supportait pas que la réalité résiste à ses convictions.

La nuit où il apprend que je suis enceinte, il insiste pour

rester dormir près de moi. Il s'installe dans mon fauteuil, mais très vite j'ai pitié et je l'invite à me rejoindre dans mon lit.

Au réveil, il va trouver Sanson, lui annonce que nous attendons un enfant et lui propose de louer les deux pièces attenantes à ma chambre qui sont vacantes.

Papa et maman Sanson se concertent. Cela ne les réjouit guère d'héberger un couple vivant dans le péché, surtout Marie-Anne, si pratiquante… Mais les finances ne sont guère brillantes et ils ne sont pas en position de perdre des locataires.

Le jour même, Benjamin revient avec un porteur qui tire une charrette à bras sur laquelle s'entassent ses quelques meubles et ses dossiers. Il installe son cabinet de travail dans l'une des deux pièces, l'autre sera la chambre d'enfant.

Celui qui a le plus de mal à accepter la situation, c'est Gabriel. Je lui ai dit en confidence, il y a quelques semaines, que je ne serais jamais amoureuse de personne. Et me voilà en ménage avec un autre homme et un bébé en cours…

Gabriel graisse ostensiblement ses instruments de torture en dévisageant d'un air menaçant Benjamin qui aide le portefaix à décharger ses affaires.

Sa sourde hostilité est partagée par les autres hommes de la maisonnée : son frère aîné, les valets de potence, Bélisaire et Latuile, et par Sanson lui-même. L'arrivée d'un nouveau mâle sous leur toit, et plus précisément dans mon lit, déplaît fort à ces messieurs.

Parfois nous envisagerons de déménager. Mais nous sommes bien dans la dépendance que nous occupons seuls. Il y a le jardin. Et le loyer reste très raisonnable.

Benjamin aura longtemps des rapports difficiles avec papa Sanson qu'il a eu le malheur d'appeler « bourreau ». C'est un point sur lequel il est très chatouilleux. On peut l'appeler M. l'exécuteur ou M. de Paris ou Sanson ou encore Charles-Henri, comme on veut, mais pas « bourreau » ! Il a d'ailleurs adressé une requête au roi en lui demandant de supprimer purement et simplement le nom de « bourreau » qu'il trouve dégradant. Et le roi a accepté. Selon une ordonnance de 1787, on doit dire désormais « exécuteur des arrêts criminels ». Si Sanson le pouvait, il irait à l'Académie faire rayer le mot du dictionnaire !

Les députés, hélas, n'ont pas la délicatesse de Sa Majesté ! Ils refusent aux soixante « exécuteurs » français d'être des citoyens à part entière, les privant du droit de vote ! Sanson a lu ça dans sa gazette. À la première occasion, il prend à partie Benjamin qui admet que certaines professions font débat. Ainsi, on refuse le droit de vote aux domestiques sous prétexte qu'ils voteraient comme leurs maîtres. Pour tenter de l'amadouer, Benjamin promet de plaider la cause des exécuteurs à l'Assemblée.

Si je pense aux fables de mon enfance, c'est que j'habite tout de même chez un ogre qui, à sa manière, dévore des vies humaines.

L'activité du bourreau est réduite mais bien réelle. Quand je vois ses valets nettoyer le matériel dans la cour, je n'ai aucun doute sur la nature du liquide rouge qui s'écoule.

Les gens du quartier prétendent que le bourreau arrose ses fleurs avec le sang des victimes. Et parfois, je ne peux m'empêcher d'y penser quand je vois éclore ses tulipes d'un rouge profond, ou devant l'éclat particulier de ses roses ou de ses iris presque noirs. Pour autant, jamais je n'ai assisté à l'une de ces mystérieuses séances d'arrosage aux allures de sabbat.

En revanche, je repère les pendaisons. Ces jours-là, Sanson porte sa redingote. Je le vois revenir sur sa charrette, accompagné de ses aides et d'un de ses fils. Gabriel, plus souvent qu'à son tour, comme s'il voulait l'aguerrir.

L'abbé Benoît est, lui aussi, présent sur la carriole, ces jours-là. C'est un petit curé au visage rond. Il a la charge de la paroisse Saint-Laurent, non loin. Mais c'est aussi lui qui accompagne les condamnés pour leur dernier voyage. Il travaille en duo avec Sanson et il est devenu un ami de la famille.

Quand je le vois sur la charrette, je sais qu'une exécution a eu lieu. Il reste toujours déjeuner après. Ils doivent faire un bon gueuleton pour se remettre. Mme Sanson les accueille dans la cour avec des phrases qui me rappellent celles des acteurs du Palais-Royal ou du Théâtre-Français quand ils se retrouvent au café après le spectacle :

– Alors, y avait du monde ?... Ça s'est bien passé ?... Le public était comment ?...

C'est leur représentation. Maman Sanson se réjouit si la place de Grève a été à moitié remplie. C'est déjà beau pour un jour de semaine ! Tandis que Sanson est surtout sensible aux réactions de la foule. On n'a pas eu d'émeute, c'est déjà ça ! Il est resté échaudé par cette exécution de Versailles qui a mal tourné.

Mme Sanson évite de nous présenter au père Benoît quand je traverse la cour avec Benjamin. Surtout maintenant que mon ventre s'arrondit. Notre couple illégitime la met mal à l'aise. Mais un jour, le père Benoît vient vers nous...

– Nos jeunes locataires..., dit Sanson en précisant que Benjamin est député.

Le prêtre lui demande s'il est favorable à la vente des biens du clergé.

– Bien sûr ! répond Benjamin avec insolence.

– Qu'allez-vous faire de nos églises ? Des entrepôts ? Des cabarets ? Des écuries ?

– Quelle horreur ! proteste Mme Sanson.

– On ne touche pas aux églises, ce sont les terres que nous vendons ! précise Benjamin. Un cinquième du territoire français. Leur vente permettra de nourrir le peuple pendant longtemps mais vous refusez de lâcher vos privilèges !

Je découvre qu'il s'emporte facilement. Je suis obligée de le calmer. La question du clergé lui est particulièrement sensible.

Avec Benjamin, je rencontre les ténors de la Révolution. La première chose qui me frappe quand j'y repense, c'est leur jeunesse. Desmoulins n'a pas trente ans, en 1789. Danton non plus, ni Benjamin. Robespierre les a à peine. Le roi d'ailleurs n'est guère plus vieux, trente-cinq ans. La jeunesse et l'amour. Car cette période fébrile a aussi été une grande époque amoureuse, même sous la Terreur, quand la violence quotidienne nous rappelait à tout moment l'urgence de vivre et de s'aimer.

La première fois que Benjamin m'a entraînée à l'Assemblée, un verre patriotique avait été organisé à la buvette. Je ne sais plus pour quelle occasion mais je me souviens que, ce jour-là, j'ai fait la connaissance de Lucile, la future épouse de Camille Desmoulins. Elle avait vingt ans comme moi. Ma grossesse commençait à se voir. Et cette fille, auréolée de ses beaux cheveux tirant sur le blond, avec sa silhouette de liane et ses grands yeux ingénus couleur miel qui se dirige vers moi. Toute en spontanéité, elle me demande si elle peut poser la main sur mon ventre et elle me dit que j'ai de la chance. Elle est amoureuse de Camille mais ses parents à elle refusent encore qu'ils se marient. Ils céderont finalement et nous irons à son mariage qui aura lieu à la fin de l'année, à Saint-Sulpice. Et Robespierre, son ancien camarade de collège à Louis-le-Grand, sera le témoin de Camille.

Il est là, Camille, il nous apporte des verres de vin de Nanterre, tirés au tonneau. Il adore rire. Il joue de son léger bégaiement pour faire des phrases à contretemps, à la chute inattendue. Il a fondé un journal influent, *Les Révolutions de France et de Brabant*. Il congratule Benjamin :

– Un député exemplaire ! Et en plus, on a les deux plus belles femmes de l'Assemblée !

– Sauf qu'on n'est pas encore mariés ! lui rappelle Lucile.

– C'est vrai ! Et que je ne suis pas député non plus ! sourit Camille.

Je ne sais pas si nous sommes les plus gracieuses mais ce qui est sûr, c'est que nous attirons les hommes à femmes de la Constituante. Le vieux Mirabeau vient vers nous avec son visage grêlé et ses manières d'aristocrate que son sourire semble démentir. Il prend ma main qu'il embrasse et ne la lâche pas.

– Quel bonheur de vous voir ici ! Vous vous intéressez à la politique, chère madame ?

– Pas du tout !

– Comme vous avez raison ! Moi non plus, ne le répétez pas ! Il n'y a que deux choses qui m'intéressent dans la vie : les fleurs et les femmes, dit-il en imprimant des petites pressions sur ma main qu'il ne se décide toujours pas à lâcher.

– Méfiez-vous de lui ! C'est un séducteur. Et comme tous les séducteurs, il avance masqué ! fait un colosse à la mine joviale, débraillé, qui vient supplanter Mirabeau, déjà parti vers un autre groupe. On s'est déjà vus, je crois…

– Moi je vous ai vu, lui dis-je. Mais vous n'avez sûrement pas fait attention à moi. Je travaille au *Café français*.

– Mais si ! répond Danton. J'aime beaucoup le *Café français* ! Et je suis particulièrement sensible aux jolies femmes qui y travaillent… J'ai moi-même épousé la fille du patron du *Café des Écoles*, près Saint-Germain-l'Auxerrois !

Danton inspire une sympathie immédiate. Il est chaleureux et il a l'art de vous mettre à l'aise. C'est un orateur génial, il parle sans notes. Il a une grande vivacité sous ses rondeurs affables, il flaire les tendances et en fait la synthèse avec un grand sens de la formule. Je comprends que le peuple l'adore.

Il y en a un autre que je reconnais car il vient parfois travailler au café, lui aussi, et porte toujours la même redingote vert olive.

Danton éclate de rire.

– Maximilien ! hurle-t-il. Viens donc un instant !

Robespierre s'approche, beaucoup plus réservé.

– Faut-il qu'on se cotise pour t'offrir une nouvelle redingote ? lance Danton.

Je suis un peu gênée mais même Maximilien sourit. Ou plutôt ferme ses lèvres sur un sourire pincé.

– Allez ! Trinque avec nous ! dit Danton en lui tendant un verre. À la Nation ! Et à ses futurs enfants ! ajoute-t-il en désignant mon ventre.

Un détail me frappe : Danton boit cul sec, Robespierre repose son verre sans y toucher.

– C'est vrai que vous habitez chez le bourreau ? nous demande Camille.

– Malheureux ! lui répond Benjamin. Ne t'avise surtout pas de l'appeler comme ça ! Il exige qu'on l'appelle *M. l'Exécuteur* !

Cela fait rire Camille : « Amusant ! Je le ressortirai ! »

Quelques semaines plus tard, alors que Benjamin pensait rentrer dans les bonnes grâces de Sanson en lui annonçant que sa démarche avait abouti et que l'Assemblée venait d'accorder la citoyenneté et donc le droit de vote aux exécuteurs, il le trouva maussade et méfiant, son éternelle gazette à la main.

– Vous connaissez un certain Camille Desmoulins ? lui demanda-t-il.

– Bien sûr, c'est un ami ! fit Benjamin.

– Cela ne m'étonne pas !

Il nous tendit l'article : « À l'heure où la noblesse renonce à ses titres, le bourreau de Paris revendique le sien ! Il exige qu'on l'appelle Monsieur l'Exécuteur. Moi, j'appelle un chat un chat et Sanson le bourreau ! »

Papa Sanson – qui pourtant dissociait bien son métier de ses griefs personnels – eut alors ce sombre présage :

– Rira bien qui rira le dernier ! Si un jour ce drôle tombe entre mes mains, ce sera à mon tour de me payer sa tête !

7.

Au café, j'ai gagné la considération du patron. Je sens qu'il apprécie la manière dont je tiens la salle en prévenant les débordements. Surtout depuis qu'il en a fait les frais, en mon absence. Jamais il ne m'adresserait un compliment mais il a dit à Benjamin : « Elle a l'autorité de la Vendéenne ! » Benjamin lui a demandé des éclaircissements. Morel s'est contenté de lui répondre : « C'est ainsi. La Bretonne subit, la Vendéenne commande ! »

Mon travail commence à me fatiguer. Toujours debout à porter des consommations, dix à douze heures par jour, avec mon ventre qui me pèse. Benjamin préférerait que j'arrête de travailler, mais je refuse.

Un soir, Morel me demande de rester plus tard que d'habitude pour un souper dans un cabinet particulier. Les pénuries sont toujours aussi importantes mais la clientèle aisée trouve chez nous tout ce qu'elle veut.

Sur sa carte, Morel change les noms des plats pour s'adapter au nouveau climat politique, avec son opportunisme habituel. La bouchée à la reine est devenue la timbale du citoyen, le turbot en majesté le turbot façon Jeu de paume, les pommes dauphine les patates du sans-culotte, le potage à la fleur de lys le potage patriotique, même les volailles à la broche sont maintenant des volailles à la baïonnette…

Ce soir-là, au moment d'aller servir, je suis surprise par le brusque retour en arrière de Morel.

– Je sers le consommé Bastille ?

– Non, non ! Tu leur diras que c'est du consommé Versailles !

– Ah bon ! Et le homard à la cocarde ?

– Il redevient du homard couronné !

– Alors le soufflé de la Liberté…

– Eh oui ! Pour eux, ce sera un soufflé princesse !… C'est le club Massiac. Ce sont tous des royalistes, là-dedans !

– Des royalistes ?

– Ils payent bien !

Je pousse la porte du cabinet particulier. Une dizaine d'aristocrates sont assis autour de la table. Et soudain, c'est un choc. Je viens de reconnaître l'un d'eux, le vicomte de Valbreuse. Sa présence me porte un tel coup que je lâche la soupière avant même d'atteindre la table. Je m'enfuis, passant devant Morel sans un mot d'explication. J'avance comme une damnée. C'est seulement arrivée chez Sanson que je me sens hors d'atteinte.

Benjamin est déjà rentré, c'est inhabituel. Il est affolé en me voyant à bout de souffle, la jupe tachée, prise de convulsions. Il se montre plein de sollicitude. C'est la première fois que je le vois aussi alarmé. Il a peur, vraiment peur que je perde notre enfant. Cela me fait du bien de le sentir aussi affecté. Je finis par me calmer. Il veut savoir ce qui m'a mise dans un état pareil.

Je lui dis que j'ai revu un homme que je déteste, Valbreuse, le propriétaire de la ferme de mes parents. Je ne m'attendais absolument pas à tomber sur lui à Paris. Surtout dans le cabinet privé du *Café français*. C'est aussi violent pour moi que s'il avait fait intrusion dans notre chambre.

– Comment s'appelle son club ?

– Massiac...

– Il a des plantations aux colonies, ton Valbreuse ?

– Oh oui. Il est très riche. Il a même un bateau ancré à Nantes et qui rapporte du café et du sucre de Saint-Domingue.

– Alors ça n'a rien d'étonnant qu'il fasse partie du club Massiac !

Il m'apprend que dans la nuit du 4 août, quand on a aboli les privilèges, quelques voix se sont élevées pour qu'on améliore les conditions de vie des esclaves... On n'est pas allé jusqu'à demander l'abolition, en raison des enjeux économiques considérables que représente le commerce des îles. Mais les planteurs ont senti la menace. Ils se sont mobilisés pour garder leur main-d'œuvre gratuite. Ils ont fondé le club Massiac qui fait de la propagande auprès des députés. Ils sont très puissants. Ils ont des moyens très importants.

Benjamin s'enflamme comme toujours quand il parle de politique. Même la Société française des amis des Noirs, à laquelle appartiennent l'abbé Grégoire, Mirabeau, Condorcet, ne peut rien contre eux ! Saint-Domingue, qui deviendra quelques années plus tard Haïti, là où Valbreuse a ses plantations, est de très loin l'île la plus riche du monde ! Ses productions sont sans commune mesure avec nos autres colonies comme la Martinique ou la Guadeloupe. À elle seule, la partie française de Saint-Domingue fournit plus des trois quarts de la production mondiale de sucre et des quantités considérables de café, sans parler du tabac ou de l'indigo. Cette île miraculeuse qui a permis le développement des villes portuaires, du Havre à La Rochelle, fait vivre une partie de la France et contribue largement à ses exportations.

C'est du café, du rhum et autres boissons sucrées élaborées à partir des produits de Saint-Domingue que je sers à longueur de journées. Si leur prix flambait, Morel pourrait bien mettre la clé sous la porte et je n'aurais plus qu'à chercher un nouvel emploi. Pour continuer à produire à des coûts intéressants, il faut que la main-d'œuvre reste gratuite. Et donc que le bon demi-million d'esclaves qui travaille dans ces plantations ne soit pas affranchi. Ce qui place Benjamin et ses amis députés au cœur des contradictions de la Révolution. Au chapitre de la citoyenneté, ils préfèrent oublier les nègres. En dépit de la Déclaration des droits de l'homme, l'esclavage est maintenu aux colonies.

Benjamin finit par s'apercevoir que je ne suis guère sensible à ses envolées politiques, ce soir-là. Il s'inquiète enfin de savoir pourquoi il m'a été si désagréable de revoir Valbreuse. Mais je ne suis pas mécontente d'esquiver. En arrivant dans notre chambre, j'étais prête à m'ouvrir à lui. À présent, je ne veux plus en parler. Je lui dis que ce doit être la grossesse… Il n'insiste pas.

Le bourreau était musicien. Les mauvaises langues du quartier disaient : « Ça ne lui suffit donc pas de torturer des malheureux, il faut encore qu'il torture les oreilles de ses voisins avec son violon ! »

D'où lui venait son amour de la musique ? J'imagine qu'enfant, le petit Sanson, privé de camarades, condamné à la solitude, trouva là un refuge précieux.

En tout cas, chaque soir après le souper, on faisait de la musique de chambre chez le bourreau. Papa Sanson chaussait ses bésicles pour déchiffrer sa partie tandis que ses gros doigts couraient avec une étonnante vivacité sur le manche. Son ami Tobias Schmidt, un ébéniste prussien à l'accent marqué, Parisien d'adoption, se mettait au clavecin. Gabriel tenait docilement le violoncelle. L'abbé Benoît se joignait souvent a eux avec son alto. Et il n'était pas rare que maman Sanson, après quelques vocalises pour s'échauffer, entonne de sa voix vigoureuse un air d'opéra ou nous édifie d'un *Ave Maria*, accompagnée par son quatuor de choc.

« Le chant de la bourrelle, le soir au fond des bois ! » se moquait Benjamin que ces morceaux de bravoure empêchaient de rédiger ses articles de loi.

Le 28 juin 1790, cette musique entrait dans notre chambre, mêlée aux senteurs de lilas et à la fraîcheur du soir, quand j'ai senti les premières douleurs. Quelques instants plus tard, j'ai perdu les eaux. Benjamin était retenu par une séance de nuit à l'Assemblée. Je me suis efforcée de garder mon calme, sachant que pour un premier enfant il s'écoule d'ordinaire plusieurs heures entre les signes avant-coureurs et la naissance. Je ne voulais pas causer de dérangement inutile. Mais de nouvelles douleurs bien plus vives se sont rapidement fait sentir. Et j'ai dû me résoudre à alerter les musiciens.

Ce fut un branle-bas de combat quand ils me virent arriver suffocante, tenant péniblement mon ventre. Maman Sanson prit aussitôt la direction des opérations. Elle transforma la salle de concert en salle de travail. Elle envoya Gabriel chercher la sage-femme de la rue aux Ours. Le père Benoît partit à l'office prendre des linges et une cuvette d'eau chaude. Elle demanda à Tobias Schmidt de déplacer des meubles et de lui passer des coussins tandis qu'elle m'installait le plus confortablement possible. Et comme son mari semblait totalement dépassé par les événements, elle le secoua :

– Eh bien, vas-tu rester les bras ballants ? T'es chirurgien, non ?

– C'est que j'ai jamais fait d'accouchement !

– Les gens du quartier, y jurent que par toi !

– Entre faire craquer le dos d'une vieille et sortir un nourrisson, c'est pas le même ouvrage !

– Va donc chercher tes pinces !

D'un regard, sa femme lui fit comprendre qu'il n'avait pas le choix.

– T'inquiète pas, ma petite feuille ! Tout va bien se passer ! me dit-elle.

Bélisaire ou Latuile était parti prévenir Benjamin à l'Assemblée. Gabriel revint sans la sage-femme, déjà appelée pour un autre accouchement. Mais, étrangement, je n'étais pas inquiète.

Quand les contractions s'intensifièrent, je m'en remis aux injonctions de Marie-Anne, puis de papa Sanson qui m'ordonnait de souffler ou de pousser. Avait-il assisté aux accouchements de son épouse ? Peut-être. En tout cas, il se montra étonnamment à son affaire. Je compris alors la confiance que lui accordaient les patients de son échoppe. Sa connaissance de la mécanique des corps me rassura, moi aussi, ce soir-là.

Lorsque Benjamin, échevelé, arriva en courant de l'Assemblée nationale, faute d'avoir trouvé un fiacre, le bébé était déjà né. Il lança un regard inquiet sur les pinces du bourreau, mais elles n'avaient pas été nécessaires. Je lui annonçai :

– C'est un garçon !

– Et un beau garçon ! ajouta Mme Sanson. Il fait bien ses sept livres ! Et la maman se porte comme un charme !

– Elle a presque pas saigné ! précisa le bourreau sur un ton professionnel.

Benjamin, ému, prit son fils dans les bras.

Il me proposa de l'appeler Denis, en hommage à Denis Diderot, son philosophe préféré, que je n'avais encore jamais lu. J'ai accepté.

Bientôt ce fut au tour du bourreau de soulever Denis dans ses grosses paluches. Il avait l'air tout chamboulé par ce petit être qui gigotait contre lui.

Alors, il murmura :

– Moi qu'ai pour métier de donner la mort, ça m'fait tout drôle de donner la vie !

8.

Quelques semaines après sa naissance, nous avons emmené Denis à la paroisse voisine où officiait l'abbé Benoît. Il était dans sa sacristie où il nous accueillit chaleureusement.

– Ah ! Le petit Denis que j'ai vu naître ! Vous êtes venus fixer une date pour le baptême ?

– Non ! On veut juste l'inscrire sur le registre des naissances ! répondit Benjamin.

– Sans le baptiser ?

– Sans le baptiser. Sans rien. Juste inscrire son nom. C'est la nouvelle règle !

Le visage du prêtre se ferma.

– Je sais, je sais…

– On s'est battus pour que chacun, protestant, juif, mahométan, que sais-je encore, puisse être inscrit sur le grand livre des naissances. Avant, seuls les catholiques l'étaient. Pour les autres, rien ! Aucune date ! Aucune trace de leur vie et de leur mort ! Comme s'ils n'avaient jamais existé ! Maintenant, une nouvelle règle a été définie, on l'applique. Alors tu vas chercher ton registre, l'abbé, et tu écris, intima Benjamin qui commençait à perdre son calme : « Denis Lecerf, fils de Benjamin Lecerf et de Manon Deschaumes… »

– Je voudrais bien, mon fils, sauf que je ne peux pas, fit l'abbé, faussement ennuyé.

– Et pourquoi donc ?

– C'est que j'ai égaré mon registre. C'est fâcheux, n'est-ce pas ?

Cette fois, il se moquait franchement de nous.

– On ne va pas en rester là, l'abbé ! fulmina Benjamin.

Il nous entraîna, Denis et moi, furieux :

– Les curés font de la résistance passive, on se passera d'eux ! Il faut des officiers civils pour enregistrer les naissances !

L'anticléricalisme de Benjamin nous séparait. J'ai grandi dans une région très catholique, j'ai été éduquée par un prêtre remarquable. Ma foi n'était pas très vigoureuse et je n'étais guère pratiquante mais j'avais le plus grand respect pour l'Église alors que Benjamin avait pour elle une profonde aversion.

– Moi, j'aimerais bien qu'on le baptise ! risquai-je.

– Plus tard !

– Pourquoi perdre du temps ? On ne sait jamais ce qui peut arriver !

– C'est une question de droits, Manon, tu comprends ?

– Non !

– Évidemment ! Si tu t'intéressais à ce qui se passe autour de toi, tu comprendrais !

C'était la première fois que nous nous disputions. Sa remarque me piqua, d'autant qu'il n'avait pas tort. Il n'y avait pas de protestant ni de juif dans mon village. J'ignorais totalement leur situation. Je ne soupçonnais même pas que les communautés juives d'Alsace écrivaient à l'Assemblée non seulement pour qu'on leur accorde le droit de vote mais aussi celui de ne plus porter le chapeau jaune et de pouvoir exercer les mêmes métiers que les autres citoyens. Cette querelle eut au moins un effet positif. Elle me réveilla. Benjamin ne demandait pas mieux que de faire mon éducation civique. Je devins une élève relativement soumise. J'en retirais d'ailleurs certains avantages. Ainsi, le soir, quand il n'était pas retenu par une séance, c'était lui qui faisait la toilette de Denis et qui le langeait tandis que je lisais la gazette en l'interrogeant :

– Pourquoi dit-on la droite et la gauche, pour les députés ?

– Pour la même raison que toi et moi quand on se met au lit !

– Tu te fiches de moi !

– Pas du tout. Tu dors toujours du même côté. Eh bien, les députés, c'est pareil ! Enfin ils ne dorment pas toujours. Mais ils se regroupent toujours du même côté. En principe, les plus proches du peuple vers la gauche, les autres vers la droite !

– Robespierre, il est assis où ?

– Tout à fait à gauche.

– Et Danton ?

– Il n'est pas député. Enfin, s'il l'était, il serait un peu moins à gauche.

– Et Mirabeau ?

– Encore moins.

– Et La Fayette ?

– Alors lui, il est franchement à droite.

– Et toi ?

– À gauche, comme au lit, sauf quand je fais l'amour avec toi !

Et il me prenait dans ses bras. Je le repoussais en souriant. Il protestait. « Ça fait une éternité ! » Je lui demandais d'être patient.

Au café aussi, je me suis mise à lire les gazettes qu'abandonnaient les clients. Et il en fleurissait, à l'époque ! Soudain je devins plus attentive à la situation politique. Je n'avais aucun mérite. Des journalistes, des parlementaires fréquentaient le café. Il y avait des orateurs aux quatre coins du Palais-Royal. Les clients commentaient largement l'actualité. Je n'avais qu'à ouvrir les oreilles.

L'homme célèbre que je voyais alors le plus souvent, c'était Robespierre, qui d'ailleurs n'était pas encore célèbre. Il s'installait dans la salle du haut, plus calme. Je remontais la flamme des quinquets pour reposer ses yeux myopes. Il pouvait rester des heures à écrire sagement à sa table. J'évitais de le déranger. Il ne prenait jamais l'initiative de demander une consommation. Aussi, quand Morel n'était pas là, j'oubliais délibérément de prendre sa commande et il en paraissait soulagé. Quand il consommait, c'était toujours du chocolat. On en préparait un délicieux à la vanille de l'île Bourbon.

Au début, je n'étais guère séduite par cet ascète. Le traitement des députés n'était pas considérable mais permettait de vivre. Je crois qu'il en envoyait une grande partie à sa famille. Je le sentais soucieux de rester digne dans la pauvreté. Avec son éternelle redingote vert olive, toujours impeccablement brossée, et sa perruque poudrée qu'il était seul à porter encore parmi ses amis et qui lui donnait plus l'allure d'un aristocrate désargenté que d'un député de la gauche.

Robespierre ne payait pas de mine. Ce n'était pas un orateur brillant comme Mirabeau ou Danton. Ce n'était pas un improvisateur. Je me souviens qu'au début les autres députés se moquaient parfois de lui. Il avait un air besogneux, appliqué. Je le trouvais beaucoup trop sage.

Et puis, petit à petit, sa modestie m'a plu. Je lisais dans la gazette les mesures qu'il défendait, toujours attentif aux plus démunis, et j'avais le sentiment que c'était un homme qui n'avait pas oublié d'où il venait.

Au début de 1791, il fit adopter une mesure que je trouvais tout à fait admirable : les députés sortants n'auraient pas le droit de se représenter aux prochaines élections. Et les anciens ministres ne pourraient pas non plus être renommés avant un certain temps. Il préconisait de changer les responsables pour éviter la corruption. Et il prêchait par l'exemple : en vertu de sa propre loi, il ne pourrait briguer un second mandat.

Benjamin était beaucoup plus réservé que moi sur cette mesure qui l'empêcha lui aussi de se présenter à la Législative. Mais j'admirais Robespierre de moraliser ainsi la vie politique.

C'est au moment de la mort de Mirabeau, en avril 91, que j'eus ma plus longue conversation avec lui. L'Assemblée avait alors décrété un deuil national. Et Morel, soucieux de bien faire les choses et de ne pas paraître à contre-courant, m'avait demandé d'accrocher des voiles de gaze noire aux murs du café.

J'ai failli tomber de mon échelle en découvrant Robespierre qui écrivait à sa table habituelle. Il portait ce jour-là un habit de tricot noir trop grand pour lui. En le servant, j'ai osé lui dire :

– C'est curieux de vous voir dans cette tenue…

– Je n'étais pas un grand ami de Mirabeau. Mais l'Assemblée nationale a décrété trois jours de deuil, je m'y soumets.

– C'est la première fois que je vous vois sans votre habit vert !

Ma spontanéité me joue parfois des tours. J'ai eu peur qu'il le prenne mal mais non, il a souri. J'ai alors compris une chose : il savait que cette mise modeste ne le desservait pas.

– Je ne suis pas riche, en effet. J'ai un seul habit. Celui-ci, je l'ai emprunté. (Il me montra les épaules trop larges.) Ça se voit, non ?

– Oui. C'est pour ça que vous défendez tous les opprimés…

Il se contenta d'un léger sourire. Je le sentais impatient de se remettre à écrire.

– Je me demande juste… Pourquoi ne défendez-vous pas les femmes ?

– C'est trop tôt !

– Cela ne vous paraît pas urgent ?

– J'ai soutenu Maillard, l'orateur des femmes quand elles sont venues à Versailles. Jamais on ne s'est autant moqué de moi ! Les députés ne sont pas prêts…

– Et cela suffit à vous arrêter ?

– Attendons le moment propice.

Robespierre eut un petit geste fataliste et cette fois, il reprit sa plume, marquant la fin de notre entretien.

Je parlais peu à Robespierre mais je parlais souvent de lui. Il fut même la cause de mon premier affrontement avec Sanson. Je revois le bourreau en fureur, quand il m'accueillit ce soir-là, en brandissant sa gazette, devant son petit cercle de musique de chambre. C'était d'autant plus impressionnant que Sanson perdait rarement son calme. Il s'adressa à moi au moment où j'entrai :

– Ah ! Il est bien, ton ami Robespierre ! T'as vu la dernière ? Il veut supprimer la peine de mort ! Elle serait belle, la société, sans châtiment !

– C'est surtout que ça ne vous arrangerait pas !

– Ça non ! Je suis déjà au bord de la faillite ! Les affaires sont plus que calmes ! Il veut carrément m'achever ! Je vais te dire, c'est pas une idée d'honnête homme !

– Je vous interdis de l'insulter !

– Sauver la vie des scélérats ! À qui ça profite ?

Je ne supportais pas qu'il mette en doute son honnêteté. Sanson fut surpris par la vigueur de ma réaction. J'ai vite découvert que nous étions nombreuses à voir un homme politique idéal dans celui qui allait devenir l'Incorruptible.

Robespierre surprenait par l'inventivité de ses mesures. Je ne pouvais pas soupçonner que cet homme, qui voulait supprimer la peine de mort, allait tant contribuer à occuper le bourreau par la suite. Décontenancé par mon accès de passion, Sanson se tourna vers le père Benoît :

– Qu'est-ce que vous en pensez, de ce Robespierre, l'abbé ?

– Tout ce qu'il propose n'est pas mauvais, répondit-il prudemment. Le mariage des prêtres, par exemple… Je ne suis pas concerné, bien sûr, mais je reconnais que ça le rend très populaire dans le clergé…

– Alors là, bravo ! fit Sanson, accablé. Si même les curés le défendent, on n'a pas fini d'entendre parler de lui !

9.

Valbreuse ne tarda pas à revenir me narguer au café. Sa présence me mettait toujours aussi mal à l'aise. Mais je la supportais mieux maintenant que l'effet de surprise était passé. Je me sentais plus forte aussi depuis la naissance de Denis.

Il revint, accompagné d'une jeune fille, fraîche, naïve, aux allures de victime. Manifestement, elle n'avait pas l'habitude de fréquenter ce genre d'établissement et semblait sous la coupe du vicomte qui déployait tout son charme et son savoir-faire. Il lui faisait boire du punch. Ses joues rosissaient et elle éclatait d'un rire cristallin aux mots qu'il murmurait à son oreille. Il me traitait avec dédain, voire mépris, et je n'aurais pas été surprise qu'il la fît rire à mes dépens.

Au Palais-Royal, il est difficile de faire la différence entre une véritable oie blanche et une professionnelle aguerrie qui se donne des airs ingénus. Mais j'étais persuadée de son innocence et je supportais mal qu'elle fût exposée à un scélérat pareil.

Ce jour-là, j'eus la surprise de voir arriver Benjamin portant Denis. Il devait le déposer chez la nourrice mais elle n'était pas chez elle et il ne pouvait pas l'emmener à l'Assemblée :

– J'ai changé ses langes, je l'ai dorloté, je lui ai chanté des berceuses mais quand il se réveillera en pleine séance et qu'il aura envie de téter, comment je fais ?

Cela me mettait dans une position délicate envers Morel qui n'avait aucune indulgence pour les femmes relevant de couches et n'était pas d'un naturel à pouponner. Mais pour une fois j'allais m'en débrouiller. Et, à vrai dire, cela ne me déplaisait pas de garder Denis avec moi.

Avant d'emporter le couffin dans la cuisine où les filles se feraient un plaisir de veiller sur lui entre deux tétées, j'en profitais pour désigner Valbreuse à Benjamin :

– C'est lui qui a failli me faire accoucher prématurément !

– Il a bien une tête d'esclavagiste !

Valbreuse avait quitté sa place pour s'entretenir avec un autre ci-devant qui était, je crois bien, lui aussi au souper du club Massiac. Quand je passai à côté de sa jeune compagne en portant Denis, elle m'arrêta :

– Quel bel enfant ! Puis-je le prendre un instant ?

– Certainement pas !

La proximité de Valbreuse me rendait impulsive mais la douceur de cette fille me désarma :

– Vous avez raison ! fit-elle sans se formaliser. J'aurais un bel enfant comme le vôtre, je ne le prêterais pas non plus !

– Tu le connais depuis longtemps, le vicomte ?

– Pourquoi ? demanda-t-elle, surprise. Vous le connaissez aussi ?

– Méfie-toi. C'est un type dangereux.

Et comme il revenait déjà, ce fut la fin de notre première conversation, avec Sylva.

Benjamin s'était renseigné sur Valbreuse.

Il m'apprit bientôt que le vicomte s'était comporté avec beaucoup d'habileté pendant la Grande Peur qui avait suivi la prise de la Bastille. On racontait alors que des bandes armées dévastaient les campagnes, que des brigands venaient couper les blés pour faire mourir le peuple de faim. De relais de poste en relais de poste, les nouvelles se propageaient et s'amplifiaient en se déformant. On croyait avoir vu les bandes. On prétendait qu'elles commettaient les pires atrocités pour mettre le peuple au pas. On y voyait un vaste complot des nobles pour reprendre le pays en main. Dans ce climat de panique générale, les paysans prirent les armes. Et réglèrent leurs comptes avec les seigneurs qui les avaient opprimés.

La nouvelle dut mettre longtemps pour parvenir jusqu'à mon village, au fin fond de la Vendée. En août, quand les paysans déchaînés montèrent au château de Valbreuse pour l'incendier, le vicomte prit les devants. Il les accueillit en leur annonçant qu'il les dispensait désormais des droits de chasse, de champart et autres corvées seigneuriales... Et il leur remit spontanément des vieilles paperasses, des titres de propriété sans valeur qu'ils brûlèrent à la place du château, tout en mettant en perce quelques barriques.

Valbreuse savait que les privilèges avaient été abolis mais les paysans l'ignoraient ou n'y accordaient pas foi. En s'en attribuant le mérite, il préserva ses biens et se fit acclamer. Les droits seigneuriaux auxquels il devait forcément renoncer représentaient d'ailleurs peu de chose, comparé à ce que lui rapportait le commerce triangulaire.

Je fus écœurée. Les puissants restaient les puissants et ils étaient plus arrogants que jamais ! Personne ne pouvait empêcher Valbreuse d'agir en toute impunité !

– Pour l'instant ! se contenta de répondre Benjamin qui n'avait pas envie de polémiquer avec moi.

Il avait envie de tendresse. Je le repoussai le plus gentiment possible mais il commençait à sérieusement s'impatienter.

Depuis la naissance de Denis, nous n'avions pas refait l'amour. Nous évitions d'en parler. Je me contentais de lui dire : c'est un peu tôt. Il avait la délicatesse de ne pas insister. Mais c'était un mauvais argument : plus le temps passait, moins il était valable.

La vérité, c'est que le commerce des corps n'avait jamais été très harmonieux entre nous. Et j'étais convaincue que la faute m'en revenait. Je me sentais bien trop coupable pour aborder le sujet. Je fuyais les explications comme je me dérobais à ses caresses. La nervosité de Benjamin se manifestait sous la forme d'une agressivité qu'il s'ingéniait à ne pas diriger contre moi. Il se levait brusquement, faisait les cent pas, pouvait donner un violent coup de poing dans la porte au point de se blesser. Puis il s'habillait et partait marcher dans la nuit pour ne revenir qu'au petit jour. Alors il s'excusait. Son optimisme reprenait le dessus, il était de nouveau convaincu que tout s'arrangerait avec le temps.

Sylva revint un matin au café sans Valbreuse. Elle passa en coup de vent me remettre un paquet. En dénouant la faveur, je découvris des vêtements ravissants qu'elle avait confectionnés et brodés elle-même pour Denis. Comme je m'étonnai de son savoir-faire, elle me confia qu'elle était femme de chambre au service de la reine. Elle était modeste, et comme embarrassée de cet emploi si peu dans l'air du temps.

Pour ma part, j'étais ravie que Denis fût vêtu comme un prince !

Elle s'était échappée des Tuileries, toutes proches du Palais-Royal, et devait y retourner avant que la gouvernante s'aperçût de son absence.

Je ne savais comment la remercier.

Elle me dit que cela lui ferait plaisir que nous promenions Denis ensemble. C'est ainsi que nous sommes devenues amies.

Le seul sujet que nous évitions d'aborder, c'était Valbreuse. Sylva était amoureuse de lui, je le détestais. Elle ne souhaitait en aucun cas que je lui fasse part de mes préventions. Je n'insistai pas. Elle le fréquentait peu, d'ailleurs, car il venait rarement à Paris. Elle s'était résolue à occuper une place secondaire dans sa vie et semblait s'en satisfaire. Elle était radieuse quand elle le voyait. Malgré ma désapprobation muette, elle avait parfois du mal à s'abstenir de me parler de lui. Elle avait fait sa connaissance au Palais où il avait ses entrées. Ce qui confirmait son pouvoir. Manifestement, il était en affaires avec la famille royale ou avec le tout premier cercle.

Avec Sylva, j'avais droit à la chronique des Tuileries. Elle me racontait la vie quotidienne des souverains, en mettant plus particulièrement l'accent sur les secrets d'alcôve. À chacun de nos rendez-vous, j'avais des nouvelles de première main sur la vie sentimentale, les projets, les querelles, les divers événements survenus dans l'entourage de Marie-Antoinette. C'était un feuilleton dont j'attendais chaque nouvel épisode avec impatience.

Les mœurs débauchées de la reine enflammaient alors les imaginations. On racontait que, pour se consoler du peu d'ardeur de son mari, elle avait eu de multiples aventures aussi bien avec des hommes qu'avec des femmes. Et que le Petit Trianon et ses bosquets – où le roi ne se rendait jamais sans lui en demander la permission – avaient abrité des orgies inouïes… On pouvait s'en procurer les illustrations les plus suggestives. Les gravures les plus crues, les récits les plus vifs se vendaient sous le manteau, dans les librairies du Palais-Royal. À quelques mètres du *Café français*, je voyais parfois Pondichet, libraire et éditeur, donner un tour de clé avant d'entraîner un client dans l'arrière-boutique où il devait les extirper de leur cachette. Deux types d'ouvrages seulement requéraient une telle discrétion : les brochures contre-révolutionnaires qui commençaient alors à fleurir et ces publications licencieuses.

Souvent imprimées sur place, elles pouvaient se vendre fort cher. Dès le début de son mariage, Marie-Antoinette en avait été l'héroïne de prédilection. Cela s'était calmé au moment de la naissance de ses enfants. Mais c'était reparti de plus belle avec la Révolution.

Ces ouvrages – qui excitaient autant les sens des ci-devant que ceux des sans-culottes – m'ont toujours laissée indifférente. En revanche, les révélations de Sylva sur la vie privée de la souveraine avaient un parfum de vérité qui m'intéressait fort.

Marie-Antoinette et le futur roi n'avaient l'un et l'autre qu'une quinzaine d'années quand on les avait mariés. Et il avait fallu attendre plus de six ans avant qu'il parvienne à faire l'amour à sa femme. Six ans pendant lesquels je ne l'imagine que trop bien s'acharner sur son corps. Six ans pendant lesquels le futur Louis XVI se défoulait en allant chasser le sanglier et en cognant sur sa forge. Six ans pendant lesquels Marie-Antoinette, constamment sollicitée et jamais satisfaite, se consumait en flambant des fortunes au jeu, en bijoux, en faisant bâtir et orner son Trianon, en parures et en toilettes, en nuits qui n'en finissaient pas de repousser le moment de se coucher sans amour… Six ans pendant lesquels la cour jasait sur cet héritier qui ne venait pas, sur l'impuissance du roi et les consolations épicées qu'on prêtait à la reine… Et puis, au bout de six ans, enfin, le roi accepta de subir une petite opération qui lui permit de déployer sans frein son désir, et la reine fut enceinte. Un immense soulagement dont elle faillit mourir en mettant au monde ce premier enfant au terme d'un accouchement qui dura plus de sept heures devant une cinquantaine de personnes, toutes plus nobles les unes que les autres, selon l'étiquette, et dont l'entassement dégageait une chaleur suffocante.

En comparaison de ce supplice, j'estimais que j'avais eu de la chance d'être accouchée par le bourreau

Lors des années suivantes, Marie-Antoinette donna au royaume trois autres enfants, dont deux garçons. Jusqu'à cette dernière naissance, Marie-Antoinette n'avait jamais eu d'amant. Sylva était trop jeune pour être déjà à son service mais les femmes de chambre parlent entre elles et elle était sûre de ses sources.

– Et depuis, elle en a eu ?

– Un seul. Le jeune comte de Fersen… Mais elle est follement amoureuse. Et c'est réciproque !

10.

Sylva était la première personne avec qui je pouvais parler librement des choses du sexe. Cela devenait même le sujet de conversations drôles et piquantes, tandis que nous poussions la voiture de Denis, dormant dans ses langes, ou que nous prenions un verre de citronnelle sous une tonnelle des Champs-Élysées.

Elle me confiait à voix basse en lançant des regards de conspiratrice autour d'elle que la nuit dernière, le comte de Fersen s'était fait arrêter à deux heures du matin par des gardes nationaux alors qu'il sortait en cachette de l'appartement de la reine.

– Qu'est-il devenu ?

– Ils l'ont relâché.

– Le roi l'a su ?

– Forcément.

– Et qu'a-t-il dit ?

– Rien. Il a fait comme s'il n'avait rien entendu.

– Et comment a réagi la reine ?

– Elle a éclaté de rire.

– Elle s'en fiche ?

– Elle est amoureuse.

– Il est beau ?

Elle a levé les yeux au ciel avec un sourire évocateur.

– Un grand Suédois, mince et athlétique, l'air très réservé...

– Et en privé, il ne l'est pas ?

– Le feu sous la glace, paraît-il. Elle en est folle. Il lui fait rattraper le temps perdu...

Ces confidences me renvoyaient à mon échec avec Benjamin. Il n'avait pas eu besoin d'opération et il n'avait rien d'un pataud maladroit comme le roi défaillant. C'était donc bien moi qui devais porter la responsabilité de ce fiasco !

Ce soir-là, quand je suis rentrée – c'était peu après la mort de Mirabeau – Benjamin avait accroché une carte au-dessus du lit de Denis, qui dormait déjà.

– Ce n'est pas un peu tôt pour lui apprendre la géographie ? ai-je demandé.

– C'est pas seulement pour lui.

Mon précepteur entendait poursuivre mon éducation.

– Voici à quoi ressemble notre nouveau pays.

C'était une carte de France avec le tout récent découpage en départements.

– Avant, le pays était morcelé. Des péages et des taxes partout. Rien que sur la Loire, vingt-sept péages... Ils sont tous supprimés ! Aujourd'hui, on est totalement libre de circuler ! Plus d'obstacles pour se retrouver... Et pour l'administrer, un million d'élus !

– C'est une sacrée pagaille, il paraît.

Je réagissais de plus en plus souvent aux propos de Benjamin et je n'étais pas sûre que cela lui faisait plaisir.

J'avais eu un écho par David qui venait de passer quelques semaines à Nantes. « Dans ton pays », me disait-il. Et il en revenait très remonté contre cette nouvelle municipalité qui l'avait fait venir pour une commande et qui était si mal organisée qu'il n'avait pas été payé.

– Un million de personnes participent à la vie publique, c'est formidable !

– Et le roi dans tout ça ?

Je restais réservée face à la fougue de Benjamin.

– Il est très enthousiaste, le roi ! Il est venu à l'Assemblée pour nous le dire. On l'a acclamé.

– Tu le crois sincère ?

– Bien sûr !

– Pas moi. Je ne crois pas que ça lui plaise qu'on réorganise le royaume derrière son dos. Il fait bonne figure mais il n'en pense pas moins. Comme pour l'amant de sa femme !

Benjamin a éclaté de rire et j'ai été très vexée. Je faisais des efforts pour m'informer. Mais il ne me prenait toujours pas au sérieux.

Ce même soir, un peu plus tard – nous sommes alors couchés – Benjamin me prend dans ses bras. Il est mal à l'aise, je ne lui facilite pas la tâche. Il hasarde sans doute une plaisanterie du style : « Tu ne voudrais pas t'occuper un peu moins du roi et un peu plus de moi ? »

J'essaie de me défiler sous un prétexte quelconque. Mais cette fois, il n'en peut plus et laisse exploser sa colère. Sa sincérité me touche. Lui, si poli, si prévenant, ne peut pas se contenir plus longtemps.

Tout le monde s'aime autour de nous ! C'est le plus beau printemps de la Révolution ! Ça exsude le désir de toutes parts ! Dans tous les états de la société ! Camille et Lucile, deux tourtereaux ! Danton et sa Gabrielle, ils n'arrêtent pas ! La reine et son amant ! Le vieux Mirabeau et toutes ses maîtresses jusqu'à son dernier souffle ! Jamais on n'a autant folâtré dans les bosquets du Palais-Royal ! Et même quand on remonte le faubourg, il n'est pas rare de voir une fille qui rajuste sa robe en s'échappant d'un portail, le pas léger, poursuivie par son amoureux ! On baise à tous les coins de rue ! Même les chiens ! Sans parler de tous les oiseaux du jardin qui nous réveillent dès l'aube par leurs roucoulements appuyés ! Alors pourquoi pas nous ? Qu'a-t-il fait ? Qu'aurait-il dû faire ? Que peut-il faire ?...

Cette nuit-là, sa détresse est telle que je trouve enfin le courage de lui parler.

Est-ce sa faute à lui ? Sinon à qui ? Est-ce Valbreuse ? C'est Valbreuse, n'est-ce pas ?...

J'acquiesce.

Benjamin s'est immobilisé.

Assis au bas du lit, il m'écoute comme statufié.

Ma famille travaille sur les terres des Valbreuse depuis des générations. J'avais onze ans quand il a commencé... Déjà avant, il avait jeté son dévolu sur moi. Au début, ça me flattait. Il était gentil. Il me rapportait des cadeaux des colonies. Et puis ses intentions se sont précisées. Et il s'est mis à abuser de moi... Cela me répugnait, je n'osais pas le repousser. Ça me faisait très mal aussi... J'étais victime et j'avais terriblement honte. Le cauchemar a duré pendant des années...

Quand il partait dans la Caraïbe inspecter ses plantations, j'avais quelques mois de tranquillité. Mais dès qu'il rentrait, le calvaire reprenait... Je crois que dans son esprit je faisais partie de son domaine. J'étais l'un de ses privilèges d'avant la nuit du 4 août... Ma vie était scindée en deux : ce monde de supplices dont j'essayais de me détacher par la pensée, et celui d'une petite fille modèle le reste du temps. Dans ma tête, ces deux mondes ne communiquaient pas...

Je voulais que personne ne sache. J'avais peur de la peine

immense que je ferais à mes parents, de leur fureur envers Valbreuse, et qu'ils soient obligés de quitter leur ferme, mendiants par ma faute. D'ailleurs, le vicomte menaçait de les renvoyer si je me plaignais…

Mais avec l'âge, ma révolte a grandi. Au moment des cahiers de doléances, surmontant ma honte, j'ai enfin osé leur parler… Et là, j'ai compris qu'ils savaient depuis longtemps et qu'ils préféraient fermer les yeux. Cela leur convenait. Ils en tiraient même des avantages. Ils avaient peur que je leur cause des ennuis en me rebellant…

Leur réaction est ce qui m'a fait le plus mal. C'était comme ça depuis toujours : une bonne fille acceptait d'être sacrifiée…

Sauf que moi, j'ai dit non.

Un jour d'avril 89, le vicomte de Valbreuse rentra d'un long séjour à Saint-Domingue. Son bateau avait accosté à Nantes. Tout le monde s'activait pour l'accueillir, au château. Je ne suis pas allée y travailler ce jour-là et je n'ai rien dit chez moi.

Le soir même, Valbreuse vint à la ferme. Mes parents avaient commencé à manger la soupe du soir. J'allais les rejoindre après m'être occupée des bêtes quand j'ai entendu un cavalier qui approchait. J'ai tout de suite compris que c'était lui. Terrifiée, je me suis cachée.

Il était rare que le vicomte vienne à la ferme. Il affectait alors volontiers un air affable, débonnaire, tandis que je pouvais sentir une peur atavique sourdre sur le visage de mon père. Je me sentais humiliée par cette peur que je partageais. Plus leur angoisse était visible, plus le vicomte semblait d'humeur badine. Ce soir-là, le vicomte posa sur la table un sac de cassonade, en provenance directe de ses plantations. Il prit des nouvelles des dernières récoltes. Mon père, sur la défensive, répondit que l'intendant était passé pour calculer l'impôt.

– Je lui demanderai d'être indulgent, comme l'année dernière... Tu vois, on dit pis que pendre des nobles aujourd'hui. Moi, je t'offre du sucre et je baisse l'impôt !

Et il partit d'un grand éclat de rire. J'imaginais aisément mon père essayant d'y faire écho. Alors, Valbreuse ajouta :

– À propos, ta fille est-elle souffrante ? Je ne l'ai pas vue aujourd'hui, pour mon retour !

J'ai refermé la porte du cellier, plus morte que vive. Et je me suis dissimulée derrière les paniers du mieux que je pouvais.

J'entendis ma mère qui hurlait mon nom. Mon cœur cognait si fort que je craignais que ses battements me trahissent.

Par chance, elle commença par me chercher du côté de l'étable et de la grange. Valbreuse clama :

– Dis-lui que je l'attends au château demain matin sans faute !

Puis il y eut le pas de son cheval qui s'éloignait au galop.

Quand ma mère entra dans le cellier, je me suis approchée d'elle, le souffle coupé. Je rêvais d'un peu de compassion. Elle me donna une violente paire de gifles. Hors d'elle.

La nuit même, je suis partie, rassemblant mon maigre trousseau. J'ai marché jusqu'au presbytère où j'ai réveillé le père Frédéric. C'était la seule personne à qui j'avais envie de dire au revoir. Le seul envers qui je me sentais redevable.

Il se montra inquiet des dangers auxquels je m'exposais.

J'étais incapable de lui dire où je voulais aller.

– Le plus loin possible.

– Es-tu sûre de ton choix ?

– Je peux plus rester. Ça, j'en suis sûre.

Je lui sais gré de ne pas avoir essayé de me raisonner plus avant. Et de s'être seulement préoccupé des considérations pratiques. Il me donna quelques écus qui représentaient une somme importante pour lui. Il me prêta son cheval qu'il dut aller rechercher au relais de poste. Je reçus enfin sa bénédiction.

Le lendemain, j'étais dans la diligence pour Paris.

Jusqu'à notre rencontre, Benjamin, je me serais crue incapable d'avoir le moindre contact avec un homme. Incapable aussi d'éprouver des sentiments maternels… Tu m'as rendue heureuse mais j'ai vite été rattrapée par mes démons… J'aurais dû te dire tout ça avant. Je t'avais prévenu que ce ne serait pas facile. Mais je n'ai pas eu le courage de t'en dire plus… Maintenant, si tu veux me quitter, je ne t'en voudrai pas.

Il m'a répondu : « T'es folle ! Tes démons, on apprendra à les apprivoiser ensemble. »

Et il m'a serrée amoureusement dans ses bras.

III.

Cahier brun havane

La rédaction du deuxième cahier m'a confrontée à une interrogation délicate.

Dois-je tout raconter ?

Faut-il coucher par écrit des propos aussi intimes ?

Je suis d'un naturel pudique. Il y a des confidences que j'ai faites à très peu de personnes, voire à aucune. Mais si j'en fais abstraction ici, quelle valeur auront mes Mémoires ? Ne seront-ils pas amputés d'une part de vérité importante ? Sans le récit du viol, sans l'incidence qu'il a eue sur ma vie de couple, pourra-t-on comprendre mon comportement, mon état d'esprit d'alors ?

Ces aveux sont difficiles mais je pressens qu'ils sont nécessaires. Tant d'autres jeunes filles portaient les sévices de l'Ancien Régime inscrits dans leur corps. Au-delà de mon cas personnel, ces révélations aideront peut-être à se figurer ce qu'était la servitude subie quand l'idée même de demander justice n'était qu'un péril supplémentaire.

Sans que j'en cerne toutes les raisons, je devine qu'il n'est pas vain que je fasse cet effort.

Je me retrouverai face au même dilemme dans la suite de ce récit. Dois-je en dire trop ou trop peu ?

Parfois, on le verra, mes révélations concernent des personnes pour qui, à la différence de Valbreuse, j'ai la plus grande affection et le plus grand respect. Certaines sont encore vivantes.

Ai-je le droit de porter à la connaissance du public des pans entiers de leur vie intime ? N'en seront-elles pas fâchées et à juste titre ?

Aussi me suis-je fixé une ligne de conduite. Je ne cacherai rien de ce que j'ai vécu mais je refuse que mes Mémoires soient publiés de mon vivant.

11.

Mes aveux faillirent avoir des conséquences dramatiques.

Dès le lendemain, Benjamin croisa Sylva, alors qu'il se rendait à l'Assemblée. Elle était tout apprêtée. La mode révolutionnaire commençait déjà à imposer une simplification du vêtement, plus léger, avec un retour à l'antique, dénué de coquetterie, mais Sylva était bonne couturière, elle avait assez de goût pour le réinterpréter avec talent. Outre sa tenue, il remarqua surtout qu'elle marchait d'un pas plus allant, avec davantage d'éclat, un sourire plus vif que d'habitude. Un séducteur comme lui devina aussitôt qu'elle se rendait à un rendez-vous galant.

– Mon amoureux est à Paris ! avoua-t-elle en filant.

L'amoureux de Sylva ? Benjamin savait bien qu'il s'agissait de Valbreuse. Depuis que mes confidences l'avaient rempli de fureur, il brûlait de s'expliquer avec lui. Sans réfléchir davantage, il lui emboîta le pas, traversa la Seine, la suivit jusqu'au faubourg Saint-Germain où Valbreuse avait alors son hôtel. Il entra derrière elle, bouscula au passage des domestiques. Il voulait en découdre avec le vicomte qui ne tarda pas à apparaître, alerté par ce remue-ménage. Benjamin se rua sur lui. Il l'accusa d'avoir abusé d'une enfant de onze ans ! De l'avoir brisée par sa perversité ! D'avoir perpétué ces sévices pendant des années ! Et ce, en profitant lâchement de la loi du silence qui régnait sur ses terres !

Valbreuse réagit avec sa morgue et son aplomb habituels. Il nia en bloc. Il prétendit que c'était un tissu de mensonges et que j'étais une affabulatrice. Il se moqua ouvertement de moi.

Ils eurent une violente explication devant Sylva, stupéfaite par la révélation de ces détails intimes et sordides sur son amant et sur moi, et très embarrassée d'avoir provoqué cette rixe malgré elle.

Une heure plus tard, Benjamin passe au café et m'annonce qu'il va se battre en duel contre Valbreuse. Je suis décomposée. Je le supplie de renoncer à un projet aussi stupide C'est un assassinat !

Il s'est laissé piéger par le vicomte qui lui a demandé réparation en prétendant avoir été gravement insulté et comme il est l'offensé, il a le choix des armes, ce sera l'épée.

L'escrime est le monopole de la noblesse. Benjamin n'a jamais manié une épée de sa vie, il va à la boucherie. Je l'implore de ne pas entrer dans le jeu de Valbreuse qui m'a déjà fait assez souffrir comme ça. Il refuse d'en démordre.

– Comment pourrais-je me regarder dans un miroir si j'accepte que ce salaud t'insulte ? dit-il.

J'ai le sentiment que Benjamin reporte toute la frustration de notre histoire d'amour dans ce règlement de comptes sans même en avoir conscience. Comment peut-on encore se battre en duel sous la Révolution ? Certes, il n'est pas le seul député à y céder. Plusieurs fois, des insultes à la tribune ont fini de cette manière. Barnave, Lameth, Castries, Cazalès (trois duels à lui seul pendant son mandat à la Constituante, tous perdus)... Mais cela n'a rien de rassurant. Je le conjure de ne pas aller se faire tuer au nom de son fils, si ce n'est pour moi ! Valbreuse sera trop heureux d'embrocher un représentant du tiers état. Je lui cite l'exemple de David dont le père est mort en duel quand il avait dix ans et qui ne s'en est jamais remis. Peine perdue. Benjamin ne s'appartient plus, il ne veut rien entendre.

J'étais plongée dans le plus profond désespoir quand, en fin de journée, Sylva surgit au café, défaite, le visage ravagé, sa toilette si coquette souillée et déchirée. Dans un état de nervosité extrême, et malgré le regard désapprobateur de Morel, elle vint me parler sans délai.

Elle avait assisté à la scène avec Benjamin. Après son départ, elle avait tenté d'intervenir pour empêcher ce duel.

– Ne te mêle pas de ça ! lui avait sèchement répondu le vicomte.

Comme elle insistait, il se montra violent envers elle, pour la première fois. Il la couvrit d'insultes puis la gifla si brutalement qu'elle en resta exsangue.

Ce jour-là, mon amie découvrit, à son corps défendant, la vraie nature de son amant. Bien sûr, je ne puis dire que cela me fit plaisir mais c'était bien la preuve que je n'avais rien inventé, que je n'étais pas folle et que je n'avais pas déclenché autrefois sa violence par mon comportement ! Bref, que je n'étais pas responsable du malheur qui m'avait frappée.

Face à l'agressivité délirante du vicomte, Sylva avait eu très peur qu'il la séquestre ou qu'il la tue. Elle avait fait profil bas. Il s'était calmé et, changeant soudain d'attitude, l'avait suppliée de lui pardonner... Elle avait joué le jeu et dès qu'elle avait trouvé un moment propice, elle s'était enfuie.

À présent, Sylva veut me faire des révélations.

Elle a déjà été témoin, dans le passé, de la violence du vicomte mais a préféré l'ignorer. Elle se souvient d'une conversation où Valbreuse a envoyé des hommes à lui casser les bras d'un batelier avec qui il avait un différend... Elle m'apprend que s'il fréquente aussi assidûment les Tuileries, c'est qu'il aide des ci-devant à émigrer : il fait passer leurs biens à l'étranger grâce à ses bateaux... On raconte qu'il a doublé sa fortune. Sylva peut me donner des détails, citer des noms. Le comte d'Artois, les Polignac... Je l'interromps.

Ce jour-là, Camille Desmoulins est attablé au café. Il écrit joyeusement un article en régalant Lucile de ses trouvailles. Ils sont radieux. L'amour de ces deux-là a quelque chose d'insolent. La vie de couple semble aussi simple pour eux qu'elle est compliquée pour Benjamin et moi.

J'entraîne Sylva jusqu'à lui et demande à Camille s'il peut publier ces révélations au plus vite !... Il se montre très réservé. Ce n'est pas le ton de son journal. Et il n'est pas dans ses habitudes de faire paraître des informations sans les vérifier. Néanmoins, il écoute Sylva et note les précisions qu'elle lui donne.

Cette nuit-là, je ne dors pas. Benjamin a emprunté une épée à Gabriel Sanson et il lui a demandé par la même occasion d'être son témoin. Pendant toute la soirée, j'ai encore tenté de le dissuader, en vain.

Benjamin ne veut pas que je l'accompagne mais je ne cède pas. Avant l'aube, je confie Denis à maman Sanson, Gabriel attelle la carriole et nous partons en direction de Vincennes. Benjamin est blême, ses tempes couvertes de sueur. C'est maintenant seulement qu'il semble prendre conscience de ce qui l'attend. Notre équipée est d'autant plus lugubre que nous roulons dans la charrette du bourreau, celle qui mène aux exécutions.

Le jour se lève sur la clairière encore humide quand nous atteignons la poterne, lieu du rendez-vous. Nous sommes les premiers. Benjamin se prépare. Il simule quelques assauts, l'épée à la main. Son inexpérience fait peine à voir.

Il fait tout à fait jour, à présent. Valbreuse n'arrive toujours pas. Je me prends à espérer.

– Il a eu peur ! Il a dû se dégonfler ! tente de fanfaronner Benjamin sans conviction.

On entend alors une voiture approcher. Valbreuse n'y est pas. Ce sont seulement ses témoins, en qui je reconnais deux habitués royalistes du café. L'un d'eux tient une gazette à la main. Il annonce que le vicomte ne viendra pas. Il a été empêché par un cas de force majeure l'obligeant à quitter Paris. Il regrette fort de n'avoir pu faire un crochet par Vincennes pour honorer son rendez-vous mais en voyant le torchon qui circule dans les rues depuis l'aube nous comprendrons aisément. Il nous le tend. Je lis : « Tout sur l'ignoble Valbreuse, le ci-devant qui aide les nobles à émigrer ! »

Et je suis très surprise car c'est le journal ultra-violent de Marat, *L'Ami du peuple*, et pas celui de Desmoulins. Je me souviens alors de la réaction réservée de Camille, la veille. Quelle relation peut-il y avoir entre ces deux hommes si différents ?... Je sais qu'ils sont voisins et qu'ils ont fondé avec Danton le club des Cordeliers, dans le quartier de l'Odéon. Est-ce là qu'ils se sont parlé ? Je n'en saurai rien.

– À l'heure qu'il est, Valbreuse fait route pour l'étranger mais ce n'est que partie remise, précise le témoin. Vous lui devez un duel.

Cette fois, j'interviens fermement :

– Tu ne lui dois rien du tout, il a pris la fuite.

Heureusement, Benjamin saisit cette planche de salut et retrouve même sa superbe :

– Votre vicomte est un lâche ! C'est bien ce que je dis depuis le début, on en reste là !

12.

Sylva est vite devenue ma meilleure amie, c'était même ma première amie véritable. Je passais avec elle mes rares moments libres. Nous allions promener Denis en poussant sa petite voiture dans les jardins du Palais-Royal, parfois jusqu'à la place Vendôme. Si nous avions assez de temps, nous poursuivions jusqu'à la place de la Révolution qui, à cette époque, était encore un endroit charmant. (Elle le sera moins quand papa Sanson y plantera sa guillotine.) De là, nous entrions dans les jardins des Champs-Élysées, cette drôle de campagne avec ses ormes et ses fossés où il m'est arrivé de trouver des mousserons au printemps, cette campagne d'où l'on pouvait voir le Louvre.

Maintenant que Sylva savait ce que j'avais subi, je pouvais me confier librement à elle, ce qui ne m'était encore jamais arrivé avec personne. J'avais trop honte pour frayer avec les autres filles de mon village. Elles sentaient que j'étais différente sans en connaître la raison. Murée dans mon secret. Une adulte dans un corps d'enfant.

J'avais toujours apprécié les qualités de cœur de Sylva mais, servant des royalistes, elle m'avait d'abord paru futile. De même que Benjamin et moi, vus des Tuileries, pouvions lui sembler de dangereux révoltés.

Nous nous découvrions avec ravissement. Le petit fond de méfiance se dissipait totalement entre nous. Elle savait à présent l'ignominie de Valbreuse. Cela suffisait-il à étouffer ses sentiments et à l'empêcher de souffrir de son absence ? Je n'en suis pas sûre. Aussi évitions-nous toujours de parler de lui.

Sylva me racontait la vie de la famille royale.

Elle était entrée à son service très tôt pour veiller sur les enfants. Marie-Antoinette terrorisait ses domestiques mais Sylva avait la chance de la côtoyer dans les moments où elle cessait d'être reine pour laisser place à une maman joueuse, rieuse, qui s'épanchait librement et pouvait être une excellente mère.

Elle avait connu le Petit Trianon aussi et me faisait rire en me racontant qu'il lui était arrivé d'y traire la Blanchette et la Brunette, dans leurs pots en porcelaine de Sèvres, la souveraine s'en étant vite lassée. Elle savait tout de ses rendez-vous nocturnes avec Fersen et s'était même retrouvée malgré elle à jouer le rôle de guetteuse.

En octobre 1789, quand les femmes ramenèrent le roi et la famille royale à Paris, Sylva était à leur service depuis trois ans. Une fois la frayeur passée, elle participa à leur campement dans les Tuileries qui n'avaient pas été occupées depuis des siècles et où il n'y avait même pas de lits pour dormir.

Le premier soir, à l'heure habituelle de son coucher, le roi s'endormit sur la première paillasse qu'il trouva. C'est lui qui se montra le moins regardant.

Les jours suivants, la famille royale s'installa plus confortablement mais dans une petite partie du palais. On fit venir des meubles de Versailles. Tous les appartements furent établis au premier étage, à l'exception de celui de la reine qui veilla à être seule au rez-de-chaussée avec une entrée indépendante. Sylva devina vite à qui elle donnerait le double de sa clé.

Marie-Antoinette n'avait plus les bosquets du Petit Trianon pour retrouver Fersen. Mais maintenant que leur liaison était notoire, elle se fichait bien qu'il se fasse arrêter par la garde nationale en la quittant. Peut-être même éprouvait-elle une certaine jubilation à afficher cette dernière liberté qu'on n'avait pas réussi à lui ôter. Elle jouissait de son effronterie.

Quant au roi, qui ne détestait rien tant que de voir ses habitudes bousculées, il devait très mal supporter d'être ainsi séquestré par ses sujets tout en étant privé de loisirs. Il n'y avait pas de forge aux Tuileries. Quant à la chasse, les ressources du quartier étaient des plus limitées. Ni cerfs ni sangliers dans le parc ou dans la rue Saint-Honoré ! Devait-il se résoudre à tirer les cygnes et les canards du bassin, au risque d'écorner les statues ? Il était très déplaisant, en outre, d'être constamment surveillé, même si La Fayette faisait tout pour lui être agréable.

Cette obligeance même exaspérait Sa Majesté.

Je voyais mal le roi accepter longtemps une telle humiliation et Marie-Antoinette subir cette soumission, alors que son frère, l'empereur d'Autriche, avait la moitié de l'Europe sous son pouvoir. Aussi, plus Sylva me parlait de la personnalité des souverains, plus il me semblait évident qu'ils n'allaient pas tarder à s'enfuir.

Quand je faisais part de mes observations à Benjamin, il se contentait de sourire. Sans doute était-il trop honnête pour imaginer une telle trahison. Je m'obstinais en vain à essayer de le convaincre :

– Quand même ! Tu vois qu'à Notre-Dame le roi a refusé de prêter serment ! lui disais-je.

– C'est normal. Il doit ménager le pape.

– Tu vois qu'il reçoit la communion de prêtres réfractaires !

– C'est le cas de beaucoup de ci-devant. On fait mine de ne pas le remarquer mais tout le monde le sait.

– Comment veux-tu qu'il accepte une révolution qui est en contradiction absolue avec son pouvoir ?

– Il est plus éclairé qu'on ne le croit. C'est son entourage qui est nocif.

– Le roi va s'enfuir, j'en suis sûre !

– Il est surveillé jour et nuit par la garde nationale sous la main de fer de La Fayette. Comment s'enfuirait-il ?

Benjamin ne faisait pas plus de cas de mes arguments que du babil d'une enfant de cinq ans :

– C'est bien de t'intéresser, mais c'est plus compliqué que cela.

Aussi quand il me prenait dans ses bras en murmurant : « Tu ne veux pas t'occuper un peu de moi au lieu de t'occuper du roi ? », j'étais tellement exaspérée que je le repoussais sèchement.

Plus j'interrogeais Sylva, plus j'étais confortée dans mes convictions.

Elle constatait, en effet, que Fersen venait plus souvent aux Tuileries qu'avant. Et pas seulement la nuit mais aussi l'après-midi. Il tenait de longs conciliabules avec la reine. Peut-être un peu trop longs et trop fréquents pour être purement amoureux, non ?…

En réfléchissant bien, il se passait des choses étranges, admettait mon amie. La reine demandait certains bijoux et ne les faisait pas remettre au coffre ensuite. Où passaient-ils ?

Sylva avait aussi eu la surprise de trouver des vêtements ordinaires dans l'armoire de la reine. Que faisaient-ils là ? Qui les avait introduits ?

Quand nous parlions, Sylva se méfiait toujours des oreilles indiscrètes. Elle était d'une grande prudence, acquise aux

Tuileries où beaucoup de serviteurs passaient pour des espions. Cela ne l'empêchait pas de me répondre en confiance et j'avais parfois l'impression de lui ouvrir les yeux.

Puis, un matin, ce fut le coup de semonce : Benjamin vint au café annoncer que le roi s'était enfui avec sa famille. Il était sidéré que j'aie vu juste. Il confia même à Morel qu'au début je ne m'intéressais guère à la Révolution, mais qu'à présent, il se demandait si je n'avais pas plus de sens politique que lui !

Comment les souverains avaient-ils pu échapper à la vigilance de leurs gardiens ? Certains prétendaient qu'ils n'avaient pu quitter Paris et qu'ils étaient sans doute cachés dans quelque souterrain.

Comment la famille royale avait-elle pu se volatiliser dans la nuit sans que personne n'y voie rien ? Soit La Fayette était un imbécile, soit il était complice, disait-on. Et beaucoup répondaient : les deux !

Il y avait, ce matin-là, des royalistes au café, ils se mirent à chanter et réclamèrent du vin de champagne. Morel qui ne perdait jamais le sens du commerce m'envoya chercher ses flacons les plus coûteux à la cave :

– C'est le moment de les sortir, ils vont pas regarder à la dépense !

Peu après, Sylva me raconta en confidence qu'elle avait assisté à leur fuite mais qu'elle s'était soigneusement abstenue de se manifester.

La veille au soir, la souveraine lui avait donné ses instructions comme d'habitude. Sylva s'était retirée dans sa chambre. Au moment de fermer son rideau pour se dévêtir, elle remarqua une silhouette qui sortait d'un pas rapide dans le jardin, par la porte privée de la reine, semblant tenir un paquet dans les bras. Elle était restée tapie dans l'ombre, derrière la croisée. Elle avait alors vu la silhouette rentrer par la petite porte et en ressortir avec un nouveau paquet, sans que les gardes nationaux s'en soucient le moins du monde. Elle avait compris après coup que c'étaient les enfants que l'on portait jusqu'à un carrosse garé un peu plus loin. Plus tard, deux autres silhouettes étaient sorties à leur tour. Elle était convaincue que c'étaient le roi et la reine sous des déguisements. Elle était allée se coucher comme si de rien n'était.

L'alerte avait seulement été donnée au matin quand on avait constaté, à l'heure du lever, que les lits étaient vides.

Nous apprîmes, le lendemain, que la famille royale avait été reconnue et arrêtée à Varennes, quelques kilomètres avant la frontière. Ils furent reconduits à Paris. Leur voyage aller avait duré une vingtaine d'heures, le retour dura trois jours, tant il fut ralenti par une foule hostile.

Pendant tout ce temps, Sylva resta avec moi, à la maison ou au café. Quand la famille royale arriva aux Tuileries sous bonne escorte, Sylva décida de rejoindre ses maîtres en dépit de mes protestations. Elle faillit se faire battre par les poissardes qui gardaient l'accès au palais mais ne se laissa pas intimider.

– La reine a toujours été bonne pour moi… Elle m'a donné un état… Je ne vais pas laisser tomber ma maîtresse dans la situation présente !

On la laissa entrer. Je dois dire que sa loyauté força mon estime et consolida mon amitié.

Son service n'empêchait pas Sylva de porter un regard sans concession sur la famille royale. Elle m'apprit toutes les maladresses qui avaient fait échouer leur fuite. Le départ sans cesse reporté en raison de l'indécision du roi. Un carrosse flambant neuf, beaucoup trop lourd et donc trop lent parce que Fersen, qui l'avait commandé, voulait que la reine voyage dans des conditions très confortables. Et surtout, une méconnaissance totale du peuple dont ils se croyaient encore aimés et dont ils purent mesurer toute l'hostilité pendant les trois jours que dura leur retour honteux.

Sylva faisait donc partie de cette petite poignée de fidèles qui entouraient la reine quand une délégation de députés vint l'interroger au nom de la représentation nationale, le lendemain de son retour. Benjamin était parmi eux.

C'est Sylva qui leur ouvrit et les pria de patienter un instant. Mais même assiégée, Marie-Antoinette restait Marie-Antoinette. Elle refusa de les recevoir.

Sylva, si soumise d'ordinaire, se permit d'insister : les représentants du peuple allaient le prendre comme un affront… Mais l'encore souveraine la remit en place et lui ordonna de dire qu'elle était à son bain.

Arrivés dans de bonnes dispositions, Benjamin et ses confrères repartirent humiliés :

– Ça ne lui suffit donc pas ! Elle croit que rien n'a changé !

Cette fois, même Sylva dut admettre que c'était perdu.

13.

C'est arrivé un dimanche de juillet. Le 17 exactement. Je ne travaillais pas ce jour-là. On avait déjeuné tôt. Il faisait beau. J'étais dans la chambre avec Benjamin qui me lisait un discours qu'il devait bientôt prononcer. Depuis que j'avais prédit la fuite du roi, il prenait mon avis. Il se tenait debout derrière une chaise comme s'il était à la tribune et je le faisais répéter tel un comédien.

– *Messieurs !* lançait-il à la cantonade.

– Pourquoi seulement *Messieurs* ?

– Y a pas de femmes à l'Assemblée nationale !

– Et dans les tribunes ? Y en a des femmes qui assistent aux débats !

– D'accord, y a des femmes mais on ne le dit pas !… *Messieurs !* reprenait-il.

– Toi-même, tu veux que je vienne quand tu fais un discours !

– Si tu m'interromps sans cesse, je peux pas y arriver !… *Messieurs ! Le roi a déserté son poste. Qui s'en plaindra ?… Sa fuite a le mérite de faire économiser à la Nation les quarante millions annuels que coûtait son entretien !*

– Moins respectueux !

– *Que coûtaient le gros Louis et sa tribu !*

– C'est mieux !

– *Ce qui m'étonne et qui m'inquiète, messieurs, c'est que beaucoup d'entre vous veulent travestir la vérité !*

– Attaque !

– ... *veulent mentir au peuple !* J'approuvais, il enchaînait. *Plutôt que d'accuser le roi de s'être enfui, vous préférez prétendre qu'on l'a enlevé !*

– Développe !

– *Au lieu de reconnaître qu'il trahit depuis des mois... Qu'il est de mèche avec l'étranger... À commencer par ses frères qui ont émigré et qui lèvent en Autriche et en Prusse des armées pour renverser la Révolution, vous prétendez...*

– Vas-y ! Moque-toi !!

– *Vous prétendez qu'on enlève un souverain comme on enlève une jeune fille au clair de lune... Avec en prime sa femme, ses enfants et la gouvernante !*

– Reste pas cloué ! Bouge comme Danton !

– *POURQUOI ?* reprenait-il, plus véhément. *Parce que vous avez peur ! Peur de remettre en question le pouvoir royal ! Peur de briser l'équilibre bancal entre l'Assemblée et la monarchie ! Mais il est grand temps d'aller plus loin et d'en finir une bonne fois pour toutes avec le despotisme !*

J'étais émue que Benjamin soit aussi attentif à mes suggestions. Nous étions dans un rapport d'égalité. J'étais heureuse de lui être utile.

– J'ai envie de faire l'amour avec toi, ai-je soudain murmuré.

Il n'en revenait pas.

Ce même jour, Denis joue dans le jardin avec Sanson. Je le vois depuis notre fenêtre. On a fêté son premier anniversaire trois semaines plus tôt. Il a reçu une petite toupie chromatique achetée au Palais-Royal. Toutes les couleurs se fondent en blanc quand elle tourne. Il est fasciné par ce jouet. C'est un solide petit garçon. Il marche déjà, mal assuré sur ses jambes, mais intrépide, impatient de courir à la conquête du monde.

Papa Sanson est fou de Denis. Vautré dans l'herbe, il fait des pitreries pour l'amuser tandis que maman Sanson reprise une cagoule assise sur un billot de bois, à l'ombre.

Nous descendons dans le jardin. Denis accourt en titubant vers Benjamin qui le perche sur ses épaules. Sanson propose de le garder pour l'après-midi. Il insiste même. On lui répond en riant qu'il a assez joué comme ça ! Et nous partons tous les trois.

Par ce beau dimanche de juillet, nous marchons jusqu'au Champ-de-Mars. Il faut bien une heure à pied depuis le faubourg Poissonnière. C'est une marche joyeuse. La gaieté de Denis est communicative. Ses grands yeux émerveillés et curieux semblent nous rappeler à chaque instant que c'est le début d'un monde nouveau.

Je me sens si bien ce jour-là, entre mes deux hommes ! Provisoirement débarrassée de ce manque d'assurance qui m'a trop longtemps brisée. J'ai le sentiment de bâtir quelque chose. Une impression de plénitude.

D'autres groupes convergent vers le Champ-de-Mars. Des grandes tentes y ont été dressées. Les Parisiens sont invités à venir signer une pétition pour destituer le roi. Les Parisiennes aussi. Nous, les femmes, n'avons pas le droit de vote. Mais, quand même, nous avons le droit de signer une pétition. C'est un vrai défoulement de pouvoir signifier au roi son congé.

Pendant les deux premières années de la Révolution, le roi et l'Assemblée ont cohabité. Mais depuis que la trahison du monarque est avérée, depuis la fuite à Varenne, le peuple ne veut plus « reconnaître ni Louis XVI ni aucun roi ».

Sur une table abritée sous une tente, une cinquantaine de feuilles sont déjà couvertes de signatures. Benjamin et moi apposons les nôtres. Certains ajoutent des commentaires : « Poignarderez-vous la Liberté dans son berceau après l'avoir enfantée ? »

C'est une ambiance de fête. On vend des rafraîchissements, du pain d'épices, du coco, des gâteaux de Nanterre. Benjamin achète un moulin à vent tricolore pour Denis. Il le cale entre ses petits doigts et souffle pour le faire tourner plus vite.

Ses grands yeux semblent me prendre à témoin. L'étonnement magnifique de Denis.

La dernière image que j'aurai de mon fils.

Les gardes nationaux, en retrait, assurent le service d'ordre sous le commandement de La Fayette. Soudain, quelques détonations éclatent. Je crois à des pétards. Je ne suis pas la seule, on rit. Les gardes nationaux se perdent dans la fumée.

D'où je suis, j'ai du mal à discerner exactement ce qui se passe. Mais il paraît que des provocateurs royalistes bombardent de pierres et autres projectiles les gardes nationaux. Plusieurs auraient été touchés. La garde, jusque-là impassible, se décide à riposter. Des pierres atterrissent même sur la tente où sont posées les pétitions. La foule se met à refluer en courant et en soulevant des nuages de poussière tandis qu'on entend des coups de feu et des cris. Il n'y a plus de doute : ce sont des tirs à balles réelles. Et c'est la panique totale. Des cris fusent : « La Fayette, assassin ! » Tout le monde veut fuir, on tombe, des corps sont piétinés.

Au milieu du tumulte, j'appelle désespérément Denis. Comment ai-je pu le perdre de vue un seul instant ? Je le cherche en me débattant contre cette marée humaine. Je ne vois pas Benjamin non plus, j'espère qu'ils sont bien ensemble.

Soudain, les coups de feu cessent. Ce ne sont plus que des hurlements, des gémissements, les bruits de la cavalcade qui s'éloigne.

Quand la fumée se dissipe, des dizaines de corps gisent à terre. Je suis foudroyée. Je viens de découvrir Denis inerte. Je me précipite pour le prendre dans mes bras. Dans un état de stupeur. Je dois me rendre à l'évidence : mon fils est mort.

14

Il n'y a pas de mots pour dire la mort d'un enfant. Je n'avais pas choisi d'être mère. Denis était venu malgré moi. Et pourtant il avait suffi de quelques mois pour qu'il devienne toute ma vie. J'étais la première surprise d'avoir trouvé une raison d'être, un avenir. Je m'étais mise à croire que le bonheur était possible et même que le monde pouvait changer. Sa disparition me laissa totalement démunie. Avec un sentiment d'irréalité. Parfois je n'étais même pas triste mais dans un état de flottement où j'aurais voulu rester, absente de ma propre vie, au bord de mon chagrin comme une somnambule sur la margelle d'un puits, en proie à la tentation constante du vide.

Sylva m'avait appris que la reine avait perdu deux enfants, coup sur coup, à la veille de la Révolution. Sa dernière fille âgée de onze mois, et son fils aîné, le dauphin, âgé de six ans. Le petit garçon, qui avait toujours été fragile, assista, début mai 89, au défilé des députés se rendant à la séance d'ouverture des états généraux malgré la faiblesse de sa constitution, ce rachitisme chronique dont les meilleurs médecins du royaume ne parvenaient pas à le guérir. Un mois plus tard, il s'éteignait. Qu'est une révolution comparée à la perte de ses enfants ? Je comprenais l'absolu détachement de leur mère pour la suite des événements. J'avais même de la sympathie pour son arrogance ou sa duplicité. Que lui importaient les bouleversements de la société au regard d'une telle tristesse ?

La reine avait au moins la chance d'être croyante. Espérait-elle retrouver ces êtres adorés dans une vie éternelle ? En tout cas, les prières et les messes pour le repos de leurs âmes, les paroles consolantes des prêtres dans les vapeurs d'encens, la musique qui s'élève sous les voûtes sacrées et les fleurs sur les dalles des chapelles, toutes ces tentatives pour transfigurer le désespoir en arrivée triomphale dans le royaume des cieux, sans même que ces innocents marquent d'arrêt par le purgatoire, tout cela put apaiser un peu sa souffrance. L'aider à la rendre plus dicible surtout, car il y a un vocabulaire commun pour la compassion, que partagent les prêtres et les fidèles…

Benjamin était totalement athée. Il plaisantait volontiers sur les curés qu'il appelait des calotins, des charlatans débitant des patenôtres et des « avémaries ». La religion était de la bigoterie. Et les croyantes, des mangeuses de crucifix ou des mangeuses de cierges, voire même des mangeuses de piliers d'église, bref de la paillasse à jésuites.

L'anticléricalisme de Benjamin m'avait d'abord amusée. Il tranchait sur le respect béat pour la religion dans lequel, en bonne Vendéenne, j'avais été élevée. J'aimais son parfum sulfureux.

Il régnait alors à Paris une grande liberté dans les mœurs. Et, loin de ma famille, loin de ma paroisse, l'union libre dans laquelle Denis était né ne me gênait pas. Cela ne me déplaisait pas de choquer papa et maman Sanson ni de provoquer le père Benoît. Cette insolence était notre jeunesse.

Ma perception fut tout autre quand Denis mourut. La religion me manqua alors atrocement. Je me sentis dans un isolement total. J'aspirais en secret à une belle et grande cérémonie où j'aurais pu m'effondrer en étant comprise. Une cérémonie à la gloire de Denis. Mais j'entendais par avance Benjamin en dénoncer l'hypocrisie. C'est pourquoi je n'insistai pas quand il refusa que les prêtres s'emparent de notre souffrance. Cependant je lui en voulus. Cela contribua à nous éloigner. Et moi qui ne suis pas expansive pour dire mes sentiments, surtout quand ils sont douloureux, je devins plus mutique encore avec lui.

Certes, la Révolution n'interdisait à personne de prier. Elle ne s'attaquait pas aux pratiques religieuses, elle demandait aux prêtres de reconnaître la Constitution de la France. Mais c'était tout de même le triomphe de l'esprit voltairien. L'Église, et surtout les prélats coupables d'abus, avaient mauvaise presse.

Après en avoir souri, je sentais combien cette atteinte à la religion était un point faible de la Révolution. Accablée de chagrin, j'avais besoin de croire à une intervention divine. J'avais besoin d'être délivrée de moi-même, j'aspirais à une autre dimension de l'existence. La Révolution ne m'était d'aucune utilité face à mon désespoir. Un silence abyssal s'est alors établi entre Benjamin et moi. Nous évitions obstinément tout ce qui pouvait évoquer Denis.

C'est sans doute pour cette raison-là que j'ai été touchée par la suite quand Robespierre, mieux que tout autre révolutionnaire, exprima le besoin de combler le vide laissé par les atteintes à la religion. Voire de créer une religion d'État. Certes, j'ai trouvé son culte de l'Être suprême grotesque. Mais je me suis reconnue dans sa démarche : nous avions ressenti le même manque.

Ayant reçu une éducation catholique, j'avais gardé un profond respect pour l'Église, même si ma foi était vacillante. Par manque d'assurance peut-être, j'avais adopté le comportement anticlérical de Benjamin. Ces contradictions me rattrapèrent quand il fut question des obsèques de Denis.

Dans ces moments terribles, je dois dire que les Sanson ont été d'une grande gentillesse pour moi. Ils étaient très attachés à mon fils. Denis était né dans leur maison, maman Sanson le gardait depuis son sevrage et papa Sanson remplissait avec cœur le rôle de grand-père.

Sa disparition a assombri la vie de toute la maisonnée. Ce drame préfigurait la triste période qui allait s'ouvrir, pour la famille du bourreau aussi. Ils remisèrent provisoirement leurs instruments et cessèrent de faire de la musique de chambre, ce spectacle qui semblait fasciner Denis. Assis sur ses langes, il les écoutait avec une attention troublante. La cour devint silencieuse, bruissant des seules rumeurs du faubourg. On n'entendit plus « le chant de la bourrelle, le soir au fond des bois », comme plaisantait Benjamin autrefois.

Maman Sanson avait-elle peur que je commette un acte désespéré ? Elle n'aimait pas me savoir seule. Elle venait frapper à ma porte quand Benjamin était retenu par une séance, et insistait pour que je vienne prendre une tasse de tisane avec eux. On aurait pu croire que le bourreau était retombé en enfance. Il occupait ses soirées à faire des plans et bientôt des maquettes avec son ami ébéniste Tobias Schmidt qui, quelques semaines plus tôt, tournait encore des toupies, des quilles et autres jouets en bois pour Denis.

Ce qui les absorbait tant était la conception de la future guillotine, promise à un vif succès dans les années à venir.

Mes conversations avec Mme Sanson, tisane après tisane, m'ont beaucoup instruite sur le sujet. Jusque-là, avoir la tête tranchée était un privilège réservé aux nobles.

Il y avait deux écoles.

Selon la tradition anglaise, on décapitait à la hache, tête posée sur un billot. Ainsi était tombée la tête couronnée de Charles Ier en 1649. (C'était en janvier et il mit, dit-on, plusieurs chemises pour ne pas trembler de froid par crainte qu'on imagine qu'il tremble de peur.) Messieurs les Anglais s'enorgueillissaient d'avoir coupé, les premiers, la tête de leur souverain. Il y avait bien une ou deux haches ancestrales accrochées dans l'atelier de Sanson. Elles avaient sûrement servi en leur temps mais rien n'indiquait qu'elles eussent tranché des têtes ou d'autres membres. Leur présence tenait plus du souvenir de famille, voire du cabinet de curiosités, que de l'outil de travail.

La tradition française, elle, privilégiait l'épée de justice pour la décollation des têtes nobles. Charles-Henri, en sa jeunesse, avait eu l'occasion d'y faire la preuve de son habileté. Le règne de Louis XV, souverain voluptueux mais qui savait être cruel, lui permettait d'exprimer ce talent, car l'exercice n'est pas facile. Comme aimait l'expliquer papa Sanson, la structure du cou est composée de plusieurs os dont la connexion forme enchevauchure. Il faut donc un œil très sûr, doublé d'une grande habileté, entretenue par une bonne hygiène de vie, pour viser juste et opérer une parfaite et prompte décollation, rien n'étant plus déplaisant qu'un bourreau maladroit qui rate ses cognées comme un mauvais bûcheron.

Sous l'impulsion d'un collègue de Benjamin, l'Assemblée constituante venait de voter, en juin, un décret établissant que *tout* condamné à mort aurait désormais la tête tranchée. (Ce député, Le Peletier de Saint-Fargeau, allait bientôt succomber lui-même d'un coup d'épée, mais porté ailleurs qu'à son cou.)

La démocratisation du tranchage de têtes nécessitait des innovations techniques. Un comité exécutif fut créé (exécutif était le mot juste). Consulté, Sanson expliqua qu'une épée coûte cher et s'émousse vite. Cette méthode, qui convenait pour quelques privilégiés, était inapplicable à un public élargi.

Des esprits inventifs se mirent alors au travail afin de concevoir un procédé économique permettant de trancher les têtes en série.

Comme chacun sait, c'est le docteur Guillotin qui eut l'idée du principe de départ. Guillotin n'était pas un inconnu parmi les députés. Il avait déjà fait bénéficier ses confrères de deux ingénieuses trouvailles : l'installation d'une ventilation naturelle à l'Assemblée (on le bénissait en ces temps de canicule) et l'installation de latrines, plus appréciées encore.

Cet homme, qui avait décidément le sens du confort, allait, sans que personne s'en doute pour l'instant, prendre en charge le confort de fin de vie de bon nombre de ses collègues.

Le roi lui-même fut consulté. Son intérêt pour la mécanique était connu. Il suggéra à juste titre qu'on remplace le tranchoir en demi-lune par un tranchoir oblique dont il put, hélas, vérifier l'efficacité.

Le docteur Guillotin s'était payé un franc succès en faisant l'apologie de sa machine à la tribune : « Le patient éprouvera tout au plus une légère fraîcheur dans le cou ! » Il s'en faudra de très peu qu'il soit lui-même rafraîchi, deux ans plus tard.

C'est le docteur Louis, un éminent chirurgien, membre de l'Académie des sciences, que l'Assemblée chargea de piloter la fabrication de la future machine. Les premiers devis étaient très coûteux. Tobias Schmidt, encouragé par papa Sanson, se mit sur les rangs pour concevoir un modèle de qualité à des conditions plus avantageuses.

Dès lors, ils passèrent leurs soirées en discussions passionnées sur les ferrures, charpente, tranchoir, poulies, cordages... Ils actionnaient des modèles réduits en tranchant tout ce qui leur tombait sous la main : lombrics, poireaux, cigares… Des vrais gamins.

Comment fallait-il appeler la décapiteuse ? (On ne pouvait tout de même pas garder ce nom-là !) Avant que le docteur Guillotin passe à la postérité avec sa *guillotine*, on pensa à la *louison* ou la *louisette* en l'honneur du docteur Louis. Sanson militait pour qu'on dise la *schmidtine*, à la gloire de son ami… « Le condamné sera schmidté ! » lui paraissait autrement plus fort que louisonné ou guillotiné. Lui qui refusait qu'on l'appelle *bourreau* consentait de bonne grâce à devenir « le *schmidteur* de Paris » !

Ma tasse de tisane avalée, je descendais au jardin. Denis reposait là, à l'ombre d'un tilleul. Tobias Schmidt lui avait confectionné un petit cercueil et Sanson avait sacrifié un coin de son potager pour lui faire une tombe. Elle était recouverte d'un simple monticule de terre, semé d'une jonchée de fleurs dont Gabriel prenait grand soin.

Je venais m'y recueillir chaque soir tandis qu'il jardinait en silence. Il se montrait d'une grande délicatesse. Il m'aimait sans espoir de réciprocité et trouvait dans les circonstances présentes l'occasion de me témoigner ses qualités de cœur, son dévouement désintéressé. Une élévation morale qui suppléait son aspiration au bonheur. Le fils du bourreau était toujours soucieux de montrer qu'il était meilleur qu'on ne l'aurait pensé.

Il me proposa de couvrir la tombe par une plaque de marbre blanc, se flattant d'avoir des contacts privilégiés parmi les marbriers.

– Sûrement pas ! ai-je réagi, les nerfs à vif.

Pour moi, la présence de Denis dans le jardin du bourreau ne pouvait être que temporaire. C'était une manière de le garder provisoirement près de moi. Sa dernière demeure était ailleurs. Je tenais à ce qu'il repose dans mon pays, en Vendée.

15.

Chaque vendredi, Bastien, le jeune frère de Morel, livrait des huîtres et du poisson de Vendée. Leur qualité avait fait la réputation du *Café français*. Bastien avait ses secrets. D'abord, il élevait lui-même ses huîtres. Elles étaient moins vertes que les huîtres normandes mais plus charnues, plus parfumées. Et il savait les faire délaiter pour répondre à la demande de la clientèle et en assurer l'approvisionnement en toute saison. Surtout, elles étaient d'une fraîcheur incomparable. Le plus grand talent de Bastien était sa rapidité. Quand la malle-poste mettait trois ou quatre jours pour aller de Nantes à Paris, il y parvenait en moins de deux. Il attendait le retour de la pêche de nuit pour charger son cabriolet des plus belles pièces de turbots, de bars, de soles, de lottes, mêlées à de la glace fortement salée. Il y ajoutait des bourriches garnies d'huîtres bien tassées. Et il partait à bride abattue, relayant jour et nuit pour arriver le vendredi matin. (Avec un mareyeur pareil, Vatel, le cuisinier du Grand Condé, ne se serait pas suicidé !)

Vers l'heure où je prenais mon service, Bastien descendait de son cabriolet, épuisé, les traits battus mais les yeux rieurs, heureux d'avoir une nouvelle fois mené à bien son expédition. Je lui préparais une tasse de moka et il me donnait des nouvelles du pays.

Bastien était bien plus sensible et chaleureux que son frère. Je n'oublierai jamais sa réaction quand je lui ai appris la mort de Denis. Sa silhouette courtaude s'est figée, le souffle court, ses yeux très clairs se sont embués. Ému comme un gros sac de larmes, il m'a broyée dans ses bras.

C'est un vendredi, à la même époque, que les Sanson, père et fils, sont venus pour la première fois au café. Gabriel brûlait de connaître l'endroit mais il se percevait comme un pestiféré et n'osait pas fréquenter les lieux publics. Je les avais invités à prendre un marasquin pour les remercier de la gentillesse qu'ils me témoignaient.

Je me souviens que David était présent, ce matin-là. Il croquait des visages, selon son habitude. Il devait présenter au Salon, le mois suivant, le dessin préparatoire de son *Serment du Jeu de paume*, et il lui manquait encore beaucoup de portraits de députés. Il avait donc besoin de compléter sa provision de têtes. Celle du père Sanson dut lui paraître intéressante. « Vous allez faire sensation si vous mettez le bourreau de Paris parmi tous les signataires ! » lui dis-je. Il ne l'avait pas reconnu, il arracha aussitôt le croquis de son carnet. Je le remis à l'intéressé.

– C'est un sacré barbouilleur ! remarqua Sanson.

David n'avait pas encore de responsabilité politique mais il devenait de plus en plus influent. Grâce à lui, on venait de réformer le Salon. Pour avoir des commandes, il était aussi important pour un peintre d'y exposer que pour un écrivain d'être édité. David, qui avait souffert dans le passé d'y voir ses toiles refusées ou non récompensées, avait obtenu qu'on l'ouvre cette année-là à un nombre beaucoup plus important d'artistes, et parmi eux à une vingtaine de femmes.

Si je me souviens de cette matinée, c'est qu'elle est liée à un événement décisif.

Installé dans la cuisine, Morel réceptionnait la livraison de son frère en écrivant sur son grand registre le nombre de pièces de chaque espèce de poisson, quand soudain il a dit au commis :

– Tu porteras une bourriche à l'hôtel de M. La Fayette.

Ce nom m'a tétanisée, La Fayette !

Avant la fusillade du Champ-de-Mars, il lui arrivait de venir au café déguster une ou deux douzaines d'huîtres, à la sauvette, prenant à peine le temps de s'asseoir. Il aimait les huîtres de Bastien qui lui rappelaient, disait-il, celles de Virginie dont il se régalait en compagnie de George Washington et des Indiens hurons ou iroquois qui avaient servi sous ses ordres quand il était parti faire la guerre en Amérique. Les huîtres y pullulaient près des lieux où il avait livré bataille.

Il était resté si attaché à la Virginie qu'il avait donné ce prénom à l'une de ses filles. On raconte que Benjamin Franklin, alors ambassadeur à Paris, lui avait souhaité d'avoir assez d'enfants pour qu'ils portent les noms de tous les États d'Amérique. (Il y en avait treize à l'époque, ce qui aurait fait une belle famille. Sans être aussi prolifique, La Fayette continua toutefois d'honorer l'Amérique en appelant son fils George Washington.)

En entendant son nom, j'ai arraché la bourriche des mains du commis :

– Laisse ! J'y vais à ta place !

Morel n'a pas osé protester.

J'ai traversé le jardin du Palais-Royal pour prendre la rue Saint-Honoré qui était alors la plus large et la plus propre de Paris. L'une des rares où l'on pouvait marcher sans être crotté. Le club des Jacobins s'y trouvait et, presque en face, venait de s'ouvrir celui des Feuillants. De nombreuses personnalités y habitaient. Même Robespierre qui, depuis les événements du Champ-de-Mars, avait quitté son domicile de la rue de Saintonge, dans le Marais, pour emménager chez Duplay, un de ses admirateurs qui avait une entreprise de menuiserie.

Sade, Fouché habiteront aussi cette rue où se dressait le somptueux hôtel de Noailles, nom de l'épouse de La Fayette. Comme tout le monde dans le quartier, je connaissais l'endroit.

J'ai déposé la bourriche dans les cuisines et, au lieu de ressortir, je me suis glissée dans les appartements en évitant les domestiques. J'ai traversé furtivement une enfilade de pièces de réception communiquant par des doubles portes, toutes ouvertes. Lambris, dorures, plancher à point de Hongrie. C'était la première fois que je pénétrais dans un logis aussi luxueux.

La dernière pièce, au fond, était manifestement le bureau de La Fayette. Un large secrétaire, adossé à de hautes portes-fenêtres, donnait sur un jardin. Les meubles de la plus fine ébénisterie se mêlaient à des objets incongrus en un tel lieu : coiffes indiennes, calumets de la paix, selle apache, toile de tente, tuniques de cuir ornées de perles de couleur… Le général avait saturé son hôtel de souvenirs de ses campagnes américaines. Au-dessus de son bureau, deux cadres, l'un avec la Déclaration des droits de l'homme, l'autre la Déclaration d'indépendance américaine. Il y avait aussi des étendards suspendus, dont l'un déchiré par un tir de mitraille. Mais ce qui me frappa le plus, ce fut le portrait d'une très jolie jeune femme.

Je perçus alors une présence dans mon dos.

– Que faites-vous dans le bureau de mon mari ?

Je me retournai. Le modèle du tableau était en face de moi.

– Je me suis égarée en sortant des cuisines, lui dis-je calmement. Et je ressortis.

L'idée de venger Denis en assassinant La Fayette s'imposa bientôt comme une évidence. Ces élans meurtriers prenaient dans mon esprit des allures de mission. En mettant le coupable hors d'état de nuire, j'allais épargner de futures victimes. Ainsi, Denis ne serait pas tout à fait mort pour rien. Il faut dire que j'étais dans un état d'épuisement avancé. J'avais totalement perdu le sommeil. J'arrivais à tenir le coup au café mais j'étais toujours fiévreuse et très irritable pour peu qu'on s'en prît à moi, ce à quoi peu de gens se risquaient et surtout pas Morel.

La Constituante vivait alors ses dernières semaines. Elle allait être dissoute en septembre suivant. Pour boucler à temps la première Constitution de la France qui compterait près de trois mille lois, les députés avaient une énorme charge de travail. Cela aida Benjamin à résister mieux que moi, je pense. Il lui était plus facile de ne pas penser en permanence à Denis. Quand il rentrait d'une séance de nuit alors que l'aube pointait déjà, il s'inquiétait qu'une nouvelle fois je n'aie pas défait le lit. Prostrée dans le fauteuil, je ressassais mes idées sombres, en attendant le moment de partir travailler. Parfois, je m'écroulais une heure ou deux, m'éveillant en proie à des cauchemars si violents que j'appréhendais de retomber dans le sommeil.

Nous nous parlions peu avec Benjamin. Nos conversations ressemblaient à un esquif qui contourne les écueils : nous évitions prudemment d'évoquer notre chagrin pour ne pas sombrer. Un matin, pourtant, je lui ai confié mon obsession :

– Je ne retrouverai pas le sommeil tant que Denis n'aura pas été vengé !

– Le coupable ne sera jamais identifié !

– Mais si ! Ce sont les royalistes ! Les provocateurs royalistes ! En tout cas, c'est La Fayette qui a donné l'ordre de tirer.

– On n'en est même pas sûr.

Je m'étais mise à lire *L'Ami du peuple*, le journal de Marat. Ce brûlot, violent, radical, me faisait du bien. Il tirait à boulets rouges sur La Fayette qu'il appelait « l'infâme », avec des variantes allant de « l'infâme marquis » à « l'infâme blondinet ».

Marat ne m'inspirait aucune sympathie particulière. Mais, dans l'état où j'étais, son talent pour traduire le ressentiment des déshérités et appeler sans retenue à des mesures expéditives me mettait du baume au cœur.

Je comprends ceux qui trouvèrent en lui leur meilleur avocat. Je me laissais charmer par ses épîtres sanguinaires. Quand on éprouve une impuissance absolue, une injustice totale, il peut paraître doux qu'on vous invite à répandre le sang au nom de la patrie.

Marat ne se contentait pas de reprendre à son compte la rage du peuple, il surenchérissait. Cet être au physique repoussant devait en tirer une grande jouissance et un formidable sentiment de pouvoir. Il allait en découler des exactions abominables. Mais, pour l'heure, cela me convenait parfaitement. Tous les autres journaux me paraissaient fades.

Pour mettre mon plan à exécution, je me suis renseignée sur le « héros des deux mondes ».

La Fayette s'était illustré en partant faire la guerre d'Indépendance américaine à dix-neuf ans, par idéal, engageant à ses frais un bataillon et bravant l'interdiction du roi. Il y avait manifesté un courage certain aux côtés des insurgés américains. Son inexpérience l'avait finalement servi pour prendre de court les troupes anglaises, plus nombreuses, mieux équipées, en trahissant les règles classiques de la guerre… À la tête d'un bataillon composite associant ses mercenaires à des colons ayant quitté leurs plantations, des esclaves en quête d'émancipation, des

Indiens soucieux de défendre leur territoire, il avait su tirer parti de la mobilité de ses troupes, de leur connaissance du terrain pour prendre de vitesse la lourde machine de guerre anglaise, n'hésitant pas à tendre des embuscades avec des ruses de gamin.

Bref, dans son ingénuité et la fraîcheur de sa jeunesse, il inventa une guérilla très efficace et conquit l'estime du vieux général Washington en qui La Fayette, orphelin, trouva un deuxième père.

En 1782, après la proclamation d'indépendance américaine, son retour en France fut triomphal.

Tout semblait lui sourire. Il avait hérité d'une des plus grandes fortunes de France. Et bien que marié très jeune – son épouse avait alors quatorze ans et lui-même seize – cette union avec une Noailles, descendante d'une des plus puissantes familles de France, s'avérait heureuse, ce qui ne l'empêchait pas d'avoir de très jolies maîtresses.

Au moment de la Révolution française, La Fayette semblait appelé à jouer un grand rôle. On s'orientait vers une monarchie parlementaire. Il était tout désigné pour faire le lien entre le monarque et les représentants du peuple.

Élu député de la noblesse aux états généraux, il se montra progressiste. Au lendemain du 14 juillet 1789, il fut élu par acclamation commandant de la garde nationale. Le jour même, il ordonnait la destruction de la Bastille. Deux jours plus tard, il remettait au roi la cocarde tricolore à l'Hôtel de Ville de Paris.

C'est ensuite que les choses se gâtèrent. La Fayette se révéla beaucoup moins doué pour faire la révolution chez lui qu'en Amérique, pour s'opposer à l'ordre établi sur la terre de ses ancêtres que sur un autre continent. À Paris, entre la fidélité au roi et la défense des idées nouvelles, il privilégia le roi.

Bien avant la fuite à Varennes, on le suspecta d'être traître à la Révolution. Et il n'attendit pas la fusillade du Champ-de-Mars pour se montrer très répressif.

Déjà, un an plus tôt, quand le bataillon de Châteauvieux se mutina à Nancy – les soldats n'ayant pas touché leur solde depuis longtemps –, La Fayette réclama qu'on les exécute. C'était ce même bataillon qui, le 13 juillet 1789, aux Invalides, avait refusé de tirer sur le peuple lorsqu'il s'était emparé des fusils avant la prise de la Bastille.

Mais c'est au Champ-de-Mars que La Fayette se déshonora définitivement en faisant tirer sur le peuple.

Une action que Louis XVI lui-même qualifia d'abjection.

Des dizaines d'innocents étaient morts.

Parmi eux, mon enfant.

En supprimant La Fayette, j'étais convaincue de faire œuvre utile. Deux ans plus tard, Charlotte Corday dut avoir la même sensation de se sacrifier pour la cause générale en assassinant Marat. Chacune de notre côté, nous partagions la foi des martyrs.

Il s'agissait dès lors de m'en donner les moyens.

16.

Un soir, après la tisane, tandis que la famille Sanson glosait sur la future machine à couper les têtes, je suis entrée dans l'atelier du bourreau pour y emprunter une arme. Gabriel, à son habitude, devait me surveiller en douce. Il est entré derrière moi. Je lui ai demandé s'il était capable de garder un secret. Il a d'abord semblé se réjouir de cette complicité inhabituelle.

– J'ai besoin que tu me trouves un pistolet, Gabriel.

– Mais… tu ne sauras pas t'en servir !

– Détrompe-toi. Je suis une fille de la campagne. J'ai souvent accompagné mon père à la chasse.

– Quel genre de gibier veux-tu chasser ici ?

– Ne me pose pas de questions. Acceptes-tu de m'aider ou pas ?

Il hésita un instant, contrarié de me refuser une faveur, mais il refusa tout de même :

– Si tu fais une bêtise et que t'es condamnée, c'est moi qui d'vrai t'exécuter et ça, pour rien au monde…

Pour accomplir mon projet, j'ai mis Sylva à contribution sans qu'elle le sache. Elle passait me voir dès qu'elle pouvait s'évader des Tuileries, désolée de mon état.

– On dirait que t'as pas bougé depuis la dernière fois.

Il m'arrivait, en effet, de rester des heures prostrée devant le lit de Denis. Ses jouets, ses affaires, même son petit moulin à vent acheté au Champ-de-Mars, tout était encore là. Sylva me suppliait de vider la chambre.

– Cela ne te fait aucun bien d'avoir ce spectacle en permanence sous les yeux !

Elle essayait de me secouer. Elle me reprochait même de me complaire dans mon chagrin. Elle était assez bonne amie pour me parler aussi directement. Mais elle n'insistait pas. J'étais trop à vif. Quelques paroles et j'étais au bord des larmes. Pas question de toucher à quoi que ce soit tant que l'assassin de mon fils serait en liberté.

Pour tenter de me distraire, Sylva me parlait des Tuileries : la vie quotidienne y devenait un enfer. Marie-Antoinette ne s'entendait pas du tout avec Madame Élisabeth, la sœur de Louis XVI qui était sous la coupe de ses autres frères, les comtes de Provence et d'Artois, confortablement installés à l'étranger et qui rêvaient de monter sur le trône à la place du roi. Les deux femmes ne se parlaient plus. La reine, qui n'avait jamais terminé un livre de sa vie, n'avait plus ni amant, ni théâtre, ni courtisans, ni conversations spirituelles... Rien que de lugubres parties de trictrac d'après-dîner. Livrée à elle-même, elle s'ennuyait à mourir.

Sylva avait davantage d'indulgence pour le roi. Dans le malheur, il s'humanisait. Privé d'exercice depuis qu'il n'avait plus ni sa chasse ni sa forge, il devenait obèse. Il paraissait plus que jamais embarrassé de lui-même, entre la reine qui le méprisait et sa sœur qui le trahissait.

Comme le personnel était nettement réduit, Sylva approchait le roi de plus près et elle le trouvait meilleur qu'on ne disait. D'une humeur fluctuante, certes. Parfois somnolent, dans un état d'apathie. Mais quand il était dans un bon jour, il paraissait presque vif, joyeux, soucieux de reprendre en main les affaires du royaume. Visiteurs et conseillers se succédaient à un rythme soutenu.

Je lui demandais de me parler de La Fayette… Marie-Antoinette le détestait et l'affublait de surnoms. Tout noble qu'il était, il avait grandi à la campagne et la reine le trouvait terriblement provincial. Sans manières, sans esprit, niais. La première fois qu'elle l'avait vu danser, elle avait éclaté de rire.

Sylva finit par me donner l'information que j'espérais : La Fayette rendait visite au roi tous les jours, quand il était à Paris.

Ainsi, il me suffirait de questionner discrètement mon amie pour avoir l'assurance de le trouver chez lui au moment de passer à l'acte.

La dernière séance de l'Assemblée constituante eut lieu le 30 septembre 1791. Un verre était organisé à la buvette de l'Assemblée et Benjamin parvint à m'y entraîner. Les députés partageaient la fierté d'avoir doté la France de son premier corpus de lois. Les hommes qui étaient présents ce jour-là pouvaient être fiers de leur parcours. Élus deux ans et demi plus tôt pour aller porter les doléances de leurs paroisses aux états généraux, ils avaient fait sauter les verrous de l'Ancien Régime. Ils avaient rempli leur mission au-delà de toute espérance. Ils avaient travaillé d'arrache-pied et beaucoup d'entre eux n'étaient pas retournés dans leur province depuis tout ce temps.

Leur plus beau titre de gloire restait la Déclaration des droits de l'homme et du citoyen et leur plus grande erreur était sans doute d'avoir voulu réformer l'Église, ce qui allait précipiter la France dans la guerre civile.

Ils étaient presque tous là, autour du vin de Suresnes qu'on tirait au tonneau. Certains n'étaient pas députés, comme David dont l'esquisse du *Serment*, où tous ces hommes figuraient, rencontrait un immense succès au Salon. Il devait bientôt passer à la réalisation de cette œuvre grandiose. Il avait fait tisser en Hollande une toile gigantesque de trente-six pieds sur quinze. (Ce qui, dans le nouveau système métrique, ferait soixante-dix mètres carrés.) Et pour y travailler, on lui avait attribué l'église désaffectée du couvent des Feuillants. Le charpentier Duplay – celui-là même qui hébergeait Robespierre – et son équipe y bâtissaient pour lui un cadre monumental.

Je me souviens que nous formions un petit groupe de femmes. Il y avait Lucile Desmoulins, si joyeuse, et que son mariage récent embellissait encore. Elle resplendissait de bonheur. Il y avait aussi la belle Gabrielle Danton, une trentaine d'années, très simple, et avec qui je me sentais d'autant plus à l'aise qu'elle avait grandi dans le café de son père. Mme David, la plus âgée, était plus détendue que d'habitude, ce jour-là. Et je crois bien que c'est à cette occasion que j'ai fait la connaissance de Charlotte, la sœur de Robespierre. L'admiration que j'avais pour son frère ne pouvait que nous rapprocher. Sachant le drame qui nous frappait, elles me témoignèrent toutes la plus grande compassion. Mais depuis que j'avais pris la résolution secrète de venger Denis, j'étais plus détachée, je semblais plus légère. Je crois même que nous avons ri. Quelques jours plus tôt, Olympe de Gouges avait publié sa proclamation des droits de la femme qui débutait par : « La femme naît et demeure égale à l'homme en droits. » On était si loin du compte que c'en était drôle.

Il y avait de la nonchalance dans l'air. Les hommes venaient plaisanter avec nous. Danton, qui rentrait d'un séjour à Londres, devait partir avec Gabrielle et les enfants à Arcis. Robespierre, qui avait été d'une assiduité absolue, allait retourner pour la première fois à Arras où il avait laissé des affaires familiales en souffrance. Benjamin confia que nous irions en Vendée.

C'est alors que je l'ai vu.

Son chapeau à panache à la main, La Fayette discutait avec d'autres députés royalistes. Bien qu'il fût devenu impopulaire à l'Assemblée, il était là et faisait ostensiblement face.

Sa vue m'a coupé le souffle.

Je dois avoir du mal à cacher mes sentiments : sans que j'aie dit un mot, Benjamin serra mon bras à me faire mal mais avec un regard très doux.

– Oublie, m'a-t-il dit.

C'était me demander l'impossible.

J'ai acquiescé pour qu'il me lâche.

Très peu de temps après, Morel m'a réglé mes gages. Il m'a fait passer derrière son comptoir et à l'abri des regards il a empilé des assignats en remarquant : « T'as gagné au moins le triple avec tes pourboires, vu comme tu plais à la clientèle ! » De sa part, c'était une manière de justifier qu'il ne me paye pas davantage.

J'étais totalement indifférente à la somme qu'il calculait, je venais de découvrir qu'il avait un pistolet au-dessous de sa caisse.

Il referma le tiroir à clé pour aller parler à un fournisseur qui venait d'entrer. Je me suis emparée du pistolet et je l'ai glissé dans ma blouse. Je suis aussitôt passée dans les cuisines. J'ai pris une bourriche et je suis sortie.

À l'hôtel de Noailles, le cuisinier a été surpris quand j'ai annoncé une livraison pour M. La Fayette.

– Mais on n'a pas commandé d'huîtres !

– Il doit s'agir d'une erreur, ai-je fait, l'air ennuyé.

Le cuisinier, qui se souvenait de moi, s'est radouci.

– C'est pas grave. On les garde, dit-il, pensant m'épargner des désagréments avec mon patron.

Je voyais bien que je ne lui déplaisais pas. On a bavardé un petit moment. Tandis qu'il me contait fleurette, j'attendais que le laquais, posté devant l'entrée principale, s'en aille.

Puis, comme la dernière fois, au lieu de sortir je me suis introduite dans l'hôtel où je me repérais à présent. J'ai traversé les salons sans bruit, entrouvert la porte du bureau.

Personne.

Je me suis glissée derrière l'un des lourds rideaux encadrant les hautes fenêtres donnant sur le jardin, à quelques pas du secrétaire. J'ai armé le pistolet et j'ai attendu. Longtemps. Le soir est tombé. Je me sentais épuisée. On est alors entré. J'ai retenu mon souffle. Rassurée par des petits bruits domestiques, j'ai risqué un œil. Un homme dans une tenue étrange allumait du feu dans l'immense cheminée. C'était le fameux serviteur indien que le général avait ramené d'Amérique et dont on parlait avec grand mystère dans le quartier. Comment n'a-t-il pas remarqué ma présence ? Son instinct s'était-il émoussé depuis dix ans que la guerre d'Indépendance était terminée ? Peut-être fut-il distrait par l'arrivée de La Fayette, quelques instants plus tard, qui lui demanda de le laisser travailler.

Ainsi j'étais seule avec l'assassin de mon fils.

Il se tenait à trois mètres de moi, dos tourné. Assis à son bureau, il écrivait fébrilement. J'ai écarté le rideau, j'ai pointé mon arme. Je m'interdisais de réfléchir. Quand soudain la porte s'ouvrit. Une petite fille entra. Elle vint sans façon s'asseoir sur les genoux de son père qui la prit dans ses bras en continuant à écrire.

J'ai aussitôt renoncé.

Décidément, je n'avais pas l'âme d'une criminelle.

J'ai quitté ma cachette devant La Fayette stupéfait.

– Qui êtes-vous ? Que faites-vous là ?

– Rien... Rien... Excusez-moi...

Il devait y avoir une grande détresse dans mon attitude car il me laissa partir sans protester, sans même chercher à en savoir davantage. En abandonnant mon projet de vengeance, je me suis sentie libérée.

IV.

Cahier vert tendre

J'ai apporté mon troisième cahier à relier.

J'ai beaucoup hésité quant au choix d'un cuir approprié pour la couverture. Je ne voulais pas une couleur de deuil.

À la réflexion, le brun havane s'est imposé, la couleur des yeux de Denis dont le regard ne m'a pas quittée pendant tout le temps où je revivais ces souvenirs douloureux.

Je suis soulagée, à présent, de les avoir notés. Je comprends qu'on appelle « tombeau » des écrits ou des musiques qui rendent hommage à des êtres chers. C'est une seconde sépulture de papier.

Moi qui suis si peu musicienne, j'avais souvent en tête, pendant le temps où j'écrivais, le Requiem *de Gossec, le grand compositeur officiel de la Révolution. (J'ai entendu, récemment, le* Requiem *d'un petit Autrichien, un certain Wolfgang Amadeus quelque chose. Il s'est beaucoup inspiré de notre grand Gossec, injustement tombé dans l'oubli.)*

Il y a plus de trente ans que ces événements ont eu lieu. Mais, dès que je m'y replonge, leur souvenir reste aussi sensible.

17.

La malle-poste traversait la campagne en direction de Nantes. Le paysage se teintait des premières couleurs de l'automne. C'était un moment de répit et de relative abondance. Ici ou là, on vendangeait encore. La nature avait donné tous ses fruits. Les récoltes étaient engrangées. Pendant quelques mois au moins, on ne manquerait pas de pain.

Il y avait seulement deux ans et demi que nous avions fait la route en sens inverse avec Benjamin. Mais tant d'événements étaient survenus que je me sentais prématurément vieillie. Sur les portes de la diligence, l'inscription Messageries nationales avait remplacé le blason des Messageries royales. Rien d'autre n'indiquait qu'on avait changé d'époque. Sauf peut-être un parfum de liberté qui s'était répandu, imprégnant les rapports entre les gens que je trouvais moins déférents qu'avant, une impression qui cependant s'estompait à mesure qu'on s'éloignait de Paris, au fil des relais de poste.

Je crois que Benjamin a tenu ma main pendant tout le voyage bien qu'il durât quatre jours. Une manière de sceller le secret tragique qui nous unissait : nous n'étions pas des voyageurs ordinaires, il y avait avec nous un passager clandestin.

La veille du départ, Gabriel avait saccagé le massif de fleurs qui proliférait sur la tombe de Denis pour exhumer son petit cercueil. Je savais précisément l'endroit où je voulais qu'il repose. Et maintenant que Benjamin était libre, nous allions pouvoir l'y conduire.

Bientôt, hélas, le spectacle des morts qu'on rapatrie allait devenir familier avec l'embrasement de la guerre. Des voitures chargées de cercueils se croiseraient sur les routes de France. Volontaires partis pour sauver la Nation, camarades d'un même quartier ayant signé dans un même élan et qui rentraient chacun dans sa caisse de bois. Mais pour l'heure, c'était encore très inhabituel de voyager avec un cercueil. Pour fuir toute explication, nous avions placé celui de notre fils dans une petite malle, enseveli dans un nid d'étoffes. Et nous l'avions conduit avec nos autres bagages au départ des diligences, place des Victoires.

À Nantes, nous avons troqué la berline contre une carriole pour atteindre mon village par des routes défoncées, à travers bocage et marais. Je voulais que notre première visite soit pour le père Frédéric. Le paysan qui nous convoyait a arrêté sa carriole devant le presbytère. Et c'est avec soulagement que j'ai reconnu la haute silhouette du prêtre, dans cette salle de classe où j'avais été son élève. L'école resterait ouverte jusqu'à Pâques, quand les enfants se disperseraient avec les troupeaux dans les pâturages ou seraient mobilisés par les travaux des champs, et elle ne reprendrait qu'en octobre, après les vendanges. J'avais craint que le père Frédéric ne fût plus là, passé dans la clandestinité. Il n'était pas du genre à prêter serment à la Constitution et la vie commençait à devenir difficile pour les prêtres réfractaires qui, comme les nobles, prenaient le chemin de l'exil.

Frédéric quitta la salle de classe dès qu'il m'aperçut. J'entends sa belle voix de prédicateur aux inflexions amicales tonnant pour que la discipline règne jusqu'à son retour. Du temps où je suivais son enseignement, je n'ai connu aucun élève qui osât défier son autorité naturelle.

Il avait l'âge de nos grands révolutionnaires. Trente-cinq ans à peine. Sa jeunesse me frappa en le revoyant. Sa vivacité aussi. Est-ce la pratique de la confession qui avait aiguisé son aptitude à lire les sentiments ? Toutes ces vies qu'il avait accompagnées, tous ces espoirs et tous ces deuils ? À mon visage, et sans être informé de rien, il a tout de suite pris la mesure de la situation. Il m'a accueillie avec chaleur, ainsi que Benjamin, sans poser de questions sur la nature de nos relations, et nous a dit de le suivre dans la sacristie : « On y sera mieux pour parler. »

Benjamin a pris la malle. Spontanément, le père Frédéric l'a aidé à la porter.

Une fois à l'intérieur, Benjamin l'a ouverte sans un mot. Le père Frédéric a fait un signe de croix, il s'est agenouillé devant le petit cercueil, j'en ai fait autant. Nous avons prié. Et, alors que de tout mon séjour à Paris je n'étais presque jamais allée à la messe ni même entrée dans une église, j'ai éprouvé un immense soulagement.

Je lui ai confié dans quelles circonstances notre fils était décédé. Je lui ai aussi dit qu'il n'était pas baptisé et que nous n'étions pas mariés. Mais qu'il était essentiel pour moi que Denis repose ici, en terre catholique, et qu'il ait des obsèques religieuses célébrées par lui.

Je tremble en songeant à la réaction qu'aurait eue un prêtre moins intelligent et moins bienveillant. Un imbécile aurait pu interpréter sa mort, survenue au moment où nous allions signer une pétition pour la destitution du roi, souverain de droit divin, « l'oint de Dieu » depuis saint Louis, comme une punition divine.

Mais le père Frédéric était au-dessus de telles interprétations, cruelles et culpabilisatrices. Il se montra sensible à ma détresse, compréhensif. Il plaçait les considérations humaines au-delà du dogme. Il commença par souligner que sans baptême et sans mariage c'était impossible, mais très vite il ajouta qu'on vivait des temps si troublés et si violents… Il accéda alors à ma demande en disant qu'il ferait tout pour que Denis repose en paix.

Même Benjamin, si résolument anticlérical, en fut ému.

Le prêtre alluma un cierge incrusté d'inscriptions, il posa un dais blanc piqueté de couleurs fraîches sur le cercueil. Puis, nous laissant nous recueillir, il nous invita à venir le lendemain régler les détails de la cérémonie.

Depuis quelques instants, je sentais que son attention était ailleurs. Une femme venait d'entrer dans l'église. Un rai de soleil tombé des vitraux faisait chatoyer sa robe de soie et traçait un chemin de lumière jusqu'à la porte entrouverte de la sacristie. Le père Frédéric est allé à sa rencontre.

Mme de Valbreuse avait son banc réservé, au premier rang comme il se doit, et frappé de ses armoiries. J'ai toujours été impressionnée par la vicomtesse, sa prestance, et je ne pouvais m'empêcher de l'être encore. Quand elle traversait l'église, le temps paraissait suspendu.

Frédéric se dirige vers elle d'un pas léger. Cette apparition illumine le quotidien du prêtre. Elle est sa poésie. Abandonnée par son mari en exil après en avoir été délaissée, Ophélie de Valbreuse, quarante ans, ne doit pas être insensible non plus à cet homme encore jeune chez qui elle éveille des étincelles de passion. Ils ont une relation platonique mais intense.

Ils se retranchent dans le confessionnal, pour y converser en toute discrétion. De quoi parlent-ils ? Quels péchés avoue-t-elle ? Est-elle tourmentée par de mauvaises pensées ?

À cette époque, les confessionnaux sont aussi – et tout particulièrement dans cette région – des lieux idéaux pour la propagande contre-révolutionnaire.

On y parle d'abord de la situation. A-t-elle des nouvelles de son époux ? Oui, il est à Coblence. Elle a hâte que les armées royalistes reprennent le contrôle de la France : la vie est chaque jour plus difficile pour les parents d'émigrés comme elle.

Pour la réconforter, Frédéric lui confie que la résistance s'organise en Vendée. Elle le remercie de son courage et de son dévouement. Elle l'appelle « Mon bon prêtre... Mon saint homme... Mon cher abbé Frédéric... » Et je suis convaincue que s'il est devenu contre-révolutionnaire, c'est plus pour lui complaire que par obéissance à son évêque.

Tandis que nous restons agenouillés dans la sacristie, une religieuse au visage fermé entre. Elle se signe devant le cercueil, nous adresse un regard méfiant puis glisse dans la lourde armoire la pile de linge de messe qu'elle a repassé.

À peine est-elle sortie, Benjamin fouille l'armoire, tandis que le père Frédéric est encore dans son confessionnal. Je suis indignée. Par de grands signes muets, je lui demande d'arrêter cette profanation. Il n'en tient aucun compte et bientôt, secoue la tête avec ironie.

– Elle m'avait pas l'air franche des cornettes ! J'ai bien vu qu'elle glissait quelque chose sous son linge !

Il exhibe une pile de libelles : « Soutenir la Révolution conduit droit en enfer ! » Il en garde un exemplaire avant de remettre les autres en place.

– Ça fait un sacré réseau de propagande ! clame-t-il, une fois dehors. Il y a combien d'églises en France ? Quarante mille ! Autant de chaires où les prêtres endoctrinent les fidèles ! Et au moins le double de confessionnaux pour transformer leurs paroissiens en agents de diffusion... *Pour le pardon de vos péchés, vous me direz dix* Pater *et vous me distribuerez dix brochures !...* Et les enfants qu'on serine à l'école ! Et les bonnes sœurs qui colportent ces libelles en soignant les malades et en nourrissant les indigents !... C'est un réseau d'une puissance considérable ! Il couvre tout le pays ! La liberté de la presse n'est rien à côté d'un maillage pareil ! T'imagines le mal que ces calotins font à la Révolution ?

– Je veux pas savoir ! Je veux plus entendre parler de ta propagande, lui dis-je, à bout de nerfs. Le père Frédéric m'a appris à lire, à écrire, à compter. Sans lui, je ne parlerais que le patois... Il instruisait les enfants des paysans comme les enfants du châtelain. Et les filles comme les garçons. C'est lui aussi qui m'a encouragée à fuir les abus dont j'étais victime. Lui seul a compris ce que je ressentais... Et il m'a donné l'argent du voyage à Paris. Aujourd'hui encore, il répond à ma demande pour Denis. Alors ses opinions contre-révolutionnaires et sa propagande, je m'en fiche ! Et toi, tu devrais avoir honte. Perquisitionner chez celui qui nous tend la main, c'est abject !

Benjamin était blême. Il n'a rien répondu.

Nous avions atteint la modeste ferme de mes parents. Quelques arpents de terre, très peu de bêtes. J'en étais partie deux ans et demi plus tôt sans prévenir. Je revenais sans crier gare. Je ne m'attendais pas à des retrouvailles chaleureuses. La chaleur n'a jamais été leur fort.

Avais-je tant changé ? Étais-je mieux vêtue ? Ma mère ne m'a pas reconnue en me voyant entrer dans la cour avec Benjamin. Nous avons rejoint mon père qui réparait un harnais, courbé sur son trépied, devant l'âtre.

Je leur avais écrit qu'un petit-fils leur était né. Je leur ai annoncé qu'il était mort et que j'étais là pour l'enterrer. Ils n'ont pas eu un mot de compassion. Pour dissiper le silence pesant, j'ai posé sur la table une liasse d'assignats et une bourse. Toutes mes économies.

– Tenez. Pour racheter vos terres.

Leurs yeux luisaient. On sait ce qu'est la terre pour un paysan. Ce n'était pas seulement faute d'argent qu'ils n'avaient pas racheté les leurs. Ça n'aurait servi à rien. Avant la Révolution, fort de son droit de chasse, Valbreuse se serait fait un plaisir de galoper dans leurs récoltes à la poursuite de son gibier. De leur prendre un droit de passage à la rivière, et un autre pour aller vendre leurs denrées au marché. Ils auraient dû s'acquitter de leurs corvées dans ses champs à lui en négligeant les leurs. Et n'auraient pas échappé à l'impôt prélevé sur le peu qui leur serait resté.

Ils étaient condamnés à en passer par ses volontés.

Ces lamentations avaient bercé mon enfance. Mais aujourd'hui, l'abolition des privilèges changeait la donne.

– Y vient d'où ct'argent ?

– Je l'ai gagné honnêtement.

Mon père était tenté, je le voyais bien. C'était le rêve de toute sa vie. Ma mère l'a sèchement réveillé :

– On rachète pas les biens d'l'Église. Ici, ça s'fait pas !

Pour une fois, il a essayé de lui tenir tête.

– Les curés y nous f'saient pas d'cadeau avec la dîme ! Toujours dans not'dos à surveiller les récoltes pour l'impôt ! Que c'en était humiliant ! Pourquoi on s'gênerait à ct'heure ?

Benjamin crut bon d'intervenir : ces biens n'appartenaient pas au clergé mais au peuple, à qui ils avaient été donnés au fil des siècles. Le clergé devait juste les gérer et il refusait de les rendre.

– Vous voyez ce tas d'assignats, fit-il d'un air théâtral. Ça en représente de l'argent… Eh bien, si vous refusez d'acheter les biens nationaux, ce tas ne vaut plus rien !

Pour des gens qui ont passé leur vie à épargner le moindre sou, un tas d'argent qui ne vaut rien si on ne le dépense pas, c'est très dérangeant.

– Depuis la Révolution vous ne payez plus d'impôts, continua-t-il. Le seul argent qui rentre dans les caisses de l'État, c'est celui des biens nationaux. C'est leur vente qui garantit les assignats. Si personne n'achète, les assignats ne valent rien !

Ma mère se méfiait de Benjamin comme d'un bonimenteur de foire. Sa réaction ne s'est pas fait attendre :

– Allez vous loger ailleurs. Ici, c'est pas possible !

– T'inquiète pas. On a prévu de dormir à l'auberge.

Ça lui faisait mal au cœur qu'on donne du bon argent à l'aubergiste. J'ai laissé les assignats et la bourse en leur disant de réfléchir, et nous sommes partis.

Il n'y a pas d'auberge dans mon village. Il fallait une bonne heure pour rejoindre à pied celle du bourg voisin où nous avions déposé nos bagages. Mais je n'ai pas voulu prendre de carriole. J'avais envie de marcher à travers champs et bois, d'entraîner Benjamin sur les sentiers de mon enfance. Et peut-être de retrouver le soulagement que me procurait cet exercice physique et qui me manquait tant à Paris.

Benjamin était trop passionné par la politique pour prêter attention au paysage. Il m'a dit en riant :

– Tes parents vont devenir révolutionnaires si tu leur achètes ce terrain !

Que signifiait cette façon nouvelle de parler par énigmes ?

– Le pire monarchiste devient révolutionnaire dès l'instant où il acquiert un bien national. Car si la monarchie revient au pouvoir, il perd son bien. Et il n'y a pas que lui ! Ses enfants, ses créanciers aussi ont peur qu'il soit ruiné… Un terrain de vendu, dix révolutionnaires de gagnés !

Au début, d'ailleurs, personne n'osa acheter. Mais depuis quelques mois, les ventes s'envolaient. Le mécanisme était enclenché.

– Si t'achètes des biens de l'Église, j'enterre pas ton fils.

Cette phrase du père Frédéric me frappe comme un coup de poing au visage, le lendemain, à notre arrivée au presbytère.

– Je sais tout. Choisis ton camp, Manon. Et choisis vite. Dans le secret de ton âme... Mais je te préviens, si t'achètes, aucun prêtre dans la région n'enterrera Denis.

Aussitôt, Benjamin explose. Il l'agrippe par sa soutane. C'est insupportable ! Monstrueux ! Refuser d'enterrer un enfant ! Et ça se dit un homme de Dieu ! Que des prélats s'accrochent à leurs privilèges, à leurs palais, à leurs maîtresses, ça se comprend ! Mais lui ! Un curé pauvre et intègre ! Mieux payé par la Nation aujourd'hui que par le clergé autrefois ! Pourquoi cette obéissance stupide à une hiérarchie corrompue ?... Peut-être sert-il son évêque ou le pape, mais sûrement pas Dieu !

Frédéric reste inflexible. Non seulement il n'enterrera pas Denis mais il refusera tous les sacrements, même les derniers, à mes parents, s'ils achètent... Il repousse vigoureusement Benjamin et nous jette à la porte.

Je suis totalement désemparée par la violence de cet homme qui a été mon plus fidèle soutien pendant toute mon enfance.

Il n'est pas difficile de deviner qui l'a informé. Ma mère a dû courir à l'église sitôt après notre départ, pour lui dire que son mari s'apprêtait à commettre un sacrilège.

Selon Benjamin, les prêtres disposent de moyens de rétorsion redoutables. Ils s'immiscent dans la vie même des couples, dans ce qu'elle a de plus intime. Ils incitent les femmes à se refuser à leurs époux… Le Seigneur t'a donné des moyens pour infléchir la volonté des hommes, ma fille. Commets-tu encore l'acte de chair avec ton mari ? Dans ce cas, l'abstinence sera bonne conseillère. Elle l'aidera à y réfléchir à deux fois…

La remarque de Benjamin me met très mal à l'aise. Je n'ai aucune envie de penser au commerce nocturne de mes parents mais je sais qu'il est bien réel. Et même d'une régularité redoutable, du moins jusqu'à ce que je quitte leur maison ; cette promiscuité sonore m'était intolérable.

Surtout, sa remarque nous renvoie à la faillite de notre propre couple dans ce domaine. On s'en doute, cela ne s'est pas arrangé depuis le drame.

En sortant du presbytère, nous avons eu une vive altercation.

– C'est un chantage ! fit Benjamin.

– Et alors ? Ici, l'Église, c'est pas seulement l'Église. C'est aussi un soutien dans la maladie, la vieillesse, la nécessité…

– Et pour en bénéficier, il faudrait obéir au prêtre ? Quelle honte ! Il est grand temps de séparer totalement l'Église de l'État !

– C'est maladif, ta haine de l'Église catholique !

– Pas du tout. Aucune religion ne doit dicter sa loi ! Pas plus les catholiques que les protestants ou les mahométans !

– Dans un petit village, la vie devient impossible si on est exclu. L'épicier n'a plus d'huile pour toi, le meunier refuse de moudre ton grain…

– C'est pour cela qu'il faut une Nation forte. Pour que chacun soit libre de ses croyances et de ses opinions !

– Tu choisis mal ton moment pour faire de la politique. Entre la Révolution et le repos éternel de Denis, je choisis Denis !

Benjamin me regardait, atterré. J'ai encore enfoncé le clou :

– Au nom de tes principes, notre enfant est mort sans baptême. Je ne vais pas maintenant le laisser sans sépulture !

Une petite tombe avait été creusée parmi les genêts et les herbes folles sur cette falaise où j'avais si souvent rêvé à l'avenir. C'est un site magnifique, surplombant la mer, où le bruit du ressac converse avec le vent. Nous étions seuls avec le père Frédéric, un enfant de chœur et le fossoyeur du village.

Le prêtre a dit quelques mots qui sonnaient juste et il a béni la tombe. Puis, avant de repartir, sa chasuble au vent, sur la ligne de crête, il est venu vers moi et m'a surprise en murmurant :

– Mme de Valbreuse a des préoccupations d'argent depuis que son mari est en exil… Cherche peut-être de ce côté-là…

Soutenue par Benjamin, j'ai marché vers le château de Valbreuse. J'appréhendais de revenir sur les lieux où j'avais été abusée par le vicomte. Benjamin me serrait contre lui. J'avançais, les yeux fermés, en humant l'air de la lande.

Benjamin ne comprenait pas que je tienne tant à acheter ces terres pour mes parents, moi qui ne leur pardonnais pas de m'avoir sacrifiée.

Justement ! lui disais-je. Je ne veux plus rien leur devoir, tourner définitivement la page.

C'est Alexandre de Valbreuse, vingt ans, qui nous a accueillis. Je le connaissais depuis l'enfance. Nous étions les deux seuls enfants uniques du village. Bien qu'à peine plus âgée, j'étais plus mûre que lui, ce qui, dans nos jeux, compensait la différence d'état social. Je l'ai toujours bien aimé, il n'avait pas l'arrogance de son père. Mais en le retrouvant, j'ai perçu un malaise. Cette visite le contrariait. Nous arrivions à un mauvais moment. Il s'éclipsa sitôt après nous avoir fait entrer.

Mme de Valbreuse se montra très aimable avec moi :

– Tu es devenue une très jolie jeune femme…

Ignorait-elle ce qui s'était passé entre son mari et moi ? Oui. Elle savait sûrement qu'il avait des maîtresses. Mais je refuse de croire qu'elle aurait accepté sans protester qu'il abuse d'une enfant. Ophélie de Valbreuse n'avait rien de cynique. Jamais elle ne m'aurait dit, ce jour-là : « Mon mari t'appréciait beaucoup », ce qui me fit frémir. Elle nous confirma que sa situation était devenue très difficile.

– En vérité, c'est un peu l'objet de ma visite, lui dis-je. Accepteriez-vous de me vendre une terre pour mes parents ?

– Je n'en suis pas là, Dieu merci ! fit-elle, visiblement choquée.

La vicomtesse vivait dans un autre monde où tout devait finir par s'arranger. Elle était convaincue que demain les armées étrangères libéreraient la France, que son mari rentrerait et que Louis XVI serait rétabli sur le trône.

– Vous risquez de tout perdre, remarqua Benjamin. Vendez au moins une parcelle à temps.

– Je vous remercie de vos bons conseils, monsieur que je ne connais pas, mais je m'en dispenserai. Adieu, Manon.

Je suis repartie, très déçue. Rien ne changeait, décidément.

Ce qui me frappa plus encore, lors de cette visite au château, fut de revoir la « galerie des ancêtres ». Valbreuse et apparentés. En armures pour les plus anciens. Je me suis alors demandé si tous ces hommes ne s'étaient pas comportés avec mes propres aïeules comme le vicomte avec moi…

Dans la modeste ferme de mes parents, il n'y a pas de galerie des ancêtres. Juste quelques portraits en médaillons, réalisés avec plus ou moins d'habileté par des portraitistes de foire et autres paysans à la veillée.

À côté de ces hommes imposants, on aurait pu accrocher les médaillons de mes propres ancêtres qui avaient été leurs victimes.

Sans doute étais-je la descendante d'une longue lignée de femmes violées. D'une souffrance honteuse que l'on gardait muette.

Les plus audacieuses en parlaient peut-être à leur confesseur qui était d'abord l'homme du château. Et qui leur prescrivait quelques *Pater* et *Ave Maria* pour se soulager de cette salissure que je connais trop bien. Les plus sensibles, sans doute, se jetaient dans le puits ou se laissaient mourir. Mais jamais ne se rebellaient. Je comprenais mieux, à présent, que ma mère eût été à ce point choquée par mon attitude.

En sortant, j'ai emmené Benjamin jusqu'à une petite plage voisine où je me réfugiais à l'époque, quand je me sentais trop malheureuse. Nous sommes restés blottis sur la dune, l'un contre l'autre, à regarder le soleil se coucher.

Dans la nuit tombante, nous avons remarqué une barque qui approchait et bientôt un homme s'est avancé sur le rivage, une lanterne à la main. Alexandre de Valbreuse.

La barque a accosté. Il y avait deux hommes à bord. Ils ont échangé quelques mots avec Alexandre. Les voix portent bien sur une plage déserte, mais pas assez pour que l'on comprît ce qu'ils disaient, dans le ressac. Il nous a semblé qu'ils parlaient anglais. La barque était chargée de caisses qu'ils ont rapidement débarquées.

– Ce sont des armes, a murmuré Benjamin. Des caisses d'armes et de munitions. Il doit y avoir une chaloupe au large qui vient d'Angleterre.

Ainsi, ce soir-là, depuis cette petite plage de Vendée, nous avons eu la conviction que la contre-révolution était en marche.

18.

À notre retour, nous avons trouvé Paris en plein élan patriotique. On y plantait à tout-va des arbres de la liberté, pavoisés de rubans tricolores, devant des chœurs de citoyennes qui s'époumonaient dans des robes à l'antique. Les cocardes fleurissaient aux boutonnières. Nous en avons arboré comme tout le monde. Taches de couleur sur nos habits de deuil.

En notre absence, les bonnets rouges avaient colonisé les rues comme des coquelicots au printemps. Ce bonnet aux allures de terroir n'avait rien de sanguinaire alors. C'était la couleur radieuse du patriotisme et de la fraternité entre les citoyens des villes et ceux des campagnes, puisqu'on était tous citoyens, même si l'on vivait loin de toute cité. Ces bonnets nourrissaient les plaisanteries des poissardes :

– Mon homme, y garde le sien même pour dormir ! J'l'avais encore jamais vu avec un bonnet de nuit !

Il y avait de la gaieté à Paris et c'était tant mieux : j'appréhendais ce retour et Benjamin sans doute plus encore. Maintenant que son mandat de député était achevé – Robespierre ayant fait interdire aux sortants de se représenter – il fallait qu'il trouve un nouvel emploi.

Avant la Révolution, Benjamin était avocat à Nantes, plaidant des affaires aussi minimes qu'un litige sur le prix d'une charrue, un recouvrement de loyer, un contrat signé en état d'ivresse, un emprisonnement pour dettes… À trente ans, son élection aux états généraux lui avait permis de donner sa pleine mesure. Il n'avait aucune envie de reprendre le chemin de la Vendée, d'autant qu'il était hors de question que j'y retourne vivre. Il ne souhaitait pas davantage être avocat à Paris. En vérité, depuis qu'il avait touché à la politique, rien d'autre ne l'intéressait. Mais il fallait bien qu'il trouve un métier en attendant la prochaine élection.

C'est la raison pour laquelle nous sommes allés, ce jour-là, voir Lucile et Camille Desmoulins. Ils étaient devenus des amis proches. Lucile avait mon âge, et Camille dix ans de plus, comme Benjamin. Ils habitaient en face du théâtre de l'Odéon (alors rebaptisé théâtre de la Nation). Et quand je repense à Camille, je vois l'essentiel de sa vie se déployer dans un rayon de cinq cents pieds à peine autour de cet appartement qu'il occupait déjà bien avant leur mariage.

D'un côté, le collège Louis-le-Grand où le jeune Camille, élève brillant, remarqué dans sa Picardie natale, rencontre un autre boursier méritoire, pensionnaire comme lui, venu d'Artois, Maximilien Robespierre, de deux ans son aîné. Ils deviennent vite inséparables et sont tous deux très bons élèves – Camille, lauréat du concours général.

Vers la Seine, en face de l'École de médecine, le club des Cordeliers, le plus ouvert de Paris, là où Camille rencontre Danton et Marat, ses voisins.

Derrière l'Odéon, le jardin du Luxembourg où Camille a un coup de foudre pour la toute jeune Lucile qui habite à vingt mètres de chez lui, rue de Condé. Et quand les parents de Lucile refusent leur union, les deux amoureux peuvent au moins s'adresser des signes depuis leurs fenêtres.

Lorsqu'ils se marient enfin, c'est à Saint-Sulpice, cent mètres à vol d'oiseau. L'imprimeur de Camille se trouve toujours dans ce rayon, du côté de la rue Saint-André-des-Arts. Plus tard, quand la tragédie les rattrapera, c'est au palais du Luxembourg que Camille sera emprisonné avec Danton et leurs amis.

Un si petit périmètre pour une si grande vie.

Ce jour-là, Lucile nous annonça qu'elle attendait un enfant. Je revois son regard inquiet, toute sa délicatesse, la crainte que son bonheur ne ravive mon chagrin. Comme tu te trompais, Lucile ! Ton impatience joyeuse me réchauffait le cœur.

– N'étant plus député, je cherche une activité qui m'éloigne le moins possible de la politique, annonça Benjamin. Aussi ai-je pensé fonder un journal... Seulement voilà, je n'y connais rien. Tu es la meilleure plume de Paris, Camille, j'ai besoin de tes lumières !

– Tu crées ton journal au moment où j'arrête le mien. Amusant !

Il venait en effet de mettre fin à ses *Révolutions de France et de Brabant* dont le titre même donnait un caractère universel à la Révolution française en y associant les révoltes belges. J'aimais le lire, pas tant pour le propos mais parce que j'y retrouvais, prise dans l'encre, la voix de Camille, dans tout son naturel et sa spontanéité.

– Je peux te recommander des imprimeurs. Je peux te donner du papier car il m'en reste. Mais ce que j'ai à dire tient en peu de mots : « Écris avec ton cœur ! »

Avec la bénédiction de Camille, les choses sont allées très vite. Le soir même, j'ai vidé énergiquement la chambre de

Denis. J'ai rassemblé les jouets, les habits, la layette. « Pour Lucile. Elle gardera ce qu'elle veut ! » ai-je dit à Benjamin quand il rentra. Il parut très soulagé de me voir aussi désireuse de tourner la page. Lui-même était dans un état d'exaltation que je ne lui avais pas vu depuis longtemps :

– J'ai déjà trouvé l'imprimeur. C'est un nouveau départ !

Il s'était entendu avec Pondichet, libraire au Palais-Royal. Sa boutique donnait sur les arcades. Mais il avait une presse dans l'arrière-salle. Il avait la réputation d'y imprimer des libelles et des caricatures libertines pour une clientèle d'amateurs. C'était un petit homme rond, couronné de cheveux blancs. Il venait presque chaque jour au café boire son marasquin.

– Il faut qu'on choisisse les caractères. Regarde ! fit Benjamin en extirpant une feuille. On ne les prend pas trop grands parce que le papier est rare, donc cher. Le journal fera quatre pages, je le rédigerai seul. Lequel préfères-tu ?

Il me montra divers essais de typographie que j'examinai attentivement avant d'en choisir un.

– Garamond corps dix. Moi aussi, c'est mon préféré.

Restait à trouver l'argent. La mise de fonds n'était pas énorme. Benjamin avait l'intention de faire le tour des amis. Selon ses calculs, il suffirait ensuite de cinq cents abonnés pour équilibrer les comptes.

Je suis allée chercher la bourse et la pile d'assignats que mes parents avaient refusés. Il émit quelques scrupules que j'eus vite balayés. Confus mais sans protester davantage, il accepta mes économies, persuadé que le succès de sa publication lui permettrait rapidement de me rembourser au centuple. Puis, saisi d'une soudaine illumination, il s'exclama :

– J'ai trouvé le titre... *La Gazette de Manon* !

Il s'empara d'une plume et commença aussitôt à rédiger :

« Aujourd'hui, naît un nouveau journal. Moi, Benjamin Lecerf, ancien député à l'Assemblée constituante, y parlerai chaque jour d'un sujet qui fait vibrer mon cœur. Sujet de colère, d'indignation, de scandale, de tristesse, de joie… Je n'obéirai qu'à une seule règle : m'exprimer en toute liberté. Ce journal porte le nom de ma femme car c'est grâce à elle qu'il voit le jour… »

Le lendemain, je me rends chez David. Il a alors au moins trois ateliers dans Paris : celui du Louvre où j'ai posé nue devant ses élèves, l'église des Feuillants mise à sa disposition pour peindre son gigantesque *Serment du Jeu de paume*, et l'atelier privé, attenant à son domicile. C'est là que je le trouve. J'ai une faveur à lui demander.

– Benjamin fonde un journal. Dessine-nous la couverture.

– Pas le temps.

David est d'une humeur exécrable. Il vient d'apprendre que le duc d'Orléans, à court d'argent, vend sa collection d'art, l'une des plus prestigieuses d'Europe.

– C'est une honte ! Un scandale ! Une collection sans cesse enrichie aux frais du royaume ! Des chefs-d'œuvre réunis depuis Richelieu ! Il faut à tout prix les empêcher de quitter la France ! Ces tableaux doivent être mis au patrimoine de la Nation pour que chacun en profite ! Les futurs artistes ! Et même les simples citoyens ! Et d'abord les enfants !

Je remarque, alors seulement, deux jeunes d'une douzaine d'années, l'air apeuré, qui dessinent dans un coin de l'atelier. Arrive l'épouse de David. Par chance, elle me soutient face au maître colérique :

– Tu sais comme cette petite a souffert. Elle a été ton modèle. Tu peux lui faire un dessin tout de même !

– Pour quand ? bougonne-t-il.

– Eh bien… pour tout de suite.

– Il s'appellera comment, ton journal ?

– *La Gazette de Manon.*

Il se résigne à prendre une feuille et une plume. Il calligraphie le titre et se met aussitôt à l'orner. Je demande à Mme David si ce sont leurs enfants qui apprennent à dessiner avec leur père.

– Non. Ces garçons viennent du Midi. Leur talent précoce a été remarqué. La Nation les a placés auprès de David pour faire fructifier leurs dons.

– Quelle chance pour eux !

– C'est l'idéal révolutionnaire. Il y a quand même des bons côtés.

– Pourquoi « quand même » ?

Mme David m'entraîne à l'écart, dans le salon, pour m'y parler plus librement :

– David devient fou. Il est prêt à tous les compromis pour soigner ses relations politiques. Il s'est même acheté un bonnet rouge !

– Avec une pique et un pantalon rayé ?

– Il en serait bien capable.

Charlotte David est issue d'une famille noble. Ses parents ont dû émigrer. Elle ne supporte pas l'indifférence de son mari à leur égard. Seuls ses nouveaux amis comptent ! Leur couple est déchiré par la Révolution.

Le Serment du Jeu de paume n'arrange pas les choses. Pour le financer, on a lancé une souscription. Elle m'apprend que c'est un immense fiasco dont David ne se vante pas. Il y a consacré un temps fou sans toucher un sou.

David nous rejoint et me donne son dessin. Je le trouve parfait. Le titre est soutenu par une figure féminine. C'est seulement en sortant que je m'aperçois qu'il a fait mon portrait.

Reste à recruter les vendeurs de journaux. C'est délicat. Avec la multiplication des feuilles, on est vite noyé dans la masse. Les bons vendeurs connaissent les bons emplacements et savent les défendre. Ils travaillent en bandes, se mettant à la solde des plus offrants avec lesquels nous ne pouvons rivaliser.

C'est au café que je trouve une solution.

À cette époque, il y avait souvent de la tension. Morel se sentait menacé.

– J'en ai assez de cette Révolution ! Il est grand temps qu'elle s'arrête ! On a besoin de stabilité dans le commerce !

Morel s'accommodait de toutes les mesures révolutionnaires, tant qu'on ne touchait pas à la propriété privée. L'égalité de droits et du bonheur, tant qu'on voulait. Mais surtout pas l'égalité des biens.

Parfois, il poussait le bouchon trop loin. Comme le jour où il posa un écriteau : *La maison n'accepte plus les assignats.*

La réaction ne se fit pas attendre.

– Qu'as-tu contre les assignats, citoyen ?

– Ça baisse tous les jours. Je veux du vrai argent. Allez les changer ! C'est pas les changeurs qui manquent au Palais-Royal !

– Sais-tu que t'affames la Révolution en les refusant ?

Un client avait déchiré l'écriteau avant de saisir Morel au collet. D'autres s'étaient levés pour l'entourer, menaçants.

– Veux-tu qu'on ferme ton établissement ?

– C'est bon, citoyens... On ne va pas s'échauffer la bile... Si vous n'avez rien d'autre, ça m'ira..., fit Morel, battant piteusement en retraite.

À cette époque, il suffisait d'un rien pour que naisse une émeute. Morel finit par les calmer en offrant leurs consommations. Alors seulement, ils lâchèrent prise en promettant de revenir. À ce prix-là, je les comprenais.

La familiarité révolutionnaire était un autre sujet d'énervement.

– Salut et fraternité, citoyen patron ! lui lançait le petit commis.

– Comment m'appelles-tu ? Ça ne va pas !... Retire ton bonnet pendant le service ! Et je t'interdis de me tutoyer !

Le commis ! C'était lui qu'il me fallait. Le petit Laflêche. Un saute-ruisseau d'une douzaine d'années à qui on faisait appel pour les courses et les livraisons en ville. Orphelin, débrouillard, joyeux. Il m'avait à la bonne car j'avais toujours veillé, en cuisine, à ce qu'on lui réserve un repas chaud. Il m'écoutait aussi, semblant me considérer comme une grande sœur. Jouant au petit homme et obligé d'en être un avant l'heure pour échapper aux périls de la rue. Parlant comme un sans-culotte. Nichant où il pouvait, dormant dans une soupente jusqu'à ce qu'il en soit délogé. Connaissant parfaitement la géographie de Paris à force d'en arpenter les rues. Mais gardant en lui cette part d'enfance dont il avait été privé. Une part d'enfance et de naïveté. Un jour il vendait *Le Père Duchesne*, le lendemain *L'Ami du peuple* de Marat mais il aurait préféré crever de faim plutôt que de vendre *Les Actes des apôtres*, le journal monarchiste.

– Dis-moi, citoyen commis, veux-tu gagner quelques sous en colportant ma gazette ?

– Avec plaisir, citoyenne serveuse !

Le petit Laflêche et sa bande se retrouvèrent dans la cour de Sanson. Une bonne demi-douzaine de gamins des rues. Des sauvageons, des courtauds de boutique.

Sylva avait confectionné des gibecières pour qu'ils emportent leurs piles de gazettes en bandoulière. On leur distribua une centaine d'exemplaires chacun.

– Le premier numéro de *La Gazette de Manon* ! Vous la vendez dix sous, il y en a deux pour vous !

Ils partirent en s'égaillant comme une volée de moineaux.

– Demandez *La Gazette de Manon* !... Demandez *La Gazette de Manon* !

Leur piaillement joyeux s'entendait encore après qu'ils eurent franchi la porte cochère. Benjamin me prit dans ses bras. Nous sommes restés un instant immobiles à savourer ce moment. La *Gazette* nous rapprochait. Cela faisait du bien d'avoir un projet commun.

19.

Depuis la création du journal et la mort de Denis, je me sentais atteinte moi aussi par la fièvre de la politique et désireuse de m'engager. Je n'ai pas tardé à me laisser entraîner chez les sans-culottes par Gabriel Sanson, fraîchement converti. Il portait leur tenue – bonnet phrygien, carmagnole et pantalon rayé – et s'était laissé pousser une moustache qui se détachait sur sa barbe de plusieurs jours.

L'atmosphère de la section correspondait bien à la rage qui grondait en moi. Cette indignation générale, cette colère partagée m'apportaient un soulagement jubilatoire. Comme Gabriel, beaucoup d'hommes portaient la tenue, mais pas tous. J'ai tout de suite remarqué un certain Landreau qui faisait figure de meneur. Un homme couteau. Il chauffait la salle, lançant des mots d'ordre.

– Les armées contre-révolutionnaires sont aux portes de la France ! En trois jours elles peuvent être à Paris. Il nous faut des armes !

– DES ARMES ! reprenait vigoureusement l'auditoire.

– Fabriquons d'urgence des piques pour les hommes !

– DES PIQUES POUR LES HOMMES !

Tandis que les hommes péroraient, une femme m'indiqua ma première tâche. J'irais visiter des vieillards et des indigents. Le travail qui incombait aux religieuses avant la Révolution, ai-je songé. Cependant, mon attention était accaparée par l'orateur. Soudain, je suis intervenue, mue par une subite impulsion :

– Et pourquoi ne donnerait-on pas des armes aux femmes ?

Tous les regards se tournèrent vers moi. Je ne me suis pas laissée impressionner. Je m'étais aguerrie, depuis que je travaillais au café.

– Comment nous défendrons-nous, quand vous serez mobilisés ? Il nous faut des piques, à nous aussi ! J'étais en Vendée, j'ai bien vu que les royalistes étaient armés. Donnez-nous des piques, vous pourrez partir tranquilles au combat !

Ils n'avaient pas l'habitude d'une revendication féminine et les moqueries n'ont pas tardé :

– Une greluche, ça a pas la force de manier une pique !

– Alors donnez-nous des pistolets ! Donnez-nous des fusils !

– Ce serait du joli, morbleu ! répliquaient-ils en se gaussant.

– Les femmes te font donc si peur, citoyen ? demandai-je en le toisant.

– Ça oui ! Si la mienne avait un fusil, elle m'aurait expédié depuis belle lurette ! Déjà qu'elle me fout une danse quand je rentre bourré !

Et ils partaient de leurs rires gras et de leurs commentaires graveleux. Cependant, les femmes se mirent à me soutenir. Landreau fit taire tout le monde.

– Comment t'appelles-tu, citoyenne ?

– Manon Deschaumes, citoyen.

– Sache, citoyenne Deschaumes, qu'on manque d'armes pour nos braves soldats. Faudrait déjà qu'on puisse les équiper avant de songer à pourvoir leurs compagnes !

À la fin de la réunion, un petit homme très corpulent, aux yeux perçants bleu clair dans un visage bouffi, s'approche de moi.

– Je te félicite, citoyenne, tu as un tempérament de feu. J'aime les femmes qui ont du tempérament. Permets que je me présente, citoyen Louis Sade, secrétaire de ta section.

– Tu es le ci-devant marquis de Sade ? lui demanda Gabriel.

– Je suis le citoyen Louis Sade, répliqua-t-il sur la défensive.

– C'est bien toi qui as écrit des ouvrages obscènes qui t'ont conduit à la Bastille ?

– J'ai été persécuté par l'Ancien Régime, en effet. Mes ouvrages étaient bien trop révolutionnaires pour eux. Dis-moi, citoyenne, on prétend que tu habites chez le bourreau...

– C'est exact, et voici son fils, fis-je en présentant Gabriel – mais Sade ne le regarda même pas.

– Il s'agit de toi. Tu es une jeune personne fort intéressante... Je serais ravi de mieux te connaître. Je te verrai à la prochaine réunion. À très vite, ma belle enfant !

– Eh bien, t'as tapé dans l'œil du vieux satyre, me lança Gabriel.

C'est ainsi que je fis la connaissance du marquis de Sade. Il avait passé treize ans en prison, à la Bastille, entre autres, et y avait écrit *Les 120 journées de Sodome* et *Les Infortunes de la vertu.*

Il avait été emprisonné sans jugement, par lettre de cachet, sur l'intervention de son beau-père, le président de Montreuil. L'abolition des lettres de cachet lui avait valu d'être libéré en avril 1790 du couvent de Charenton. Il s'était alors engagé pleinement dans la Révolution et, en raison de ses talents d'écriture, avait été nommé secrétaire de la section des Piques que je fréquentais. Les sans-culottes ignoraient qu'il venait de publier anonymement *Justine.*

La section des Piques s'étendait entre la rue Saint-Honoré et les rues de la Madeleine et de la Chaussée-d'Antin. Elle était donc toute proche du café. C'est Gabriel qui me l'avait fait découvrir. Si j'ai choisi par la suite de la fréquenter, c'est qu'elle était aussi la section de Robespierre depuis qu'il habitait chez le menuisier Duplay. Et je n'étais sans doute pas la seule à nourrir l'espoir d'y côtoyer le grand homme.

Les débuts de la *Gazette* s'avéraient difficiles. Assis devant la fenêtre de son cabinet de travail donnant sur le jardin du bourreau, Benjamin était à la peine comme un écolier cloué à son pupitre. Je l'encourageai à sortir. Il m'écouta et se remit à fréquenter l'Assemblée nationale. Comme beaucoup de gazetiers, il relatait les débats du jour, en choisissait un aspect ou deux pour les développer. Mais ses analyses de l'actualité n'intéressaient pas grand monde.

Nous avions du mal à nous singulariser. À trouver l'angle sous lequel des lecteurs se reconnaîtraient dans la voix qu'il portait. Les sans-culottes se retrouvaient dans le journal de Marat. Les modérés caustiques dans celui de Camille… À qui devait s'adresser *La Gazette de Manon* ?

Les ventes du journal ne remboursaient pas le prix du papier. La *Gazette* était loin de nous nourrir. Et Benjamin se sentait coupable de vivre à mes crochets depuis qu'il ne touchait plus son traitement de député.

Je l'encourageais du mieux que je pouvais.

Parfois, un coup de chance lui apportait l'inspiration. Comme le jour où il vit Sanson lâcher le couperet de la guillotine pour la première fois. Le bourreau en avait assemblé les bois et les fers dans sa cour. Et sous les applaudissements de Mme Sanson, de Gabriel, de Tobias Schmidt et du représentant du ministère de l'Intérieur, une première tête tomba dans son panier… Celle d'un mouton, un bélier mérinos.

Au terme de leurs recherches, Tobias, le facteur de clavecins, l'ami prussien du bourreau, venait de mettre en musique l'invention du docteur Guillotin.

– Afec un acier pareil, fous poufez couper dix têtes sans changer de couperet !

Le représentant du gouvernement, favorablement impressionné, donna son accord pour que les quatre-vingt-trois guillotines françaises, une par département, soient fabriquées par Tobias. C'était un marché considérable pour son modeste atelier :

– Eh pien… FIFE LA NATION ! fit le Prussien, visiblement ému.

Le bourreau ne disait rien.

– Allons Sanson, votre projet est retenu… Ça ne vous fait pas plaisir ? s'étonna le représentant.

– Si, si, bien sûr, je suis content pour Tobias.

– Tu fas les schmidter, Charles-Henri !

Papa Sanson aurait voulu faire bonne figure mais il était incapable de cacher sa mélancolie. C'était bel et bien la fin d'une époque. Jusque-là, il fallait du savoir-faire pour donner la mort. Ébouillanter, brûler, pendre, rouer… Les techniques ne manquaient pas, subtiles, souvent délicates, complexes. Et même si certaines étaient déjà tombées en désuétude, il en avait appris tous les arcanes de son père qui lui-même les tenait de son propre père. « Exécuteurs de père en fils depuis six générations. » Travail soigné, raffiné. Au service exclusif de la couronne de France et bientôt de la République…

C'était tout un art de travailler proprement. La roue, par exemple, avait la réputation d'être le pire supplice. Eh bien, Sanson savait comme personne abréger les souffrances du condamné en l'égorgeant discrètement. Hélas, avec « la machine à Tobias », comme il disait, l'exécution serait désormais à la portée du premier venu !

– Certainement pas. Il faudra toujours un savoir-faire, rétorqua le représentant. D'ailleurs, c'est à toi, Sanson, que sera dévolue la lourde tâche de former tes confrères. À toi et à ton fils.

L'attention générale se porta alors sur Gabriel qui mettait ses parents mal à l'aise avec sa tenue de sans-culotte et son allure négligée.

– Rase-toi, quand tu viens travailler ! lui répétait sa mère.

– Veux-tu que je me poudre, aussi, comme un aristo ?

– Je veux que tu te laves et que tu sois présentable.

– Et pourquoi pas que j'mette des bas de soie et des souliers bouclés ?

– T'as toujours été un garçon soigneux, enfin, Gabriel ! Quel mal y a-t-il soudain à être propre ?

– C'est pas patriotique !

La guillotine n'allait pas tarder à trancher sa première tête humaine, celle d'un certain Pelletier, condamné pour vol. Je me souviens comme papa Sanson avait le trac. Il appréhendait les réactions de la foule, craignant qu'elle n'endommage la « machine à Tobias » qui coûtait fort cher. Mais les premières exécutions se déroulèrent sans incident et il fut vite rassuré.

La guillotine était bien accueillie par le public qui ne tarda pas à l'affubler de divers surnoms affectueux : la lunette fatale, la cravate du docteur Guillotin, la bascule à Charlot (le surnom de Charles-Henri), le rasoir national pour les messieurs et bientôt le collier de Charlotte Corday pour les dames. On allait faire la danse à Sanson, mettre sa tête à la fenêtre, voir le fond du panier, ou se faire couper le sifflet.

Bref, la guillotine devint vite l'un des emblèmes de la Révolution et contribua à pérenniser le nom des Sanson. Mais Charles-Henri se sentait toujours aussi mal considéré.

Sanson était alors une vraie source d'inspiration pour Benjamin. La notion même de justice changeait radicalement en France. Jusque-là, les condamnés étaient mis au pilori. On les faisait souffrir longuement en public. Une condamnation avait valeur d'exemple. Le bourreau devait être l'ordonnateur d'un spectacle assez terrifiant pour dissuader les velléités criminelles. À son seul contact, le condamné et sa famille étaient souillés, voués à l'infamie ainsi que leurs descendants. C'est pour cela que les Sanson vivaient dans un tel ostracisme. Le coupable, en état de péché mortel, commençait sur terre à purger sa damnation éternelle.

Dans l'Ancien Régime, les peines étaient laissées au gré des juges. Dans bien des cas, les lois n'existaient pas. Ils se référaient à la jurisprudence. Ils représentaient le roi qui, lui-même, représentait Dieu. Il n'y avait de comptes à rendre à personne d'autre. Le vol était presque aussi sévèrement réprimé que l'assassinat. La jeunesse était une circonstance atténuante, l'ivresse aussi. Dans notre beau pays viticole, l'emprise de l'alcool suscitait la clémence des juges… Un homme soûl était moins responsable puisqu'il n'avait pas toute sa tête ! En revanche, les vols commis dans les églises, les faux, la récidive surtout étaient des circonstances aggravantes.

Le premier Code pénal avait vu le jour en 1791, du temps où Benjamin était encore député. Les parlementaires y exprimaient généreusement leur confiance en une régénération possible de l'individu. Les peines devaient être humaines, proportionnées au crime et permettre la réinsertion.

Ce premier Code instaurait des peines fixes pour tous. Il était très égalitaire dans son ambition. Mais ôtait tout pouvoir d'appréciation aux juges qui devaient se contenter d'appliquer la loi sans nuances et sans circonstances atténuantes… Il manquait de souplesse, trouvait Benjamin, mais c'était déjà un grand progrès.

Les enfants des condamnés n'étaient plus responsables des crimes de leurs parents. Ils étaient libérés de ce péché originel qui frappait jusqu'alors leur famille. Ils étaient même éduqués aux frais de la Nation.

Je me souviens d'une discussion, un soir avec Benjamin alors qu'il rédigeait un article.

– Avant, l'homme était coupable à vie. Désormais, il peut racheter ses fautes. C'est un énorme progrès, non ?

– …

– Tu ne te réjouis pas que la justice devienne plus humaine ?

– Pas pour celui qui a tué notre fils !

La réponse avait fusé malgré moi. Ma douleur restait toujours aussi vive. Il suffisait d'un rien pour la réveiller. Benjamin se leva et me prit dans ses bras.

– Personne ne pourra nous rendre Denis, Manon. Mais j'aimerais qu'on ait un autre enfant…

– C'est trop tôt. Beaucoup trop tôt.

À vrai dire, j'étais choquée par sa demande. La colère et le désir de vengeance que je voulais croire éteints étaient toujours aussi forts en moi. C'est sans doute pourquoi je me sentais si bien chez les sans-culottes.

À la première occasion, j'allais observer discrètement les vendeurs de journaux. J'en étais chaque fois meurtrie en assistant au triomphe de nos concurrents.

– La grande colère du Père Duchesne ! Ne laissons pas les Autrichiens nous humilier, foutre ! Demandez *Le Père Duchesne*, foutre ! *Le Père Duchesne* !

Les acheteurs se pressaient comme une nuée d'insectes.

– Demandez *L'Ami du peuple*, le journal de Marat ! Nouvelles révélations sur des traîtres à la patrie ! Lisez la liste des coupables ! Saignons les infâmes ! Demandez le journal de Marat !

Là aussi, une clientèle populaire se pressait tandis que nos pauvres petits vendeurs n'attiraient presque personne.

– Demandez *La Gazette de Manon* ! Tout sur la réforme de la justice ! *La Gazette de Manon* !

Le petit Laflêche était à la peine. Il avait beau s'égosiller, les clients étaient rares. Nous avions augmenté sa commission sur chaque exemplaire vendu pour tâcher de le retenir. Mais il était évident qu'à ce rythme, il allait bientôt nous lâcher.

Un jour, j'eus la surprise de retrouver Benjamin, observant les vendeurs lui aussi, au retour de l'Assemblée nationale. Une marchande des rues faisait griller sur un braséro des harengs qu'elle arrosait de vinaigre. Nous avons mangé en analysant la situation.

– Ça ne se vend pas. C'est ma faute. On ne s'improvise pas gazetier, se lamentait-il.

– Tu sais la différence entre leurs journaux et le nôtre ? La colère ! Le peuple est en colère et la colère fait vendre !

– Je ne suis pas Marat ! Flatter les bas instincts du peuple pour vendre un journal, c'est pas mon style ! Si c'est ce que tu attends, mieux vaut tout arrêter ! fit-il, au bord des larmes.

– Attends. Il faut juste trouver une bonne idée…

Je lui ai alors suggéré d'utiliser ses relations politiques, d'aller interroger ses anciens collègues députés. Et pourquoi pas, de commencer par celui qui était devenu le plus célèbre : Robespierre.

Plus que jamais, il était mon idole. J'avais envie que la *Gazette* lui consacre un numéro. Mais cela s'avéra une très mauvaise suggestion.

20.

L'entretien se déroula au café. Je les avais installés dans le petit salon, au calme. Parfois Robespierre me jetait un coup d'œil. Il avait deux paires de lunettes qu'il mettait tour à tour et dont il jouait habilement, donnant soudain l'impression qu'il n'avait d'yeux que pour vous. Cependant, je sais qu'il procédait ainsi avec toutes les femmes. Et avec beaucoup d'hommes.

Morel l'observait, planté à mes côtés. À cette époque, mon patron osait encore exprimer son aversion pour Robespierre.

– Regarde comme il est terne. Que peux-tu lui trouver ?... Il n'est même pas révolutionnaire. Il porte une perruque d'aristo à la place du bonnet rouge !

– Il ne suffit pas de coiffer un bonnet pour faire un bon patriote ! Il est courageux. Il n'a pas peur d'imposer ses opinions, seul contre tous !... C'est un homme intègre. Il est pauvre. Il vit modestement chez un menuisier. Il défend les opprimés. C'est le plus pur de tous les politiques !

J'étais intarissable pour faire l'apologie de mon grand homme.

Benjamin, son carnet à la main, menait un entretien offensif. Il suffit que j'ouvre la *Gazette* pour retrouver leurs propos. À l'image du *Neveu de Rameau* et de Diderot qu'il admirait tant, il avait écrit son article en rapportant leur dialogue. C'était très inhabituel pour un journal de l'époque. Benjamin imprimait son style au moment où il cherchait une identité pour la *Gazette*.

– Pourquoi t'opposes-tu à la guerre, Robespierre ?

– On ne peut pas exporter notre Révolution. Cette idée d'aller libérer les autres peuples est une illusion dangereuse. Si on envoie nos soldats à l'étranger, même avec des intentions louables, on sera toujours des agresseurs. Personne n'aime les missionnaires armés !

– Penses-tu avoir raison seul contre tous ? Tout le monde est favorable à la guerre, sauf toi !

– C'est que tous les autres ont perdu la mémoire ! Souviens-toi, Benjamin, il y a deux ans, la France adressait une déclaration de paix au monde entier. Vois où nous en sommes aujourd'hui !

– La situation a changé. Les Autrichiens sont aux portes du pays ! Les Prussiens aussi !

– Et alors ? Ils n'entreront pas. Leurs souverains espèrent que la Nation va s'écrouler pour s'en emparer. Ils attendent de n'avoir qu'à se pencher pour rafler la mise ! Ce serait une grave erreur de prendre l'initiative du combat !

– Il s'agit d'abord de mener une croisade pour la liberté !

– Ah oui ! Avec le roi à sa tête ? Moi, je pense au peuple et j'ai peur d'une très longue guerre… Le roi, lui, a tout à y gagner. En cas de défaite, il retrouve son trône. En cas de victoire, il en sort renforcé !

Je sentais, même à distance, que l'entretien se passait mal.

Soudain Robespierre se leva. Il y eut un dernier échange très sec et il partit. Benjamin se dirigea vers moi :

– Il ne supporte pas la liberté de la presse.

– Comment oses-tu dire une chose pareille ? fis-je, indignée qu'il critique mon grand homme.

– Il veut tout contrôler, je t'assure. Avec moi, il est mal tombé !

Robespierre lui avait demandé de relire et de corriger leur entretien. Benjamin avait refusé, revendiquant sa liberté de journaliste. Robespierre, glacial, pour ne pas dire menaçant, avait fini par lui dire qu'il le laissait prendre ses responsabilités.

Je dois reconnaître que Robespierre contrôlait très strictement les messages qu'il délivrait. Il avait pour cela une stratégie bien au point. Il allait faire un discours au club des Jacobins (en face du logement des Duplay où il avait élu domicile, rue Saint-Honoré). Il y était chez lui. Chaque fois, on l'acclamait et la publication de son discours était votée à l'unanimité. Il le relisait alors avec un soin extrême et le corrigeait à la virgule près, avant impression. Ce n'était pas seulement ses idées, c'était aussi son style, sa rhétorique, les ondoiements de sa prose montant comme des vagues qu'il peaufinait… Son texte était ensuite tiré à deux mille exemplaires et diffusé dans tous les clubs jacobins de France où il touchait un auditoire beaucoup plus large car il y était lu et commenté en public. « Des sermons républicains ! » disait Benjamin qui y voyait la confirmation du côté curé de Robespierre.

Aujourd'hui, je crois volontiers que le ton même de l'article dut lui déplaire. Et qu'il en détesta jusqu'au tutoiement. Dans la vie courante, il était bien obligé d'accepter ce tutoiement imposé par la mode révolutionnaire. Mais ce n'était pas la même chose d'être tutoyé par écrit dans un article. Il y perdait une part de son autorité, lui qui refusait de troquer sa perruque poudrée contre un bonnet phrygien. Plus intimement, cela devait heurter son amour-propre dont je ne mesurerais l'acuité que plus tard.

En tout cas, le numéro qui lui était consacré permit à *La Gazette de Manon* d'atteindre son meilleur tirage. D'autant que, quelques jours après, la France déclarait la guerre à l'Autriche. Robespierre se retrouvait totalement isolé. L'entretien de Benjamin fut alors largement repris et commenté. Mais il eut aussi des conséquences plus fâcheuses, comme on le verra par la suite.

Entre mon travail au café, la section de sans-culottes et la *Gazette*, ma vie était un tourbillon auquel je m'abandonnais jusqu'à l'épuisement pour éviter de penser encore et encore à Denis et, sans doute aussi, pour éviter d'admettre que je n'étais pas pleinement heureuse avec Benjamin. Je m'efforçais de fuir cette part sombre de moi-même, de la prendre de vitesse.

Sylva restait ma plus proche et ma plus fidèle amie. Elle trouvait le loisir de venir me voir, sans se laisser arrêter par cet écran d'occupations. Elle passait boire un canon, m'entraînait chanter dans un chœur patriotique. Chahutées par des garçons à l'œil rieur, couvertes de rubans, de cocardes, de fleurs, nous entonnions des couplets à tue-tête :

L'arbre des sans-culottes
Nous venons de le planter !
Que sous son ombre hospitalière
Le vieux soldat trouve un abri,
Que le pauvre y trouve un ami,
Que tout Français y trouve un frère !
Braves citoyens, avec solennité,
Plantons, plantons l'arbre de la liberté !

Au passage, nous assistions à un bout de comédie car les tréteaux et les théâtres pullulaient depuis que la Comédie-Française n'avait plus l'exclusivité des spectacles en français à Paris.

À cette époque, il y régnait encore une certaine gaieté, malgré les privations et la guerre. Toutes ces fêtes patriotiques, ces chants, ces plantations d'arbres de la liberté, ces banquets républicains dans les rues, sur les places, quand des hommes du quartier s'engageaient et partaient pour l'armée...

Il y avait encore un vrai souffle de liberté.

Sylva était d'une grande délicatesse avec moi. (Était-ce au contact de l'aristocratie qu'elle avait développé ce penchant naturel ? En tout cas, il n'était guère répandu dans ma section de sans-culottes.) Elle s'obstinait à me distraire en me faisant de nouvelles révélations sur la vie secrète des Tuileries.

La reine avait un nouveau béguin : Barnave, un député de vingt-neuf ans. Cela avait mal commencé, dans la berline de la honte qui reconduisait les souverains à Paris, après leur arrestation à Varennes. L'Assemblée avait dépêché trois députés pour les escorter. Parmi eux, le jeune Barnave.

La reine lui opposa une indifférence glaciale. Elle détestait la promiscuité que créait ce voyage. Bientôt, le dauphin sauta sur les genoux de Barnave et entreprit de lire les mots imprimés sur son habit :

– Vi... vre... li...

– Vivre libre ou mourir, mon jeune sire, sourit-il. C'est la devise du peuple.

Tandis que la voiture avançait au pas, peinant à fendre la foule, dense et hostile, qui désarmait les soldats de l'escorte, la reine fut, dit-on, touchée que Barnave intervienne pour protéger un prêtre, pris à partie, et qu'il le sauve de la lapidation.

Ce soir-là, dans le palais de Bossuet, à l'étape de Meaux, la reine lui parla et le trouva au demeurant bien éduqué. Intéressant, même. Il lui révéla comment le peuple la percevait et se permit de relever des maladresses qu'elle avait commises et qui lui avaient porté préjudice. Bientôt, il proposa de l'aider à rétablir sa réputation auprès de l'opinion publique.

En cela, il n'était pas le premier. Mirabeau l'avait précédé. Mais, comme le soulignait Sylva, Mirabeau était laid, monnayait ses services et il avait vingt ans de plus…

Ils se revirent à l'automne. Sylva faisait entrer le jeune député, la nuit, par la porte des domestiques, à l'entresol. Il rapportait à l'Autrichienne les rumeurs du peuple et lui suggérait comment gagner sa sympathie. Il voulait être pour elle un lien avec le monde et déplorait de n'avoir pu la conseiller plus tôt.

Il se flattait en secret d'influencer la reine. Mais il se trompait. C'était lui qui, sans s'en apercevoir, tombait sous son charme, se laissait convertir à la monarchie constitutionnelle, lui envoyait des billets imprudents qu'il allait payer de sa vie.

Dès qu'il avait le dos tourné, la reine n'en faisait qu'à sa tête.

Depuis que le personnel était réduit, Sylva avait un contact plus étroit avec la famille royale. Elle était aux premières loges pour voir le huis clos des Tuileries tourner à l'enfer domestique. L'encore roi ne cessait de grossir, tiraillé entre sa sœur et son épouse qui ne s'adressaient plus la parole, conscient que les souverains étrangers se fichaient royalement qu'il fût éjecté de son trône pourvu qu'on mît un autre monarque à sa place, s'empêtrant dans ses affaires familiales à défaut de pouvoir peser sur celles du royaume !

Un jour, Sylva vint me trouver, au café, tout émoustillée :

– La reine a retrouvé son Suédois… Fersen est rentré en France, déguisé et avec un faux passeport. Il a réussi à la rejoindre dans sa chambre en trompant la vigilance de la garde nationale. Et pendant vingt-quatre heures, ils n'en sont pas sortis !

– Et tu crois que pendant vingt-quatre heures...

– C'est à peine si elle a demandé à boire et à manger. Finalement, elle a mandé le roi pour qu'il parle avec Fersen.

– Comment peut-il supporter cela ?

– On raconte que le Suédois a proposé un nouveau plan d'évasion mais que cette fois, Sa Majesté a refusé.

Un autre jour, nous avons croisé Danton à qui j'ai présenté Sylva :

– Je ne suis pas une fréquentation pour toi, Danton, je travaille au service de la reine, dit-elle.

– Et alors ! Tu es innocente des fautes de ta maîtresse, ma pauvre enfant.

Sylva fit une forte impression sur lui. Quand une femme lui plaisait, il était tout entier happé par l'émotion de cette rencontre, sourd, absent, dans une sorte de stupeur momentanée. Personne d'autre n'existait.

– Tu peux transmettre un message à Louis de ma part, plaisanta-t-il en se reprenant. Dis-lui de répudier l'Autrichienne ! Il aurait dû le faire depuis longtemps. Ce mariage ne lui a valu que des ennuis ! Elle a sapé son autorité en le ridiculisant. Elle l'a brouillé avec le peuple. Et nous voilà en guerre avec son pays d'origine ! Rendons Marie-Antoinette aux Autrichiens et faisons la paix avec eux ! Dis à Louis de régler la situation de son ménage et la France sera sauvée !

– Vous êtes bien tous les mêmes. C'est toujours la faute d'une femme !

– Trêve de plaisanterie, Manon. J'ai acheté le numéro de ta *Gazette* sur Robespierre. J'ai apprécié... On le voyait au naturel, le Maximilien, pour une fois ! A-t-il fait vendre ?

– Un peu. C'est avec toi que Benjamin devrait faire un entretien.

– Pourquoi pas, ma petite caille ! Mais puisque la *Gazette* porte ton nom, adresse-toi aux citoyennes… Tu as un excellent sujet près de toi. Un sujet délicieux, fit-il en lançant un dernier regard à Sylva avant de s'éloigner.

Que n'y avais-je pensé ? La *Gazette* consacra quelques numéros au quotidien des Tuileries, raconté par « une citoyenne au service de la famille royale », en préservant l'anonymat de Sylva. Les ventes furent plutôt bonnes. Et cela m'encouragea bientôt à m'y exprimer à mon tour.

V.

Cahier rouge sang

Par chance, j'ai gardé à peu près tous les numéros de La Gazette de Manon. *Elle m'aide à me replonger dans l'atmosphère de l'époque. Et surtout, peut-être, à retrouver l'état d'esprit de Benjamin et le mien. J'ai aussi conservé le journal intime que j'écrivais alors.*

Quand je me suis lancée dans la rédaction de ces souvenirs, j'ai eu peur que la mémoire me manque. Mais très vite j'ai eu la bonne surprise de découvrir, matin après matin, assise devant ma fenêtre, qu'ils venaient aisément sous ma plume.

Plus de trente ans pourtant se sont écoulés. D'où vient cette relative facilité ?

Il y a de multiples épisodes que j'ai souvent racontés. On m'a beaucoup interrogée sur mes années révolutionnaires, surtout les jeunes gens d'ailleurs. En particulier la jeunesse actuelle, celle qu'on appelle romantique et qui a une vraie curiosité pour notre passé. Ils sont intrigués que j'aie côtoyé tous ces grands personnages, que j'aie connu le bourreau de Paris et David... En vérité, je n'ai cessé de faire par oral le brouillon des récits que je couche à présent par écrit.

Et puis, il y a les souvenirs plus intimes, plus brûlants, ceux que je ne livrais pas. Mais ceux-là, leur empreinte en moi reste indélébile.

21.

J'en viens à l'été 92 où tout a basculé. Jusque-là, la Révolution avait fait peu de victimes, même si j'avais été cruellement touchée. Jusque-là, je pouvais rire en lisant les outrances de Marat, me défouler en allant hurler chez les sans-culottes, croire que la guillotine était un authentique progrès contre la barbarie. Et puis, en quelques jours, on est passé dans un autre monde.

Pour Gabriel, le fils du bourreau, la section des Piques tenait lieu de famille d'adoption. Je découvrais à quel point il était sous l'emprise de Landreau, sans cesse suspendu à son assentiment. À l'époque, des bandits en tous genres, des trafiquants, des proscrits, des criminels, profitant de la Révolution, étaient rentrés à Paris pour se refaire une virginité. Je suis convaincue que Landreau était de ceux-là. Je le trouvais de plus en plus trouble.

Le bourreau supportait mal la sans-culottisation de son fils.

Je me souviens de sa colère, un soir de juin, quand il découvrit, sur sa cheminée, le buste du roi coiffé d'un bonnet phrygien. Il parut, écumant, à sa fenêtre et se mit à agonir d'insultes Gabriel qui travaillait dans l'atelier, de l'autre côté de la cour.

– Putain de bon Dieu de salopard !... C'est toi qu'as enfilé ce bonnet rouge sur la tête à Sa Majesté, canaille ?!

– Non. C'est lui ! C'est le gros Louis lui-même ! Pas plus tard qu'hier, quand je suis allé aux Tuileries avec les sans-culottes !

Usant de son droit de veto et profitant de la faiblesse de l'Assemblée législative, le roi bloquait systématiquement toutes les réformes. Cette fois, une immense manifestation avait été organisée. Le peuple s'était rendu aux Tuileries, muni de pancartes « À bas Veto et sa femme ! », « La liberté ou la mort ! », « Justice pour les tyrans ! »

Gabriel y participait et j'imagine le bien fou que cela lui fit d'être, pour une fois, avec la foule et non pas face à elle sur un échafaud. Soucieux de payer de sa personne, il avait emporté une hache pour aider à briser les portes du palais. Mais ce ne fut pas nécessaire. Les gardes nationaux laissèrent entrer cette marée humaine sans opposer de résistance.

Ils furent donc reçus par le roi qui parvint à les calmer en coiffant un bonnet rouge et en acceptant de boire un verre de vin avec les patriotes et de trinquer à la Nation.

À présent, Gabriel était pressé de partir. Il avait pris dans l'atelier une pioche qu'il tentait de dissimuler.

– Tu vas jardiner ? fit papa Sanson, méfiant.

– On plante un arbre de la liberté pour fêter ça !

– Encore ! Eh ben, mon cochon, Paris va devenir une vraie forêt ! C'est une belle couillonnade !

– T'insultes la patrie !

– Et toi, l'agriculture ! Planter un arbre en juin, il est crevé par avance ! Et la liberté, on n'en parle même pas ! Une belle couillonnade, oui !

Le calme était revenu mais il ne dura pas. Le peuple s'aperçut vite que sa démonstration de force n'avait servi à rien et qu'il s'était laissé abuser par la bonhomie du roi. Ce fut le manifeste de Brunswick qui mit le feu aux poudres : en réponse à l'invasion des Tuileries, le général prussien menaça de réduire Paris en cendres si on touchait un seul cheveu du souverain ! Même pour les plus incrédules, ce fut la preuve qu'il complotait contre son propre pays avec l'étranger. Un sentiment général de trahison se répandit dans la population. Il était de plus en plus tangible au café.

Le peuple me faisait penser à l'idiot de mon village : naïf et confiant, jusqu'à un certain point. Et soudain, pour un rien, il entrait dans une rage folle.

Les sections sans-culottes votèrent la déchéance du roi, en fixant pour ultimatum le 9 août à minuit. Les députés avaient jusqu'à cette heure-là pour évincer le monarque. Sinon, le peuple s'en chargerait lui-même !

Bientôt, les rues de Paris grouillèrent de l'animation joyeuse des fédérés qui venaient de toute la France pour défendre la capitale aux côtés des Parisiens. Ça plaisantait, ça buvait, ça riait... On avait installé des tables supplémentaires devant le café. Et même Morel, pourtant si près de ses sous, se sentait obligé de rincer gratuitement les volontaires et, en premier lieu, les Marseillais qui avaient fait huit cents kilomètres à pied pour nous défendre.

L'arrivée de tous ces beaux gars, larges d'épaules, éclatants de santé, dont les sourires ressortaient sur leurs peaux brunies par le soleil de la route, créait une exaltation joyeuse.

C'était l'été. Tout cela avait un air de fête. C'est à cette époque que l'on commença à entonner *La Marseillaise* qui, très vite, supplanta le *Ça ira* et *La Carmagnole*. Rouget de Lisle l'avait composée en Alsace, mais les Marseillais, qui en avaient fait leur chant de marche, en assurèrent la diffusion dans Paris. On dit que Danton, avec sa faconde généreuse, les avait réunis et galvanisés au club des Cordeliers. Je le vois bien, buvant et fraternisant avec eux. Il était assez chaleureux et avait assez d'autorité naturelle pour prendre l'ascendant sur eux.

Je n'oublierai jamais cette nuit-là. Quand à minuit le tocsin retentit dans toutes les églises de Paris, donnant le signal de l'insurrection, nous sommes sortis avec Benjamin. On frappait les tambours. Des Parisiens aiguisaient des sabres et des baïonnettes sur le pas des maisons. D'autres sortaient avec des crocs de boucher ou des passe-lacets. On entonnait des chants patriotiques.

Cette activité incongrue me rappelait la grande éclipse de soleil que j'avais connue dans mon enfance. La nuit était soudain tombée au milieu du jour. J'avais alors vu les oiseaux de mer rentrer dans les terres, le gibier sortir des terriers, le bétail déboussolé... jusqu'à ce que le soleil réapparaisse, quelques minutes plus tard, accompagné du chant des coqs, totalement désorientés.

De même, cette nuit-là, tout Paris s'arrachait du lit pour participer à cette immense veillée d'armes. Les plus jeunes, les gamins des sections, à peine armés de piques, descendaient déjà les rues au pas de course, de crainte de n'être pas dans les premiers et de ne pouvoir pénétrer dans les Tuileries. Ils se hâtaient dans l'impatience d'avoir une bonne place.

La journée du 10 août, j'ai dû rester travailler au café. Mais les rumeurs les plus alarmistes circulaient et j'ai vite compris que la fête virait au drame. C'est le soir seulement que j'ai mesuré l'étendue du désastre en me rendant à la section des Piques. Ce n'était plus une section, c'était une chapelle mortuaire.

Dans la lueur vacillante des flambeaux, des dizaines de corps, très jeunes, gisaient à terre. Et parmi eux, un de nos vendeurs de journaux, le petit Thierrot.

Gabriel Sanson était là aussi, prostré, qui murmurait d'un souffle : « Un carnage... Un carnage... »

Au matin, tous ces jeunes gens, sans armes à feu, à peine dotés de piques, étaient entrés dans la cour des Tuileries. Beaucoup avaient cru que, cette fois encore, les gardes les laisseraient passer, fraternisant avec les libérateurs qu'ils étaient. Mais cela s'était passé bien autrement.

Dès qu'ils furent à l'intérieur, les gardes suisses, nichés dans les remparts, se mirent à les tirer comme des lapins.

Quand les premières victimes s'écroulèrent dans la panique générale, il y eut un immense mouvement de reflux pour tenter de se mettre à couvert. Mais la foule était beaucoup trop dense. Ils furent pris dans la nasse. Vivants et morts, piétinés. Un immense bain de sang dans l'enceinte du Louvre.

À tous ces malheureux piques, à toute cette innocente chair à canon, succéda un bataillon de fédérés, bien armé, expérimenté et ivre de vengeance.

Les gardes suisses, perchés là-haut, durent vite avoir conscience qu'avec tant de sang sur les mains et devant tant d'assaillants, leur propre situation était devenue sans espoir.

Au milieu de la débâcle, la famille royale, escortée par la garde nationale, avait réussi à sortir du palais jusqu'à la salle du Manège où le roi demanda la protection de l'Assemblée nationale. Elle lui fut accordée à condition qu'il ordonne à ses gardes suisses de cesser le feu. Avait-il le choix ? En mesura-t-il les conséquences ?

Les fédérés n'attendaient que ça. Ils se ruèrent aussitôt à l'assaut et ce fut un carnage. Presque tous les suisses furent rattrapés et exterminés. Éventrés à coups de baïonnettes, jetés des remparts, certains suppliciés, amputés, émasculés... Et les rares qui parvinrent à prendre la fuite, pourchassés dans les rues jusqu'à ce qu'ils soient lapidés et massacrés.

L'Assemblée législative mesurait, stupéfaite, les conséquences de sa faiblesse. Et le massacre des gardes était loin de calmer la rage des sans-culottes. Au milieu des familles éplorées qui venaient reconnaître leurs morts, s'élevait une sourde clameur de vengeance.

À l'Hôtel de Ville, la Commune de Paris avait, elle aussi, été incapable de réagir. À l'initiative de Danton, elle fut remplacée par une Commune insurrectionnelle. Le roi fut emprisonné au Temple avec sa famille. On apprit, le 11 août, que l'Assemblée législative serait dissoute pour laisser place à une nouvelle assemblée élue dans un délai d'un mois : la Convention.

Benjamin ne rêvait que de cela : retrouver un siège de député. Il alla aussitôt trouver Danton qui venait d'être nommé ministre de la Justice et qui avait choisi Camille comme secrétaire général. Danton l'accueillit à bras ouverts :

– Tu es un ancien avocat, Benjamin… J'ai lu tes articles sur la réforme de la justice. Tes idées m'intéressent. Viens travailler avec moi au ministère !

Benjamin lui confia qu'il préférait se présenter à la Convention et qu'après avoir été député de la Vendée, il ambitionnait d'être élu de Paris.

– Alors, va parler à Robespierre, ce n'est pas moi qui m'en occupe ! fit Danton.

Benjamin accusa le coup. Il devinait trop bien à quoi s'attendre.

Ce soir-là, je m'étais installée dans le jardin du bourreau pour fuir la chaleur lourde de la chambre. Une chape s'était abattue sur Paris, saturé de poussière et d'effluves. Mais dans ce jardin, étonnamment vert encore, une relative fraîcheur émanait dans l'air du soir, comme un instant de répit. Je revois Benjamin arriver et je reconnais à peine sa démarche. Ce n'est plus le garçon enjoué et volontiers moqueur que je connais. Il avance d'un pas lent, presque titubant, comme s'il se relevait après avoir été roué de coups.

– Pas de place pour moi ! Robespierre n'a pas digéré mon article !

– Il est au-dessus de ça, enfin ! Lui, l'Incorruptible...

– Cesse de prendre sa défense ! C'est insupportable ! fait-il, exaspéré. Il a choisi Augustin à ma place, son jeune frère qui n'a aucune expérience !

– Présente-toi en Vendée !

– Merci bien ! La région la plus royaliste de France !

– Là-bas, il ne peut rien contre toi ! Et si t'es élu, tu n'en auras que plus de poids !

– Je ne veux pas m'éloigner de la *Gazette* !

– C'est la politique qui te tient à cœur ! Oublie la *Gazette* ! Pars ! Fais-toi élire ! Avec l'avancée des troupes, on circule difficilement. Ne perds pas de temps !

Pourquoi Benjamin tenait-il tant à être député ?

Par goût du pouvoir ? Non. Ce n'était pas ce qui le caractérisait.

Désir d'être utile ? Sans doute, et il avait été un député efficace.

Selon moi, les raisons véritables étaient plus intimes. Benjamin était bien plus fragile qu'il n'y paraissait. Il avait besoin d'être investi par d'autres pour croire en lui. Il était d'ailleurs étrangement sensible au fait qu'on le nomme « M. le député » ou plutôt « citoyen député » alors qu'il n'était guère vaniteux. Il n'avait pas d'estime pour lui-même, dans le fond. Ce besoin de porter la voix des autres l'avait déjà poussé à devenir avocat. Sans cause à plaider, il n'était personne. Triste comme un acteur sans rôle.

Ça avait été une expérience décisive de devenir le porte-parole des déshérités, de porter leurs doléances à Paris et de contribuer à déclencher une révolution en leur nom. Sans un tel succès, je doute d'ailleurs qu'il aurait eu l'audace de me séduire.

Je devinais que sa réélection était importante mais j'étais loin de mesurer tout ce qui se jouait pour lui à ce moment-là.

22.

Dès le lendemain, j'accompagnai Benjamin au relais de poste de la place des Victoires d'où il partit se représenter aux élections dans son ancien fief, en Vendée.

L'arrestation du roi avait provisoirement sauvé la Révolution. Mais l'apaisement ne dura guère que le temps d'enterrer les victimes du 10 août. Le peuple venait d'être lourdement touché, de nouveau. Plus de mille morts. Cela représentait combien de parents, d'amis, de proches assoiffés de vengeance ?... L'atmosphère, à Paris, restait explosive. À la moindre friction, des incidents éclataient. Je partageais cette impulsivité qui envahissait les rues. Je la percevais physiquement.

J'allais aux réunions de sans-culottes comme on entre dans un chaudron bouillant. La pression ne retombait jamais car, à présent, les sections étaient autorisées à siéger en permanence. La chaleur d'août, l'épuisement, l'ivresse, la violence, toujours prêts à jaillir. Et la colère du peuple qui se sentait dépossédé de sa Révolution... Les réunions étaient extrêmement véhémentes. La foule était traversée par une humeur nocive et délétère.

Le peuple de Paris avait soif de vengeance. Et cela me mettait très mal à l'aise car une part de moi-même en réclamait aussi. Cette rage qui me poussait à tuer La Fayette ne demandait qu'à ressurgir. La violence collective était d'autant moins maîtrisable qu'à présent nous n'étions plus gouvernés par personne. Le roi était emprisonné au Temple, l'Assemblée agonisante avait montré son impuissance. Seule restait la nouvelle Commune insurrectionnelle de Paris, mais cette commune, c'était nous !

À la tribune des sans-culottes, au fil des jours, les orateurs rapportaient diverses mesures prises par l'Assemblée législative moribonde, comme des proies qu'on lâche pour calmer l'appétit des fauves… Mise en vente immédiate des biens des émigrés ! Expulsion sous quinze jours des prêtres non assermentés ! Visites domiciliaires et autres perquisitions pour traquer les royalistes armés ! Suppression des derniers ordres religieux ! C'étaient des mesures musclées, excessives même, mais elles avaient un effet dérisoire. La fièvre baissait quelques heures avant de remonter de plus belle. D'ici les élections de septembre, il n'y aurait personne pour endiguer la violence du peuple.

Des groupuscules d'agitateurs surgissaient de toutes parts, comme des rats dans la débâcle. Je me souviens de la véhémence de Landreau bien sûr, mais aussi de l'émergence de tous ces personnages qui jusque-là avaient adopté un profil bas… On les sentait impatients d'en découdre. J'en revois dans la rue, prenant à partie un vieil homme, manifestement un ci-devant.

– As-tu ta carte civique, citoyen ?

– Pas encore.

– Et d'où vient que tu portes un habit vert ? Serais-tu royaliste ?

– C'est le seul habit correct qui me reste.

– Comment, citoyen ! Tu trouves correct de te vêtir en royaliste ?

Et de commencer à le frapper. À trois contre un pauvre

vieux, quelle honte ! Je tentai d'intervenir. Mais ils eurent tôt fait de se retourner contre moi. Et je ne pus que l'abandonner à son triste sort, de peur de subir le même… Cependant, ce qui m'inquiétait bien plus encore, c'était d'être sans nouvelles de Sylva.

Je me suis rendue aux Tuileries. Des scellés étaient apposés sur les portes du palais. Des fédérés montaient la garde.

– Je cherche une amie qui travaillait ici, citoyens…

– Était-elle reine de France, ton amie ? répondit un grand finaud.

– Non, citoyen. Domestique. Je n'ai plus de nouvelles d'elle depuis le 10 août. Je suis très inquiète. Savez-vous ce qu'est devenu le personnel du château ? Elle s'appelle Sylva Marescaux…

– C'est pas plutôt *de* Marescaux ?

– Non. Elle est domestique, je vous dis.

L'un des soldats consentit à regarder le registre et m'apprit que Sylva était emprisonnée à la Force. Je m'y rendis aussitôt. Les visites, hélas, étaient interdites. En revanche, les noms des prisonniers étaient affichés sur la porte de la prison, ce qui me parut extrêmement dangereux. Il y avait avec elle de nombreux ecclésiastiques et des aristocrates connus.

Depuis le départ de Benjamin, notre *Gazette* avait cessé de paraître. Je me consolais en dévorant les autres journaux qui jonchaient le café. Et j'étais stupéfaite par la violence croissante de Marat. Le 10 août lui avait redonné de la voix.

« Le peuple ne rompra ses chaînes qu'en étouffant ses oppresseurs dans le sang ! Qu'en les passant au fil de l'épée ! Qu'en les suppliciant !… Depuis dix siècles, ces hommes nous pillent et nous oppriment ! Pour ne pas être massacrés par eux, il faut les massacrer tous !... Il n'y a qu'un moyen : une insurrection générale et des exécutions populaires ! »

Quand je relis son journal, je retrouve sa rage, aussi vive que dans mon souvenir.

« Pas de quartier pour les suppôts du tyran ! Ils ont assassiné des milliers d'honnêtes patriotes ! Ils ont massacré les amis de la liberté ! Éradiquez ces nœuds de vipères ! »

Marat reprenait les propos des sans-culottes en les amplifiant.

« Dans la sincérité de mon cœur, je vous en conjure, n'ayez pas peur de couper quelques têtes pour en sauver des milliers d'autres !... C'est le dernier moyen de sauver la patrie ! Ne perdez pas de temps ! Nettoyez le cloaque ! »

La foule était galvanisée. Il écrivait ce que beaucoup osaient à peine penser. Il épousait la fureur populaire et la dépassait. C'était un exutoire pour la hargne et les frustrations qu'il portait en lui et, je crois aussi, l'occasion de se faire aimer.

Étrange Marat. D'origine suisse, ayant longtemps vécu en Angleterre et en Écosse, précepteur avant de devenir médecin et vétérinaire, auteur de diverses publications sans retentissement. Marat, si trouble, donnait le sentiment d'avoir passé toute sa vie à errer, avant de trouver enfin sa place en fondant son journal sous la Révolution. Il avait alors une bonne cinquantaine d'années, tandis que les autres révolutionnaires de premier plan, Danton, Robespierre, Camille..., étaient de jeunes trentenaires.

La légende voulait qu'il ait vendu ses dernières paires de draps pour financer *L'Ami du peuple*. Je dois reconnaître qu'il avait trouvé un titre génial.

Il était le porte-flambeau de la colère populaire.

C'était un incendiaire dans l'âme.

Il était inconséquent, injuste, dangereux, et il s'en fichait bien, mais il savait s'informer, ayant des agents dans diverses sections de sans-culottes. Gabriel m'avait appris que Landreau était l'un d'eux, l'un de ces visiteurs du soir qui lui faisaient part des récriminations de la rue... Marat se les appropriait en les radicalisant. Il devenait la voix du peuple bafoué. Et il savait soigner sa réputation. Celle d'un homme qui souffre dans sa chair pour sauver ses semblables. Un Christ, en somme. Un homme proscrit pour ses convictions, contraint de se cacher jusque dans les égouts pour fuir la répression. Chacun savait – il le répétait assez souvent dans ses articles – qu'il y avait contracté un eczéma chronique et qu'il ne pouvait soulager sa douleur que par des bains soufrés. C'est pourquoi il passait le plus clair de son temps dans sa baignoire où il écrivait ses articles. Et c'était d'autant plus frappant qu'il n'y avait alors pas cent baignoires dans Paris.

Personnellement, je trouvais fort regrettable que Marat, qui avait fait des études de médecine – d'abord à Paris en autodidacte, car on pouvait être médecin autodidacte, à l'époque, si inquiétant que cela paraisse, puis à l'université de St Andrew's à Glasgow – ne se soit pas spécialisé dans les maladies de la peau, ce qui lui aurait peut-être permis de se soigner plus efficacement. Et sans doute d'être moins violent. J'étais convaincue que son prurit entretenait sa colère.

En vérité, Marat n'avait pas une telle emprise sur le peuple. Il lui reprochait même son inertie. Parfois, il l'insultait. Mais la brutalité extrême de ses propos traduisait bien l'atmosphère délétère de cette fin du mois d'août. On sentait que quelque chose de grave se préparait, la déflagration était imminente.

L'étincelle, ce fut l'annonce que les Prussiens allaient entrer dans Paris. La rumeur se propagea comme une traînée de poudre. Les uhlans, leurs mercenaires, avaient la sinistre réputation de violer les femmes avant de les égorger, et de couper les oreilles des hommes qu'ils leur clouaient au front. Les traîtres entassés dans nos prisons étaient leurs meilleurs alliés : tous ces ennemis de la Révolution leur prêteraient main-forte et désigneraient les citoyens qui avaient participé aux insurrections contre le roi.

Fallait-il prendre les devants en exécutant les prisonniers ?

On vota dans les sections. Chez nous, aux Piques, nous avions eu de nombreuses victimes, le 10 août. Pourtant, la motion fut fortement repoussée, comme dans les quarante-huit sections parisiennes, à deux exceptions près.

On devinait cependant que les débordements étaient inévitables. Quelques prisonniers célèbres furent discrètement libérés et mis à l'abri : Beaumarchais, des ecclésiastiques qui, au collège Louis-le-Grand, avaient eu pour élèves Robespierre ou Camille…

J'ai tout tenté, moi aussi, pour faire libérer Sylva, mais je n'y suis pas parvenue.

23.

Les massacres de septembre ont changé à jamais mon regard sur la nature humaine. Gabriel Sanson y participa. Il dira qu'il s'est laissé entraîner par Landreau et que lui-même n'a commis aucune exaction. Je n'en saurai jamais rien. En tout cas, il était au cœur des événements.

À sa décharge, Gabriel ajoutait qu'il était alors dans un état très particulier en raison de la mort de son frère aîné, Henri, quelques jours plus tôt, le 27 août.

Ce soir-là, trois fabricants de faux assignats furent exécutés. Les exécutions avaient encore lieu sur la place de Grève et se faisaient aux flambeaux, ce qui en accentuait le caractère dramatique. On en était aux débuts de la guillotine, une dizaine d'exécutions à peine. Henri avait empoigné la tête qui venait de tomber dans le panier pour la montrer à la foule, saisie d'effroi : une tête coupée n'était pas encore un spectacle familier.

À la lueur des flambeaux, il pivotait en la présentant quand il perdit l'équilibre et tomba de l'échafaud. Sa tête heurta le sol, il mourut sur-le-champ.

– La guillotine s'est vengée en l'entraînant dans la mort ! murmurèrent les tricoteuses.

Sanson, effondré, avait rapporté le corps de son aîné, rue du

Faubourg-Poissonnière. En rentrant de mon service, je m'étais jointe à la veillée funèbre.

C'était quatre jours avant les massacres et Gabriel disait qu'il était très perturbé, bien qu'il n'ait jamais été très proche de son frère.

J'imagine aisément dans quel état second il participa à la tuerie. Un suiveur complaisant. Influençable, Gabriel n'était pas le dernier à lever le coude. Il faisait des massacres un récit halluciné comme s'il était encore dans la stupeur d'un cauchemar éveillé. Il jurait qu'il n'avait pas vu l'assassinat des premiers prêtres livrés en pâture à la foule assoiffée de sang.

On les avait transportés dans des fiacres, du dépôt jusqu'à la prison de l'Abbaye où ils n'arrivèrent jamais… Une foule de fous furieux provoqua les malheureux en transperçant les portières des berlines à coups de piques et de baïonnettes. Les provocateurs attendaient le moment où les captifs tenteraient de répliquer pour en finir en les massacrant. Des martyrs livrés aux fauves. Chronique d'une boucherie annoncée.

Cet événement marquera le début de l'effroyable bain de sang. Ensuite, Gabriel suivit bel et bien Landreau à la prison de l'Abbaye, dans le faubourg Saint-Germain, puis à la prison de la Petite-Force, réservée aux femmes, près de la rue Saint-Antoine.

Il était parmi cette horde de sans-culottes qui investirent les prisons pour y tenir des simulacres de procès.

À l'Abbaye, ils dressèrent à la hâte une table dans le réfectoire de l'ancien cloître, s'improvisèrent tribunal en vidant des cruches d'eau-de-vie et firent comparaître les détenus devant un auditoire de sans-culottes fanatisés.

Les comparutions furent expéditives. Les avocats de circonstance se confondaient avec les accusateurs. Des prêtres réfractaires, des gardes suisses rescapés du 10 août dont l'habit rouge tranchait sur la soutane des prêtres, des ci-devant... à peine nommés, déjà condamnés par ces tortionnaires soiffards dont la verve allait s'échauffant.

Un procureur de pacotille brandissait le registre d'écrou de la prison en guise d'acte d'accusation.

– J'ai les preuves juridiques de tes trahisons... Vile courtisane gangrenée et perfide ! Misérable complice des crimes de Louis XVI ! Femme dépravée connue pour tes escroqueries au jeu ! Scélérate reconnue comme traîtresse !... La centième partie de tes crimes suffirait à te faire condamner au feu !... Tu es la source du sang versé par nos frères innocents ! Mais je vais révéler tes machinations et tu ne trahiras pas le peuple plus longtemps !

Ces tortionnaires zélés avaient besoin d'une parodie de justice pour légitimer leur barbarie. Et ils étaient soucieux de ne pas gâcher la fête en laissant percer les cris des victimes. Ou plutôt, dans leur lâcheté, ils craignaient de provoquer la rébellion des suivants. Aucun des condamnés ne voyait donc ce qui l'attendait, même s'il pouvait trop bien l'imaginer. Selon le verdict, le prévenu sortait par la porte de droite ou de gauche.

– Toi qu'es fils de bourreau et bourreau toi-même, c'est le moment de montrer ce que tu sais faire !

Landreau avait posté Gabriel derrière la porte de droite. On lui avait mis un sabre dans la main. Et quand le premier sortit, titubant dans l'éblouissement subit de la lumière du jour, ballotté comme un bœuf qu'on précipite à l'abattoir, une meute d'hommes et de femmes armés de piques, de haches, de gourdins, de marteaux de maréchal-ferrant et autres crocs de boucher... se pressa pour regarder le virtuose dans ses œuvres.

Gabriel avait grandi au-dessus d'une potence, au rythme des

exécutions. Mais, si subtile que puisse paraître la différence, une exécution n'est pas un assassinat.

Et, selon son récit, Gabriel resta hébété, le sabre tremblant sur le cou de la victime que deux solides gaillards maintenaient devant lui. Et la cruche de gnôle dont on lui fit avaler une longue rasade ne lui facilita pas la tâche.

Il était dans l'incapacité de donner ainsi la mort.

Peut-être lui revenait-il en tête le respect que son père vouait à son métier. Le soin qu'il y mettait. Un cérémonial, un protocole qui échappait au commun des mortels.

Secoué de spasmes, submergé par tant d'émotions contradictoires, Gabriel se retint difficilement de fondre en sanglots sous les quolibets hostiles du public déçu. Le temps pressait. Déjà, le condamné suivant arrivait. Il ne manquait pas de volontaires autour de Gabriel pour s'acquitter de la sinistre mission qu'il ne parvenait pas à remplir.

Et pourtant, il eût mieux valu pour les victimes qu'un homme de l'art comme lui mît fin à leurs jours plutôt que d'être ignoblement fracassés, déchiquetés, les yeux exorbités, le crâne explosé, démembrés, émasculés, et j'en passe, par des débutants livrés à eux-mêmes.

Paradoxalement, Gabriel ne parvenait pas à s'éloigner de Landreau et de ce cirque macabre. Pendant trois jours, il suivra, docile, les septembriseurs dans leur épopée criminelle : l'Abbaye, les Carmes, la Force… Il les suivra même jusqu'à Bicêtre où, quelques mois plus tôt, il expérimentait la guillotine sur des cadavres avec son père et où, à présent, cette horde folle massacrait les simples d'esprit… Puis jusqu'à la Salpêtrière où ils finirent leur épouvantable épopée, exterminant les voleuses et les prostituées que Sanson avait autrefois flétries à l'épaule d'un V ou d'une fleur de lys. La boucle se refermait ainsi pour le fils du bourreau : les atrocités de l'Ancien Régime rattrapées par la barbarie révolutionnaire.

Et Sylva au milieu des massacres ?

Je ne cessais de penser à elle et je me désespérais de mon impuissance à la sauver, depuis le café d'où l'on voyait passer les pilleurs. Profitant de la confusion générale, ils emportaient des tableaux, des objets précieux, des meubles, au milieu des hurlements, du tocsin, des coups de canon... Morel était terrifié par ce spectacle inédit : il se sentait menacé dans ses biens et cela le rendait fou. Pour la première fois, la sacro-sainte propriété était bafouée.

– Y a plus aucune autorité ! Pas de gouvernement fort ! Résultat : le peuple fait n'importe quoi ! Y a plus personne pour nous protéger !

Il avait la hantise que la foule des piques, érigée en milice, vînt le dépouiller. Lui. Son café. Son alcool. Son sucre. Ses quinquets et son argenterie !

– On ferme ! Allez, ouste, on ferme !

Tous les clients furent prestement mis à la porte.

Au pas de course, nous rentrâmes les chaises et les guéridons de marbre qui se déployaient sous les colonnades et dans les jardins. Le café fut barricadé. En quelques instants, un vent de panique poussa ainsi tous les commerces du Palais-Royal à fermer en un couvre-feu improvisé.

Je me retrouvai dans la rue. Et je retournai à la Force, malgré mon peu d'espoir d'en extirper Sylva.

J'appris qu'elle était enfermée dans une ancienne cellule de moniale, avec une demi-douzaine d'autres femmes, surtout des aristocrates.

Dans un climat d'épouvante, elle avait entendu l'arrivée de la meute grouillante des sectionnaires, rue Pavée. Elle avait entendu leurs cris sanguinaires, leurs propos orduriers, les coups de boutoir contre la porte de la prison, leur intrusion en forme de cavalcade…

Au milieu des prières de ses compagnes, elle attend sa dernière heure. Soudain la porte s'ouvre. Le portier à la mâchoire sans cesse ruminante est entouré par deux sans-culottes au sourire veule et aux yeux injectés de sang. L'un des tortionnaires porte un registre dont il peine à lire les noms. Mais très vite il nomme Sylva.

L'attente encore, dans l'étroit couloir, et les imprécations terribles du tribunal. Parmi ceux que l'on juge avant elle, elle identifie la princesse de Lamballe.

– Ci-devant amie de la reine, tu as conspiré contre le peuple ! Tu as participé aux complots qui ont provoqué la mort de nombreux patriotes, le 10 août aux Tuileries… Et l'an dernier au Champ-de-Mars… Je demande au tribunal de venger nos frères !

Quand vient son tour, Sylva a le souffle coupé en découvrant cette assemblée de soudards, certains ivres morts déjà. Cette masse terrifiante animée de sourdes pulsions sexuelles qui lui jette des regards haineux et lubriques. Et elle se retrouve devant Landreau, érigé en président :

– Sylva Marescaux, ci-devant femme de chambre de la reine, tu as comploté pour aider ta maîtresse à fuir… avant que le peuple la rattrape à Varennes !

– C'est faux. Je n'étais pas informée de son départ.

Instinctivement, Sylva choisit de se défendre bec et ongles. Sans calculer. Sans se demander si ses propos la condamnent ou non. Elle parle de sa vie dans la sincérité de son cœur.

– Tu as aidé nos ennemis à machiner contre nous !

– Comment l'aurais-je pu ? Je ne faisais que broder pour vos ennemis, repasser et, parfois, m'occuper des enfants.

– Ne vous laissez pas abuser par les perfidies de cette vile menteuse ! Tu as choisi de servir l'Autrichienne !

– J'ai pas choisi. Je suis une femme du peuple, entrée à douze ans au service d'une ci-devant de ma province et je l'ai suivie à la cour.

– Tous les valets d'Antoinette sont des comploteurs !

– J'ai dû travailler très tôt. C'est mon seul tort. Quand on m'a donné un état, pouvais-je le refuser ?

– Plutôt mourir que travailler pour un tyran ! Frémis du sort qui t'attend !

– Je suis sereine car je n'ai rien à me reprocher.

– N'écoutez pas cette endormeuse ! Elle cherche à dissimuler l'abomination de ses crimes ! Ta tête tombera bientôt dans la sciure !

– Silence ! Qu'on la fasse sortir ! ordonne Landreau.

L'un des soudards promulgué assesseur fut-il ému par la sincérité de Sylva ? Il murmura quelques mots à l'oreille de Landreau qui finit par dire : « Par la porte de gauche. »

C'est ainsi que Sylva eut la vie sauve.

Mais en foulant la cour, elle découvre l'horreur absolue.

L'odeur du sang, les premiers cadavres empilés, suppliciés, sans savoir si elle va subir le même sort, ballottée par cette meute à moitié ivre, aux sourires édentés, qui la touche comme une relique. Qui va surgir de cette foule oppressante pour l'égorger ?…

C'est alors qu'elle pousse un cri d'effroi, secouée de spasmes : la tête tranchée de la princesse de Lamballe perchée en haut d'une pique ! Ces monstres la soulèvent et la font parader dans une danse macabre.

– Un perruquier ! Faut la faire friser pour qu'elle soit présentable devant l'Autrichienne !…

Soudain, un visage familier émerge de la horde. C'est Gabriel, la chemise couverte de sang. Il jurera qu'il n'a pas participé aux massacres et qu'il est souillé par le sang que d'autres ont fait jaillir… Mais Sylva est loin d'en être sûre.

Gabriel s'empare d'elle.

– Suis-moi ! Ne reste pas là…

Il l'entraîne, hagarde, vers la rue Pavée poisseuse de sang et lui enjoint de s'enfuir avant que les septembriseurs ne changent d'avis. Comment parvient-elle à rejoindre la rue du Faubourg-Poissonnière ?

La nuit est tombée quand elle arrive, pantelante.

Je suis aussi émue qu'elle de la découvrir encore en vie.

Je l'étreins de toutes mes forces, sentant glisser son corps secoué de sanglots, jusqu'à ce que nous soyons toutes deux à terre, agrippées l'une à l'autre.

24.

Sylva n'est plus repartie de chez moi. Je l'ai installée dans l'ancienne chambre de Denis. Mais, en l'absence de Benjamin, c'est dans mon lit qu'elle préfère dormir. Elle se réveille souvent, en proie aux plus violents cauchemars. Je la tiens alors comme une enfant jusqu'à ce qu'elle se rendorme dans mes bras.

Pour la première fois, j'ai rédigé moi-même un numéro de *La Gazette de Manon* au lendemain des massacres de septembre. Jamais auparavant je n'aurais osé. Je ne m'en attribuais ni les capacités ni la légitimité. Soudain ces questions furent sans objet. Je ne pouvais plus rester muette. J'avais besoin de hurler mon indignation. Si pudique d'habitude, je n'avais plus aucune réticence à me livrer :

« Hier, mon cœur a frémi d'horreur. En quelques heures, la Révolution a été souillée. J'ai longtemps cru que dans certaines extrémités, on pouvait se venger par soi-même. J'ai été tentée de le faire, je l'avoue, quand j'ai perdu mon fils. Je découvre à présent les crimes abominables auxquels certains se livrent au nom de la liberté… »

Je révélais crûment ce que j'avais ressenti après l'assassinat de Denis. Ce goût de sang qui m'était monté à la bouche. Ma rage d'aller tuer La Fayette. Le soutien fraternel que j'avais trouvé dans ma section de sans-culottes. Le plaisir morbide que m'apportaient nos séances, chargées de menaces, ce sentiment apaisant d'emprise sur l'adversité...

Mais j'y disais aussi la révélation atroce que furent les massacres. Et toute l'horreur que j'avais ressentie quand on était passé des menaces aux actes. Du défoulement verbal à la barbarie. Comme si Camille Desmoulins, à la place des pantins dont il faisait le procès, avait pendu de véritables aristocrates aux lanternes du Palais-Royal, ou avait mis pour de bon le pape au bûcher au lieu de faire flamber un mannequin à son effigie.

Je stigmatisais les brutes qui s'étaient emparées de la colère populaire pour libérer leurs penchants meurtriers. Et le mal qu'ils avaient fait à notre Révolution qui, jusque-là, était un modèle pour le monde entier.

Au lendemain des massacres, Paris se réveilla en état de stupeur, comme incrédule d'avoir été le théâtre de tels débordements. Une honte collective entachait la capitale. La peur régnait. Personne n'osait réprouver publiquement ce qui s'était passé. Marat, lui, trouvait bon d'en rajouter en faisant l'apologie des massacres et en invitant la province à en faire autant, dans un courrier qu'il adressa aux quatre-vingt-trois départements.

Danton, lui-même, n'osa pas répliquer.

Il était donc très imprudent d'écrire un article comme le mien. S'il ne me valut pas d'ennuis sur le moment, c'est en raison de sa faible diffusion. J'avais eu le plus grand mal à convaincre Pondichet d'imprimer ce numéro. Le petit Laflêche et mes autres marchands ne durent guère le vendre avec beaucoup de conviction... Les passants furent réticents à l'acheter. Toute la ville était sous le choc.

Pour éviter de telles exactions, la nécessité d'un gouvernement fort s'imposait comme une évidence.

Les massacres allaient justifier la tyrannie.

Pendant ce temps, Benjamin faisait campagne en Vendée. Il découvrait combien la situation avait changé depuis les précédentes élections. Il allait de village en village pour tâcher d'organiser des réunions publiques. Là où il avait connu la ferveur du printemps 89, il était aujourd'hui reçu avec hostilité.

Il espérait que son statut d'ancien député, tout le travail qu'il avait accompli à la Constituante seraient un avantage et qu'il en bénéficierait. C'eût peut-être été le cas ailleurs. Ici, son précédent mandat ne lui valait que défiance.

Cet été-là, la Vendée commençait à se soulever. Et dans ces terres royalistes et catholiques, son passé politique le désignait comme responsable des mesures anticléricales et antimonarchistes. Il alla jusque dans mon village pour chercher le soutien du père Frédéric. L'enterrement de Denis les avait finalement rapprochés. Mais quand il arriva, le prêtre venait d'apprendre qu'il avait quinze jours pour quitter la France, sous peine d'être déporté s'il refusait de prêter serment. Et, en effet, de malheureux prêtres allaient bientôt être entassés dans les cales de navires pour la Guyane, et dans des conditions d'hygiène si épouvantables qu'une bonne moitié mourrait en mer, une proportion bien pire encore que celle des navires négriers.

Dans le même temps, Mme de Valbreuse apprenait que tous ses biens étaient confisqués. Benjamin, qui lui avait recommandé de les vendre avant qu'on la saisisse, reparaissait au moment où se réalisait sa sombre prophétie. On imagine comment il fut accueilli.

Il faut ajouter que, dans son département, Benjamin était confronté à un adversaire qui ne payait pas de mine mais dont la suite allait révéler quel homme politique redoutable il était : Joseph Fouché. Il avait alors trente-deux ans et son talent n'avait pas encore trouvé à s'exprimer. Après des études au séminaire, il avait renoncé à prononcer ses vœux, réticent à s'engager, comme il le serait toute sa vie.

Il avait commencé par enseigner les mathématiques et la physique au collège de Juilly où il avait su se rendre populaire en intéressant les élèves aux dernières découvertes. Il avait connu son heure de gloire en faisant décoller une petite montgolfière dans la cour du collège.

Puis, par un hasard remarquable, il avait été nommé aux Oratoriens d'Arras et y avait rencontré un jeune avocat, un certain Maximilien Robespierre, qui avait sollicité son avis scientifique lors d'un procès où il était question du récent paratonnerre mis au point par M. Benjamin Franklin.

Les deux hommes s'étaient revus, avaient fréquenté le même cercle de poésie, les Rosati, et Joseph Fouché avait courtisé Charlotte, la sœur de Maximilien. On raconte que c'est lui qui prêta à Robespierre l'argent du voyage à Versailles, au moment des états généraux.

À l'été 92, Fouché est rentré à Nantes depuis deux ans. Et il est prêt à tout pour quitter l'enseignement et faire de la politique. Il courtise à présent une jeune fille encore plus disgracieuse que Charlotte mais dont le père est influent dans la région. Celle-là, il l'épousera.

L'extraordinaire souplesse de Fouché, son absence totale de convictions, est un avantage décisif face à Benjamin. Dans cette circonscription fidèle au roi et où les royalistes ne peuvent faire campagne, il promet à chacun tout ce qu'il veut entendre. En bon fils de marin, il suit le vent. Il fait imprimer un manifeste où il rédige son propre éloge (on n'est jamais mieux servi que par soi-même) et où il expose un programme qui brille par sa modération. Le genre de programme qui aurait séduit Morel, mon patron : défendre le commerce, protéger la propriété privée, faire respecter l'ordre...

Bref, le moins de Révolution possible.

Tandis que Benjamin, passionné, entier, à vif, est incapable de dissimuler sa pensée et ses convictions, Fouché se montre patient et sournois.

Dans des circonstances dramatiques que j'évoquerai plus tard, le père Frédéric me relata sa rencontre avec Fouché, venu le trouver dans sa sacristie, alors que le prêtre, abattu, s'interrogeait pour savoir s'il devait fuir à l'étranger ou rester en Vendée clandestinement.

Fouché avait déployé un vrai talent, trouvant les mots pour réconforter cet homme habitué à réconforter les autres.

« Vous êtes un véritable martyr, mon père... Honte à eux ! J'ai été prêtre, moi aussi. Et mon âme saigne du traitement infligé à notre Sainte Église et à la noblesse... Je sais les liens admirables que vous avez établis avec vos paroissiens, et plus encore avec vos paroissiennes qui vous vénèrent. C'est une arme de guerre, mon père. Car c'est bien d'une nouvelle croisade qu'il s'agit... Il est grand temps que notre clergé ait un représentant efficace au Parlement... Je souhaite y tenir mon modeste rôle. C'est pourquoi j'ai décidé de me porter candidat aux élections. J'implore votre soutien, mon père, car sans vous rien n'est possible et je me recommande à vos prières... »

Et il lui laissa une pile de manifestes. Le père Frédéric accepta de les diffuser aux électeurs de sa paroisse par les canaux qu'il utilisait pour ses libelles contre-révolutionnaires.

Avant de partir, Joseph Fouché précisa obligeamment que, le jour du vote, il mettrait une carriole à la disposition des citoyens qui ne pouvaient pas se déplacer…

Le soir où les résultats complets des élections à Paris furent connus, Camille Desmoulins amena au café Robespierre et la plupart des nouveaux députés de la capitale. Une fête s'improvisa où j'eus de nouveau le loisir d'observer l'opportunisme de Morel. Surmontant le brouhaha général, il prit la parole pour annoncer que la maison offrait du vin de champagne en l'honneur des nouveaux élus. « Et tout particulièrement en l'honneur du citoyen Robespierre pour son élection triomphale à Paris ! »

– Tiens, vous voilà robespierriste à présent ? fis-je, amusée.

– Je l'ai toujours été, affirma-t-il avec aplomb, avant d'admettre que, sans doute, il préférait Danton qui défendait mieux les propriétaires mais qu'aujourd'hui l'important était d'avoir un homme fort qui garantisse l'ordre. Pour que les honnêtes commerçants ne soient plus à la merci des pillages.

Parmi les nouveaux élus figuraient Danton (arrivé en deuxième position), Camille Desmoulins (accompagné de Lucile qui s'inquiéta de Benjamin mais les résultats de la Vendée n'étaient pas encore connus), Saint-Just (qui n'avait alors que vingt-quatre ans ; il avait fallu une dérogation pour qu'il puisse se présenter car la limite d'âge était à vingt-cinq ans), le jeune frère de Robespierre (Augustin). Marat aussi, dont la popularité n'avait pas été entamée par les massacres. Ainsi que mon premier employeur à Paris, David.

Le peintre flottait sur un petit nuage. Comblé par son élection, un peu ivre, il prenait avec un détachement surprenant la nouvelle qu'il m'annonça :

– Ce soir, j'enterre mon *Serment du Jeu de paume* !

– Après y avoir tant travaillé ? Tu renonces à ton tableau ?

– Il est infaisable. Les héros changent. Regarde ! dit-il en me montrant les nouveaux élus. Mirabeau était au centre de la toile. Hier, on le portait aux nues. Aujourd'hui, c'est un traître. Et il n'est pas le seul. Que faire ? Je ne vais pas changer les têtes en fonction des caprices de l'Histoire !

Son épouse l'accompagnait. Chacun savait qu'elle était royaliste, ce qui rendait étrange sa présence ce soir-là.

– Vous devez être soulagée que David renonce, vous n'aimiez pas cette toile, lui fis-je remarquer.

– Soulagée ? Mais ça ne fait que commencer ! Entre les fêtes patriotiques et son mandat de député, je m'attends au pire !

J'avais convaincu Sylva de venir. C'était sa première sortie depuis qu'elle s'était réfugiée chez moi.

– Toute cette joie, quinze jours seulement après les massacres, c'est indécent, remarqua-t-elle.

– T'as raison, ma belle ! approuva Danton, qui paraissait le moins grisé par son élection et le plus soucieux de la situation. Pour l'instant, on ne contrôle plus rien !

C'est ce soir-là aussi que Charlotte Robespierre me présenta son jeune frère. J'ai bien vu que je ne déplaisais pas à cet Augustin et que les femmes l'intéressaient bien plus que son aîné.

Soudain, je découvris le visage de Benjamin qui s'encadrait dans la fenêtre. Il arrivait par la malle-poste de Nantes et s'était rendu directement de la place des Victoires au café. À son air défait, je compris tout de suite qu'il avait été battu. Je sortis et tentai de le réconforter :

– Tu serviras la Révolution autrement. Regarde Danton, Desmoulins, ils ont longtemps agi sans être députés.

Mais la blessure était profonde.

– Tu sais pourquoi j'ai été battu ? Parce que la participation a été incroyablement faible. Première élection au suffrage universel et à peine dix pour cent des électeurs se déplacent ! C'est dramatique pour la démocratie… Résultat : c'est lui qui m'a battu, fit-il en désignant un petit homme qui entrait alors dans le café. Fouché ! Il n'a reculé devant aucune bassesse ! Et en plus j'ai dû faire le voyage depuis Nantes avec lui.

– Allez, viens au moins féliciter tes amis, Benjamin, sinon ils vont croire que t'es mauvais perdant.

– Je ne peux pas.

– Viens pour moi.

Rien n'y fit.

Ce soir-là, j'ai pressenti qu'à la défaite allait s'ajouter l'isolement.

25.

En ce mois de septembre, tout s'accélère.

La royauté est abolie, la République est proclamée. Le calendrier change. On n'est plus le 22 septembre 1792, on est le premier jour de l'an I de la République. Le premier mariage civil est célébré et le divorce autorisé. L'état civil est créé. La Constituante remplace la Législative. On remporte Valmy. Les massacres provoquent une nouvelle vague d'émigration. Sur ordre de l'Assemblée, tous les objets du culte en or et en argent sont réquisitionnés pour être fondus. Les joyaux de la couronne, d'une valeur inestimable, sont dérobés au garde-meuble national...

L'actualité est particulièrement fournie. Benjamin a l'embarras du choix pour écrire ses articles, pourtant il reste sec. Le cœur n'y est pas. Il est incapable de se mobiliser pour la *Gazette*. Une nouvelle vie s'ouvre pour le pays, mais lui-même ne se voit aucune perspective.

Il reste dans la chambre à lire ou à rêvasser pendant que je trime au café. Et ce qui est nouveau, c'est que Sylva en fait de même, dans la chambre voisine. Je ne suis pas d'une nature particulièrement jalouse. Il m'est même arrivé de suggérer à Benjamin d'aller voir les filles, lorsque nous avions tant de mal à nous accorder en amour. Mais de là à me réjouir que ma meilleure amie traîne en déshabillé à ses côtés... Mon humeur s'en ressent. On me le fait remarquer, au café.

Je maîtrise si mal cette alchimie des corps que les plus insistants soupçons ne cessent de me tourmenter. J'ai confiance en Sylva mais je doute qu'elle soit capable de résister aux appétits de son tempérament si voluptueux. Qu'elle ait cédé à Valbreuse prouve sa vulnérabilité à mes yeux. C'est plus fort que moi : je me figure mes deux attristés, s'abandonnant à une consolation mutuelle des plus frénétiques !

Une fois seulement, Sylva sort de chez le bourreau pour aller jusqu'à la prison du Temple, au nord du Marais. Fidèle à sa maîtresse, elle veut lui adresser au moins un signe d'encouragement. Elle est prête à braver tous les dangers. Elle est frappée de voir que pour défendre la prison des assauts de la foule, on s'est contenté de tendre un ruban tricolore. On ne la laisse pas entrer, bien sûr. Elle ne peut même pas voir la reine à sa promenade, sur le chemin de ronde. Des persiennes ont été disposées entre les créneaux pour éviter toute communication avec l'extérieur. Elle revient, déçue, après avoir traversé Paris comme un animal effarouché.

En 1808, j'assisterai à la démolition du Temple, qu'on abattra pour endiguer la ferveur des pèlerinages monarchistes.

Heureusement, Sylva est incapable de rester inactive et trop fière pour dépendre de quiconque. Elle souhaite retravailler, mais dans un lieu où elle se sente en sécurité.

Je l'emmène chez David. Il est alors en charge de toutes les fêtes de la Nation. Et son élection va conforter sa position d'organisateur officiel des cérémonies républicaines et de propagandiste du régime.

Les costumes qu'il dessine sont réalisés dans son atelier. Des lignes sévères. Le retour à l'antique. Pas de fanfreluches.

C'est son épouse qui nous reçoit.

– Mon amie Sylva cherche de l'ouvrage. C'est une excellente couturière.

– Où as-tu travaillé ?

Sylva hésite. Mais, connaissant les opinions de Mme David, je l'invite à se confier.

– Eh bien… aux Tuileries. J'étais femme de chambre de la reine.

Charlotte David éclate de rire :

– Les costumes révolutionnaires cousus par une royaliste… Évite d'en parler à mon mari, en effet. Mais moi, ça me plaît beaucoup !

Sylva n'a pas seulement du savoir-faire, elle est inventive.

Elle a été à bonne école en voyant officier Mlle Bertin. La célèbre marchande de modes avait renouvelé la parure féminine avant d'établir un contact direct avec la reine. Par son art, elle la poussait à adopter chaque semaine quelque mode nouvelle alors que, jusque-là, la souveraine avait un goût fort simple pour la toilette. Elle fut naturellement imitée par toutes les femmes.

Les créations de Mlle Bertin étaient particulièrement sophistiquées, agrémentées de coiffures de plus en plus volumineuses par l'échafaudage de gaze, de fleurs, de plumes… À tel point que les dames ne pouvaient plus se déplacer en voiture sans pencher la tête par la portière ou alors voyageaient agenouillées pour s'épargner ce ridicule.

Les costumes de David sont, par contraste, d'une sobriété totale. Mais Sylva a assimilé un art magistral de la coupe.

Bientôt, le révolutionnaire enragé ne jure que par elle.

Ainsi, il rend hommage à un savoir-faire hérité de l'Ancien Régime. Et même à un académisme qu'il décrie par ailleurs.

Sylva ne tardera pas à devenir sa première d'atelier.

À cette époque, papa et maman Sanson traversent une période difficile. Leur fils aîné est mort, au mois d'août. Quinze jours plus tard à peine, Gabriel disparaît dans la nature après les massacres de septembre. Il se prétendait innocent. Il devait cependant se sentir assez compromis pour décider – en l'espace de vingt-quatre heures – de partir pour l'armée.

Subitement privés de leurs deux fils, papa et maman Sanson faisaient face avec un courage qui forçait mon admiration.

Le bourreau de Paris avait alors commencé à initier ses confrères provinciaux au fonctionnement de la guillotine. Ils venaient par petits groupes de cinq ou six. Ils apprenaient à dresser la machine dans le jardin, au milieu des pâquerettes, avant de s'entraîner sur des dépouilles d'animaux divers. Les semaines fastes, ils terminaient par un macchabée.

Les bourreaux formaient alors une vaste cousinade. On échangeait des nouvelles de la famille. Et quand l'un d'eux s'étonnait de l'absence de Gabriel, Sanson répondait crânement qu'il était à Valmy.

« Il a participé à la première grande victoire de l'armée des patriotes et je suis très fier de lui… »

Était-il réellement à Valmy ? Rien de moins sûr. Mais l'idée que son fils soit aussi utile à la patrie aidait sans doute le bourreau à souffrir son absence.

La victoire de Valmy avait été la toute première à interrompre une longue série de défaites. Dans les brouillards franco-belges, les troupes prussiennes de Brunswick, bien équipées, très organisées, s'étaient cassé le nez contre la horde des volontaires français. Hirsutes, indisciplinés, des vagabonds fanatiques qui allaient au combat en hurlant « Vive la Nation ! », sous le commandement d'un Dumouriez au visage balafré qui avait su libérer leurs énergies. La veille de sa proclamation, ils avaient offert à la République un inestimable cadeau de naissance.

Je ne pense pas que Gabriel était davantage à Jemmapes, deux mois plus tard. Mais aucun exécuteur n'aurait eu le cœur d'aller chicaner là-dessus le bourreau de Paris.

Pendant ce temps, maman Sanson préparait d'impressionnantes marmites de ragoûts pour nourrir les colosses dont les discussions avaient un caractère très technique.

– Le tranchoir est joliment puissant quand il chute de deux mètres !

– Ça ne dispense pas de dégager la nuque ! Faut cisailler la tignasse bien haut !

– Je cisaille moi-même. Comme disait mon père : une belle décollation, c'est d'abord une belle coupe !

– Pour l'entretien des lanières, as-tu essayé la graisse de canard ?

– C'est mieux que le suif, d'accord. Mais je préfère l'huile de noix ! Ça patine bougrement le cuir !

Un jour, j'allais sortir de la cour quand une petite dame revêche m'arrêta :

– *La Gazette de Manon*, c'est bien ici ?

– C'est pour quoi ? demandai-je, méfiante.

– Pour résilier mon abonnement. Un seul numéro en un mois, c'est une honte ! Je veux qu'on me rembourse ! C'est qui le responsable ?

– Eh bien… Eh bien… Adressez-vous à ces messieurs.

Je la vis avancer dans la cour d'un pas décidé qui se ralentit subitement quand elle découvrit l'assemblée patibulaire.

– Ce serait-y pour faire un essai, ma petite dame ?… Allons, soyez pas timide !

Les affreux avaient envie de s'amuser.

Elle ne tarda pas à prendre la poudre d'escampette.

Ces messieurs avaient au moins le mérite de m'aider à garder mes abonnés.

26.

Il suffit que je feuillette la *Gazette* pour retrouver l'état d'esprit de Benjamin, à cette époque :

« Je reviens de Vendée où les électeurs m'ont clairement signifié qu'ils ne veulent plus de moi. Pendant mon absence, Manon a rédigé elle-même la *Gazette*. Et ses articles ont plus de force et de vérité que les miens. C'est qu'elle se passe très bien de moi. Et vous aussi, amis lecteurs. Chacun cherche sa place dans la République naissante… Serai-je le dernier à trouver la mienne ? »

Et encore :

« … Je ne suis pas rentré chez moi depuis trois jours. Après avoir rincé des inconnus dans divers bouges parisiens, j'ai échoué dans cette maison de galanterie qui présente au moins le mérite d'offrir des lits pour oublier et pour dessoûler. On y côtoie des révolutionnaires éminents, des royalistes notoires que l'on affecte de ne pas reconnaître et quelques hommes perdus dans mon genre. Les fenêtres donnent sur le Palais-Royal, je vois le café où travaille Manon et j'ai honte… »

Ou bien :

«… Hier, j'étais assis à une table de jeu avec une fille si légère sur les genoux que j'en percevais les charmes sans en sentir le poids, quand j'eus la surprise de voir Danton sortir d'un cabinet particulier. Je ne m'attendais pas à trouver notre ministre de la Justice dans un tel lieu ; il m'apprit que c'était son deuxième bureau. "Parfait pour les négociations secrètes ! Car, vois-tu, certains émissaires n'aiment guère être vus au ministère ! Et puis ici, je n'ai pas l'impression de travailler !" Il se servit un verre de vin en embrassant ma cavalière. "Je suis amoureux de ma Gabrielle mais j'aime les atmosphères relâchées ! Tu m'as l'air bien mal en point, Benjamin ! Est-ce aussi ton cabinet de travail ? – Je n'ose plus rentrer chez moi. J'ai honte de ma faiblesse. Je vais perdre Manon. Ma vie m'échappe. Je suis un journaliste exécrable !" Croyez-moi, Danton est l'homme de la situation quand on se trouve dans un état aussi lamentable : "Je suis moi-même incapable d'être journaliste, répondit-il chaleureusement. Je n'écris jamais une ligne. Je n'aime que la parole, j'ai besoin d'avoir des visages en face de moi. Que va-t-on faire de toi, mon pauvre ami ? Je sais !" Il avisa les filles près de nous : "Ces demoiselles vont te préparer un bain et te trouver une chemise propre, et tu vas filer te faire pardonner !" »

Avec le recul, je mesure mieux à quel point Benjamin était perdu. J'y voyais alors une forme de lâcheté. Et je mettais sa nervosité sur le compte de sa frustration des sens. Nos relations, qui n'avaient jamais été très épanouies sur ce point, étaient compliquées par la proximité de Sylva dont la présence dans la chambre voisine me paralysait.

Mais il y avait une autre source de conflit récurrent entre nous.

Un soir, alors que nous étions au lit, Benjamin remarqua :

– Tu as la tête ailleurs… À quoi penses-tu ?

– C'est demain que Robespierre joue sa peau.

– Encore Robespierre ! Encore ! Encore ! Encore !…

Il se leva et disparut, une nouvelle fois, dans la nuit.

Étais-je fanatisée par Robespierre ?… Je n'étais pas la seule, loin de là, à l'époque. Mais j'étais incapable de le dissimuler.

Robespierre était alors dans une posture délicate.

Un mois après son élection triomphale, il avait été violemment pris à partie. Des girondins, par la voix de Louvet, l'accusaient d'être un despote, de briguer le pouvoir pour lui seul, de calomnier depuis longtemps les meilleurs patriotes. Et aussi d'avoir encouragé les massacres de septembre, ce qui était faux. En tout cas, il n'avait jamais fait placarder des affiches appelant aux massacres, comme Marat.

La violence de cette « robespierride » le désarçonna. Mais il eut la présence d'esprit de demander un délai de huit jours pour y répondre. Pendant huit jours, je suis dans la plus grande inquiétude. Les girondins lui ont tendu un piège redoutable. Les massacres sont indéfendables, mais s'il les condamne, il se coupe de la base populaire qui le soutient.

Le jour de sa réponse, une foule se presse à la Convention. C'est le spectacle le plus attendu de Paris. L'idole sera-t-elle renversée ?

L'Incorruptible répond point par point aux attaques de Louvet. Et quand il en arrive aux massacres, il se place au-dessus des querelles patriotes :

– Citoyens, voulez-vous une révolution sans révolution ?

En d'autres termes, la Gironde veut-elle arrêter le processus révolutionnaire ?

C'est un triomphe.

Robespierre a magistralement situé le clivage entre les montagnards, comme lui, qui veulent poursuivre la Révolution, et les girondins, majoritaires à l'Assemblée mais dont la modération paraît à présent suspecte.

Il est porté en triomphe par la foule de ses partisans qui ne tardent pas à atteindre le Palais-Royal. Un cortège fervent, éclairé par des torches, qui chante *La Carmagnole,* le *Ça ira* et *La Marseillaise.* Je peux enfin me joindre à cette liesse populaire. Charlotte Robespierre est parmi eux et je suis surprise qu'elle ne se réjouisse pas davantage.

– Mon frère est un génie politique mais il m'inquiète… Depuis plusieurs mois, il est sous la coupe de sa logeuse, Mme Duplay, qui l'accapare… Je veux le sortir de là. C'est le bon moment : ils vont fêter sa victoire. J'ai besoin de ton aide…

– Maintenant ?

– C'est maintenant ou jamais.

J'avais dû rester travailler toute la journée au café alors que je brûlais d'aller à la Convention mais, cette fois, je n'hésite pas. Je me dirige vers Morel d'un pas autoritaire en ôtant mon tablier, malgré le monde qui afflue :

– Je dois m'absenter. Il s'agit de Robespierre, je ne peux rien dire de plus.

Il soupire mais ce dernier argument lui cloue le bec. Pour cette fois.

Une lanterne à la main, nous remontons la rue Saint-Honoré, la plus vaste de Paris. C'est là que se trouvent la menuiserie et le domicile des Duplay. En leur absence, un sans-culotte monte la garde. Charlotte lui dit qu'elle vient chercher des affaires pour son frère.

L'homme a reçu l'ordre très strict de ne laisser entrer personne. Charlotte fait mine de ne pas insister :

– Tu t'expliqueras directement avec Maximilien. Comment t'appelles-tu ?

Aussitôt, l'homme se radoucit et nous laisse entrer.

Nous traversons le logement dans la pénombre. Charlotte connaît bien les lieux. Je découvre avec stupéfaction la chambre de Robespierre. Les murs sont couverts de portraits de lui. Où qu'il se tourne, l'Incorruptible ne voit que son image. Il me semble pénétrer dans un étrange paysage mental. Charlotte est convaincue que Mme Duplay le retient ainsi. Comme Narcisse, prisonnier de son reflet. L'horizon coupé. Un insecte pris dans la confiture.

– Maximilien avait six ans quand notre mère est morte. Il en a beaucoup souffert. Aujourd'hui, curieusement, il appelle Mme Duplay « maman ». Elle l'accapare, elle le coupe de nous. Je ne le reconnais plus.

Pour l'extirper de son emprise, Charlotte a loué un appartement tout près, rue Saint-Fiacre, où elle compte réunir la fratrie, Augustin inclus, afin de soutenir le grand homme dans sa mission supérieure. Sans doute aussi Charlotte espère-t-elle retrouver ce rôle de vestale que la mère Duplay lui a volé.

Tandis qu'elle rassemble les notes et les discours, elle me charge de prendre les vêtements, ce qui est vite fait, vu la modestie de la garde-robe.

Robespierre habitera à peine un mois rue Saint-Fiacre, où il dépérira. Bientôt, Mme Duplay le reprendra et Charlotte n'essaiera pas de s'y opposer, convaincue qu'elle l'a ensorcelé.

J'ai une autre explication.

Ou plutôt je vois trois raisons pour lesquelles Robespierre préférait vivre chez le menuisier.

D'abord, le service y était sans doute meilleur et on l'adulait. Chaque matin, on lui apportait son linge fraîchement repassé avec son café, des fruits et du pain. On profitait de ses absences pour faire le ménage. Il prenait ses repas à la table familiale ou seul dans sa chambre, à son gré. Et pas de sœur horripilante sur le dos ! Pas de Charlotte qui vous débite les derniers ragots du quartier. Jamais une remarque, jamais une critique. En permanence, des effluves de vénération pour flatter le nez aquilin du grand révolutionnaire. La maison n'était qu'un nid d'admirateurs. Mme Duplay, ses filles, son mari… rivalisaient de précautions pour servir leur hôte sans le déranger. Et tout cela gracieusement, il va sans dire.

Ensuite, Robespierre y donnait une excellente image de lui-même. Une illustration parfaite de l'Incorruptible tel qu'il se présentait : un homme assez simple pour loger chez un menuisier. Un symbole aussi fort que la baignoire de Marat… C'est David qui attira mon attention sur ce point et il s'y connaissait, en images, il n'était pas devenu le grand propagandiste du régime pour rien.

La dernière raison est peut-être la plus importante : sa fenêtre donnait sur la cour où il pouvait voir des hommes jeunes et vigoureux raboter, scier, débiter du bois…

On n'a connu aucune relation féminine à notre champion de la vertu, ce qui d'ailleurs le rendait disponible aux yeux de toutes les femmes. On a évoqué le charme ingénu des demoiselles Duplay. Je crois qu'il était bien plus sensible au ballet incessant de tous ces gars joyeux, aux muscles saillants, le torse souvent nu ou modelé par leur chemise trempée de sueur qui s'activaient au milieu des copeaux, car c'était une véritable entreprise que dirigeait Maurice Duplay. Je suis convaincue qu'il aimait cette atmosphère, de même qu'il était troublé par la figure angélique de Saint-Just, ce jeune homme singulier qui avait fait tapisser sa première chambre de têtes de morts, et dont le domicile parisien était un autre point de chute que Maximilien affectionnait : c'est chez lui qu'il se réfugia pendant les massacres de septembre.

27.

Après plusieurs jours de disparition, Benjamin a ressurgi, un matin. L'air égaré mais rasé de frais, propre comme un sou neuf, dans une chemise trop blanche qui accentuait sa mauvaise mine. Aussi mal à l'aise qu'un gars de chez moi qui s'est mis sur son trente et un pour faire sa déclaration.

– Je me suis comporté comme un imbécile, je le regrette. Je ne sais plus où j'en suis… Je t'aime, Manon. Je ne peux plus me passer de toi…

Il m'a émue et tous les reproches dont je l'avais agoni intérieurement se sont aussitôt dissipés.

– Je préférerais écrire ces fichus articles ici, près de toi… J'ai parlé avec Danton, il m'a donné la matière d'au moins deux numéros.

Je l'ai installé à une table, je lui ai apporté un encrier, une plume et du papier, et je l'ai regardé… J'ai bien senti que cela ne suffirait pas. Je me suis décidée en un instant. Je suis allée voir Morel et sans hésiter je lui ai donné ma démission. J'allais me consacrer totalement à la *Gazette* et à Benjamin.

J'ai repris la chambre de Sylva qui est partie habiter avec les autres ouvrières, au-dessus de l'atelier de David, et j'y ai mis une seconde table de travail.

Il me restait quelques économies.

J'étais décidée à nous donner une nouvelle chance.

J'avais changé.

Je m'en étais aperçue en apprenant l'arrestation de La Fayette aux Pays-Bas, après qu'il avait fui la France, le 10 août. Il allait y rester emprisonné cinq ans, à la demande des Autrichiens. Je constatais que cet homme que j'avais voulu tuer pour venger mon fils m'était devenu indifférent.

Ma capacité de détestation s'était éteinte avec les massacres. Quand je repensais à La Fayette, je le trouvais pathétique. Un éternel déraciné. Orphelin très tôt, provincial à la cour, moqué par la reine pour sa gaucherie. N'était-ce pas aussi pour fuir ce mépris qu'il était parti pour l'Amérique ? Étranger là-bas, suspect ici. Celui qui devait être l'artisan de la réconciliation entre le roi et son peuple était devenu à la fois un traître au peuple pour les Français et un traître au roi pour les Autrichiens... Jamais à sa place, La Fayette ! L'homme qui voulait être citoyen du monde était un étranger partout.

Si j'avais pris le risque de me consacrer à la *Gazette*, c'est aussi que le moment était propice. Avec le procès du roi, s'ouvrait une période cruciale. On pouvait s'attendre à une actualité chargée.

Je profitais de ma liberté nouvelle.

Le 13 novembre, j'accompagnai Benjamin à la Convention pour l'aider à retranscrire les débats. Je n'oublierai jamais l'intervention de Saint-Just que je découvris alors.

Dans sa blondeur d'archange, il tint ce jour-là avec beaucoup de calme et de froideur les propos les plus violents que j'aie jamais entendus.

– Louis XVI n'est pas un mauvais homme, commença-t-il. On ne peut même pas dire qu'il soit réellement coupable, c'est plutôt un incapable... Mais la question est ailleurs. Il incarne la royauté et la royauté, soit on la perpétue, soit on y met fin.

En d'autres termes : Louis doit régner ou mourir.

Les députés en étaient encore à se demander s'il fallait le juger, Saint-Just le condamnait déjà à mort.

La Convention resta dans un état de stupeur généralisée.

Ce qui me frappa aussi, ce fut cet échange incessant de regards entre lui et Robespierre, pendant son discours. Cette fascination réciproque. L'Incorruptible approuvait par de légers hochements de la tête les invectives de son protégé. Mi-séduit, mi-sidéré par son audace. Ils ne se quittaient pas des yeux, comme si le reste de l'Assemblée n'existait pas.

Le procès du roi, encore incertain, fut rendu inévitable, quelques jours plus tard, par la découverte de l'armoire de fer dissimulée dans un mur des Tuileries. Révélée par le serrurier Gamain, qui avait fabriqué cette cachette et commençait à craindre d'en payer chèrement les conséquences. On y trouva des documents établissant le double jeu du roi, sa correspondance avec l'étranger, la corruption de Mirabeau, la compromission de Talleyrand, la complaisance de Barnave... Mais rien contre Danton, contrairement à ce qu'espéraient certains.

Olympe de Gouges proposa courageusement de défendre Louis XVI quand il fut traduit devant la Convention. Elle déclencha l'hilarité générale. Il avait bien besoin d'une femme pour avocat ! Je l'ai soutenue néanmoins dans la *Gazette*, malgré la tiédeur de Benjamin.

Le roi sera finalement défendu par Tronchet, Malesherbes (son ancien ministre qui s'illustra en autorisant la publication de nombreux philosophes des Lumières, quand il dirigeait la bibliothèque royale) et de Sèze qui dira : « Je cherche parmi vous des juges, je n'y vois que des accusateurs : Louis n'aura donc ni les droits du citoyen, ni les prérogatives d'un roi ! » Les trois avocats frôleront la mort. Malesherbes laissera sa tête dans le panier de Sanson. Et Olympe, la refusée d'office, aussi.

Le procès attisait les passions, divisait les familles.

Début janvier 93, nous sommes allés interroger David pour la *Gazette*. Il devait ce jour-là tirer les rois avec sa progéniture. Son épouse nous invita à nous joindre à eux. Quand nous eûmes fini l'entretien, les enfants n'en pouvaient plus d'attendre.

– Alors, on les tire, les rois ? fit le plus jeune.

– Il n'y a plus de roi. On tire les sans-culottes, répondit David.

– Il s'agit des rois mages, pas du roi de France ! protesta sa femme. Et les rois mages, ils n'ont pas été renversés, que je sache !

– Je m'en fiche. On tire les sans-culottes quand même. Celui qui aura la fève coiffera le bonnet phrygien, insista le maître.

– Je veux pas de bonnet, je veux une couronne ! s'entêtait le petit.

– Si tu continues, t'auras pas de galette du tout, fit son père.

L'enfant éclata en sanglots. Sa mère le prit dans ses bras et sa menace fusa, devant l'atelier tétanisé :

– Je te préviens, David, si tu votes la mort du roi, je divorce !

Le soir du verdict, les Sanson devaient fêter l'anniversaire de leur mariage qui était aussi celui de Marie-Anne.

Nous étions conviés, Benjamin et moi, pour cette double fête. L'argenterie, les cristaux, les candélabres avaient été sortis. Sanson tenait beaucoup à cette célébration. Il voulait que sa femme passe au moins une bonne soirée, après les épreuves des derniers mois et avant celles qu'il pressentait. Il avait demandé à toute la maisonnée de garder le silence sur l'issue du procès car elle était aussi attachée au roi que lui. J'étais touchée par l'obstination naïve du bourreau à protéger son épouse.

J'ai donc aidé Marie-Anne à préparer la table sans rien dire de la séance à laquelle j'avais assisté avec Benjamin, cet après-midi-là.

Nous avions vu les députés monter à la tribune, les uns après les autres, et se prononcer publiquement à l'appel de leur nom, selon la procédure imposée par Marat.

Pour une fois, Benjamin se félicita de ne pas avoir été réélu. Il n'aurait pas aimé avoir à prononcer « La mort » par conformisme, comme nombre de ses amis.

On sentait que cela coûtait à beaucoup d'entre eux.

Ni Camille ni Danton n'étaient très vaillants, ce jour-là.

Le cousin du roi, Philippe Égalité, l'ancien duc d'Orléans, le seul qui aurait pu dire non sans qu'on le lui reproche, avait dit oui. Cette lâcheté ne l'empêcha pas d'ailleurs de monter à son tour sur l'échafaud.

Fouché qui détestait prendre ouvertement parti avait bien dû voter la mort. Mais il était très mal à l'aise et il avait raison : c'est ce vote qui le fera chuter, des années plus tard, lorsque la Restauration imposera la loi contre les régicides.

Quand David à son tour prononça « La mort » du bout des lèvres, sa femme sortit aussitôt de la salle et nous savions que leur séparation était irrémédiable.

Les députés qui tentaient de sauver la vie du roi avaient la prudence de justifier leur vote : la réclusion disait l'un, l'exil disait l'autre, car je veux voir le premier roi de l'univers condamné à gagner sa vie…

Mais finalement, le plus héroïque, ce fut Duchatel. Lui-même à l'article de la mort, porté sur une civière, il murmura : « La vie ! Je vote la vie !… », déclenchant un immense éclat de rire dans l'Assemblée.

Sanson savait, bien sûr, qu'à très peu de voix près la peine de mort avait été prononcée. Mais il conservait un ultime espoir car les avocats de Louis XVI avaient déposé un recours devant la Convention.

Quand il arriva, ce soir-là, en dissimulant son cadeau (un camée dans un joli petit paquet noué d'une faveur vieux rose), il trouva un pli et un visiteur qui l'attendaient.

Avant même de desceller le pli, il comprit que le recours avait été rejeté et que l'exécution aurait lieu le lendemain matin.

Il s'efforça de rester impassible mais il mesurait mieux que quiconque la gravité de cette condamnation. Il avait expédié bon nombre de citoyens dans sa vie et cela ne l'avait jamais empêché de faire honneur aux petits plats que lui mitonnait maman Sanson pour se remettre, après l'épreuve. Mais un roi n'était pas un homme ordinaire, c'était un représentant de droit divin. L'exécuter était un sacrilège.

Pour un croyant comme lui, ce pli signifiait sa damnation.

Le visiteur était un jeune homme d'une vingtaine d'années qui l'attendait depuis un bon moment déjà. Il tenait à lui parler personnellement et en confidence. Sanson le fit entrer dans son bureau.

C'était un jeune royaliste qui connaissait les sympathies de l'exécuteur pour le roi. Il avait su avant lui que l'exécution aurait lieu le lendemain. Il voulait à tout prix l'empêcher. Il était prêt à payer de sa vie. Il avait été tiré au sort parmi ses amis monarchistes et il était fier de se sacrifier. L'opération se préparait depuis des mois. Il serait grimé et perruqué à s'y méprendre. Il porterait un costume rembourré qui affecterait la silhouette de Sa Majesté. Des complices, à la Conciergerie, le feraient monter dans la charrette à la place du roi, au dernier moment. Dès lors, le succès de l'entreprise ne dépendait que de Sanson…

Le bourreau fut-il tenté par cette occasion inespérée d'échapper à la damnation ?

Il se contenta de répondre que c'était grotesque et voué à l'échec. Jamais il ne se prêterait à une mascarade aussi ridicule ! Il pria le martyr de repartir sans dire un mot à son épouse.

Quand il retourna dans la salle à manger, le bourreau eut un instant de vertige. La table avait été desservie. Les cristaux, l'argenterie étaient déjà rangés.

Il lança un regard perdu à Marie-Anne, sa douce et tendre.

– Je sais tout, Charles-Henri, murmura-t-elle. Ce repas de fête n'a aucun sens. Prions pour Sa Majesté.

Il baissa la tête et vint s'agenouiller près d'elle.

VI.

Cahier rose

J'ai apporté mon cinquième cahier à relier.

Je savais par avance que ce serait dans un maroquin rouge sang. Une peau de chèvre fortement teintée dans la garance.

Mais pour le cahier que j'entreprends, ce sera un rose cuisse-de-nymphe-émue. Une peau de porc traitée à l'alun, à la teinte joyeuse et féminine.

Si la Révolution m'a fait côtoyer la mort de très près, elle m'a aussi permis de découvrir des émotions bien plus douces que j'ignorais jusqu'alors.

28.

Le jour même de la condamnation du roi, un député, Le Peletier de Saint-Fargeau, fut assassiné alors qu'il dînait au Palais-Royal, chez le restaurateur Février. Comme cet établissement était voisin du *Café français* et que je connaissais son personnel, Benjamin me chargea d'enquêter pour la *Gazette*.

Le Peletier était particulièrement haï par les royalistes. Sa famille avait été comblée par le roi. Sous l'Ancien Régime, il avait six cent mille livres de rente. Élu de la noblesse aux états généraux, il avait trahi son ordre et changé de maître pour devenir robespierriste.

Ce 20 janvier 1793, vers six heures du soir, alors qu'il était attablé chez ce traiteur, un jeune homme de haute taille, au teint très mat, portant une grande cape, s'adressa à lui :

– Tu es Le Peletier de Saint-Fargeau ?

– Oui.

– Tu as voté la mort du roi ?

– Oui. En mon âme et conscience.

– Eh bien, voici ta récompense !

Le jeune homme sortit une épée dissimulée sous sa cape et lui transperça la poitrine avant de disparaître dans l'obscurité des arcades. On établit rapidement que c'était un ancien garde du roi, dénommé Pâris. Sylva le connaissait de loin. Ils avaient servi aux Tuileries ensemble. Elle me mit en contact avec d'autres gardes royaux qui me donnèrent davantage de renseignements. Pâris avait pour maîtresse une jeune parfumeuse qui, justement, tenait une échoppe au Palais-Royal.

À cette époque, la parfumerie était en plein essor. Comme la mode révolutionnaire était particulièrement sévère, les parfums étaient devenus le dernier refuge de la coquetterie. Rose, fleur d'oranger, lavande... On distillait à tout-va. Les citoyennes se saignaient aux quatre veines pour en acheter. Ainsi s'évaporaient leurs pauvres économies. Les boutiques prospéraient.

Je suis allée trouver cette jeune fille qui avait été dentellière avant de s'installer à son compte. Pâris avait habité chez elle jusqu'au jour de l'assassinat. Elle avait très peur du sort qui lui serait réservé mais je parvins à la mettre en confiance en faisant valoir que ma *Gazette* défendait les femmes. Elle n'était pas étonnée par l'acte de son amant qui, selon plusieurs témoins, s'était rabattu sur Le Peletier faute de trouver le duc d'Orléans. Il n'avait pas reparu depuis le meurtre mais je n'aurais pas été surprise qu'il fût toujours dans le Palais-Royal car ce dédale de caves, de galeries, de passages était truffé de royalistes et l'on pouvait aisément s'y cacher.

La grande question, c'était de savoir si Pâris avait agi isolément ou s'il était le bras armé d'un complot.

Quelques jours plus tard, on le retrouva à Forges-les-Eaux où il s'était réfugié. Au moment où on allait l'arrêter, Pâris se tira une balle dans la tête et il mourut avec son secret.

Tandis que j'enquêtais dans le Palais-Royal, un homme d'un certain âge, aux manières élégantes et au visage grêlé de vérole, m'aborda. Il choisit le moment où je m'étais arrêtée dans le jardin pour regarder des enfants qui, jouant avec des marionnettes, reproduisaient l'exécution du roi.

– Manon Deschaumes ? s'enquit-il. Je viens vous trouver de la part du père Frédéric. Mme de Valbreuse et son fils Alexandre sont dans la plus grande difficulté. Ils sont à Paris et n'y connaissent que vous… Le père Frédéric vous demande de les aider.

J'hésitai un instant.

– Le vicomte est avec eux ? demandai-je, inquiète.

– Non. Il est toujours en exil à Coblence.

J'acceptai alors de lui emboîter le pas. Il me conduisit à un petit appartement de l'autre côté de la Seine où il frappa quelques coups espacés avant de me laisser avec la vicomtesse et son fils. Leur déchéance faisait peine à voir. Le logement était propre mais misérable. Pour pallier le manque de chauffage, ils étaient emmitouflés dans des plaids.

– Manon… Merci d'être venue. Nous avons dû quitter la Vendée et, comme tu le vois, la situation n'est guère brillante !… Tous nos biens ont été confisqués…

– Qu'attendez-vous de moi, madame la vicomtesse ?

– Ton mari est un ancien député. Il connaît des gens à la Convention. Il peut faire restituer nos biens… Une partie, du moins.

– Il ne le fera pas !

– J'ai des amis qui ont bénéficié de passe-droits. Cela existe.

– Ne comptez ni sur lui ni sur moi !

Elle ôta l'émeraude qu'elle portait à son doigt.

– C'est mon dernier bijou. J'y tiens beaucoup, mais si tu m'aides, elle est à toi.

Je me suis sentie insultée qu'elle veuille m'acheter. Je repartis aussitôt.

– N'essayez même plus d'entrer en contact avec moi, madame !

Chaque jour, j'apportais à Benjamin les éléments de mon enquête pour qu'il rédige les articles lui-même. J'étais convaincue que jamais je ne pourrais égaler sa plume et, plus encore, j'étais désireuse qu'il reprenne goût à notre journal.

Benjamin avait une bonne vision politique. Il mesurait très bien le saut dans l'inconnu que représentait la mort du roi, cet interdit qui venait d'être brisé.

Ce jour-là, il s'apprêtait à aller interroger Danton qui rentrait du front belge où la Convention l'avait envoyé en mission.

– Personne n'est mieux placé que lui pour évaluer la situation actuelle ! Car le vrai risque, vois-tu, c'est que le pays bascule dans un chaos total !

Je garde de ce moment un souvenir d'autant plus net que ce fut le dernier article que rédigea Benjamin.

En arrivant chez Danton, près de l'Odéon, il le trouva effondré, le visage ravagé.

– Gabrielle est morte !

Benjamin resta stupéfait devant le colosse abattu.

– J'étais en mission auprès de l'armée du Nord… Je rentre à Paris et j'apprends qu'elle est décédée depuis huit jours, en mettant au monde notre troisième enfant… Morte et enterrée…

Danton avait besoin de hurler sa souffrance et sa rage.

Gabrielle était tout pour lui ! Elle avait cru en lui quand il n'était encore personne ! Un pauvre petit clerc de notaire sans avenir ! C'est elle qui l'avait encouragé à prêter sa voix au peuple ! Pourquoi l'abandonnait-elle ? Il l'avait aimée passionnément !… « Donne-moi la force de continuer ! Je t'aime, Gabrielle ! Reste en moi ! » proférait-il.

Benjamin ne voulait pas le déranger davantage dans un moment pareil mais Danton lui intima l'ordre de rester.

– Tu vas quand même écrire ton article. Il y a trop de choses à dire. Gabrielle peut attendre à présent, fit-il, au bord des larmes. Écris !

Il lui désigna une table où il y avait du papier et une plume. Benjamin s'assit et écrivit sous sa dictée.

– Depuis la mort du roi, toutes les cours étrangères sont liguées contre nous ! La France entre en guerre avec l'Europe entière ! Nous manquons cruellement de moyens ! Les troupes sont dans un état déplorable ! Il faut envoyer de toute urgence des renforts ! La Convention doit engager sans délai les actions nécessaires… *La patrie est en danger !… La patrie est en danger !*

– Deux fois ?

– Trois fois ! Il s'agit de les secouer ! Ce sont des mous ! Et à présent, y a le feu !

Cette nuit-là, Danton s'introduisit clandestinement dans le cimetière Sainte-Catherine où Gabrielle avait été inhumée en son absence. Il était accompagné du sculpteur Deseine et d'un fossoyeur qu'il avait soudoyé pour qu'il rouvre la tombe. Le croque-mort ouvrit le cercueil, dévoilant Gabrielle dans sa robe blanche, sous la lune. Danton se jeta à genoux et étreignit la morte éperdument comme s'il tentait de la réchauffer. Il n'y avait que lui qui fût capable d'une telle démesure. Il embrassa Gabrielle comme il prenait les foules, à bras-le-corps. Puis il se redressa, très ébranlé par ce baiser macabre, laissant le sculpteur appliquer l'huile puis la glaise sur le visage adoré pour en lever le masque mortuaire.

– Vas-y, Deseine ! Qu'il me reste au moins ça !

Pour avoir exhumé le cercueil de mon propre enfant, je peux me figurer ce que ressentit Danton. Et je suis convaincue que c'est de là que date son revirement, ce lâcher-prise envers la politique qui ne se manifestera qu'un peu plus tard. Il ne pourra plus jamais être le même.

Cet épisode marqua-t-il Benjamin ? Bien sûr, comme chacun de nous. En tout cas, le soir même, au lit, il me demanda en mariage. Je lui répondis sur le ton de la plaisanterie :

– Tu veux qu'on aille à la Maison commune pour se marier et qu'on y retourne dans trois mois pour divorcer ? À quoi bon !

Depuis que le divorce venait d'être instauré, jamais on ne s'était autant marié. La liberté de se désengager stimulait les unions. Cette vague maritale sans précédent allait bientôt se traduire par les célèbres mariés de l'an II… Grâce au divorce, on découvrait le mariage d'amour.

Benjamin me connaissait assez pour percevoir ma réticence. Pourtant, il insista :

– Je me fiche qu'on se marie, Manon. Ce que je veux, c'est qu'on fasse un autre enfant.

– C'est trop tôt.

– Denis est mort depuis bientôt deux ans. Combien d'années faudra-t-il attendre ?

Cette fois, je sentis que j'aurais du mal à me dérober.

– Le problème c'est moi ? continua-t-il. Tu n'as pas envie d'avoir un nouvel enfant avec moi, c'est ça ?… Dis-le clairement au moins !

– J'en sais rien.

– C'est bon. J'ai compris.

Il se leva, meurtri, s'habilla et sortit dans la nuit.

J'ai pensé qu'il allait boire et qu'il reviendrait le lendemain ou le surlendemain, quand il aurait dessoûlé.

C'est triste à dire mais je commençais à en prendre l'habitude. Et je n'avais aucune envie de lui courir après.

J'ai su par mon amie Adèle qu'il était retourné, cette nuit-là, chez Mme de Sainte-Amaranthe. Il a joué aux cartes, entouré de jolies filles. Peut-être a-t-il couché avec l'une d'elles. Peut-être même avec Adèle qui y travaillait. Je ne veux pas savoir.

Il avait renoué avec ses mauvaises habitudes. Toute une jeunesse joyeuse – l'était-elle encore ? – se pressait dans cette maison du Palais-Royal, donnant le sentiment d'être hors de la Révolution... On y croisait des révolutionnaires célèbres comme Augustin Robespierre mais aussi des prélats, des ci-devant en situation illégale. Pâris aurait pu s'y réfugier. C'est ce qu'aimait Benjamin, je crois. Que ce soit une vraie maison de tolérance ! Un terrain neutre, hors du temps... Tout ce petit monde faisant mine de ne pas se reconnaître ! Les riches et les voyous, les ecclésiastiques et les putains, les députés et les hors-la-loi... Une sorte de purgatoire.

À l'aube il en est reparti, ivre.

Et c'est là que ça a dérapé.

Tandis qu'il rentrait en titubant, Benjamin passa devant une tente de conscription. En guise de table, une planche dressée sur deux tonneaux. Une bannière *La patrie en danger*... Et deux soldats, pas réchauffés, qui n'en pouvaient plus d'attendre des volontaires qui ne venaient pas.

Une première vague de conscription avait été levée, quelques mois plus tôt, dans l'enthousiasme général. On refusait alors du monde. Trop de candidats, pas assez d'armes et d'uniformes. Mais depuis, les ardeurs s'étaient rafraîchies. Faute de volontaires, la conscription était devenue obligatoire. Enrôlés contre leur gré, ils n'allaient pas donner les mêmes soldats !

Aussi, un citoyen qui se présentait spontanément et à une heure si matinale devenait une denrée rare. Il semblait justifier les longues heures que les plantons avaient passées à attendre dans le froid.

– C'est pour t'engager, citoyen ?

Quand il avait bu, Benjamin était d'humeur joyeuse et peu contrariante :

– Comment ?… Euh… Moi ?… Oui, bien sûr !

– Es-tu en état ?

– J'ai jamais été aussi lucide de ma vie !

Les deux soldats durent lui sourire complaisamment, flairant le bon client :

– En t'engageant, tu fais le serment de ne pas rentrer chez toi avant que tous nos ennemis soient chassés hors de France !

– Sauf si je meurs pour la patrie avant !

– Tu m'as l'air d'un brave citoyen… Quel est ton nom ?

– Benjamin Lecerf.

– Profession ?

– Bon à rien !

– Situation familiale ?

– Déplorable !

– As-tu des bonnes chaussures et des vêtements chauds ?

– J'ai tout ce qu'il faut !

– Alors c'est parfait. T'as plus qu'à signer ! En vrai patriote !

Benjamin releva sa manche, incisa son bras avec le stylet qu'on lui tendait, prit la plume et parapha de son sang.

Quelques heures plus tard, quand je découvris sa feuille d'engagement et alors qu'il avait pourtant dessoûlé, il n'exprima aucun regret. Effondrée, je ne comprenais pas qu'il ait pu signer sans m'en avoir parlé avant. En dépit de mes protestations les plus vives, il affirma que c'était mieux ainsi puisque je ne l'aimais pas et qu'il était mauvais journaliste. Au moins, là-bas, il se rendrait utile !

29.

Les rapports entre les sexes changeaient. Comme les hommes partaient pour la guerre, beaucoup de femmes restaient seules pour faire vivre leur famille. Bien souvent, elles envoyaient même de l'argent à leur compagnon, parti au front. On en voyait tenir des commerces de boucherie ou de sellerie-bourrellerie, livrer du bois ou du charbon (quand on en trouvait), œuvrer dans des ateliers, maçonner, couvrir les toits, tirer des charrettes de brocanteur ou de déménagement…

J'avais décidé de continuer la *Gazette*, malgré l'absence de Benjamin, et d'y donner la parole aux femmes.

Notre plus grand acquis, c'était le droit au divorce, instauré quelques mois plus tôt. Il était essentiellement demandé par les femmes, surtout dans les grandes villes et d'abord à Paris.

Le divorce rencontrait un succès croissant, on commençait à en sentir les effets. J'y ai consacré plusieurs numéros de la *Gazette*.

Dans mon entourage, Mme David était la première à avoir mis sa menace à exécution. Je m'étais rapprochée d'elle et elle avait accepté de se confier. Le divorce de David était alors de notoriété publique. La procédure était d'une facilité confondante. Il suffisait d'aller à la Maison commune, en dix minutes, c'était réglé… Dix ans de mariage abolis. Le soir même,

Charlotte David avait déménagé et emmené les enfants. Elle avait vite repris sa dot.

– Tout cela parce que David a voté la mort du roi ?

– Tout cela parce que je ne reconnais plus l'homme que j'ai épousé.

J'avais réuni plusieurs autres témoignages de femmes. Je me souviens que l'une d'elles en était à son deuxième divorce, depuis à peine six mois que la loi avait été votée, et qu'elle ne comptait pas s'arrêter en si bon chemin…

Pour la vieille dame que je suis devenue et qui a vu Napoléon, quelques années plus tard, s'empresser d'abolir le divorce, ce souffle de liberté semble à peine croyable aujourd'hui.

Depuis son divorce, l'atmosphère était pesante, dans l'atelier de David. Tout particulièrement pour Sylva, la plus jolie des ouvrières et la plus compétente. Passée première d'atelier, elle était son interlocutrice privilégiée pour réaliser les costumes qu'il dessinait. L'ouvrage ne manquait pas : maintenant qu'il était élu à la Convention, on confiait à David toutes les cérémonies officielles, à commencer par les funérailles de Le Peletier…

Sylva habitait avec les autres couturières au-dessus de l'atelier.

David soutenait haut et fort qu'il était soulagé que sa femme fût partie ! Qu'elle n'avait jamais compris la Révolution ! Que son engagement politique était incompatible avec la vie de famille ! Qu'il était heureux d'être pleinement disponible pour se consacrer à sa noble tâche !… Il avait quand même du mal à supporter son départ. Et dans une confusion fort masculine, me semble-t-il, il se rapprochait chaque jour davantage de sa plus proche collaboratrice…

Un soir, tandis que je rassemblais des bouts de chandelles pour les porter aux indigents, Sylva frappa à ma porte.

– Peux-tu m'héberger quelques jours ?

– Que se passe-t-il ?

– David est devenu entreprenant. Il rôde autour de ma chambre, la nuit… Je veux bien travailler pour lui mais pas le consoler !

– Le grand révolutionnaire regretterait-il le droit de cuissage ?

– Beaucoup d'hommes ont du mal à renoncer à leurs privilèges, sourit-elle.

– T'es ici chez toi.

Elle reprit la chambre de Denis. J'étais contente que Sylva habite avec moi. Je n'avais plus aucune réserve, maintenant que Benjamin était parti.

Mais celui à qui cela faisait le plus plaisir, c'était Sanson. Il avait vécu jusque-là avec ses garçons qu'il rudoyait, c'était comme s'il avait soudain deux filles. Il n'avait guère l'habitude des atmosphères féminines et se montrait plein de prévenance. Soucieux de nous rendre service. Protecteur. Sylva était touchée par ces délicatesses de bourreau. La brutalité révolutionnaire s'accentuait, Sanson en était le premier interprète. Quand il rentrait chez lui, il appréciait de trouver un peu de douceur et de répit, même s'il n'était pas homme à le formuler ainsi. Les fleurs de son jardin ne lui suffisaient plus. Nous avons pris l'habitude de déjeuner chez les Sanson tous les dimanches.

Je n'avais pas remis les pieds aux « sans-culottes » depuis les massacres de septembre, six mois plus tôt. Le soir où je décidai d'y retourner, un grand gaillard me fit attendre tandis qu'on allait chercher Landreau qui était monté en grade.

– Tiens, te revoilà, citoyenne ! Quel mauvais vent t'amène ?

– Mon homme s'est engagé… Je veux participer à l'effort de guerre.

Il me scruta un instant. À quels sombres calculs se livrait-il ? Je soutins son regard, mal à l'aise, jusqu'à ce qu'il conclue avec un sourire faux :

– T'as frappé à la bonne porte, citoyenne. Suis-moi !

Landreau me fit parcourir la section où des tâches collectives étaient organisées. Les effectifs s'étaient considérablement féminisés depuis la dernière fois. Les femmes étaient regroupées devant des montagnes de vêtements et de chaussures de récupération qu'elles triaient, reprisaient, réparaient. D'autres cousaient des toiles pour fabriquer des tentes. Près d'elles, les enfants réduisaient en charpie des piles de vieux draps.

– Ici, chacun se rend utile selon ses moyens... Même nos plus jeunes citoyens qui préparent des pansements pour nos braves blessés !

Les hommes, rassemblés en face, ôtaient les impuretés d'un tas de salpêtre avant d'en garnir des cartouches en y ajoutant des billes de plomb. Laflêche, mon vendeur de journaux préféré, était parmi eux. Il m'adressa un grand signe.

– Salut et fraternité, citoyenne !

Il semblait fier de participer à ce travail dangereux parmi les gros bras de la section. Entre ces différents groupes, évoluait une silhouette familière, portant un registre : le citoyen Sade.

– Content de te revoir, belle enfant... Notre section produit, à elle seule, au moins dix caisses de cartouches par jour !

J'avais du mal à croire notre secrétaire de section passionné par la tenue de ses registres, comme il voulait le laisser paraître.

– Écris-tu un nouveau livre, citoyen Sade ?

– Oui, oui. Un hommage révolutionnaire, éluda-t-il. Un hommage à nos jeunes citoyennes les plus ardentes !

À l'évidence, il n'avait aucune envie d'évoquer ses autres activités ici.

Le journal ne me laissait guère de temps pour aller, le soir, chez les sans-culottes accomplir une seconde journée de travail. Je m'y rendais néanmoins le plus souvent possible. Et pas seulement par conscience patriotique. C'était une formidable chambre d'écho des revendications féminines. Et, à travers elle, des revendications profondes du peuple. J'y recueillais une mine de renseignements qui m'aidaient à évoquer, dans ma *Gazette*, le quotidien des femmes, les épreuves auxquelles nous étions confrontées, les queues interminables dans les magasins, la flambée des prix et les relations de plus en plus tendues avec les commerçants. J'en avais l'illustration chez Gouvion, l'épicier du faubourg Poissonnière où j'avais accoutumé de faire mes achats depuis mon arrivée à Paris : huile pour mes lampes, savon, chandelles... Je voyais le climat s'y dégrader au fil des semaines.

– C'était dix sous de moins, la fois dernière, Gouvion !

– Tout augmente. Faut bien que j'en fasse autant, citoyenne !

– Mais nos salaires, eux, ils n'augmentent pas, vieux rapin ! protestaient les clientes.

– Tes prix s'envolent, on peut pas suivre, affameur !

– Nos journées sont payées une misère, sangsue du peuple !

– Ça me scierait le dos, de vendre à perte ! s'énervait Gouvion. Celles qui peuvent acheter, qu'elles achètent. Les autres, qu'elles aillent voir ailleurs si c'est moins cher !

– Accapareur !... Accapareur !

C'était le grand mot à la mode : « accapareur » !

Peu de femmes lisaient ma *Gazette* parmi mes compagnes des travaux du soir. Mais elles en connaissaient l'existence et ne paraissaient pas mécontentes que je me fasse leur porte-voix.

Du coup, je me suis enhardie et je suis intervenue plus souvent, à la section. Il faut dire que, pendant que nous trimions, les hommes passaient le plus clair de leur temps à discuter en vidant des pichets :

– Qu'on nous donne du travail ! Faut lancer des grands travaux, morbleu !

– Oui, un nouveau pont sur la Seine ! Depuis le faubourg Saint-Antoine jusqu'au faubourg Saint-Marceau ! Y en a bien besoin, foutre !

– C'est ça, un pont qu'arriverait au Jardin des Plantes ! Pour qu'on ait de l'ouvrage, nom de Dieu ! Lancez des grands travaux !

On n'entendait qu'eux. Je me faisais un malin plaisir de les moucher quand ils s'échauffaient la bile :

– Les grands travaux, pour l'heure, c'est nous les femmes qui les faisons ! Vous autres, c'est les grands discours !

Je suis d'un naturel timide. L'émotion m'étreint avant d'aligner trois mots en public mais, une fois lancée, je devenais capable d'affronter cette meute virile, bille en tête, n'hésitant pas à soulever les revendications les plus audacieuses, soutenue par mes camarades :

– D'abord, pourquoi les femmes n'auraient-elles pas le droit de voter ?

– Tu voudrais p'têt qu'les femelles aient les mêmes droits qu'les mâles ?

– Bien sûr. Pourquoi non ?

– On n'est pas faits pareil, citoyenne. Veux-tu comparer ? clamait une grande gueule au ventre de barrique, déchaînant une horde de rires virils et gras. J'ai encore jamais été engrossé !

– À voir ton bedon, on dirait pas !

– Un homme, ça a pas d'lunes, c'est pas indisposé tous les mois, nom d'une pique !

– Et quand il a la goutte à force de torcher des godets, il est peut-être pas indisposé ! Faut-y le priver de ses droits pour autant ? (Et c'était aux femmes de rire.) Qu'est-ce qui nous empêche de voter ? Êtes-vous plus intelligents ? Plus courageux ? Plus cossards, ça oui !

Les poilus et les moustachus s'indignaient :

– Une luronne, ça voterait comme son homme. Ça ferait deux voix au lieu d'une, ce serait pas juste !

– C'est plutôt mon homme qui voterait comme moi !

– Ça ferait toujours deux voix, ventrebleu !

– Alors les citoyennes célibataires ? Et les veuves ? Ça ferait une seule voix, non ?

– Tu nous mets la tête à l'envers. Elle a réponse à tout, cette diablesse !

Je me faisais un malin plaisir d'en rajouter dans la *Gazette* en publiant des articles provocateurs. Et comme je commençais à avoir du métier, je choisissais des formulations de nature à susciter la polémique. Ainsi, je proposais que ce soient les hommes qui prennent le nom de leurs femmes et plus l'inverse…

– Demandez *La Gazette de Manon* ! Les hommes bientôt contraints à changer de nom ?… Un numéro spécial sur les droits des sexes ! Demandez *La Gazette de Manon* !

On y lisait que Camille Desmoulins pourrait bien devenir Camille Duplessis, du nom de sa douce Lucile. Georges Danton serait alors le citoyen veuf Georges Charpentier. Mme Roland et son époux deviendraient la citoyenne et le citoyen Philipon, Sanson serait Jugier… *L'Ami du peuple* ne serait plus le journal de Marat mais celui d'Évrard, puisqu'il avait épousé sa logeuse… Mais l'abbé Grégoire restait l'abbé Grégoire, bien que marié à Dieu, tout comme Robespierre restait Robespierre.

Le peuple était plus naïf qu'aujourd'hui. Beaucoup de lecteurs prirent ma proposition au pied de la lettre. Je m'amusais à les observer, tandis qu'ils achetaient ma feuille au petit Laflèche. L'indignation des hommes et l'hilarité des femmes. Les ventes flambèrent. À ce moment de la Révolution et en dépit des massacres passés, on pouvait encore s'exprimer librement.

Plus pour longtemps.

30.

Un matin, j'eus la surprise de recevoir la visite du citoyen Sade. Après s'être renseigné, dans la cour, auprès de maman Sanson qui fut charmée par l'extrême politesse du ci-devant marquis et qui lui indiqua ma chambre, il frappa à ma porte, ma *Gazette* sous le bras, pour m'annoncer qu'il souhaitait s'abonner.

Je ne pus m'empêcher d'être flattée.

Il sortit quelques pièces de sa bourse et, tandis que j'établissais son reçu, il parcourut ma chambre. Sade chez le bourreau ! Je compris vite que sa curiosité avait un autre objet que mon journal.

– Habites-tu chez Sanson depuis longtemps, ma belle enfant ?

– Depuis mon arrivée à Paris.

– Garde-t-il son matériel ici ?

– Oui. Dans son établi. Pourquoi donc ?

– Qu'y trouve-t-on ?

– Des fouets, des cordes, des fers…

– T'arrive-t-il de lui en emprunter ?

– Mais pour quoi faire ?

– Eh bien, pour t'amuser, mon enfant. Pour jouer avec ton bon ami, par exemple…

– Jouer à quoi ?… D'abord, il est au front, mon bon ami. J'habite seule avec Sylva.

– La blondinette à l'œil coquin qui t'accompagne à la section ? Ah ! Mais c'est très bien aussi. Très bien ! marmonna-t-il. Elle m'a l'air fort délurée. T'arrive-t-il de la châtier quand elle n'est pas sage ?

– Quelle drôle d'idée ! Pourquoi toutes ces questions ? As-tu l'intention de me mettre dans ton prochain livre, citoyen Sade ?

– Pour cela, il faudrait que tu me contes tes aventures.

– Je n'ai rien à conter. On dit que tu écris des livres fort cruels où les femmes sont fort maltraitées !

– Les as-tu lus ?

– Jamais.

– Ils sont pleins de fantaisies. Et peut-être de cruautés délicieuses… Mais ils sont surtout remplis de liberté.

Le citoyen Sade que j'avais devant moi ne ressemblait guère au secrétaire de la section des Piques. Il exprimait les idées les plus étranges. Il sortit un livre de sa poche. Il disait qu'il ne lisait que des ouvrages de droit.

– Tout est là. Il faut établir de nouvelles lois !

– Quel genre de lois ?

– La liberté totale. Et d'abord, la liberté des mœurs… J'ai longtemps subi l'injustice des hommes. Maintenant qu'on est en République, débarrassés de toutes les vieilles superstitions, il faut que cela change ! La Révolution nous a accordé la liberté de conscience et la liberté de la presse, il est grand temps qu'elle accorde la liberté des mœurs ! Cette liberté dont la religion nous a privés depuis des siècles !… Un homme qui désire une femme doit pouvoir s'en emparer librement !

– Mais c'est horrible !

– Pas du tout. C'est la nature. Ça s'est toujours passé comme ça !

– Eh bien, il est temps que cela cesse ! Et que les femmes ne soient plus des victimes !

– Avec moi, les femmes jouiront d'une liberté totale. Je veux créer des maisons destinées au libertinage des femmes comme à celui des hommes, sous la protection des gouvernements ! Des maisons où les femmes pourront se livrer aux plaisirs de la chair autant qu'elles le voudront ! Car vous êtes douées d'un tempérament bien plus ardent que nous ! Vos penchants au plaisir sont bien plus vifs que les nôtres ! Votre sensibilité bien plus profonde que l'autre sexe ! Dans ces maisons, les lois vous permettront de débaucher autant d'hommes que bon vous semblera !

Le gros Sade commençait à s'échauffer.

– L'égalité est impossible ! Car les femmes tombent enceintes ! lui dis-je. Alors que pour les hommes, c'est sans conséquence !

– Nous arrangerons cela simplement, ma belle enfant.

– Et comment donc ?

– En pratiquant l'avortement.

– Mais c'est très dangereux !

– Qu'à cela ne tienne, on pratiquera l'infanticide.

– Mais c'est horrible !

– Comment fait-on dans les couvents ? Crois-tu que les nonnes copulent impunément avec leurs confesseurs ? Crois-tu que leur lubricité frénétique reste éternellement stérile, par la grâce du Saint-Esprit ? Dans chaque couvent de femmes, il y a un cimetière d'enfants. À la tombée de la nuit, on y enterre le fruit des amours sacrilèges de tous ces ecclésiastiques en rut !

Sais-tu pourquoi les prêtres condamnent la luxure ? Pour réserver les dévotes à leur propre stupre, pardi !

Je lui suggérai alors de jeter un coup d'œil dans l'appentis.

– Vous pourrez voir la guillotine. Avec vos goûts, ça devrait vous plaire !

– Quelle horreur ! La seule idée du couperet me fait vomir ! Je hais la peine de mort. Elle est atroce et inefficace. C'est une honte ! Une abomination ! Je souhaite de toute mon âme qu'on la supprime !

J'avais du mal à suivre le marquis. Il eut soudain l'air très perturbé et partit sans autre commentaire.

Sade me dégoûtait et me faisait rire à la fois. Je songeais même à publier un numéro de la *Gazette* sur le droit au plaisir. L'égalité des sexes devant le plaisir. Le sujet était sulfureux mais ce n'était pas ce qui m'arrêtait. C'est plutôt que je ne connaissais pas grand-chose au plaisir...

Sylva était bien plus experte que moi.

Le soir même, je lui racontai mon entrevue avec Sade. Nous en rîmes ensemble. Mais aux précisions qu'elle me demanda, à son œil pétillant, j'eus bien l'impression qu'elle était émoustillée par les histoires de ce vieux cochon.

Nos relations étaient d'une grande douceur. Sylva était pleine d'attentions pour moi. Elle prenait des coupons de tissu, en douce, dans l'atelier de David, qu'elle rapportait pour me coudre des robes dans des couleurs patriotiques.

– C'est pour toi, disait-elle. La patrie reconnaissante !

Il faut que je fasse ici un aveu, bien qu'il m'en coûte. J'ai beaucoup hésité à le livrer. Je ne l'ai encore confié à personne. Mais ce récit n'a guère de sens si je dissimule une part de vérité.

La présence joyeuse de Sylva, sa légèreté me troublaient de

plus en plus. J'aurais été incapable de mettre un nom sur ce trouble.

Elle était bien plus libre que moi avec son corps

Elle se montrait dans des tenues très relâchées.

C'était moi qui fermais la fenêtre quand elle y paraissait, presque nue, vêtue d'une simple chemise de batiste, transparente au soleil, à damner Bélisaire et Latuile, les valets de potence soudain frappés de paralysie dans la cour.

Elle s'amusait de ma pruderie.

Parfois elle me demandait, comme la chose la plus naturelle du monde, de l'aider à sa toilette. Elle apportait son broc et sa cuvette dans ma chambre et se déshabillait entièrement. J'étais réticente à en faire autant devant elle. Je tremblais en versant l'eau que j'avais fait chauffer sur le poêle. La première fois qu'elle me lava les cheveux, je crus défaillir en sentant ses doigts fouir ma chevelure. Je me souviens encore comme je peinais à dominer ma respiration prête à s'emballer comme un cheval fou.

Sylva se laissait découvrir et c'était moi qui rougissais.

Elle avait l'habitude de prendre soin de son corps, d'y consacrer du temps, alors que je n'avais jamais osé m'occuper du mien. En bonne fille de la campagne, je me souciais du travail qu'il me permettait d'abattre et guère de séduction. Il en allait différemment de Sylva qui avait vécu dix ans dans l'antichambre des courtisanes et même de la reine, au cœur de tous leurs apprêts, leurs artifices, leurs sortilèges…

Quelques jours seulement après son arrivée, elle acheta une psyché qu'elle installa dans sa chambre. Elle me fit asseoir devant et m'appliqua un masque de beauté qu'elle avait confectionné elle-même, une pâte à base de laitage, de miel, de céréales, de pétales de fleurs, préparée comme à la cour.

J'avais l'air d'une chouette. Comme un second oiseau de nuit, perché à côté de moi, Sylva s'enduisit, elle aussi.

– À quoi bon se faire belles si on n'a pas d'amoureux ?

– Pour en trouver un, pardi !… Toujours pas de nouvelles de ton Benjamin ?

– Non… Ça n'allait plus très fort entre nous. Sinon, il ne serait pas parti. Et toi, pas de nouveau béguin ?

– Oh non ! Et j'en veux pas de sitôt !

Sylva était bien plus délurée que je ne l'avais soupçonné jusque-là. Sans doute le couple que nous formions avec Benjamin l'avait-il arrêtée dans ses confidences, comme la porte d'une chambre dont on respecte l'intimité. Mais maintenant qu'il était absent, une complicité nouvelle s'instaurait et Sylva s'enhardissait.

Très jeune, elle avait vécu avec d'autres jeunes filles pleines de vitalité et de malice, dans les communs de Versailles, ensuite aux Tuileries, puis dans le grenier de David. Elle avait connu au sein de ces gynécées des expériences dont je ne soupçonnais même pas la hardiesse jusqu'alors. Certaines reproduisaient les mœurs qu'on prêtait à la reine avec certaines de ses favorites, une réputation qu'elle ne méritait pas, selon Sylva. Ses confidences me tournaient dans la tête et parfois, je dois le dire, m'échauffaient l'esprit.

Sylva s'était installée dans l'ancienne chambre de Denis. Mais quand il faisait trop froid, elle venait se réfugier dans mon lit et nous dormions lovées comme des cuillers d'argent dans une ménagère.

Là encore, je retenais mon souffle.

Je n'osais pas la toucher pour éviter toute ambiguïté.

Sylva n'avait guère les mêmes scrupules. Dans un demi-sommeil, sa main se posait nonchalamment sur mes jambes ou sur mes seins. Je la remettais en place et elle se laissait faire docilement, mais elle y revenait, comme par inadvertance. J'avais alors le plus grand mal à m'endormir.

Advint ce qui devait arriver.

Un soir que nous étions ainsi allongées, je me surpris à l'encourager. J'étais incapable de réprimer plus longtemps le trouble qu'elle éveillait en moi. Ce fut une révélation. Dans une stupéfaction heureuse, je découvris mon propre corps.

Sensuelle et langoureuse, Sylva ménageait ses agaceries avec un art consommé. Elle m'enivrait des plus douces voluptés. Bientôt, j'en fus fort affriandée. Et je me régalais de nos petites friponneries…

Elle m'apprit qu'il en était ainsi dans les communs de Versailles où les demoiselles dotées d'une sensualité brûlante dans le plaisir se consumaient de la sorte en préservant leur vertu.

Étais-je amoureuse de Sylva ?

Comment qualifier l'état d'inquiétude nouveau où je me trouvais plongée maintenant que nos relations avaient changé ? La peur de perdre pied. La délicatesse, la mutinerie de Sylva me faisaient découvrir des sensations dont je me serais crue incapable. Mon corps m'inquiétait. Je restais réservée quand elle prenait des initiatives. Puis ma propre avidité me surprit. J'avais besoin de retrouver, chaque soir, cette torpeur interdite, inédite, délicieuse. La douceur et la chaleur de Sylva m'étaient nécessaires. Nous étions, bien sûr, convenues de rester dans une clandestinité absolue.

31.

Dans le courant de l'hiver, Mme de Valbreuse sombra dans une déchéance que je n'aurais jamais imaginée. Son fils et elle en furent réduits à vivre de la mendicité. Je les découvris par hasard, faubourg Saint-Marcel, vendant des sablés qu'ils faisaient griller sur un braséro. Sans doute avaient-ils choisi un lieu éloigné du faubourg Saint-Germain où ils logeaient pour qu'on ne les reconnaisse pas. Éloigné mais pas trop, afin qu'Alexandre puisse tout de même y traîner leur misérable matériel sur une charrette à bras. C'était lui qui haranguait les passants, sans grande conviction :

– Cinq sous le sablé ! Des sablés à la cassonade ! Au vrai sucre de Saint-Domingue ! Demandez les sablés !

J'affectai de ne pas les reconnaître pour ne pas embarrasser la comtesse. Mais elle me vit et s'adressa à moi sans se départir de son élégance habituelle :

– Manon ! Je m'amuse beaucoup, tu vois !

Je m'approchai, le cœur serré. Elle baissa la voix :

– La seule richesse que nous ait laissée mon époux avant d'émigrer, c'est une réserve de sucre. Quelques sacs importés des colonies et dont le prix a flambé. Je les convertis en petits gâteaux !

Avec son plaid et ses pauvres mitaines, grelottant devant son braséro, elle parvenait même à paraître enjouée. Alexandre, lui, n'essayait pas de donner le change et de cacher son amertume :

– La vicomtesse de Valbreuse, marchande des rues ! Quelle honte ! Voilà comment on traite la noblesse dans ce pays !

– Cela n'a rien d'extraordinaire, aujourd'hui, protestait-elle. Le marquis de Blissac de Clermont vend des marrons grillés devant son ancien hôtel... Nous, au moins, nous avons un toit. Nous n'en sommes pas réduits à aller dormir au dépôt de mendicité du citoyen... Comment s'appelle-t-il déjà ?

– Clochard. Le citoyen clochard.

– Merci, Alexandre. Nous n'en sommes pas réduits à dormir chez M. Clochard.

L'administrateur du dépôt de mendicité avait la réputation d'être très sévère. Il hébergeait et nourrissait les indigents, les invalides, les vieillards. Mais en contrepartie, ils devaient balayer la ville, se mettre au service de la municipalité.

– Je n'ai plus de thé à t'offrir, je suis désolée. Goûte mes sablés, Manon !

Au milieu de la fange, elle se comportait comme dans son salon. Elle jetait néanmoins quelques regards furtifs, ici et là. Sa véritable crainte, c'était qu'Alexandre fût enrôlé de force et qu'on l'envoyât se faire tuer sur un champ de bataille, avec son père dans l'armée d'en face.

Je lui achetai une dizaine de sablés et je dus insister pour qu'elle acceptât de me laisser payer.

Peu de femmes réagissaient avec autant de flegme que Mme de Valbreuse. Le soir, à la section, le contraste était saisissant. Des récriminations de plus en plus violentes s'élevaient contre les accapareurs, les agioteurs, et surtout les girondins, députés de la droite, accusés de tous les maux.

– Le pain a encore augmenté ! On n'y arrive plus !

– Y a pas que les soldats qui crèvent de faim ! Nous aussi !

– Faut des prix maximum qu'on peut pas dépasser !

– Il fait quoi, le gouvernement ?

– Il protège les riches ! Les girondins protègent les riches !

– Paraît qu'ils jettent le pain à la Seine pour affamer le peuple !

– Mort aux girondins !

Landreau prêtait une oreille complaisante à ces protestations. Je suis convaincue qu'il renseignait Marat. Quand un commerçant était stigmatisé à la section, on retrouvait souvent son nom dans le journal de Marat.

« Demandez *L'Ami du peuple* !... Guerre aux accapareurs ! Et au plus abject d'entre eux, l'épicier Gouvion !... Pas de pitié pour les profiteurs qui affament le peuple !... Brisez leurs vitrines ! Pillez leur marchandise ! Pendez-les s'il le faut !... Demandez *L'Ami du peuple* !... Le journal de Marat ! »

Frappé d'une telle condamnation publique, le commerçant n'avait plus qu'à prendre la fuite pour sauver sa peau en abandonnant son commerce au pillage. C'est la triste mésaventure qui arriva à mon épicier du faubourg Poissonnière, en février 93. Sa boutique fut ravagée par une horde de sans-culottes, parmi lesquels Landreau.

La guerre aux accapareurs prit une ampleur telle qu'elle fit craindre de nouveaux massacres. Je me souviens des émeutes du quartier des Halles où des bandes de femmes, après avoir dévalisé des épiceries, allèrent à la Convention réclamer la peine de mort contre les accapareurs et les agioteurs. Je les avais suivies pour la *Gazette*. Je fus soulagée qu'elles se fassent refouler à l'Assemblée. Mais cela déclencha de nouvelles émeutes. Les sièges des journaux girondins furent pillés. On vivait dans un état d'insurrection qui menaçait à tout moment de s'embraser comme de l'étoupe. Marat, lui-même, se tint soudain en retrait.

Si je ne travaillais plus au *Café français*, j'étais cependant restée en contact avec Morel. C'était chez lui que je retrouvais, presque chaque semaine, mes amies républicaines pour chercher des sujets susceptibles d'intéresser la *Gazette*. Parmi ces fidèles : Lucile Desmoulins, Charlotte Robespierre, Adèle qui faisait commerce de ses charmes chez Mme de Sainte-Amaranthe, et parfois Mme David, ou plutôt l'ancienne Mme David fraîchement émancipée.

Nos réunions avaient lieu l'après-midi, ce qui empêchait Sylva d'être des nôtres. À mon grand soulagement, je dois dire. J'avais peur d'être soudain transparente aux yeux de mes amies. Et qu'en me voyant en sa compagnie, elles percent à vif mes sentiments, mieux que je ne pouvais le faire moi-même.

Les récentes émeutes mettaient Morel au comble de l'inquiétude. La peur de subir le même sort que les accapareurs éveillait chez lui une subite compassion :

– Pauvres épiciers ! C'est horrible ce qui leur arrive ! Et le plus horrible, c'est que ça pourrait arriver à n'importe quel honnête commerçant !

Sensible aux noms connus de mon petit cercle féminin, il me prêtait un entregent que j'étais loin d'avoir. C'est pourquoi il se tourna vers moi quand il voulut se mettre à l'abri. Sachant que je fréquentais la section des Piques, il demanda à m'y accompagner un soir.

Il vint, flanqué du commis qui traînait une charrette bien garnie. Jamais je ne vis mon patron adopter un profil aussi modeste que lorsque je le présentai à Landreau dont il connaissait le pouvoir de nuisance et souhaitait gagner les bonnes grâces :

– Salut et fraternité, citoyen ! Au nom du *Café français*, je tiens à participer à l'effort de guerre… J'ai apporté divers vêtements et des bonnes chaussures encore utilisables, pour nos braves soldats…

– C'est généreux à toi, citoyen débitant de boissons ! s'amusa Landreau qui le voyait venir.

– Et aussi plusieurs paires de draps. C'est un peu regrettable de les mettre en charpie mais bon… Ainsi qu'une pièce de vin pour soutenir l'ardeur de nos chers sans-culottes !

– Tu oublies l'essentiel, citoyen. Sais-tu ce qui nous manque le plus ?… Allons, tu ne devines pas ?

Morel prit un air idiot mais cela ne servait à rien : il n'y avait pas d'échappatoire.

– Les finances ! tonna Landreau.

Le patron se décida à sortir sa bourse et remit quelques pièces d'or, puis quelques autres, puis quelques autres encore avant que la main avide du sectionnaire en chef consente à se refermer.

– La prochaine fois, inutile de te déplacer ! C'est moi qui viendrai te voir ! Salut et fraternité ! fit Landreau, d'un air bourru, en retournant dans la section.

Morel repartit, guère plus rassuré qu'en venant.

C'est à cette époque que le Tribunal révolutionnaire fut créé sous l'impulsion de Danton. Son intention, tout à fait louable au départ, était d'empêcher de nouveaux massacres populaires. « Il faut un tribunal qui puisse être terrible pour éviter au peuple de l'être ! »

Je fus très surprise d'apprendre par Lucile que Fouquier-Tinville, le cousin de Camille, en serait l'accusateur public.

J'avais rencontré ce curieux escogriffe chez eux, l'été précédent. Camille venait alors d'être choisi par Danton, fraîchement nommé ministre de la Justice, pour être son bras droit. Et cet obscur cousin ressurgissait. Un grand échalas obséquieux, le regard bas, l'air vaguement honteux. Il était dans une déchéance matérielle absolue et faisait appel à Camille pour qu'il lui trouve du travail. La mine pitoyable, il faisait valoir qu'il avait sept enfants. Les petits derniers, les jumeaux, un an à peine. Et qu'il était sans ressources… Il avait pourtant eu une charge de procureur à Paris. Mais il avait dû la revendre, criblé de dettes, à la suite d'affaires hasardeuses sur lesquelles il ne s'étendait pas.

Il se disait appliqué, ponctuel, patriote, vertueux, tenace… Et Camille, toujours moqueur, l'avait imité devant Lucile et moi, pour nous divertir.

– Tu n'as donc aucun défaut, cousin !

– Un peu coléreux, peut-être…

Camille eut la gentillesse de le présenter à Robespierre.

Fouquier-Tinville était homme à appliquer docilement les consignes. Et comme c'était un juriste efficace, il allait mettre en musique, sans aucun état d'âme, toutes les accusations qu'on lui confierait.

Que de chemin il avait parcouru en six mois !

Comme pour Landreau et d'autres zélateurs impitoyables, la Révolution était pour lui une opportunité inespérée de se remettre en selle.

32.

Sylva raffolait des sablés à la cassonade. Un matin où j'avais affaire dans le quartier, je suis passée faubourg Saint-Marcel pour lui en acheter. La vicomtesse et son fils n'étaient plus là. Un crieur de journaux m'apprit qu'ils avaient cessé de venir depuis plusieurs jours. Je ne m'en inquiétai pas sur l'instant, préférant croire que leur situation s'était améliorée. Néanmoins, poussée par ma mauvaise conscience, je résolus de passer à leur appartement. Il me parut d'abord abandonné. Je frappai un long moment en vain. Comme j'allais partir, Alexandre se décida à m'ouvrir. Sa mère et lui avaient descendu un nouveau degré dans la déchéance. Ils vivaient comme des animaux traqués. Terrés, en raison du froid. Leurs deux lits réunis autour du poêle, comme des radeaux à la dérive parmi la vaisselle et les vêtements. Mme de Valbreuse me fit asseoir sur l'un des deux seuls fauteuils, tandis qu'Alexandre prenait le prie-Dieu en guise de siège. Accrochés au mur, un crucifix et le sabre du vicomte. Celui, sans doute, avec lequel il avait failli embrocher Benjamin.

L'élégance naturelle de Mme de Valbreuse tenait à sa distraction pour les choses du quotidien. Elle ne se souciait aucunement de me recevoir dans ce galetas : elle ne le voyait pas. Son étourderie la protégeait de la trivialité. Était-elle réelle ou feinte ? Sagesse ou inconscience ? Cela me rappelait l'aveuglement de ces mères aimantes qui refusent de voir les défauts de leurs enfants, évitant ainsi bien des conflits... J'étais surprise que sa tenue reste aussi soignée alors qu'elle n'avait jamais vécu sans domestique jusque-là. Les restrictions semblaient glisser sur elle.

La seule marque de richesse qui lui restait, c'était l'émeraude qui ne quittait pas son doigt. Je ne l'entendis jamais se plaindre. Elle gardait un caractère agréable. La religion l'aidait-elle ?... Peut-être était-elle tout simplement heureuse ainsi, dans l'indigence certes mais en permanence avec son fils, l'être qu'elle chérissait le plus au monde. Et qu'en comparaison, la chute de l'Ancien Régime, l'exil de son mari, leur fortune confisquée... n'avaient guère d'importance à ses yeux.

Elle me fit asseoir d'un geste gracieux, comme si nous étions toujours dans son château vendéen aux riches tapisseries, et m'offrit un verre de vin chaud.

– Dis-moi, Manon, connais-tu Joseph Fouché ?

– Le député de la Vendée ?

– Il nous a reconnus. C'est un homme dangereux, je crois.

– Je le crois aussi.

Je suivais avec une attention particulière Fouché, depuis son arrivée à Paris : l'ancien adversaire de Benjamin était aussi l'ancien fiancé de Charlotte Robespierre.

Élu à la Convention sur un programme si complaisant pour les nostalgiques de la monarchie, Fouché fut bien obligé de siéger à droite, avec les girondins.

Son ancien ami Robespierre lui battait froid.

Fouché comprit rapidement que le vent tournait vite à Paris et qu'il ne fallait surtout pas se trouver dans le mauvais camp. Aussi décida-t-il de se mettre à l'abri des turbulences. Dès que l'Assemblée, soucieuse de garder le lien avec la province, envoya des députés en mission, il fut volontaire. Et, pour se faire bien voir, il déploya un zèle farouche sur le terrain.

Envoyé dans la Nièvre où sa fille naquit, il la prénomma Nièvre pour séduire la population mais, dans le même temps, il y préleva l'impôt le plus élevé de France. Ce qui lui permit de soigner sa popularité à l'Assemblée.

J'avais régulièrement des informations par Charlotte avec qui ce fourbe avait repris contact. Il lui laissait entendre que, malgré sa vie de famille, il ne s'était jamais remis de leurs fiançailles brisées. Mais elle était parfaitement consciente qu'à travers elle, il visait seulement à restaurer ses relations avec Robespierre.

Le hasard avait voulu que ce renard aux aguets croise Mme de Valbreuse et son fils, faubourg Saint-Marcel. Son œil exercé avait tout de suite décelé que cette femme au port élégant n'était pas du tout dans son rôle en marchande des rues. Et ce serviteur du pouvoir poussa le zèle jusqu'à lui acheter un sablé.

– Une cassonade d'une telle qualité, c'est rare ! remarqua-t-il en le dégustant.

Il se flattait de ne jamais oublier un visage et il était sûr de l'avoir déjà vue quelque part. N'était-ce pas en Vendée, dont il était le représentant ?

Mme de Valbreuse s'efforça de ne pas laisser paraître son trouble. Ni elle ni son fils n'avaient de certificat de civisme. Elle craignait, en outre, qu'on ait trouvé, dans l'armoire de fer, de nouveaux documents compromettant son époux.

Fouché savourait lentement le sablé en fouillant sa mémoire. Allait-il mettre un nom sur Mme de Valbreuse qu'il avait en effet croisée, pendant sa campagne, lors de sa visite au père Frédéric ?

Heureusement pour la vicomtesse, Fouché était attendu. Il prit congé. Mais elle savait qu'il reviendrait vite et qu'alors il aurait deviné. Depuis, ils vivaient cloîtrés.

Ce qui aggravait la situation des Valbreuse, c'était l'insurrection vendéenne qui débutait alors et débutait fort mal pour leurs adversaires républicains. Les Blancs écrasaient les Bleus. Ils accumulaient des victoires insolentes. Machecoul, Saint-Gilles-Croix-de-Vie, La Roche-sur-Yon tombaient aux mains des insurgés. Les paysans vendéens ridiculisaient les troupes révolutionnaires à Vannes. Charette chassait les républicains de Pornic en incendiant les toits de paille des maisons… Les églises n'étaient pas assez grandes pour fêter leurs victoires. Les Vendéens célébraient des *Te Deum* en plein air.

La Convention tentait de réagir en décrétant la peine de mort pour tous les rebelles pris les armes à la main. Des détachements de la garde nationale sillonnaient la campagne à la recherche des insurgés. Les mesures de rétorsion devenaient de plus en plus inhumaines. On s'enfonçait dans la guerre civile… Aristocrates et Vendéens, les Valbreuse étaient en première ligne.

Deux fois par semaine, j'allais les ravitailler. J'achetais des vivres aux dames de la Halle. Mon lourd panier sous le bras, je traversais le Pont-Neuf. Je m'efforçais d'échapper à la vigilance de leurs voisins du faubourg Saint-Germain. Je repartais aussi discrètement que j'étais venue. Dans le même temps, je cherchais une solution leur permettant de quitter Paris.

J'avais vu, en Vendée, Alexandre réceptionner des caisses d'armes. J'espérais vivement qu'il n'en détenait pas à Paris. J'aurais alors risqué ma tête en les aidant… Pourquoi allais-je prendre ces risques pour la famille de mon ancien tortionnaire ? Je ne pouvais tout simplement pas m'en empêcher. Ils étaient innocents des agissements du vicomte et n'avaient personne d'autre vers qui se tourner. Cela tombait sur moi. Je n'y avais aucun mérite particulier. Je me retrouvais là, au cœur de la guerre civile naissante, frappée par l'absurdité du conflit.

Un jour, tandis que j'approche de leur hôtel, je devine que je suis suivie. J'accélère le pas. À l'angle d'une rue, je me retourne : Landreau.

– Tu fais tes courses bien loin de chez toi, citoyenne ! dit-il en désignant mon panier.

– C'est pour fuir les accapareurs..., bredouillai-je.

– En as-tu un à m'indiquer ?

Surtout pas ! Je ne voulais envoyer personne à l'échafaud. D'ailleurs, depuis la nouvelle loi fixant un maximum des prix, plus aucun commerçant n'osait accaparer. Je tâchai de reprendre l'ascendant :

– Tu me surveilles, Landreau ?

– Non, je veille sur toi. L'ennemi est partout, à l'intérieur comme à l'extérieur !... Il faut se méfier des suspects et des étrangers...

– J'ai pas besoin de gardien.

– C'est mon rôle. Le comité de surveillance, c'est moi ! Et je me passe de tes conseils !

En effet, Landreau se trouvait désormais à la tête d'une milice. Dans chaque section de sans-culottes, des comités révolutionnaires de surveillance avaient été créés. La Convention venait d'y consentir sous la pression populaire. Landreau pouvait contrôler et arrêter plus ou moins qui il voulait. On devine ce que représentait un tel pouvoir entre les mains de cet homme.

– Vas-tu me dire où tu allais ? insiste-t-il.

– Je rentrais chez moi.

– Parfait... Je te raccompagne !

Je ravale ma colère et lui tends mon panier. Au moins se rendra-t-il utile, en le portant jusqu'au faubourg Poissonnière.

En chemin, il se radoucit, fait mine de s'inquiéter de mon sort. Comme la solitude doit me peser depuis le départ de Benjamin ! Suis-je bien installée au moins ? Bref, il aimerait bien visiter ma chambre… Je le remercie de tant de sollicitude et le laisse planté devant la porte du bourreau.

Quel soulagement de retrouver Sylva ! Avec elle, je suis pleinement moi-même. Nous n'avons pas besoin de beaucoup de mots pour nous comprendre. Elle me réconforte, me prodigue sa douceur, s'alerte des dangers que je cours.

Pour ne pas l'inquiéter, je ne lui ai pas parlé de mes livraisons clandestines aux Valbreuse. Je suis bien obligée de le lui confier ce soir-là, quand elle découvre mon chargement.

Elle propose aussitôt de les ravitailler à ma place et c'est à mon tour de m'inquiéter pour elle, mais sa décision est prise et elle est plus têtue encore que moi. J'obtiens qu'elle attende au moins jusqu'au lendemain, au cas où Landreau guetterait toujours en bas. Soudain, je la devine préoccupée.

– Mme de Valbreuse ne sait pas… pour son mari et moi ?

– Comment saurait-elle ?… Elle doit se douter qu'il la trompait copieusement. Mais elle ne t'a jamais vue, comment devinerait-elle que c'était avec toi ?… Pendant les sept ans où j'ai été à leur service, elle n'a même pas deviné ce qu'il m'a fait subir !

Ces derniers mots m'ont échappé. Sylva me prend aussitôt dans ses bras. Je me laisse réconforter sans émettre la moindre objection.

33.

J'étais parfois tentée d'arranger la vérité, dans ma *Gazette*, et d'inventer des anecdotes pour le plaisir de surprendre mes lectrices.

« Il y a quelques jours, comme je traversais les jardins du Palais-Royal, une jeune femme d'une vingtaine d'années m'arrête. Elle arrive de province, comme moi il n'y a pas si longtemps.

– Pouvez-vous m'indiquer une coutellerie ? me demande-t-elle. Je lui recommande la maison Pradier, à quelques pas de là, sous les arcades. J'ai longtemps travaillé au *Café français* et nous faisions affûter nos couteaux dans cette maison qui nous a toujours donné satisfaction.

Je découvre aujourd'hui que cette jeune provinciale n'était autre que Charlotte Corday. Manifestement, à elle aussi, la maison Pradier vient de donner toute satisfaction ! »

Non. Je n'ai pas osé. L'assassinat de Marat provoquait une émotion immense. L'heure n'était pas à la plaisanterie. On se faisait couper la tête pour moins que ça.

C'est précisément à cette époque, en juillet 93, que Gabriel Sanson revint du front, furieux d'être rappelé contre son gré. Son père était allé trouver le gouverneur de Paris, plaidant que la fréquence des exécutions devenait telle qu'il ne pouvait plus se passer de son fils et qu'il serait bien plus utile à la patrie chez lui, avec le rasoir national, qu'au front, avec un fusil dont il ne savait pas se servir !

En guise d'accueil, Gabriel eut droit à l'exécution de Charlotte Corday.

Même pour le vieux Sanson, c'était une épreuve de devoir raccourcir une jeune fille. D'autant que le royaliste en lui n'était pas mécontent d'être débarrassé de Marat. Il la trouvait plutôt sympathique cette petite Normande, qu'on disait descendante de Corneille, assez rusée pour s'introduire chez l'homme grenouille sous couvert de lui livrer les noms de traîtres girondins, avant de l'assassiner dans sa baignoire. Sanson avait même de l'estime pour elle : un seul coup de poignard ! Remarquable pour une débutante. Si cela n'avait tenu qu'à lui, c'est une médaille qu'il lui aurait donnée !

La freluquette s'était révélée autrement plus habile que le bourreau de Lyon qui, quelques jours plus tôt, avait dû s'y reprendre à trois fois pour décapiter le gros Challier, un type très populaire, une force de la nature.

Après deux tentatives, Challier, au bord de la tombe, avait trouvé la force de relever son cou à moitié décollé pour éructer, entre deux bouillons de sang : « Bourreau, attache-moi la cocarde ! »

Stupeur de la foule. Elle avait bien failli lyncher le confrère qui n'arrivait pas à changer son tranchoir ! Certes, c'était un incapable, mais des histoires pareilles, c'était mauvais pour toute la profession. Décidément, papa Sanson n'aimait pas cette guillotine qui n'était même pas fiable. Elle lui causait bien du souci.

Pour renouer avec la tâche de bourreau qu'il exécrait, Gabriel se serait bien passé d'exécuter cette charmante jeune fille au regard vif, aux joues pommelées et à la chevelure de pain d'épices.

Quand ils arrivèrent à la Conciergerie, un jeune peintre achevait le portrait de Charlotte Corday, à sa demande.

Elle fit preuve de classe et d'élégance. Quand Gabriel lui coupa les cheveux, elle lui réclama une mèche qu'elle remit au peintre :

– C'est tout ce que je puis vous offrir, monsieur. On m'a ôté mon argent.

Il sortit si ému qu'il cessa, dit-on, définitivement de peindre.

Charlotte allait à la mort, sereine d'avoir accompli sa mission, désireuse de faciliter la tâche du bourreau et de son fils, déstabilisés par sa fraîcheur et sa grâce. Elle éveillait chez le vieux Sanson une prévenance et des accents paternels.

Pendant quelques jours, Sylva travailla jour et nuit à la préparation des obsèques de Marat, confiées bien entendu à David. Il fallait coudre en urgence des robes pour les choristes, réaliser un dais gigantesque, empanacher le cortège qu'allait suivre une foule immense, depuis les Cordeliers jusqu'au Panthéon. Elle restait dormir sur place.

Dans le même temps, David esquissait son célèbre tableau de l'assassinat de Marat auquel il était fier de donner une forme très novatrice. Ni scène de crime ni allégorie. Après l'assassinat de Le Peletier qu'il venait d'offrir à la Convention, David se spécialisait dans les martyrs républicains. Mais cette fois il irait plus loin encore dans le dépouillement : juste Marat dans sa baignoire, le flanc percé comme un Christ sur la croix. Son tableau devait être reproduit en gravures, tiré à des milliers d'exemplaires, diffusé dans tous les départements. La propagande allait bon train.

Dans ma section de sans-culottes, l'émotion était considérable. J'ai vite compris l'usage que ces misogynes feraient de l'assassinat de Marat. En tuant *L'Ami du peuple*, c'était le peuple et donc eux-mêmes qu'on atteignait. Que l'assassin fût une femme les arrangeait bien. Les gros bras à qui j'avais publiquement tenu tête pouvaient puiser dans ce meurtre des arguments nouveaux :

– Voilà le résultat quand des bougresses se mêlent de politique au lieu de s'occuper de leurs foyers !

– Elles sont incapables de dominer leurs nerfs, sacré nom d'un tyran ! Les femmes, c'est toutes des hystériques !

– Dire qu'y a même des luronnes qui voudraient avoir les mêmes droits que nous !

– Et pas plus loin que dans cette section, morbleu ! Une marchande de phrases qui retourne la tête des autres avec son torche-cul !

J'étais une cible toute désignée et Landreau n'était pas le moins remonté contre moi. Mes compagnes cousaient leurs tentes en piquant du nez, certaines murmuraient même que ça leur retombait dessus par ma faute. J'ai compris que je ne devais pas trop compter sur la solidarité féminine. Alors, je me suis levée :

– Les citoyennes ici présentes ne ressemblent pas davantage à la criminelle Corday que vous autres à Pâris, l'assassin de Le Peletier ! Sommes-nous coupables d'être des femmes ? Sommes-nous moins patriotes que vous ? Je viens ici chaque soir, après ma journée de travail, œuvrer pour la Nation. Et si j'écris dans ma *Gazette*, c'est toujours dans le respect de la République. Moi aussi, j'ai droit au respect !

Mon intervention les moucha provisoirement.

Mais à la sortie, voilà Landreau qui me rattrape et qui m'entreprend, devant sa cour de bonnets rouges.

– T'es une rebelle. Mais je saurai te dompter, diablesse !

– Une bonne citoyenne ne doit pas se laisser asservir, Landreau. La liberté ou la mort, c'est bien notre devise, non ?

Flairant le danger, les autres femmes commencent à regagner leurs pénates. Du coup, Landreau insiste, encouragé par les barbus et les moustachus.

– Je crois bien que l'absence de ton homme te rend nerveuse, ma jolie. Veux-tu que je t'aide à te calmer ?

– C'est toi qui ferais bien de te calmer, citoyen !

Il m'attire contre lui en me prenant par la taille. Je résiste en m'efforçant de sourire.

– Aurais-tu besoin d'être chatouillée par la sainte pique ? fait-il en effleurant son sexe, au cas où on n'aurait pas compris. C'est que je dirige pas la section des Piques pour rien !

Il m'embrasse de force. Je suffoque et je le gifle. Il rit et resserre son étreinte. J'arrive à dégager ma main et, cette fois, je le griffe au visage. Il s'écarte, ivre de rage.

– Elle est folle, cette salope ! Faut la mettre à Bicêtre !

– C'est ta façon de contribuer à l'effort de guerre, Landreau ? En prenant les femmes des braves soldats qui sont au front ?

– Tu me le paieras, scélérate !

En l'humiliant publiquement, je m'en suis fait un ennemi mortel. Il ne me le pardonnera jamais.

Je suis encore sous le choc quand j'arrive chez les Sanson. Cette agression remue des souvenirs odieux. Des images insupportables. Je revois Valbreuse s'emparant de l'enfant que j'étais. Je sens le crépi du mur plaqué contre mon dos. Je revois les hallebardes et les armures de ses ancêtres, dans son bureau, sur lesquels j'essaie de me concentrer sans penser à rien d'autre.

J'ai envie de vomir des serpents. Je ne supporte plus d'être contrainte. Aujourd'hui encore, j'esquive ces visions honnies de peur d'être submergée.

En me voyant dans cet état, Sylva est en rage. Ces sans-culottes sont des brutes mal dégrossies ! Ils se comportent comme des porcs avec nous ! Les royalistes, au moins, nous respectaient ! Et même les girondins ! Chez eux, une femme comme Mme Roland est écoutée ! Mais du côté des montagnards, tu peux chercher : aucune place éminente pour les femmes !... Je me laisse bercer par ses invectives et je me réfugie dans ses bras.

Je suis persuadée que l'équilibre fragile des droits entre les hommes et les femmes a basculé à ce moment de la Révolution. L'effet des divorces commençait à se faire sentir, même chez les sans-culottes : ils ne pouvaient plus se comporter comme des despotes chez eux. L'émancipation féminine devenait une menace. D'autant que cette liberté nouvelle de partir en récupérant sa dot n'était pas la seule. Désormais, nous avions aussi le droit d'hériter. Nous revendiquions l'éducation des filles, le droit de port d'armes, la citoyenneté...

Pour les hommes, c'était trop. L'ennemi n'était plus seulement aux frontières ou au cœur du pays, comme en Vendée, il pouvait surgir au sein même de chaque foyer ! Il devenait urgent de faire machine arrière, d'empêcher notre participation à la vie politique. C'est bien pour cela que nous fûmes soudain si nombreuses à être stigmatisées. Parfois même par d'autres femmes, qui n'étaient pas les moins violentes ! Théroigne de Méricourt, la belle amazone, fut victime des femmes de la Halle : fessée publiquement dans les couloirs de la Convention pour sa liberté de pensée ! Elle n'aura pas besoin de la guillotine pour perdre la tête : enfermée à Bicêtre, les vingt dernières années de sa vie. Et toutes ces femmes décapitées, après que Charlotte Corday eut ouvert la voie !

Il y aura Marie-Antoinette, bien sûr, si digne pendant son procès, qui en appelait aux mères présentes dans le tribunal pour la laver des accusations d'attouchements sur ses propres enfants dont on la souillait !

Il y aura Mme Roland qui forcera l'admiration des bourreaux. Debout dans la charrette, calme, opposant son courage à la foule hostile, radieuse même dans sa robe blanche parsemée de bouquets de fleurs roses, l'ancienne égérie des girondins redonnait du courage au condamné de droit commun qu'on conduisait à l'échafaud avec elle. Elle l'invitait à monter le premier pour lui épargner la vision de l'épreuve qui l'attendait... Et comme Sanson objectait qu'il devait les exécuter dans l'ordre inverse, elle lui répondit avec cran : « Allons, monsieur, refuserez-vous à une femme sa dernière volonté ? » Et il céda. C'est en montant à son tour qu'elle s'exclama : « Liberté... que de crimes on commet en ton nom ! », laissant le bourreau et son fils pantois.

Il y aura Olympe de Gouges, coupable d'avoir rédigé sa *Déclaration des droits de la femme et de la citoyenne...*

Quand je repense à toutes ces victimes, je me dis que je m'en suis bien sortie. Pourtant, avec la *Gazette* et mon goût alors prononcé pour la provocation, j'étais mal partie !

Heureusement, j'avais le réconfort de Sylva. Elle me choyait, me couvrait d'attentions, me détendait avec ses tisanes, ses huiles parfumées, ses masques de beauté. Depuis quelque temps cependant, je sentais un attiédissement dans nos relations. Elle était moins prompte à répondre au feu qu'elle attisait en moi. Du coup, je me réfrénais, craignant de l'importuner par mes caresses. L'avais-je blessée ? Avais-je cessé de lui plaire ? Se jouait-elle de moi ?...

Un soir, mes impressions se confirmèrent· elle me révéla qu'elle voulait cesser notre commerce intime. Je sentis mes jambes flancher.

– Que se passe-t-il ? Que t'ai-je fait ?

– Tu n'y es pour rien. C'est juste que je suis amoureuse, dit-elle.

– D'une autre femme ?

– Je n'ai jamais été amoureuse d'une femme !

Voyant mon expression encore plus attristée, elle se reprit.

– J'ai toute la tendresse et l'amitié du monde pour toi, Manon. Mais je ne peux pas être amoureuse d'une autre femme. Même de toi !

– Qui est-ce ?

Elle hésita un instant puis murmura :

– Alexandre.

– Le jeune Valbreuse ? Le fils après le père ? Mais tu le connais à peine !

– Je n'ai pas choisi.

VII.

Cahier indigo

Chaque après-midi je marche en songeant aux souvenirs que je noterai le lendemain. Et je me demande si je suis fidèle à l'exigence d'honnêteté que je me suis fixée.

Il y a bien des souvenirs que j'ai racontés toute ma vie mais ne les ai-je pas déformés ? C'est le propre du conteur d'enjoliver son récit pour ne pas décevoir l'auditoire et de finir par croire lui-même à leur version améliorée. Quant à ceux, plus intimes, que j'ai gardés pour moi jusqu'à présent, je les ai tout autant ressassés et les risques de déformation ne sont pas moindres.

Ne suis-je pas complaisante quand je me retourne sur la jeune femme que j'étais, comme je le suis naturellement avec la jeunesse dont j'ai eu la chance d'être entourée toute ma vie ?

Ces interrogations me tourmentaient quand je suis tombée sur cette phrase de Rousseau, l'auteur préféré de Robespierre, que j'ai découvert bien après la Révolution mais qui est devenu un modèle pour moi. Il note dans ses Rêveries du promeneur solitaire : *« J'écrivais mes* Confessions *déjà vieux (…) Je les écrivais de mémoire ; cette mémoire me manquait souvent ou ne me fournissait que des souvenirs imparfaits et j'en remplissais les lacunes par des détails que j'imaginais en supplément de ces souvenirs, mais qui ne leur étaient jamais contraires. »*

C'est exactement ce que j'ai tendance à faire moi aussi.

Quand des scènes importantes de ma vie se perdent dans le flou, je m'efforce néanmoins d'en donner la teneur. Peu m'importent les changements de détails.

Maintenant que mes scrupules sont apaisés, je peux reprendre librement la visite de mon passé.

34.

Dès le lendemain de mon agression, j'écrivis un article rageur pour me venger de Landreau. Je l'écrivis d'une traite et filai le déposer à Pondichet, mon imprimeur. Mais, en arrivant au Palais-Royal, je tombe sur Sade qui a assisté à la scène, la veille, aux sans-culottes. Quand il me voit, mon texte à la main, il comprend et me dissuade de le publier. Je ne veux écouter personne et surtout pas un homme mais il insiste :

– J'aime l'insolence, ma belle enfant. Je l'ai pratiquée toute ma vie. Mais j'ai aussi passé beaucoup de temps en prison. Et je ne voudrais pas que cela t'arrive. Méfie-toi de Landreau. Il n'attend que l'occasion pour te coincer.

Il me conseille de suspendre provisoirement la publication de la *Gazette* et de me faire oublier.

Je suis indignée. Mon journal commence à trouver son rythme de croisière, les ventes progressent… Néanmoins, je prends sa suggestion au sérieux. J'hésite à entrer chez l'imprimeur. Et je décide d'aller boire un marasquin au *Café français* pour réfléchir.

Je voudrais saluer ici la mémoire du citoyen Sade qui m'a peut-être sauvé la vie, ce jour-là.

Au café, Morel m'apprend qu'il vient d'ouvrir une manufacture d'armes.

– Moi aussi je soutiens la Révolution, tu vois !

Son subit accès de patriotisme me fait sourire. C'est d'abord un bon investissement : les troupes sont sous-équipées, on manque de matériel. C'est aussi un excellent calcul : tant qu'on aura besoin de lui pour armer les soldats, il ne risquera pas d'être envoyé au front. Je reconnais bien là son opportunisme et je suis sidérée par son absence totale de scrupules. Lui, le Vendéen, n'a aucun état d'âme pour fabriquer les armes que des soldats républicains pointeront contre les siens !

Morel a trouvé un local, près de l'École militaire, et y a installé un maître forgeron et quelques apprentis. Il multiplie les démarches pour engranger des commandes en vue de passer à plus grande échelle. Du coup, il a besoin d'un gérant pour tenir le café. Il me propose la place. C'est une promotion. Gérante et non serveuse ! Il précise tout de même que je serai censée aider en salle si c'est nécessaire…

J'y vois un signe de la providence. J'accepte sans réfléchir davantage. Je déchire mon article et je reprends le collier au *Café français*, le jour même.

L'établissement a bien changé depuis mon départ. Morel a gommé de sa carte toute trace de ses origines vendéennes :

– Fini les huîtres de Vendée, le sel de Guérande, la patate de Noirmoutier ! Aucune envie de me retrouver devant le Tribunal révolutionnaire !

D'ailleurs, il ne propose plus les spécialités de poisson qui faisaient la réputation de la maison. Avec le soulèvement de la Vendée, son frère, Bastien, ne peut plus faire la route de Nantes pour livrer la marée. La pêche dans la Manche est, elle aussi, suspendue depuis l'entrée en guerre de l'Angleterre. On ne trouve plus de poisson à Paris. Quand un client le déplore, Morel est formel : « Le poisson n'est pas républicain ! » Désormais, il prône le coq au vin. Du vrai coq gaulois. Cent pour cent patriotique, celui-là !

Autre changement : Morel applique le nouveau système décimal, et ce avec d'autant plus de zèle qu'il ne lui coûte rien. Les clients ont du mal à s'habituer :

– Apporte-moi une pinte de vin de Suresnes, citoyenne !

– Y a plus de pinte. On dit 92 centilitres, citoyen !

– Et ça fait moins de pinard ?

– Non. C'est pareil.

– Alors pourquoi change-t-on de nom ?

– Tout marche par dix, à présent ! Y a plus de toises. Y a plus de pieds. Y a plus de lieues... Y a des mètres, des décamètres, des kilogrammes, des centigrammes... C'est le nouveau système !

Morel a aussi adopté, bien sûr, le calendrier républicain qui marche également par dix. Primidi, duodi, tridi... jusqu'à décadi. C'est la semaine de dix jours. Jeudi 28 novembre 1793 devient quartidi, 8 frimaire, an II. Et comme on déchristianise, les noms de saints sont remplacés par des noms d'animaux, de plantes, d'outils... Le jour de la Saint-Jacques devient le jour de la tomate ; la Saint-Blaise, le jour de la vache ; la Sainte-Céline, le jour du tonneau ; la Saint-Médard, le jour de la fourche et la Saint-Daniel, celui de l'érable sucré.

Le patron s'adapte à merveille. Il y puise même l'occasion de faire des économies sur le dos de ses employés :

– Avec le nouveau calendrier, Manon, ton jour de congé ce ne sera plus le dimanche, ce sera le décadi !

– Alors je serai mieux payée ?

– Et pourquoi donc ?

– Au lieu d'avoir congé tous les sept jours, j'aurai congé tous les dix jours, c'est pas pareil !

– Attends. T'auras des sans-culottides !

– C'est quoi, ça ?

– Trois cent soixante-cinq jours par an. Ça fait trente-six semaines de dix jours. Les cinq jours qui restent, c'est les sans-culottides et t'es en congé !

– Quand même, je suis perdante !

– Plains-toi auprès de tes amis révolutionnaires, citoyenne gérante ! C'est leur calendrier, pas le mien !

J'observais douloureusement les ravages de l'amour chez Sylva. Elle avait ressorti son fer à friser et s'apprêtait avec un soin nouveau. Je me doutais qu'elle courait rejoindre le jeune Alexandre à la moindre occasion et qu'il devait quitter sa cachette pour la retrouver à l'insu de sa mère, sans se soucier du danger. Nous évitions d'en parler. Où se voyaient-ils ? L'amenait-elle ici en mon absence ? Pouvaient-ils échapper à la surveillance des Sanson ? Disposait-elle encore d'une chambre au-dessus de l'atelier de David ? C'était une sourde souffrance de la voir sans cesse m'échapper en pensée… Au fond de moi, n'avais-je pas envie qu'ils se fassent prendre ?

Ils étaient si peu prudents qu'un jour, je les ai moi-même surpris. Ce jour-là, des blanchisseuses, révoltées par l'augmentation du prix du savon, en avaient saisi une cargaison. Après s'être copieusement servies, juchées sur une charrette, elles distribuaient le reste de leur butin aux passantes. Je me suis emparée des pains de savon qu'on me tendait. J'ai pris la fuite, vaguement fautive, et je suis tombée sur eux. Sylva et Alexandre enlacés sous une porte cochère.

Mon premier réflexe : fuir, aller me cacher comme si j'étais moi-même coupable, nier la réalité. Mais je suis revenue sur mes pas.

– Êtes-vous inconscients ? Et ta mère, Alexandre ?

– C'est pas ton affaire. Laisse-nous ! répliqua-t-il.

– Ah oui ? On traverse Paris pour vous ravitailler. Tu t'affiches dans la rue. Et ce n'est pas mon affaire !

– J'ai vingt ans. J'aime Sylva. Épargne-moi tes leçons !

Son arrogance de noble ne demandait qu'à ressurgir.

– En continuant ainsi, lui fis-je remarquer, sais-tu ce que tu vas gagner ? Une place pour l'échafaud ! Et une autre pour Sylva ! Et encore une pour ta mère !

Mais Alexandre n'entendait rien. Il était convaincu qu'il mourrait jeune et voulait aimer avant.

Néanmoins, quand Sylva lui demanda à son tour de rentrer, il obtempéra et nous repartîmes toutes les deux. Bientôt, elle prit mon bras et pour la première fois depuis des semaines, elle se confia avec une complicité retrouvée : elle n'avait pas encore réussi à avouer à Alexandre qu'elle avait entretenu une liaison avec son père.

– Ce n'était qu'un brouillon de l'amour, et pourtant, avec lui aussi, sur le moment, j'y croyais.

Étais-je jalouse ? Si je l'étais, ce n'était pas tant d'Alexandre que de la propension à aimer qui animait Sylva.

Les allées et venues autour du logement des Valbreuse ne passèrent pas longtemps inaperçues. Ils durent quitter leur appartement sans délai. Grâce à Gabriel, nous avons trouvé une cave dans le faubourg Poissonnière, près des Sanson. Elle présentait l'avantage de limiter les risques pour le ravitaillement, et pour les rendez-vous clandestins. Nous avons acheminé les fugitifs, à la nuit tombée, leur maigre déménagement dans un fiacre conduit par un ancien cocher des Tuileries en qui Sylva avait toute confiance.

Nous avancions dans la pénombre des caves, à la lueur d'une lampe à huile, et le jeune vicomte pérorait dans mon dos :

– Quelle horreur ! Un régime qui oblige les honnêtes gens à vivre comme des rats ! Ces révolutionnaires sont des monstres !

Sans doute était-ce une humiliation pour des aristocrates mais nous n'avions rien de mieux à leur proposer. Soudain, ses récriminations me furent insupportables :

– Arrête, Alexandre, ou je vous laisse tomber !

Déconcerté par ma subite véhémence, il protesta faiblement :

– Enfin, tu trouves que c'est défendable, euh, le Tribunal révolutionnaire ?...

J'avais une envie féroce de lui voler dans les plumes et je ne fis rien pour la réprimer :

– Oui, monsieur le vicomte ! La Révolution fait des choses admirables. Elle vient en aide aux plus démunis. Elle éduque les enfants gratuitement. Elle verse des pensions aux anciens combattants. Elle crée des hôpitaux nouveaux. Là où on mettait jusqu'à six malades par lit, on n'en met plus qu'un aujourd'hui ! Elle se soucie des filles mères et des orphelins... Pour réaliser tout ça, il faut un régime fort. Et des dirigeants incorruptibles. Des hommes de la trempe de Robespierre ! Alors que ce soit bien clair : je vous cache, je vous nourris, je vous aide, mais vos opinions, je ne veux plus les entendre !

J'étais prête à risquer ma vie pour ces royalistes mais je ne pouvais m'empêcher de leur faire l'apologie de la Révolution.

J'étais totalement ambivalente et déchirée. À l'image du pays.

Et je l'étais dans mes opinions comme dans mes sentiments.

Je ne savais plus où j'étais.

35.

Une nuit, Benjamin a surgi dans ma chambre sans crier gare. Sa silhouette dans la pénombre. Je me réveille en sursaut. Qui est cet intrus ? Il a un bras en écharpe.

– C'est moi…

– Tu es blessé ?

– Un coup de chance : on m'a donné une permission.

À la lueur de la lampe, je découvre son visage amaigri, épuisé. Il essaie de donner le change mais il est hagard, transformé physiquement et psychiquement. Il arrive de Dunkerque et n'est là que pour quelques jours. On va le renvoyer au front sans attendre qu'il soit rétabli. Il ne sait pas encore où il sera affecté. On manque terriblement d'effectifs. On manque de vivres, d'armes, de vêtements… On manque de tout. C'est la désorganisation absolue. Les conditions de vie sont si déplorables qu'elles tuent autant que le feu de l'ennemi… Mais les hommes sont extraordinaires de courage et de dévouement ! On vient de remporter Dunkerque contre les Anglais et les Autrichiens réunis !

Il y a de l'embarras entre nous. Benjamin reste intimidé. Je le prends dans mes bras. Il blottit sa tête contre mon épaule. Soudain, je découvre qu'il sanglote.

Le lendemain est un décadi, nous déjeunons dans le jardin, avec Sylva. Benjamin me tient amoureusement de son bras valide. Il a déjà meilleure mine. Il n'a pas l'air mécontent d'avoir deux infirmières pour veiller sur lui. Il arrive d'un monde qui n'est pas totalement dénué de femmes, d'ailleurs. Il m'apprend qu'il y en avait dans son bataillon. Et de bonnes combattantes ! Mais qu'elles ont été renvoyées sous prétexte que leur présence perturbait les troupes ! J'y vois de nouvelles mesures misogynes. Cela m'indigne ! Dans l'armée révolutionnaire, les seules femmes pour lesquelles il y a désormais de la place sont les filles de joie et les cantinières ! Dire que je ne peux même plus le dénoncer dans la *Gazette* !

Au front, Benjamin recevait *Le Père Duchesne.* Comme la plupart des soldats. L'armée a souscrit un nombre phénoménal d'abonnements depuis qu'Hébert, le propriétaire du journal, a placé des hommes à lui au ministère de la Guerre. Résultat : il tire à cinquante mille exemplaires ! Cent fois plus que *La Gazette de Manon* !

Et il fait fortune sur le dos de la Révolution !

Benjamin me trouve plus prompte à m'indigner qu'avant.

C'est une belle journée du mois d'août et on est bien, sous le tilleul des Sanson, décidés à profiter de ce moment de répit providentiel. Le jardin est devenu joliment anarchique. À l'image du conflit qui oppose le bourreau et son fils quant au jardinage. Gabriel voudrait tout arracher pour planter du blé et des patates. Le peuple crève de faim ! C'est pas avec des rhododendrons et des hortensias qu'on va le nourrir ! Gabriel plante utile ! Et cela met son père dans tous ses états. Massacrer ses chères boutures, ses iris noirs et ses roses d'un rouge si intense qu'on les croit arrosées de sang, quel sauvage ! Que Gabriel aille planter ses topinambours au Jardin des Plantes si ça lui chante ! Cet ancien jardin royal que les révolutionnaires viennent d'ouvrir au peuple, faubourg Saint-Marcel. Mais lui, Sanson, bourreau de Paris, quand il rentre à la maison après avoir raccourci son lot toujours croissant de citoyens que lui envoie cet acharné de Fouquier-Tinville, il a besoin de retrouver ses fleurs ! De les contempler et de les respirer ! Il a besoin de beauté et d'élévation de l'âme, bon Dieu ! Pas d'un tête-à-tête avec un champ de patates !

Après le déjeuner, on s'autorise des liqueurs, on se laisse gagner par l'indolence, on rigole, on n'est pas loin de faire la sieste. C'est parti pour un après-midi de lézard et de limaçon quand arrive un soldat, apportant à Benjamin son ordre de mission. Il devra rejoindre son régiment sous quinze jours.

Benjamin donne encore le change. Il offre un verre de gentiane au militaire, il plaisante, il fanfaronne, il aime autant savoir tout de suite où il ira. Il se décide à ouvrir le pli et change de visage : la Vendée.

Tout mais pas ça ! Il s'est porté volontaire pour défendre la patrie, pas pour aller tuer d'autres Français ! Il refuse de participer à la guerre civile. Et c'est avec Robespierre en personne qu'il compte s'en expliquer !

Benjamin est allé chez les Duplay mais il n'a pas réussi à voir Robespierre. C'est son frère, Augustin, qui l'a reçu. Il a lui aussi élu domicile chez le menuisier. Peut-être Benjamin est-il soulagé sur l'instant d'échapper à l'Incorruptible avec qui il a de piètres relations. D'ailleurs, Robespierre, opposé à la guerre, ne s'occupe pas des affaires militaires tandis qu'Augustin est commissaire aux armées.

Benjamin fait valoir qu'il a été député de la Vendée : il ne peut pas tirer sur ses électeurs d'hier !

Augustin considère qu'au contraire Benjamin leur sera très utile pour cette raison-là. Sa connaissance de la région l'aidera à déjouer les complots. Car pour lui cela ne fait aucun doute : seule l'existence de trahisons et de complots peut expliquer que ces bandes de paysans tiennent en échec notre armée qui encaisse défaite sur défaite.

Pour Benjamin, c'est une maladie de la République de voir des complots partout. (Et une maladie de famille chez les Robespierre !) Selon lui, la supériorité des Vendéens s'explique simplement. D'abord, ils sont bien plus nombreux. Les paysans laissent tous tomber leurs champs pour aller faire le coup de feu ! Et ce sont des chasseurs ! Ils savent tirer ! Rien à voir avec nos pauvres appelés, souvent citadins, qui n'ont jamais vu une arme avant d'être envoyés au casse-pipe ! Et puis les Vendéens ont l'avantage du terrain. Leur marais est redoutable !

– Justement, tu le connais, ce terrain ! tranche Augustin.

L'heure n'est plus aux tergiversations ! On essuie des défaites sur tous les fronts. À l'intérieur comme à l'extérieur. La situation est catastrophique. La Convention vient de décréter la destruction totale de la Vendée ! Benjamin devra aller incendier les forêts, saisir le bétail, détruire les récoltes, anéantir les repaires de ces rebelles ! À chacun son devoir ! Augustin, de son côté, doit partir pour Toulon, le premier port de France qui vient d'être pris par les Anglais !

Et il tourne les talons, marquant la fin de l'entretien.

Benjamin est effondré. Pour lui éviter de partir, je suggère alors à Morel de l'engager dans sa manufacture. Je laisse miroiter qu'il a conservé d'excellentes relations à l'Assemblée et au ministère. Et qu'ayant été au front, il connaît bien l'armée de l'intérieur. Il pourra lui ouvrir des marchés.

Je lui arrache une lettre stipulant qu'il embauche le citoyen Benjamin Lecerf pour diriger ses ateliers d'armement.

Muni de ce viatique, Benjamin se présente au bureau militaire où un officier supérieur examine le document avec suspicion. Benjamin argumente. Il a combattu à Neerwinden, à Valenciennes, à Dunkerque… et partout il a constaté qu'on manquait cruellement d'armes. Grâce à cette fabrique, on produira à terme mille fusils par mois. Il sera responsable de la fabrication…

– Es-tu marié ? lui demande l'officier.

– Non.

– As-tu des enfants ?

– Non mais…

– Es-tu forgeron ?

– Non…

– Cette manufacture se passera de tes talents !

On manque d'armes, certes, mais on manque encore plus de chair à canon. Aux coins de rue s'étendent des bannières : *Le peuple français debout contre les tyrans !* C'est la mobilisation générale. Tous les Français sont réquisitionnés. Benjamin n'y échappera pas. Et encore, il a de la chance d'avoir plus de vingt-cinq ans, lui fait-on remarquer, sinon il marcherait en première ligne. Tout le monde est sur le pont, même les vieillards qui doivent encourager les guerriers en leur enseignant la haine des rois et l'unité de la République !

Le gradé déchire le certificat. Benjamin doit se présenter en Vendée comme prévu. Sans quoi, il sera considéré comme déserteur et fusillé.

Je veux alors le cacher dans la cave avec les Valbreuse mais Benjamin craint que sa présence ne les mette en péril et moi avec. Il refuse de vivre comme un fugitif. Il s'est déjà résigné à partir, je ne pourrai pas le faire changer d'avis.

J'ai l'horrible pressentiment de le voir pour la dernière fois.

36.

Quelques jours plus tard, les Valbreuse furent arrêtés.

Sylva arriva au café, hors d'elle. Elle avait trouvé la porte de leur cave fracturée en allant les ravitailler. Des occupants de l'immeuble, bons patriotes, venus gratter les murs pour récolter du salpêtre qu'ils comptaient déposer à leur section où l'on en faisait des cartouches, avaient été alertés par un bruit insolite : la toux que Mme de Valbreuse tentait d'étouffer. Comme aucune réponse n'était faite à leurs sommations, ils avaient défoncé la porte. En découvrant Alexandre et sa mère terrifiés, ils avaient tout de suite compris qu'ils étaient dans l'illégalité.

La Terreur venait d'être décrétée. Le tribunal révolutionnaire tournait à plein régime. Un chercheur de salpêtre, seul, aurait peut-être eu pitié d'eux. Mais dès lors qu'ils étaient plusieurs, l'arrestation devenait inévitable. On ne faisait plus confiance à son plus proche voisin.

Sylva se sentait coupable de les avoir conduits elle-même dans cette souricière. Et j'étais démunie face à sa détresse.

Vers qui se tourner pour les sortir de là ?

David ? Il venait d'entrer au Comité de sûreté générale et il avait le pouvoir de les élargir mais il était évident qu'il ne le ferait pas. Impossible de lui parler depuis son divorce. Les nerfs à vif, il réagissait par une suractivité permanente. Il n'avait plus le temps de passer au café. Je ne l'y avais vu qu'une fois depuis que j'y retravaillais. Un soir où il était venu fêter un événement heureux, en compagnie de quelques amis politiques.

À quoi trinquaient-ils ce soir-là ?... À l'ouverture du musée du Louvre qui allait révéler au peuple des chefs-d'œuvre du monde entier, en lui donnant accès aux anciennes collections royales ?... À la création du Conservatoire de musique où les jeunes talents pourraient désormais prospérer indépendamment de leur naissance ?... Ou encore à la prochaine ménagerie du Jardin des Plantes où les citoyens découvriraient ces animaux exotiques réservés, jusque-là, au roi et aux aristocrates ?... Sans doute fêtaient-ils plutôt la fin des académies que David avait tant détestées. Sur son instigation, les députés révolutionnaires venaient de fermer l'Académie française, l'Académie des sciences, et surtout cette Académie des beaux-arts qui l'avait presque poussé au suicide, à vingt ans. Abolis, ces vestiges du passé !...

Je me souviens que l'abbé Grégoire était présent, ce soir-là, car j'avais une grande admiration pour lui. Le plus ardent défenseur des droits de l'homme. Un parcours sans faute d'un bout à l'autre de la Révolution. Le seul ecclésiastique élu à la Convention qui ait refusé de quitter sa robe et de renoncer officiellement à sa foi. Tant de force de caractère face aux préjugés !

Je me souviens surtout que David était éméché et triste.

Ni sa tumultueuse Charlotte ni ses enfants n'étaient plus là, et je veux croire que, sans eux, ces victoires perdaient toute leur saveur.

Qui d'autre pouvais-je solliciter pour libérer les Valbreuse ?

Danton, l'inconsolable ? Danton qui avait fait déterrer Gabrielle pour l'embrasser une dernière fois ? Danton l'athlète de l'éloquence, foudroyé par le mal d'amour ?... Eh bien, il venait de se remarier, le Danton. Moins de six mois après le drame, et avec une jeune fille de seize ans, Louise ! Le grand révolutionnaire avait accepté un mariage tout ce qu'il y a de plus catholique, célébré par un prêtre réfractaire. Il s'était plié sans discuter aux conditions imposées par la belle-famille. Il était comme ça, Danton : entier. Il ne lésinait pas sur les conditions...

Six mois de veuvage à peine, l'inconsolable ! Et pourtant je crois à sa sincérité. Il était incapable de vivre sans femme. Il ne pouvait pas lutter sans aimer. D'ailleurs, avant de mourir, Gabrielle qui le connaissait mieux que personne, avait, paraît-il, demandé elle-même qu'il se remarie rapidement !

Politiquement, Danton était affaibli, évincé du Comité de salut public qu'il avait contribué à créer. Mais, j'en suis sûre, il aurait répondu à ma demande. Hélas, il avait quitté Paris pour Arcis-sur-Aube, sa campagne. Et je suis convaincue que c'était délibéré, pour ne pas avoir à voter l'exécution des trente et quelques députés girondins qu'on avait arrêtés.

Alors qui ?

Le seul vers qui je pouvais encore me tourner, c'était Gabriel Sanson. Le fils du bourreau avait peu de pouvoir, certes, mais il avait des bons contacts dans les prisons et il était prêt à tout pour me rendre service. Il obtint, le jour même, un droit de visite pour Sylva, qui réagit d'ailleurs avec ingratitude :

– Une dernière visite avant que tu leur coupes la tête ! Tu soulages ta conscience ?

Elle accepta néanmoins la proposition de Gabriel qui l'accompagna sur-le-champ à la prison de l'Évêché. Il ne fallait pas perdre de temps. Personne ne savait de quoi le lendemain serait fait. Avant de partir, elle eut une illumination :

– As-tu gardé ton uniforme militaire, Gabriel ?

Les prisons étaient alors installées dans d'anciens couvents et monastères. Elles n'étaient guère équipées de cellules. C'étaient le plus souvent des grandes salles où des hommes et des femmes étaient mêlés par dizaines.

On fit sortir Alexandre. On lui accorda de passer une demi-heure avec sa fiancée. Et le gardien s'éclipsa par discrétion.

Dans ces prisons, l'atmosphère était relâchée. La conscience tragique de la brièveté de la vie attisait les passions. On s'y aimait d'autant plus volontiers qu'une femme enceinte échappait, en principe, à l'échafaud.

Restée seule avec Gabriel, Sylva sortit l'uniforme et lui intima l'ordre de le revêtir. Il fut réticent en raison de sa mère. Mais que pouvait-elle désirer de plus au monde que de le savoir dehors ? suggéra Sylva. Dès qu'il fut travesti, elle l'entraîna dans le long couloir. Quelques égarés y traînaient. Les uniformes étaient alors des plus approximatifs. Arrivé devant le guichetier, Alexandre eut la présence d'esprit d'affirmer avec autorité : « Je raccompagne la citoyenne. »

Quelques instants plus tard, ils étaient dans la rue.

Le soir même, ils partaient pour l'étranger.

Le lendemain, j'appris que Mme de Valbreuse s'était suicidée, dans la nuit, épargnant à Gabriel Sanson de décapiter la mère après avoir sauvé le fils : il y avait une dose d'arsenic dans le chaton de la bague en émeraude qu'elle aimait tant.

Je suis retournée sans tarder dans ma section. Les nouvelles circulaient vite et je ne voulais pas que mon absence m'accuse aux yeux des sans-culottes. Tandis que j'essayais de paraître absorbée par la confection de tentes pour les soldats, Landreau m'attaqua publiquement.

– Citoyens, il y a un traître parmi nous. Ou plutôt une

traîtresse ! J'ai la preuve de ton crime, citoyenne Deschaumes. Tu es démasquée !

Je feignis la surprise mais sa conviction était faite.

– Tu as comploté pour faire évader un ci-devant. Un dangereux criminel emprisonné à la Force ! Alexandre de Valbreuse !

– Jamais je n'ai mis les pieds à la Force !

– Ta complice, Sylva Marescaux, s'en est chargée !

– Alors c'est elle que tu dois arrêter !

– À l'heure qu'il est, ces deux renégats sont à l'étranger où ils grossissent les forces contre-révolutionnaires !

– Et moi, je suis ici où je travaille pour la République ! J'ignore tout de cette histoire, Landreau ! Veux-tu substituer une femme à une autre ? Crois-tu que nous soyons toutes coupables ?

– Cesse tes perfidies ! Tu nous as caché que tu étais vendéenne ! Tu nous as caché que la citoyenne Marescaux était une ancienne domestique de la famille royale ! Une espionne que tu as introduite jusque dans notre section !

Il déclencha aussitôt des rumeurs hostiles.

– La perversité des femmes est sans limites !

Landreau annonça qu'il allait me traduire devant le Tribunal révolutionnaire. Mais, cette fois encore, Gabriel intervint courageusement :

– C'est moi le coupable ! C'est moi qui ai fourni un billet de visite à cette ancienne domestique. J'avais pas idée qu'elle ferait évader le prisonnier. Si tu dois arrêter quelqu'un, Landreau, c'est moi !

La subite véhémence de Gabriel ajoutée à l'autorité que lui conférait son statut de bourreau arrêta le sectionnaire en chef :

– Tu ne perds rien pour attendre ! murmura-t-il entre ses dents.

Je résolus de quitter Paris le soir même. Me faire discrète ne suffisait plus, cette fois il fallait disparaître. Je bouclai ma malle et pris, précipitamment, congé de papa et maman Sanson.

Marie-Anne s'inquiéta de mon subit départ pour la Vendée alors que la guerre faisait rage et que toutes les routes étaient coupées. Charles-Henri constata que, décidément, tout le monde fuyait en ce moment. Même le docteur Guillotin qui venait d'échapper de justesse à la guillotine, en s'engageant comme officier de santé. Il en était d'ailleurs très soulagé car il n'aurait pas aimé lui faire tâter de son invention. C'est toujours déplaisant entre confrères.

Gabriel me déposa aux malles-postes de la place des Victoires, en me lançant des regards de chien abandonné. Son amour muet lui donnait une expression vaguement honteuse. Je déplorais de ne pouvoir répondre à un sentiment aussi manifeste et fidèle que le sien. J'étais inquiète des risques auxquels il s'exposait pour moi.

– Mon nom me protège encore pour l'instant, constata-t-il. Ils ont besoin de moi pour faire le sale boulot.

37.

En dépit de la guerre de Vendée, la malle-poste me mena sans encombre jusqu'à Nantes. Je me félicitai, sur la route, que le télégraphe optique de M. Chappe dont parlaient abondamment les gazettes ne fût pas encore installé, m'évitant d'être rattrapée par un éventuel mandat d'arrestation qu'aurait lancé Landreau.

On était à la veille d'un bouleversement dans les communications avec la première ligne télégraphique qui relierait Paris et l'armée du Nord. Mes compatriotes vendéens avaient d'ailleurs commencé à en appliquer le principe, de manière rudimentaire mais très efficace, en orientant les ailes des moulins pour indiquer la présence des troupes républicaines.

Après Nantes, la dernière partie du trajet, en territoire insurgé, s'annonçait la plus délicate. Je tâchai de trouver un cocher qui n'allait pas, dans le climat d'insécurité absolue qui régnait, me dépouiller et m'égorger en chemin. Parmi la faune interlope qui traînait autour du relais, j'eus la chance de rencontrer un vieux paysan qui retournait à Saint-Gilles et qui accepta de me déposer à mon village en empruntant des chemins où nous évitâmes les mauvaises rencontres.

C'est dans mon village que je pris la mesure de la situation. Il était aux mains des républicains. Une poignée de soldats, très jeunes, patrouillaient. Un grand échalas qui n'avait pas vingt ans fit arrêter la carriole, il me demanda mon certificat de civisme tandis que son collègue entreprenait de fouiller ma malle. Une atmosphère lourde imprégnait le village, comme s'il avait été frappé par un deuil collectif ou une catastrophe naturelle. Il n'y avait que des femmes dans la rue, le regard bas sous la coiffe. Pour la plupart, je les connaissais depuis l'enfance, mais c'est à peine si elles répondaient à mon salut. Le danger était omniprésent derrière un calme de façade. Mon certificat à la main, le jeune soldat me dévisageait, particulièrement tendu.

– D'où viens-tu ?

– De Paris.

– Que fais-tu en Vendée, citoyenne ?

– Je viens voir mes parents, je ne sais même pas s'ils sont encore en vie.

– Où habitent-ils ?

– Dans une métairie des ci-devant Valbreuse, à la sortie du village.

– Qu'en penses-tu ? demanda-t-il à son camarade.

– Elle ne transporte pas d'armes…

– Je garde ton certificat. Interdiction absolue de quitter la commune, sous peine de mort ! conclut-il. Pour circuler tu devras demander un laissez-passer à l'hôtel de la commune !

Ce n'était pas de gaieté de cœur que je rentrais chez mes parents.

– Tu nous apportes pas de nouveaux soucis, au moins ! On a eu not'lot par ta faute ! me lança ma mère en guise d'accueil.

Mon père avait pris dix ans. La parole n'a jamais été son fort. J'essayais cependant de converser avec lui. Au village, je n'avais vu que des soldats révolutionnaires, des bleus. Il n'y avait plus d'hommes de chez nous.

– Les nôt' ont rejoint les blancs, l'armée de M. de Charette, m'a-t-il confié. Moi aussi, j'y suis allé, bon Diou ! Ce que j'ai vu, je voudrais l'oublier… C'est une guerre atroce !

Il ne m'en dit pas plus. Je pense que pour la première fois de sa vie, il avait tué des hommes. Était-ce sa conscience de chrétien qui le tourmentait ? Son regard se perdait dans le vague. Il avait perdu le sommeil, lui qui avait toujours dormi comme une bûche, terrassé par les travaux des champs. Il n'était plus le même.

Le lendemain de mon arrivée, je suis allée à l'hôtel de la commune racheter, à leur nom, une parcelle de la terre des Valbreuse. Les biens des émigrés étaient à présent vendus comme biens nationaux, plus seulement les biens du clergé. Mes parents n'avaient plus à craindre la damnation ! Toutefois, je ne leur donnai pas tout de suite les titres de propriété. Je ne leur en parlai même pas. Peut-être espérais-je, au fond de moi, que mon cadeau viendrait couronner une réconciliation véritable.

Je repris mes habitudes vagabondes. Déjouant les patrouilles républicaines, je faisais de grandes marches en forêt ou dans la lande qui me conduisaient inévitablement jusqu'à la tombe de Denis. J'y déposais, chaque jour, un petit bouquet de fleurs tardives.

Peu après mon arrivée, alors que je me recueillais sur sa tombe, j'ai senti une présence derrière moi. C'était un vagabond à la barbe drue, un bâton à la main, le visage à moitié dissimulé par son chapeau. Il me fallut quelques instants pour le reconnaître.

– Père Frédéric !

Je m'étais enquise de son sort dès mon arrivée, personne n'avait pu me renseigner. On prétendait qu'il était à l'étranger. La répression s'était durcie contre les réfractaires : tout prêtre en situation illégale, séjournant sur le territoire de la République ou qui y était revenu, encourait la peine de mort. Surtout s'il était vendéen.

– Tu ne me croyais quand même pas à Coblence ou à Rome, loin des nôtres qui meurent pour la Vendée ? sourit-il d'un air de défi. Je suis heureux de te revoir, Manon !

Ses anciens paroissiens le cachaient à tour de rôle, m'apprit-il, même mes parents. Ainsi, j'étais l'objet d'une défiance générale jusque dans ma propre famille. Imaginaient-ils sérieusement que je les trahirais ? J'en fus meurtrie.

Le père Frédéric soutenait les volontaires de la grande armée catholique et royale. Il partageait la vie des combattants. Il les bénissait avant le combat. Il leur donnait la communion ou les derniers sacrements. Il était à leurs côtés dans les embuscades, dans les villages dévastés. Il célébrait des messes immenses dans la forêt. Homme de Dieu et chef de troupe, prêchant par l'exemple. Quel réconfort ce devait être d'avoir avec soi un homme de l'envergure du père Frédéric ! Sa présence charismatique, ses convictions de croisé entraînant les fidèles au combat ! Dans les insolentes victoires des débuts, il prêchait à ces bataillons de paysans qu'ils étaient investis d'une mission divine. Et dans la défaite, il leur offrait la consolation des martyrs. Les prêtres jouaient un rôle essentiel chez les blancs.

En face, les bleus n'avaient que leur foi dans la Révolution, et encore, beaucoup étaient là malgré eux.

Bientôt, une haine fratricide fanatisa les deux camps, reléguant au second plan les raisons qui les avaient lancés dans la bataille.

– Je savais que tu étais revenue, Manon.
– Comment ça ?
– J'ai toujours été bien renseigné et j'étais sûr de te trouver auprès de Denis. J'ai besoin de toi.

On allait recruter, le lendemain, un instituteur républicain.
Depuis peu, un décret interdisait aux ecclésiastiques d'enseigner. Le père Frédéric avait déjà dû y renoncer en passant dans la clandestinité mais il s'inquiétait d'avoir un successeur compétent.
Soucieuse d'éduquer les jeunes citoyens, la Convention avait élaboré divers projets, souvent ambitieux, allant de la fondation d'une école républicaine pour mille habitants – comme le préconisait Lakanal – à la création de maisons d'éducation communes, sortes d'internats spartiates où l'on aurait inculqué dès le plus jeune âge les vertus du parfait citoyen…
Ces projets n'avaient pas abouti en raison de leur coût excessif.
Au moins instaurait-on dès à présent une école primaire, gratuite et obligatoire, pour les enfants de six à neuf ans. Pour cela, il fallait des instituteurs laïcs.
Frédéric me proposa d'être candidate. Je refusai : je ne m'en sentais pas les capacités et je n'étais que de passage. En revanche, j'acceptai de participer au recrutement de son successeur auquel il ne pouvait, bien sûr, assister.

Le recrutement devait s'effectuer par le biais de sociétés populaires. Dans la salle de classe attenante à l'ancien presbytère, siégeait notre éminent jury : deux paysans sachant lire et écrire, l'épicier du village qui, comme tous les épiciers, savait compter, et moi-même, sous le haut patronage d'une poignée de soldats républicains.
Face à nous, assis derrière leurs pupitres trop petits pour

eux, une demi-douzaine de crève-la-faim, venus à pied de toute la région, appâtés à l'idée d'avoir un toit (le futur instituteur habiterait l'école) et une pension (bien qu'elle fût à peine suffisante pour vivre) de mille livres par an.

Le niveau était lamentable. Pour évaluer leur orthographe, je dictai le préambule de la Déclaration des droits de l'homme et du citoyen. L'un écorchait salement sa feuille, ne sachant comment tenir sa plume. L'autre la maculait de pâtés et de ratures, espérant camoufler son ignorance. Le troisième essayait ostensiblement de copier sur ses voisins. Deux candidats seulement s'en sortaient à peu près. Je poursuivis avec eux.

Le premier finaliste, coiffeur-perruquier sous l'Ancien Régime, était un beau parleur qui se flattait d'avoir fréquenté le grand monde.

– Cela m'a beaucoup instruit. Vous pouvez me faire confiance !

– Très bien… 7 fois 8 ?

– Hein ?… Euh… 7 fois 8, eh bien, euh…

Autant sa calligraphie était riche en fioritures, autant les tables de multiplication lui étaient étrangères.

– On va regretter not' bon curé qui connaissait même le latin ! marmonna l'un des paysans.

– Qu'a-t-on besoin du latin ? Qu'ils crèvent, vos curés, avec leur latin ! rétorqua le second finaliste. Un ébouriffé, vif, bouillonnant, dont la véhémence et les yeux fiévreux faisaient presque peur.

– Si tu bouffes du curé, c'est pas toi qu'auras la place ! fit le paysan.

– Quel est ton programme ? demandai-je au révolté.

– Avant tout, donner du pain aux enfants quand ils arrivent le matin à l'école parce qu'on n'apprend rien, le ventre vide !… Leur enseigner le français et pas le patois parce qu'il faut unifier la Nation !... Leur apprendre à lire, à écrire, à compter, bien sûr, mais surtout à réfléchir par eux-mêmes pour qu'ils deviennent des citoyens éclairés ! Bref, tout le contraire de vos curés qui obéissent aveuglément au pape et à leur évêque !

– Par quel chiffre 1789 est-il divisible ? lui demandai-je sans me laisser impressionner par sa diatribe.

– Par aucun ! répondit-il après quelques instants de réflexion. 1789 est un nombre premier, indivisible et irréductible ! Comme le peuple, l'année de la Révolution !

Je murmurai alors à mes confrères :

– Ses idées n'ont rien à voir avec celles du père Frédéric, pourtant c'est lui qu'il choisirait, j'en suis sûre.

Malgré leurs préventions, je n'eus pas trop de mal à les convaincre. C'est ainsi qu'un instituteur révolutionnaire prit la succession de notre curé.

Ce soir-là, je retrouvai le père Frédéric pour lui rendre compte de la séance de recrutement et il approuva mon choix.

Les débuts de l'école républicaine s'annonçaient laborieux. La Convention, d'ailleurs, n'allait pas tarder à autoriser de nouveau les ecclésiastiques à enseigner, reconnaissant qu'on pouvait difficilement se passer de leur savoir-faire en matière d'éducation. Ainsi, l'école privée allait perdurer aux côtés de l'école publique.

Le père Frédéric m'avait fixé rendez-vous dans le souterrain du château de Valbreuse où l'enfant malheureuse que j'étais se réfugiait autrefois pour échapper au vicomte. Je pus lui redire, ce soir-là, tout ce qu'il avait représenté pour moi. Dans l'absolu désespoir où je me trouvais, Frédéric m'avait éduquée, soutenue, et finalement sauvée en m'encourageant à fuir.

Nous étions dans le souterrain, en compagnie d'une poignée de combattants des troupes royales et catholiques qui se restauraient et buvaient dans une ambiance festive. Nous nous sommes joints à eux. Des jeunes gens, l'œil brillant, évoquaient Charette, réputé aussi ardent dans ses plaisirs qu'au combat. On racontait que les bonnes épouses vendéennes délaissaient leurs foyers pour accompagner le jeune général et pourvoir à ses désirs sans que leurs maris y trouvent à redire. Elles se faisaient amazones, pendant quinze jours ou un mois, comme les paysans se faisaient soldats avant de retourner à leurs fermes.

Chacun contribuait à la guerre.

Ils évoquaient le tout jeune La Rochejaquelein qui combattit sans fléchir en dépit d'un pouce cassé par une balle et qui, en guise de rééducation, apprit à tirer de la main gauche.

Ils évoquaient d'Elbée que ses blessures empêchèrent de se tenir debout face à un peloton d'exécution. Et qui demanda à mourir parmi ses hommes, fusillé dans son fauteuil, devant le château de Noirmoutier.

On plaisantait le père Frédéric sur le mariage des prêtres et il était le premier à s'en amuser. Cela donnait lieu à des cérémonies grotesques où le futur marié prononçait le sermon lui-même. On voyait des jeunes curés épouser leurs vieilles gouvernantes. Des vieux prêtres sacrifier soudain leur tranquillité. Bien souvent, ce n'était pas le feu des passions, encore moins l'amour de la patrie mais la peur de la guillotine qui les poussait à prendre femme. Hélas, en croyant fuir un péril, ils se précipitaient dans un autre péril plus grand encore ! plaisantait le père Frédéric. Ou alors c'était une punition qu'ils s'imposaient en choisissant délibérément les épouses les plus laides et les plus acariâtres… Pour que le Seigneur leur pardonne de bafouer ainsi le sacrement du mariage, ils en faisaient un acte de pénitence !

Soudain, quelqu'un entendit un hululement.

Aussitôt, l'atmosphère se figea. Un chouan entra. Il fallait décamper. Les républicains arrivaient. On m'apprit que je devais fuir, moi aussi. Ma proximité avec le père Frédéric était connue. J'allais être massacrée.

En un instant, on passa de la chaleur du bivouac au galop effréné des chevaux dans la nuit glacée. À l'approche de la ferme de mes parents, je hurlai à Frédéric que je devais m'arrêter. Il insista pour m'attendre tandis que le reste de la troupe s'évanouissait dans la forêt.

Ignorant si je les reverrais un jour, je leur fis mes adieux et surtout je leur remis les titres de propriété que j'extirpai de ma malle. Je précisai qu'ils n'avaient aucune malédiction à craindre puisque ce n'était pas un bien du clergé. Ils cultiveraient enfin leur propre terre. Quelques arpents que personne ne pourrait leur ôter.

Mon père, ému, ne parvenait pas à détacher son regard des papiers marquant sa condition d'homme libre. Ma mère prenait-elle conscience tardivement de sa dureté ? Elle me remit un cœur de tissu rouge, surmonté d'une croix, symbole du rétablissement de la religion et de la royauté, un sacré-cœur vendéen que je glissai sur ma poitrine en guise de talisman.

Je mis en toute hâte quelques affaires dans une fonte et je m'engouffrai dans les ténèbres, avec le père Frédéric, tandis que des coups de feu claquaient tout près.

38.

Je garde le souvenir d'une chevauchée hagarde et interminable, doublée d'une tournée des paroisses clandestines avec le père Frédéric. Où étaient passés nos amis du souterrain ? Je ne l'ai jamais su. Nos routes se sont à jamais séparées.

Il est difficile de se faire une idée de ce qu'était le paysage vendéen à l'époque : des forêts d'une extraordinaire densité, des broussailles quasi impénétrables, des ajoncs de plusieurs mètres de hauteur, de fortes haies naturelles… Tout cela dissimulait souvent les fractures du relief et des trous d'eau constituant un formidable réseau d'embuscades que les paysans connaissaient comme un labyrinthe familier. C'était le berceau des chimères de mon enfance, un décor de conte fantastique.

Le passage des colonnes incendiaires de Turreau allait l'anéantir, modifiant à jamais sa physionomie. Trente ans après, cela n'a pas repoussé. La végétation paraît cachectique. C'est devenu un paysage chétif. Les troupes révolutionnaires ont rasé une région entière comme, à la même époque, Lyon fut à jamais défigurée, ses plus beaux édifices abattus, tout ce qui faisait sa splendeur architecturale réduit en poussière, hôtel après hôtel. Dans sa folie mutilatrice, la Terreur révolutionnaire avait décrété la destruction de Lyon comme celle de la Vendée. Les ordres ont été bien appliqués, imprégnant ces lieux d'un parfum de désolation durable, léguant aux générations futures cette part de manque, cette beauté perdue ici dans la ville, là dans le paysage, cette tristesse devenue inexplicable mais hélas toujours perceptible, j'en suis convaincue.

Marseille a eu plus de chance. Rebaptisée « Ville sans nom » pendant quelques semaines, elle n'a subi qu'une destruction symbolique et réversible.

Le père Frédéric se repérait parfaitement dans cette géographie si dense qu'on devait alors creuser des passages dans les forêts. Une jungle tempérée au silence trompeur. Ici, on débouchait sur un village apparemment abandonné mais dont les habitants ressurgissaient, comme par enchantement, en reconnaissant le prêtre… Il les rassemblait pour une prière, consolait, rassérénait, renseignait sur le mouvement des troupes, transmettait des nouvelles de la famille, indiquait les lieux de ravitaillement… Il retrouvait au jugé un campement de fortune, village de toile dressé sous des ajoncs, dont je n'aurais pas même soupçonné l'existence en passant à trois pas. Et encore moins imaginé la présence d'enfants en bas âge, de bétail, de chiens qui, dans une frayeur commune, partageaient un surprenant silence.

Et puis, ce fut l'abomination. Nous avons trouvé un hameau martyr. Les maisons incendiées fumaient encore. Les bleus nous avaient précédés de peu. Une sauvagerie insoutenable. Dans l'étable, tout le bétail inutilement éventré. Un carnage gratuit. Des chiens faméliques léchant les rigoles de sang et s'attaquant aux viscères. Je ne pus m'empêcher de vomir, secouée de spasmes. Mais ce n'était qu'une sinistre préfiguration. Le pire était à venir. Le père Frédéric entra dans l'une des rares maisons encore debout, m'interdisant de le suivre. Au bout de quelques instants, trop angoissée pour rester seule, je suis entrée à mon tour. Je le trouvai à l'étage, agenouillé au pied d'un lit. Il ne s'est pas retourné quand j'ai dit son nom... Une femme âgée qui, sans doute, n'avait pas eu la force de fuir, gisait morte, atrocement mutilée, la gorge tranchée, la chemise déchiquetée à coups de baïonnette, vidée de son sang.

Le père Frédéric poursuivit seul l'exploration du village.

Il prétendit qu'il ne trouva aucune autre victime. Était-ce la vérité ou voulait-il me ménager ?... Dans cette guerre fratricide, les enfants n'étaient pas épargnés. On les trouvait morts dans les bras encore serrés de leurs mères. Il n'y avait pas de limites à l'horreur : certains étaient empalés sur des pieux au bord des routes.

Nous sommes partis sans prendre le temps d'enterrer la vieille femme. Si les villageois n'étaient pas revenus, c'est que le danger n'était pas totalement écarté, le prêtre ne voulait pas m'y exposer.

Nous avons chevauché jusqu'à la nuit tombée.

Nous n'avions pas dormi depuis deux jours mais j'étais dans un tel état de tension nerveuse qu'il me semblait que plus jamais je ne trouverais le sommeil. Pour la nuit, nous nous sommes arrêtés dans une ferme abandonnée. Frédéric connaissait les lieux. Une forme étrange éveilla mon attention dans l'obscurité. Nous allumâmes une torche et je réprimai un hurlement. C'était un soldat ennemi. Ou plutôt la momie d'un soldat républicain flottant dans son uniforme bleu, cloué comme une chauve-souris.

Des atrocités étaient commises dans les deux camps.

Les chevaux n'avaient pas la force de nous porter plus loin. Nous sommes entrés dans la bâtisse voisine. Et je me suis effondrée dans la paille...

Soudain, un bruit suspect me réveille. Il me faut quelques instants pour reprendre mes esprits, égarée dans cette grange blondie par le soleil d'hiver. Le père Frédéric est à côté de moi, son fusil à la main, et me fait signe de me taire. J'entends des voix au-dehors. Manifestement, des soldats républicains ont découvert leur camarade supplicié. Je suis convaincue que notre dernière heure est arrivée. Le père Frédéric me bénit en silence, puis m'entraîne, nous nous cachons sous la paille. J'ose à peine respirer. L'attente est interminable… Les soldats vont venir sonder la grange à coups de baïonnettes et ce sera la fin. Mais non. Rien ne se passe… Soudain, un crépitement sinistre. Un grondement de ressac puis de raz-de-marée. Les murs qui craquent et la fumée suffocante. Ils viennent de mettre le feu. Quel meilleur combustible qu'une grange ? Nous nous ruons sur l'échelle, déjà entamée par les flammes, conscients qu'ils doivent nous attendre dehors.

Le père Frédéric sort devant moi, faisant écran de son corps, il est aussitôt abattu. Je m'arrête, hagarde.

– Bouge pas ! Bouge pas !

Un soldat jeune, tétanisé, pointe son arme sur moi. Je devine qu'elle est déchargée sinon il m'aurait déjà tuée. Il scrute avec angoisse le bâtiment, s'attendant à voir sortir d'autres rebelles.

J'entends la grange qui s'écroule, l'explosion des murs, le fracas des poutres. De tous côtés, des projections de brandons.

Des soldats viennent le rejoindre.

– Elle est mignonne. On va s'amuser…

– Il faudra me tuer avant !

Je recule vers le brasier. Pour rien au monde je ne revivrais ce que m'a fait subir Valbreuse. Je préfère mourir. Des flammèches m'aspergent de toute part et ne vont pas tarder à enflammer mes cheveux, ma robe.

– C'est bon, citoyenne ! lance un jeune officier. Emmenez-la à Carrier. Il s'occupera de son cas.

Nous avons marché plusieurs jours vers Nantes, avec un groupe de prisonniers. J'étais en somme privilégiée de ne pas avoir été suppliciée, violée, tuée sur place. Peu avant, la population du Mans, tombée aux mains des révolutionnaires, avait eu moins de chance. De très nombreux habitants massacrés, des femmes dénudées, empilées dans des postures obscènes, « mises en batterie » comme ils disaient.

Parfois, nous croisons un détachement de troupes républicaines qui nous harcèlent. « Brigands ! Assassins ! Exterminez-les ! » Des rumeurs si hostiles, une haine si ravageuse que nous ne pensons pas arriver à destination.

Nous souffrons de la faim, du froid, de la peur incessante. À peine pouvons-nous sécher nos vêtements trempés, le soir autour d'un feu, dans une église ou un cloître réquisitionné pour servir de prison de fortune. Mais tous ces tracas sont occultés par la mort du père Frédéric. Je ne cesse de penser à lui. Il accompagne chacun de mes pas. Je suis trop peu croyante pour l'imaginer au paradis. Je me console en songeant qu'il a réussi sa vie comme il le souhaitait : en aidant son prochain à réussir la sienne.

À Nantes, nous sommes conduits à la prison de l'Entrepôt.

À quelques pas du port où sont déchargées les denrées coloniales, cet entrepôt de café a été transformé en prison, quelques semaines plus tôt, au moment de l'arrivée de Carrier. L'ancien procureur d'Aurillac en a fait une antichambre de la mort où s'entassent les prisonniers vendéens, mêlant les combattants de notre armée en décomposition aux civils et même aux hordes de vaincus qui ont cru qu'en venant se livrer à Nantes, ils seraient sauvés.

Depuis quelques mois, l'encombrement des geôles nantaises est devenu considérable. Au début, on libérait des prisonniers, un peu au hasard, pour vider les cellules. Mais on prétendait qu'aussitôt ils franchissaient la Loire et retournaient grossir la grande armée catholique et royale. Il fallait changer de méthode. Carrier s'y est employé en créant le premier camp d'extermination.

Très peu de personnes sont sorties vivantes de l'Entrepôt, même parmi les gardiens. Je suis l'une des rares rescapées. Cela reste pour moi, tant d'années après, une image absolue de l'enfer qui chasse toute autre représentation. Une atmosphère méphitique où l'on croisait des squelettes vivants. Des cachots obscurs et glacés où les survivants s'entassaient sur la paille humide en tâchant de se tenir chaud, à l'écart des cadavres qu'on n'ôtait même plus. La prison était ravagée par une épidémie de typhus. J'y ai vu la dépouille d'une mère morte en accouchant, à moitié délivrée, avec encore entre les jambes le cadavre de son enfant et qui tous deux prenaient une couleur noirâtre en se décomposant. L'odeur de putréfaction et d'excréments était insoutenable.

Des détenues m'apprirent que les condamnations étaient si nombreuses qu'on ne pouvait plus décapiter ni même fusiller tout le monde ; pour vider les prisons, le sinistre Carrier avait trouvé un procédé efficace : nous serions noyés dans la Loire qui avait l'avantage d'être toute proche. Nous serions chargés sur des embarcations dont le fond s'ouvrirait au milieu du fleuve. L'ingénieux Carrier avait inventé une méthode économique pour nous exterminer. Les rares fâcheux qui savaient nager seraient abattus.

J'en venais à envier la fin du père Frédéric quand soudain, parmi un groupe de soldats, ouvrant la cellule, j'ai la surprise de découvrir Benjamin en uniforme d'officier.

Affecté à Nantes depuis un mois, il a vu mon nom sur la liste des prisonniers. Il me fait signe de me taire. Sans rien laisser paraître de nos liens privilégiés, il m'ordonne de sortir de la cellule et m'emmène, encadrée par son escorte.

En chemin, il murmure :

– J'ai obtenu que tu comparaisses directement devant Carrier... Méfie-toi, il est imprévisible !

Carrier est un monstre servile qui accomplit avec zèle la destruction systématique de la Vendée qu'on lui a confiée. Mais ce qui frappe, c'est son état d'épuisement et de fébrilité. Il a à peine dormi quelques heures depuis des semaines, malgré l'alcool et les débauches. Il est impulsif et incohérent.

Devant lui, Benjamin plaide ma cause avec une grande prudence, surveillant le monstre pour doser ses paroles :

– La citoyenne Deschaumes est très appréciée par nos grands révolutionnaires. David l'a fait poser pour son *Serment du Jeu de paume*... Robespierre loue son patriotisme... Son frère Augustin aussi, d'ailleurs...

Carrier fait mine d'approuver, mais c'est pour mieux souffler le chaud et le froid, un jeu dont il se délecte :

– Très bien... Très bien... J'ai une immense admiration pour nos grands révolutionnaires...

Je respire mais il poursuit, l'air désolé :

– Seulement voilà, on t'a prise avec un prêtre réfractaire, le fusil à la main, citoyenne... Et ça, c'est impardonnable !

– La citoyenne a prouvé son patriotisme en fondant un journal pour éduquer les femmes, *La Gazette de Manon,* soutenue par Camille Desmoulins lui-même ! poursuit Benjamin. C'est contre son gré qu'elle a suivi ce prêtre. La citoyenne est née en Vendée mais son cœur est républicain...

– Celui qu'on a trouvé sur toi est vendéen ! s'amuse Carrier en brandissant le bout de tissu que m'a donné ma mère. Cette affaire est bien ennuyeuse, soupire-t-il. Ta dernière chance, ma fille, c'est d'être jolie ! Cela pourrait me rendre indulgent…

Il s'approche de moi, effleure mon visage, je serre les dents. Il fait signe à Benjamin de nous laisser. Je le sens atteint. Il est inquiet mais prêt à tout pour me sauver, il fait profil bas et se dirige vers la porte. Carrier tâte mon corsage, je suis tétanisée. Soudain, c'est plus fort que moi, je lui crache au visage.

Il me gifle et toute sa misogynie éclate, il est déchaîné :

– Fourbe ! Criminelle ! Si la Vendée est dans cet état, c'est ta faute ! C'est la faute des femmes ! C'est vous qui avez fomenté cette guerre avec les prêtres ! C'est à cause de vous que nos prisonniers sont égorgés ! Crucifiés comme des chauves-souris ! Saignés ! Pas de pitié pour les femmes ! Surtout pour toi ! On va te républicaniser, citoyenne ! Soldats, emmenez-la !

Les soldats entrent et s'emparent de moi.

– Et à la première heure, jetez-la au bain !… Au bain !… Au bain !… Au bain !…

Il éclate d'un rire mauvais tandis que les gardes m'emmènent sous le regard désespéré de Benjamin.

39.

Il fait encore nuit quand la porte de la cellule s'ouvre. Un soldat commence à égrener une liste de noms. Certains se montrent stoïques. D'autres peinent à s'arracher des bras de parents emprisonnés avec eux. Nous sommes tous conscients de partir pour la mort. Je suis appelée parmi les premiers. Sur le seuil, un prêtre nous bénit à mesure que nous sortons mais bientôt il est appelé à son tour.

Dans le vent glacé de janvier, nous descendons en procession vers la Loire, mains attachées dans le dos, reliés les uns aux autres, encadrés par les soldats, certains très jeunes, épuisés, fébriles. Notre groupe entonne un cantique et j'ai l'étrange impression de me rendre à mon propre enterrement.

Soudain, Benjamin surgit de nulle part. Il se glisse dans l'escorte et se porte à ma hauteur. Jouant de l'autorité que lui confère son grade, il oblige le soldat devant lui à s'écarter. Il se plaque contre moi. Je sens son odeur et je devine la chaleur de son corps à travers l'étoffe de son uniforme humide.

Le groupe poursuit sa marche dans le grésillement des torchères. Un groupe en proie à l'effroi, à l'accablement, les nerfs à vif, mais qui affronte la mort avec une dignité de martyrs.

Benjamin s'empare de mes mains et tente de trancher la corde. Certains prisonniers derrière moi doivent le voir mais aucun ne parle. Je crois même qu'un jeune garde détourne les yeux. Je jette un regard furtif à Benjamin, il est blême, en sueur, mais plus résolu que jamais. À l'angle d'une rue, il me pousse en murmurant : « Cours ! Vite ! »

Je m'engouffre dans cette rue sombre et pentue, le bruit de mes pas amorti par le cantique. J'ai même l'impression que mes compagnons d'infortune chantent plus fort encore pour couvrir ma fuite. Il s'écoule quelques secondes avant que des hurlements me parviennent.

– Une évasion !... Alerte !... Une évasion !... Feu à volonté !

Des coups de feu claquent. Vacillante sur les pavés, manquant de trébucher à chaque instant, je file comme une âme perdue dans ces rues ténébreuses, puis sur les docks jusqu'à ce que je ne sache plus si c'est la course des soldats derrière moi ou le battement du sang dans mes tempes que j'entends. Mes jambes ne me portent plus, je suis à bout de souffle, haletante dans l'air glacé.

Soudain, une étreinte brutale. En un éclair, la lame d'un immense couteau vient se plaquer sur ma gorge.

Décidément, la mort ne veut plus me lâcher.

– Bouge pas !

Un Noir au regard halluciné, dans un uniforme militaire en loques, me tient à sa merci. L'étau de son bras pèse comme une poutre sur ma poitrine. Son haleine empeste l'alcool. Va-t-il m'égorger directement ou me violer d'abord ? Une autre voix se fait alors entendre.

– Hector ! Kèk'fabrik ?... Hector !

Il m'entraîne vers un feu de camp où sont accroupis d'autres hommes de couleur. En raison de son activité négrière, Nantes est la deuxième ville noire de France après Paris. C'est aussi la plus violente. Ils vivent dans une sorte de ghetto, au bord des quais, en hordes, dans ce quartier où personne ne s'aventurerait à les déloger.

Assis autour du feu qu'ils s'efforcent de protéger du vent perçant et humide qui a remonté la Loire, trois autres anciens esclaves. Une marmite de soupe dégage un fumet à l'odeur puissante tandis qu'ils se passent une cruche d'alcool sans parvenir à se réchauffer. Hector a desserré son étreinte. Je découvre son regard dément, son visage jeune zébré de cicatrices, sa bouche édentée. J'apprendrai qu'il a fait la guerre d'Indépendance américaine. Il est resté traumatisé par ses combats. Il ne veut plus servir de chair à canon pour les Blancs.

Les plus sombres de peau, comme lui, se sont engagés dans l'armée dans l'espoir d'être affranchis, les plus clairs sont d'anciens « nègres de talent ». Remarqués par leurs maîtres, ils les ont accompagnés en métropole pour suivre des formations. Charpentier, serrurier, maréchal-ferrant...

Ces anciens esclaves n'ont pas de statut précis. Sous la Révolution, ils se sont retrouvés livrés à eux-mêmes quand leurs maîtres, des colons aristocrates, ont dû émigrer. D'autres ont profité des événements pour s'évader. Et les voilà sur les docks. Esclaves ou hommes libres ? Ils ne savent plus qui ils sont... En principe, l'esclavage n'existe qu'aux colonies. Ils deviennent libres dès qu'ils foulent le sol français. Mais en pratique, ça se passe différemment. Sans certificat attestant qu'ils ont été affranchis, ils sont en situation irrégulière et vivent dans la hantise d'être arrêtés, expédiés sur le premier bateau pour les colonies et de redevenir esclaves. Parmi eux un grand métis qui doit tenir l'alcool mieux que les autres, le dénommé Joseph, aux allures de chef de bande :

– D'où sors-tu ?

– De l'Entrepôt.

– T'as d'la chance d'en ressortir sèche ! C'est par le fleuve qu'on ressort d'habitude. Ici, on voit passer plus de noyés que d'bateaux !

Le dénommé Justin me tend la cruche. Je m'oblige à boire. L'alcool me brûle la gorge, l'estomac, la tête. Mais c'est aussi un soulagement. Depuis combien de temps n'ai-je rien mangé ? Je bois une autre rasade. Je tousse, cela les fait rire.

– Personne vient ici, la nuit ! Même pas les soldats ! C'est chez nous !

– Tu peux crier, ça sert à rien !

Je parle pour essayer de les tenir à distance.

– Et vous autres, d'où sortez-vous ?

– Saint-Domingue, fait Joseph.

– Martinique, dit Justin. Not' maîtresse trouvait que j'accommodais bien les cheveux, elle m'a amené ici pour que j'apprenne le métier d'coiffeur-perruquier !

– Moi, cuisinier ! continue Joseph. Des nègres de talent, voilà ce qu'on était, pour des ci-devant.

– Vous êtes libres à présent…

– Pas si simple ! Vaut mieux pas qu'on nous attrape ! rigole Justin.

– Moi j'fais pas confiance aux Blancs ! fait Hector l'halluciné en me reprenant.

C'est une vision d'épouvante. Il est tétanisé par une violence inouïe qui va me broyer. C'est à mon tour d'être son esclave. Il va se venger sur moi de toutes les exactions qu'il a subies.

Contre toute attente, Joseph s'est levé, un couteau à la main.

– Laisse-la.

– Elle est à moi ! Elle est à moi ! éructe l'halluciné.

– Elle vient d'échapper à la mort. Attends demain, dit-il posément.

Les autres acquiescent.

Hector finit par me relâcher, titubant, vaincu par le rhum bien plus que par Joseph.

Dormir au grand air, même dans le froid glacial, paraît doux après le charnier de l'Entrepôt. Ils m'ont donné une couverture. L'un d'eux monte la garde tandis que les autres s'effondrent, écrasés d'alcool. J'essaie de résister au sommeil, dans le vague espoir de leur échapper, mais je m'écroule rapidement moi aussi. C'est Joseph qui me réveille. D'un geste, il étouffe le cri que j'allais pousser. Ça grommelle et ça bouge, autour du feu, mais ça se rendort.

– On part ! Vite !

Sans comprendre, je me lève et je le suis. Nous nous éloignons au pas de course sur les quais glacés. Joseph porte un sac de toile. Je sais ce que les hommes attendent d'une femme jeune, même en aussi mauvais état. J'en ai fait l'expérience très tôt à mes dépens. La couleur de peau, l'état, les circonstances n'y changent rien. D'instinct, je prends l'ascendant. Dès que nous sommes hors d'atteinte, je lui demande ce qu'il veut.

– Aller à Paris. Là-bas, y a pas d'bateau direct pour les colonies. Et les Noirs s'font moins remarquer !

– Qu'en sais-tu ?

– Je le sais. Ce s'ra plus facile de voyager avec toi.

– Toutes les routes sont coupées. C'est la guerre.

– Tu t'arranges pour qu'on aille à Paris, t'entends plus parler de moi…

Il n'y a plus de malle-poste entre Nantes et Paris. Et ce serait bien trop dangereux de la prendre. Je ne vois qu'une personne susceptible de m'aider : Bastien, le frère de Morel. C'est lui qui approvisionnait le *Café français* chaque semaine, en livrant des huîtres et du poisson dont la fraîcheur faisait la réputation de l'établissement. C'est lui aussi qui, au retour, acceptait de diffuser quelques exemplaires de *La Gazette de Manon*. Sauf qu'avec les événements, il ne fait plus la route depuis des mois.

Je me rends quand même au relais de poste où il avait l'habitude de changer ses chevaux. Là, la chance me sourit. Je tombe sur une servante qui doit être sa maîtresse. Elle m'apprend qu'il passe encore régulièrement. Je la supplie d'essayer d'entrer en contact avec lui. Le soir même, il est là. Toujours aussi simple et chaleureux, il m'accueille à bras ouverts quand je lui conte mes mésaventures.

Bastien s'est adapté à la guerre. Soucieuse d'améliorer le service de santé aux armées, la Convention vient de créer les premières ambulances volantes, en même temps qu'elle recrutait des médecins : sur les champs de bataille, les mauvaises conditions sanitaires sont aussi meurtrières que les coups de l'ennemi.

Un toit, des suspensions, et la charrette à poissons de Bastien est devenue une ambulance. Il lui arrive même de reconduire des invalides jusqu'à Paris. Je lui explique que j'ai besoin d'un service, un grand service, et que je ne suis pas toute seule…

Et nous voici, trois jours plus tard, dans sa charrette médicalisée cahotant sur la grand-route défoncée qui mène à la capitale. Un fouet à la main, dans un uniforme rutilant, Joseph conduit l'attelage à côté de Bastien. À chaque barrage, nous sommes arrêtés par des soldats républicains :

– Salut et fraternité ! C'est qui, ce citoyen des îles ?

– Joseph. Il était au service d'un ci-devant, avant la Révolution, mais depuis que son maître a pris la poudre d'escampette, il sert la patrie en me relayant.

– Et la citoyenne ? demande alors la sentinelle en me découvrant parmi nos éclopés.

– Manon… Notre soigneuse.

– Je me ferais bien soigner, moi aussi ! lance immanquablement le soldat en me déshabillant du regard, l'air tout content de sa fine remarque…

Surtout ne pas répliquer, sourire comme une gourde et attendre.

– C'est bon, circulez !

Sans qu'on lui dise deux fois, Bastien fouette allègrement ses chevaux et nous sort de ce bourbier.

VIII.

Cahier en galuchat noir

Jusqu'à aujourd'hui, personne ne savait que j'avais entrepris d'écrire mes Mémoires, à l'exception de mon relieur au Palais-Royal, bien sûr. Il n'est pas censé lire les textes que je lui confie mais j'ai la conviction qu'il le fait quand même.

Il avait un petit sourire égrillard quand je suis venu chercher mon cahier rose.

En revanche, pour mon cahier indigo, il m'a regardée avec une considération nouvelle. Et je n'étais pas mécontente, en fin de compte, qu'il sache certaines épreuves auxquelles j'ai résisté.

À présent, quand je me mets à ma table de travail, avec pour me donner du courage un petit bouquet de fleurs fraîches et souvent un pot de chocolat, je ne peux m'empêcher de penser que j'ai un lecteur clandestin qui attend la suite du feuilleton de ma vie. Et cela ne me déplaît pas totalement.

40.

Cette année-là, le mois de pluviôse portait bien son nom. Le mois de ventôse aussi, d'ailleurs. Et tous les autres auraient pu s'appeler sinistrôse !

Quand nous arrivons à Paris, fin janvier 1794, il pleut des cordes. La Terreur conjuguée à l'hiver et aux privations rend la ville particulièrement triste et inhospitalière. La peur suinte de partout. L'esprit frondeur des débuts de la Révolution a laissé place à une insondable morosité. Les passants aux yeux baissés fuient plus qu'ils ne marchent. L'hémorragie de la guerre se fait sentir. Les jeunes gens deviennent rares. Est-ce le voyage en ambulance qui a aiguisé mon attention ? Je remarque des estropiés, des amputés. Ils se traînent misérablement sur leurs béquilles ou dans leur caisse. La patrie n'a pas les moyens de leur offrir des fauteuils à crémaillère comme celui qu'on a fait venir de Versailles pour Couthon. Les jeunes gens en bonne santé éveillent la méfiance. Ont-ils payé un remplaçant pour qu'il aille au casse-pipe à leur place ? Ont-ils été assez corrupteurs ou corrompus pour se faire exempter ? Des sectionnaires patrouillent avec arrogance, éméchés et agressifs. Paris était l'objet de tant d'espoir pour Joseph que je guette sa déception, mais je n'en vois aucune.

Il observe une voiture qui s'est arrêtée à côté de la nôtre, place des Victoires. Tandis que je prends congé et remercie Bastien, Joseph murmure :

– Je t'avais bien dit qu'il y avait des Noirs à Paris.

Trois hommes descendent de la voiture, en effet, un Noir, un métis et un Blanc. À ma surprise, ils sont ceints d'une écharpe tricolore. Le hasard a voulu que nous arrivions en même temps que les députés fraîchement élus de Saint-Domingue.

Joseph s'approche d'eux et ils se lancent dans une discussion animée en créole. C'est joyeux, entrecoupé de rires et d'éclats de voix. Je ne connaissais pas Joseph sous cet angle-là. Je regrette de ne pas comprendre un mot. Ils finissent par s'interrompre et Joseph me présente à ses trois compatriotes.

Le Noir s'appelle Jean-Baptiste Belley. Né à Gorée, vendu à l'âge de deux ans à un négrier, il a racheté sa liberté par sa bravoure de soldat avant de devenir officier des Nègres libres du Cap.

Le métis, Jean-Baptiste Mills, est né libre à Saint-Domingue où il travaille comme huissier de l'amirauté.

Le Blanc, Louis Dufay, bourgeois, est né à Paris. Habitant sucrier, marié à une créole de Saint-Domingue, il est engagé dans la cause abolitionniste.

Leur traversée depuis Saint-Domingue a duré deux mois et elle a été riche en péripéties. Lors d'une étape à Philadelphie, ils ont failli être assassinés par des colons qui ne supportaient pas que des hommes de couleur prennent des postes de pouvoir. Ils ont débarqué à Lorient et doivent se présenter à la Convention.

– Comptez-vous y parler des Noirs de métropole, mes amis ? leur demande Joseph qui a longtemps vécu parmi ses congénères sans statut, sur les docks ou ailleurs.

– Non, nous ne l'avons pas prévu.

– Il y a beaucoup à dire pourtant !

Ses compatriotes l'invitent à passer les renseigner le lendemain à leur logement, rue des Bons-Enfants, et ils s'éloignent. Joseph s'apprête à en faire autant. Nous sommes quittes à présent.

– Où vas-tu dormir par ce froid ?

– Je me débrouille toujours ! répond-il, comme il en a l'habitude.

– J'ai peut-être un point de chute pour ce soir. Attendons demain pour nous séparer.

J'ai apprécié son tact, pendant notre voyage, et son intelligencc. Il gagne à être connu. Je ne suis pas pressée de le quitter.

J'évite de retourner chez les Sanson où Landreau, qui a des mouchards partout, pourrait bien venir m'accueillir.

En rasant les murs, j'entraîne Joseph jusqu'à l'atelier privé de David. Par chance, il cache toujours sa clé au même endroit, je la prends et nous entrons clandestinement dans l'antre du maître.

Il fait presque aussi froid sous la haute verrière que dehors. Joseph allume le poêle et, à la lueur d'une lampe à huile, il explore l'atelier. Beaucoup de toiles de très grand format, souvent inachevées. Un monde viril de Romains, torse nu, sanglés dans des toges. Et le visage à demi éclairé de Joseph qui se projette en ombres fantastiques… C'est étrange de me retrouver dans un tel décor avec ce presque inconnu. Il s'arrête devant un tableau de nu. Je lui confie que j'ai été modèle pour David quand je suis arrivée à Paris, sans le sou. Il réagit avec gravité :

– J'ai déjà vu ce genre de tableau. Y a souvent un Noir à côté de la dame pour faire ressortir la blancheur de sa peau.

Je perçois de la compassion. Il semble deviner l'humiliation que j'ai subie. Est-ce parce que je manque de chaleur humaine depuis quelque temps ? J'y suis sensible. Je frissonne et pas seulement de froid. Joseph arrache une étoffe qui « pose » dans un plissé savamment étudié et l'enroule sur mes épaules. Je m'étends près du poêle et ne tarde pas à m'endormir.

Quand je m'éveille, le jour levant rosit l'atelier, David est au travail et Joseph a disparu.

– Tu avais l'air épuisée, je n'ai pas voulu te réveiller !

C'est surtout lui qui semble épuisé, le regard décavé. Son visage s'est creusé. Ses cheveux commencent à grisonner David n'a plus le temps de peindre. À part ces deux heures qu'il vole, au lever du jour, pour venir à son atelier. Il a des journées démentes depuis que Robespierre l'a fait élire au Comité de sûreté générale. Je marche jusqu'à son chevalet, enveloppée dans l'étoffe pour ne pas en perdre la chaleur. Sur la toile, un tout jeune homme à l'allure androgyne est étendu nu.

– Encore un martyr ?

Il acquiesce.

– Joseph Bara, victime des Vendéens.

David poursuit son œuvre de propagandiste. J'ai bien vu en Vendée qu'il y avait des martyrs des deux côtés. Mais je garde mon indignation pour moi. Le maître est très irritable. Je ne veux pas dissiper sa bonne humeur. Ce matin, il semble vraiment content de me voir. Il ne s'étonne même pas de me trouver dans son atelier. Comme s'il était naturel que je tombe du ciel, traversant la verrière pour atterrir au milieu de ses toiles. Mais déjà il jette un œil à sa montre de gousset.

– Je dois filer à l'une de ces satanées réunions. Reste au chaud… À propos, as-tu vu ma femme récemment ?

Je devine qu'il brûle de me poser cette question depuis le début.

– Non. Je viens de rentrer à Paris… Le divorce te pèse ?

Il part sans me répondre.

Depuis son élection, David ne cesse de prendre de l'importance. Au Comité de sûreté générale, il préside la section des interrogatoires. Il a contresigné des centaines de mandats d'arrestation et traduit de nombreux suspects devant le Tribunal révolutionnaire. Il s'en acquitte sans états d'âme. Même quand il a entre ses mains le sort de ci-devant qui ont été ses mécènes, comme Lavoisier ou les parents de Mme de Noailles, l'épouse de La Fayette, ou encore les frères Trudaine. Il ne fera rien pour empêcher leur exécution ni celle d'anciens amis comme André Chénier.

Censé faire régner la discipline au sein du Comité, David s'interdit tout passe-droit. Sa soumission aveugle à la doctrine révolutionnaire en fait un pourvoyeur de l'échafaud, sans qu'il cesse d'être un artiste novateur.

J'ai faim. Je sors chercher quelque chose à me mettre sous la dent sans m'éloigner de l'atelier. Je suis frappée par le nombre de boutiques fermées. Beaucoup de commerçants préfèrent encore ça plutôt que de vendre à perte. Les queues sont interminables devant les quelques boulangeries ou épiceries ouvertes. Parfois on est obligé de tenir une ficelle pour respecter l'ordre. Il y a une sourde rancœur dans le grommellement de toutes ces femmes frigorifiées. Une chape de désolation s'est abattue sur la ville. Les couleurs de la Révolution se sont éteintes. Le mouvement s'est englué dans la boue, la peur, la résignation…

Tandis que j'attends en me fondant dans cette foule, Joseph réapparaît.

– Où étais-tu passé ?

– Quand j'ai entendu ton peintre arriver, j'ai préféré m'en aller !

– Comment m'as-tu retrouvée ?

Il se contente de sourire. Il s'adapte très vite à la ville. Il semble disparaître et réapparaître à son gré. Il porte toujours la tenue rutilante que lui a passée Bastien. Un sans-culotte l'aborde sans ménagement :

– Au service de qui travailles-tu ?

Avant la Révolution, la plupart des gens de couleur servaient des ci-devant. Espère-t-il débusquer ainsi un royaliste qui se cache ?

– Je n'ai pas d'autre maître que la Nation ! répond Joseph, imperturbable.

Le sans-culotte acquiesce gravement et n'insiste pas.

Dès qu'il a le dos tourné, Joseph me confie qu'il est allé, ce matin, à son rendez-vous avec les députés de Saint-Domingue. Au moment où il arrivait, on les a arrêtés.

– Cinq minutes plus tôt, on m'arrêtait avec eux !

Il en ignore les motifs. Il les a entendus crier au scandale. Rien n'y a fait. La République n'est pas douce avec ses nouveaux élus des colonies.

Malgré son indignation, Joseph n'attend aucun secours de ma part. Il n'y songe même pas. Nous sommes nés dans deux camps opposés. Son fatalisme pique mon orgueil. Moi, une fille de la Révolution, serai-je indifférente à nos frères de couleur ? Moi, une victime de cet esclavagiste de Valbreuse, laisserai-je ces délégués croupir en prison sans lever le petit doigt ? Je me sens soudain une audace que je n'aurais pas pour moi-même. Oubliant toute prudence, j'entraîne Joseph chez celui qui me paraît le plus apte à les sortir de là : Danton en personne.

Je frappe longuement à sa porte. On tarde à répondre. Son épouse, la toute jeune Louise, finit par nous ouvrir, les joues rouges, les cheveux en bataille. Danton, très débraillé, apparaît derrière elle. J'ai bien l'impression que nous les dérangeons au beau milieu de leurs ébats.

– Les députés de Saint-Domingue ont été arrêtés, au lendemain de leur arrivée à Paris ! lui dis-je.

– Encore une manœuvre des esclavagistes ! décrypte Danton en se refagotant. Je reconnais bien là leurs manières !

– Ils ont déjà failli être tués, lors d'une escale. On n'est pas pressés de les voir arriver ! remarque Joseph.

– Où sont-ils ?

– À la prison de la Force.

– Je vais prendre les mesures qui s'imposent. Merci d'être venue, Manon, surtout dans un moment pareil... Je... Je suis désolé pour Benjamin...

Le sol se dérobe soudain sous mes pieds.

Je trouve à peine la force de murmurer :

– Tu as des nouvelles ?

– Tu ne sais pas ?... Il a été fusillé par Carrier.

Je m'effondre en larmes muettes. Joseph me soutient, Danton tâche de me réconforter :

– Je suis désolé, Manon. Désolé. C'est profondément injuste. Benjamin était un homme remarquable.

– Il est mort pour moi...

– C'est la Révolution qui devient folle, Manon ! Des atrocités sont commises au nom des principes révolutionnaires. Il est grand temps d'y mettre fin. Et crois-moi, je m'y emploie.

J'apprendrai, quelques semaines plus tard, les circonstances exactes de sa mort, quand un de ses amis officier viendra me trouver, lors d'une permission à Paris. Il me remettra les effets personnels de Benjamin, sa bourse et un document établi devant notaire m'instituant héritière de ses biens, c'est-à-dire des biens de sa mère, elle-même décédée peu auparavant.

J'ignorais tout des dispositions qu'il avait prises pour moi et qui me mettront dans une relative aisance, maintenant que la Révolution confère aux femmes le droit d'hériter.

L'officier me révélera que, la nuit où j'aurais dû être noyée dans la Loire, Benjamin s'interposa pour protéger ma fuite et qu'il me fit gagner un temps précieux. Le commandant de cette sinistre opération devina qu'il avait tranché mes liens. Il fut arrêté et conduit devant Carrier.

Le conseil de guerre dut être sommaire : trois hommes dont Carrier en avatar de Fouquier-Tinville, procureur et juge à la fois. Épuisé, insomniaque, impulsif. Plus que jamais dans un état second. Avec deux sous-fifres terrifiés pour acolytes. Sur la table, le sceau de la République, un bâtonnet de cire rouge et du papier. Entre ses mains, c'était assez pour envoyer des milliers d'hommes à la mort.

Le cas de Benjamin aura vite été entendu. Lui qui s'était tant réjoui des progrès de la justice, au début de la Révolution, il n'a même pas dû ouvrir la bouche pour se défendre. Je le vois avec son léger sourire absent, l'air songeur. Carrier poussa la perversité jusqu'à lui demander s'il préférait la mort militaire ou révolutionnaire : le peloton d'exécution ou la guillotine.

Une heure plus tard, Benjamin était fusillé.

Benjamin, Frédéric… Ainsi, les deux hommes qui m'étaient les plus proches venaient de mourir pour moi.

41.

Les événements récents m'avaient transformée.

À vingt-trois ans, je me sentais prématurément vieillie.

J'étais une rescapée. J'avais une conscience aiguë de la fragilité de la vie. Au moins puisais-je dans cette expérience douloureuse une force nouvelle. Totalement libérée du jugement d'autrui, je n'avais plus peur de rien. Puisque mon sursis pouvait expirer à tout moment, puisque j'allais mourir demain, il fallait seulement que ce soit sans regrets, sans compromission, sans reniement.

Je refusais de baisser la tête et de raser les murs.

J'étais prête à affronter la Terreur.

Le jour même, je suis retournée chez les Sanson.

Le bourreau réparait du matériel dans son atelier. Il parut très content de me revoir mais fut déconcerté en découvrant mon compagnon métis. Il héla sa femme, Gabriel et même les valets de potence, Bélisaire et Latuile, qui vinrent tous me saluer. Ils s'étaient inquiétés pour moi. Je leur appris la mort de Benjamin.

– Paix à son âme ! Paix à son âme ! répéta l'exécuteur. Et grâces au Ciel qu'on ne m'ait pas contraint à l'expédier !

Je demandai à Gabriel si Landreau me cherchait toujours.

– Ça s'est calmé. Ta chambre t'attend. On n'a touché à rien.

Je leur présentai Joseph en précisant qu'il m'avait beaucoup aidée. On le dévisagea avec suspicion. L'un des valets de potence poussa la curiosité jusqu'à toucher ses cheveux pour voir si ça piquait. J'ai demandé à Sanson s'il pouvait l'héberger dans l'ancien cabinet d'étude de Benjamin.

– Ah non ! C'est impossible !

– Et pourquoi ?

– J'ai rien contre toi, mon gars, dit Sanson. Mais ici, c'est pas une maison pour les gens de couleur !

– Te crois-tu sans couleur, bourreau ? répliqua l'intéressé en souriant. T'es encore plus rouge que je suis marron !

– C'est pas la question. Ici, on ne loge que des citoyens. Et les nègres ou les sang-mêlé, c'est pas des citoyens !

Je fus surprise de voir à quel point l'argument atteignait Joseph.

– S'il ne reste pas, je ne resterai pas non plus ! dis-je impulsivement.

– Ça me fait chaud au cœur mais c'est inutile, Manon. Je vais me débrouiller, je me débrouille toujours, protesta Joseph.

Cependant j'étais résolue, Sanson le sentit et, dans le fond, ça le chagrinait que je reparte, à peine arrivée. Alors il bougonna à contrecœur :

– Que sais-tu faire ?

Joseph jeta un rapide coup d'œil autour de lui :

– Il faudrait préparer votre jardin avant la fin du froid, ça je sais faire.

– Avec toutes ces exécutions, j'ai pas eu le temps, c'est vrai, fit Sanson, très attaché à son jardin. Je veux bien faire un essai, mon gars, mais à une condition : personne doit savoir qu't'habites ici !

– Ça tombe bien, j'ai pas l'intention de sortir.

Je montre à Joseph la petite maison où se trouvent nos chambres. C'est une épreuve de retrouver les lieux, chargés de tant de souvenirs. La table où Benjamin écrivait ses articles, tel un collégien rêvant d'école buissonnière. Ses vêtements dans l'armoire. Ses lettres. À l'abattement s'ajoute une impression de déjà vécu après le deuil de Denis. Il va falloir de nouveau vider cette chambre comme j'ai dû me résoudre à disperser les jouets de mon fils, son lit à barreaux et la carte des départements que son père avait accrochée au mur comme l'espoir d'un monde nouveau.

Il y a une grande douceur dans le regard de Joseph. Il hoche la tête comme s'il prenait part à ma détresse. Sans doute a-t-il assez souffert pour comprendre mon accablement.

– Tu sais, chez moi, quand on a un deuil, on hurle son chagrin, dit-il. On s'oblige à hurler son chagrin. Alors la famille, les amis viennent nous réconforter, ils pleurent parfois avec nous. On ne garde pas ça pour soi. On appelle ça pousser son râle. Toi aussi, tu devrais crier ta douleur !

Je n'en ai aucune envie mais il insiste.

– Essaie, Manon ! Essaie !

J'entrouvre la bouche, mon chagrin reste muet. Je tressaille en sanglotant. Il est toujours à côté de moi et la douceur cotonneuse de sa voix m'encourage. Je me dis que c'est une voix pareille qu'on aimerait entendre quand on est dans les affres de l'accouchement. Je suis en larmes et soudain ça vient… Ma voix coule hors de moi, se fraie un passage et déferle. Et je sens qu'à présent, plus rien ne pourrait la retenir. C'est un fleuve qui me submerge…

Quand je reprends mes esprits, je vois les Sanson sous mes fenêtres. Craignent-ils que le sauvage qu'ils ont laissé monter avec moi m'étrangle ? Ou qu'on aille raconter dans le quartier que le bourreau torture à domicile ? Pour papa Sanson qui tient tellement à la discrétion, c'est raté !... Ils sont désarçonnés en m'entendant hurler mais assez fins pour deviner de quoi il relève.

Le lendemain, Gabriel aura des mots qui me toucheront :

– La plupart des condamnés subissent en silence. Ça nous simplifie la tâche. Et pourtant, ceux qui se débattent et qui hurlent ont raison ! Comme la du Barry ! Ils rappellent au public ce qui se passe réellement... À quoi bon nier que la mort est une chose atroce ?

4 février. Pluviôse toujours ! Joseph est très réticent à sortir de son nouveau refuge. Je parviens tout de même à l'entraîner à la Convention où les délégués de Saint-Domingue, fraîchement libérés après quatre jours de détention, se présentent devant les députés pour dénoncer l'esclavage.

Louis Dufay monte à la tribune. Il a l'habileté de ne pas invoquer les grands principes humanistes de la Révolution. Il se contente de démontrer que l'abolition serait utile à la République.

Dans vos colonies, les esclaves sont dix fois plus nombreux que les hommes libres ! Libérez-les pour qu'ils luttent à vos côtés contre les Anglais et les Espagnols qui veulent s'emparer de vos îles !

C'est d'autant plus vrai que six mois plus tôt, pour repousser une violente attaque royaliste, Sonthonax, commissaire à Saint-Domingue, a dû faire appel à des milliers d'esclaves insurgés, en les armant et en leur promettant la liberté. Ces esclaves marron se sont révélés de remarquables combattants, leur intervention a été décisive. La République a besoin d'hommes libres pour la défendre.

Aujourd'hui, l'esclavage est devenu un mauvais calcul ! poursuit Dufay. Les grandes réserves d'hommes noirs s'épuisent. Un esclave revient très cher et travaille deux fois moins efficacement qu'un homme libre...

À cela s'ajoutent les centaines de sucreries et de caféières incendiées, depuis 1789. Une ambiance délétère et des groupes insurgés qui dévastent la partie la plus prospère de l'île.

Si vous libérez les esclaves, c'est plus d'un million de citoyens qui gagneront honnêtement leur vie dans vos colonies et qui leur permettront de prospérer !

Le discours de Dufay déclenche un tonnerre d'applaudissements. Dans l'émotion générale, le député Levasseur demande l'abolition de l'esclavage au nom de la fraternité entre tous les peuples sans distinction de couleur.

– Qu'on mette fin aux atrocités de cet infâme commerce ! ajoute Danton. Messieurs, donnez un grand exemple à l'univers !

On conclut que de plus amples discussions déshonoreraient la Convention et l'on met aux voix la motion suivante que Joseph affichera dans sa chambre : « L'esclavage est aboli dans toute l'étendue du territoire de la République. En conséquence, tous les hommes, sans distinction de couleur, jouiront des droits de citoyens français ! »

– N'écrivons pas « esclavage », ce mot risque de souiller la loi ! objecte un député.

– Si l'esclavage n'est pas nommé, il ne disparaîtra jamais ! lui répond vertement l'abbé Grégoire, abolitionniste de la première heure, qui a déjà porté un rude coup aux planteurs en faisant supprimer, six mois plus tôt, la coquette subvention allouée à la traite des Noirs.

La loi est votée à l'unanimité aux cris de « Vive la République ! » C'est une apothéose. Les députés se jettent dans les bras les uns des autres, viennent étreindre leurs frères de couleur. Une femme noire s'évanouit de joie. Joseph, les larmes aux yeux, me serre à me couper le souffle.

– Aujourd'hui, on boit du rhum ! hurle Danton en levant son verre à la buvette de l'Assemblée.

42.

La fête se prolongea par une célébration à Notre-Dame, alors rebaptisée temple de la Raison, où les citoyens de couleur et les citoyens blancs de la capitale se retrouvèrent pour fraterniser autour de chants, de discours, de témoignages…

Il y eut, paraît-il, des cérémonies comparables dans de nombreuses villes de province, en particulier dans les anciens ports négriers, à l'exception notable de Nantes.

Assez vite, cependant, même les plus fervents partisans de l'abolition furent inquiets qu'elle eût été accordée sans aucune transition, sans apprentissage pour les anciens esclaves, sans contrepartie aux colons.

Joseph partageait cette inquiétude mais ne m'en parlait pas. C'était un voisin d'une grande discrétion.

Il se révélait très compétent pour le jardinage. En un rien de temps, il désherba et laboura cette bonne terre du faubourg Poissonnière dont les mauvaises langues disaient que le bourreau l'ensemençait de chair humaine.

Il n'y trouva ni crâne ni fémur sous sa bêche, aussi répandit-il copieusement du crottin de cheval pour l'enfumer avant d'y planter ses premiers carrés de poireaux, de fèves, de choux, de citrouilles…

Papa Sanson l'observait du coin de l'œil et semblait apprécier le soin qu'apportait Joseph à préserver du gel ses précieux rosiers en les empaillant, à chauler ses arbres fruitiers pour les prémunir des parasites après en avoir brossé la mousse et les lichens, à bouturer ou à tailler ses quelques pieds de vigne.

Lorsqu'il eut fini, Joseph entreprit de construire une vaste serre.

Papa Sanson se montra beaucoup plus réservé quant à cette initiative mais Joseph avait le soutien de maman Sanson qui faisait autorité car elle était fille d'un maraîcher de Montmartre. C'est avec elle qu'il établit la liste des semis pour le potager. Les fleurs, en revanche, restaient la prérogative du bourreau.

Comme je lui demandais où il avait appris à jardiner, Joseph me confia que sa mère était cuisinière dans la plantation où il était né. La vie des esclaves de maison était plus douce que celle de leurs frères travaillant dans les champs. Ils souffraient moins des privations, surtout quand un ouragan dévastait les bananeraies et les cultures vivrières, condamnant les nègres de case à une quasi-famine.

Très tôt, Joseph avait été chargé de nourrir les volailles et les cabris, d'arroser puis d'entretenir le potager tout en faisant son apprentissage de cuisinier.

Les colons s'ennuyaient ferme dans leurs plantations, éloignées les unes des autres et isolées par de mauvaises routes. Les repas étaient leur principale distraction. La mère de Joseph était une cuisinière très appréciée.

– Le maître l'appréciait tellement que c'est p'têt pour ça que j'ai la peau claire ! souriait-il.

Joseph avait hérité de son talent et de son goût pour la cuisine. Du coup, leur maître l'emmena se perfectionner en métropole. Peut-être aussi en raison de sa filiation. C'est ainsi qu'il se familiarisa au jardinage sous nos climats.

Joseph pensait-il à son île quand il travaillait au jardin ?

Parfois, en rangeant ses outils dans l'atelier, il parlait avec Sanson qui rangeait les siens, dominant sa colère devant les pinces et tout le matériel du bourreau :

– Sais-tu couper les oreilles, père Sanson ?

– Ça va pas ? J'suis pas un barbare !

– Chez moi, un esclave qui s'enfuit, on lui coupe les oreilles. Et des jarrets, en as-tu coupés ?

– J'suis pas charcutier, bougre de moricaud !

– S'il récidive, on lui coupe un jarret ! C'est dans le code noir. Et chaque fois, on le marque d'une fleur de lys sur l'épaule. La troisième fois, c'est sur la joue et les travaux forcés... La fois d'après, on le tue.

– Il a qu'à pas s'enfuir ! Un esclave, ça s'enfuit pas !

– Sauf quand il crève de faim et de mauvais traitements, père Sanson. Vous avez fait la Révolution pour moins que ça !

J'avais repris du service au *Café français*.

En dépit de la Terreur, les affaires de Morel prospéraient. Il s'était fait octroyer une église dans Paris pour abriter ses ateliers de fabrication de fusils et avait engagé de nouveaux forgerons. Il vendait même des chevaux à l'armée, à présent. Avec ses bénéfices, il spéculait sur les biens nationaux, achetant des terrains à bas prix qu'il mettait au nom de parents proches pour cacher sa fortune. Cela ne l'empêchait pas de se plaindre tout le temps. Il pestait contre l'abolition de l'esclavage qui entraînait une hausse des produits coloniaux. Café, chocolat, sucre, rhum, son fonds de commerce !

Morel devait redoubler d'ingéniosité pour maintenir ses marges. Il augmentait le café à quarante sous mais, pour les fauchés, il inventait le « café révolutionnaire » qui restait a trente sous… Une appellation ronflante pour un simple café au lait, avec plus de lait que de café. J'étais aussi chargée de faire la chasse aux resquilleurs qui commandaient des verres d'eau gratuits.

L'après-midi, Lucile Desmoulins venait parfois avec son fils, un an et demi, qui raffolait de chocolat chaud. Je revois le petit Horace, tétant goulument son canard de faïence dans les bras de sa mère, buvant par le bec le chocolat dont je remplissais son biberon-tasse.

Il arrivait que Camille les accompagne.

C'était devenu un bloc d'indignation. Camille s'indignait de la mort de Benjamin, bien sûr, et des noyades de Carrier. Mais aussi des canonnades de Lyon, des exactions de Lebas à Arras, de celles de Fréron à Toulon, et de ce rasoir national que plus personne ne pouvait arrêter ! Il s'indignait de l'action mortifère du Comité de salut public et du Comité de sûreté générale. Il voulait leur opposer un Comité de la clémence qui examinerait sans délai le sort de tous ces innocents emprisonnés à tort avant qu'ils soient guillotinés sans raison ! Il prônait un retour d'urgence à la modération. Danton était totalement en accord avec lui.

Pour soutenir leurs idées, Camille venait de créer un nouveau journal, *Le Vieux Cordelier*, en référence au club des Cordeliers, situé dans le quartier de l'Odéon, en face de l'école de médecine, là où Danton, lui et bien d'autres s'étaient rencontrés au début de la Révolution. Le club le plus démocratique de Paris, un foyer d'idées généreuses, rempli d'idéal pour la Nation.

Camille dénonçait haut et fort leurs ambitions trahies.

Toujours aussi bouillonnant, il me réclamait du papier et de l'encre et se mettait à écrire fiévreusement. Mais quand il lisait son texte à Lucile, ce n'était plus un rire fripon que son insolence déclenchait. Mais une évidente inquiétude, une gravité nouvelle.

Un jour, Lucile arriva au café dans tous ses états. Une violente altercation avait opposé Robespierre et Camille. Leur première dispute en vingt-cinq ans d'amitié, depuis les bancs de Louis-le-Grand. Exaspéré par ses prises de position dans *Le Vieux Cordelier*, Robespierre avait convoqué Camille aux Jacobins et l'avait blâmé publiquement. Il lui avait reproché de critiquer la guerre de Vendée, de demander la libération des suspects, de faire de la provocation mal placée avec son Comité de la clémence ! Bref, de faire le jeu de leurs ennemis en prônant la modération et d'être sous la coupe de Danton.

Desmoulins n'avait pas supporté que Robespierre, à peine plus âgé que lui, le traite d'enfant. Son attitude paternaliste l'indignait. Le ton était monté. Robespierre lui avait alors ordonné de brûler son journal. Maintenant. Devant tout le monde.

Camille accepta mais sans se priver d'un trait d'humour, face à Robespierre qui n'en avait aucun :

– Rappelle-toi la phrase de Rousseau, ton auteur préféré : « Brûler un journal n'est pas y répondre ! »

Très vexé d'être ainsi ridiculisé, l'Incorruptible l'avait sèchement congédié :

– Eh bien, tant pis ! Puisque tu maintiens tes principes dangereux, tu devras en assumer les conséquences !

Lucile n'en dormait plus.

Elle était folle d'inquiétude et elle avait raison.

Moi, je refusais toujours d'y voir une menace.

Je restais convaincue que Robespierre voulait protéger cet étourdi de Camille malgré lui. Et je l'approuvais !

À cette époque, je conservais une admiration quasi intacte pour Robespierre.

Début 1794, il m'arrivait encore de voir passer sa silhouette longiligne dans la rue Saint-Honoré. Seul avec son terre-neuve. Perdu dans ses pensées, et toujours cet air lointain que lui donnait son regard de myope.

Joseph, en revanche, avait perdu toute estime pour lui, il avait été choqué par son assourdissant silence au moment de l'abolition, son absence totale de réaction, ainsi que celle de Saint-Just.

Robespierre et tout le Comité de salut public étaient alors pris en tenaille entre les « modérés » de Camille et Danton, et les « enragés » d'Hébert qui excitaient les sans-culottes à aller plus loin encore dans la violence.

Gabriel Sanson, plus sans-culotte que jamais, m'avait entraînée écouter Hébert. C'était lui et ses amis « enragés » qui occupaient à présent le club des Cordeliers. J'avais entendu la brute sanguinaire qu'il était devenu prêcher du haut de sa chaire en poussant le peuple à la plus extrême violence.

On en venait à regretter Marat qui, au moins, était sincère alors qu'Hébert était cynique. Les deux patrons des journaux les plus populaires n'avaient rien en commun. Le fondateur de *L'Ami du peuple* avait payé de sa personne, il était mort pauvre et honnête. Le richissime propriétaire du *Père Duchesne* était corrompu, il avait fait fortune avec l'argent public et il se permettait de donner des leçons de morale, en prêchant devant la Déclaration des droits de l'homme, barrée d'un crêpe noir, alors qu'il était le premier à les avoir bafoués.

Cette séance me fit l'effet d'un coup de poing dans l'estomac.

J'étais convaincue qu'au milieu de ces vents contraires, Robespierre restait notre salut.

Certes, des atrocités étaient commises et j'étais bien placée pour le savoir. Mais il ne pouvait pas tout contrôler. Je demeurais persuadée qu'il les désapprouvait, dans le fond, et qu'il allait bientôt y mettre fin.

Par ailleurs, le Comité de salut public avait de beaux résultats à son actif : il avait rétabli l'ordre, on était sur le point de gagner la guerre aux frontières, l'insurrection était jugulée, de nombreuses mesures étaient prises pour les plus défavorisés...

Mi-mars, Hébert et ses amis « enragés » furent arrêtés, condamnés et bientôt conduits à la guillotine. Je voulus y voir une victoire des « modérés » et une nouvelle marque de la vertu de Robespierre.

Le rythme des exécutions s'était tellement accéléré que le bourreau avait dû recruter une bonne demi-douzaine d'aides supplémentaires. Mais il y avait toujours des défections, des renvois, et il ne cessait d'organiser de nouvelles séances de recrutement.

Elles avaient lieu le décadi, jour où il ne travaillait pas. La séance était annoncée à l'avance par un panneau, accroché sur la porte charretière. Sanson installait alors une table dans sa cour ou sous son appentis, si le temps était mauvais. Il aimait que je siège à ses côtés. Il me demandait de noter les noms et les adresses des postulants, quand ils en avaient. Mais c'était surtout pour le plaisir d'être ensemble, je crois, qu'il souhaitait ma présence. Cela allégeait un peu sa besogne. Le décadi gardait ainsi des allures de dimanche, comme à l'époque où nous venions déjeuner chez lui, Sylva et moi.

Dans la torpeur de l'après-déjeuner, un verre d'eau-de-vie à portée de main, j'assistais au défilé des apprentis bourreaux.

C'était un spectacle.

Je me souviens d'un Anglais, accoutré comme un lord, bien trop élégant pour la place.

– Que cherches-tu donc, l'énergumène ? As-tu seulement besoin de travailler ? bougonnait Sanson.

Et l'autre, avec son accent à couper au couteau :

– *Oh no ! Je travaille gratuit, je veux juste habituer my cœur aux émotions fortes…*

– À la porte !

Certains avaient des dégaines inquiétantes. Des têtes d'étrangleur, le regard torve, un rictus amer. Pas du tout le genre de citoyens que recrutait Sanson.

Parfois l'un d'eux insistait :

– J'ai toujours voulu être bourreau. Petit déjà, je torturais les animaux, j'ai de l'entraînement…

– À la porte !

Sanson renvoyait impitoyablement les boiteux, les cagneux, les éclopés de tous bords avant même qu'ils atteignent la table : il avait besoin de gars solides !

Un jour, faute de candidats, il m'envoya chercher Joseph.

– J'ai du mal à trouver des apprentis à la hauteur, lui dit-il. Faut de la réserve, de la dignité. C'est pas donné au premier venu. Je t'ai observé et je crois bien que tu pourrais faire l'affaire. Es-tu intéressé ?

Il était rare de gagner aussi vite l'estime de Sanson mais Joseph éclata de rire :

– Après ce qu'ont subi mes frères, ça me déplairait pas de décapiter quelques petits Blancs ! T'as pas peur de choquer la foule avec un aide comme moi ?

– Je te mettrai une cagoule, moricaud !

– Je préfère cultiver ton potager, père Sanson ! Je m'occupe des légumes, je te laisse la viande !

Puis, redevenant soudain sérieux :

– Je suis devenu un homme libre grâce à la Révolution. Les protestants, les juifs, même les bourreaux sont devenus des citoyens… Comment peut-on continuer à raccourcir l'humanité après ça ?

Sanson resta sans voix, surpris par la hauteur de vue de son jardinier.

43.

Dans les vitrines des librairies du Palais-Royal, les gravures libertines avaient disparu. Elles étaient désormais interdites par la Commune de Paris, de même que la prostitution dans la rue. La Terreur imposait la vertu. La Terreur était même très pudibonde. Pondichet, mon ancien imprimeur, se rattrapait en proposant des estampes célébrant l'abolition : *Moi libre aussi, Moi égale toi,* des hommes et des femmes de couleur coiffés d'un bonnet phrygien, *Ne suis-je pas ton frère ?*, l'emblème de la Société des amis des Noirs… Il les opposait à des atrocités du temps de l'esclavage, *Nègre suspendu vivant par les côtes* et autres barbaries, souvent des répliques de gravures anglaises, qu'il faisait réaliser par de jeunes artistes désargentés.

Chacun tâchait de se mettre au goût du jour.

J'étais passée chercher une robe commandée chez une modiste du Palais-Royal, ou plutôt du Palais-Égalité comme on l'appelait alors. Sylva, hélas, n'était plus là pour me confectionner des toilettes. Après un rapide essayage, je sortais revêtue de ma nouvelle robe, quand j'eus la mauvaise surprise de tomber sur Landreau. Sans doute m'avait-il suivie.

– Eh bien, citoyenne, on ne te voit plus aux sans-culottes !

– C'est que je manque de temps, citoyen Landreau !

– Te voilà bien élégante pour une patriote ! Comment t'es-tu enrichie ? Serait-ce en aidant de nouveaux ci-devant à émigrer ?

– Je n'ai jamais aidé personne à émigrer !

– Reviens à la section, tu nous manques, fit-il de son sourire menaçant. M'oblige pas à venir te chercher !

Ma nouvelle robe était d'une sobriété toute révolutionnaire, mais les temps étaient si peu à la coquetterie qu'elle ne passait pas inaperçue. Mes amies ne manquèrent pas de me féliciter quand je les retrouvai au *Café français*.

Je ne travaillais pas ce jour-là mais j'avais gardé l'habitude de rassembler notre petit groupe malgré l'arrêt de la *Gazette*. Les clubs de citoyennes étaient à présent interdits, c'était notre manière de détourner l'interdiction. Nous commentions l'actualité, nous échangions des informations, nous en profitions aussi pour passer un bon moment ensemble, pour papoter et pour rire. Je les réunissais de préférence quand Morel n'était pas là. Il avait peur que ces réunions paraissent suspectes mais n'osait pas le dire franchement :

– Elles passent des heures à profiter de mes bougies et à bloquer mes tables, tes amies !

– Peut-être, mais elles boivent autre chose que des verres d'eau !

Ce jour-là, il y avait Lucile, la belle Adèle revenue faire commerce de ses charmes chez Mme de Sainte-Amaranthe, après quelques semaines d'interruption passées en compagnie d'un protecteur, et Charlotte David.

J'avais un message pour elle.

Le maître m'avait convoquée sous prétexte d'une cérémonie républicaine à laquelle je devais participer. En fait, il voulait que je dise à Charlotte qu'elle lui manquait chaque jour davantage. Il souhaitait qu'elle revienne. Malgré son immense orgueil, il l'avouait.

– Ah non ! Ce serait trop facile ! protesta Adèle.

– C'est hors de question ! confirma Charlotte.

La royaliste qu'elle était n'avait jamais supporté l'engagement révolutionnaire de David.

À présent, il pervertissait même son talent en réalisant des caricatures d'une rare grossièreté contre les souverains étrangers ! Ces obscénités-là étaient largement exposées chez les libraires... Il allait jusqu'à cautionner la destruction de chefs-d'œuvre par le régime. Devant les gisants de la basilique Saint-Denis réduits en miettes, loin de protester comme l'abbé Grégoire, David avait offert de sculpter un Hercule gigantesque qui foulerait leurs débris !

Soudain, l'attention de mes amies fut captivée par une apparition : Joseph m'adressait des petits signes à travers la vitre.

– Ce qu'il est beau ! lâcha Adèle.

Cela me frappa, moi aussi, pour la première fois.

Est-ce parce qu'il était d'une élégance particulière, ce jour-là ? Je crois plutôt que je m'étais interdit de le regarder jusqu'alors.

– Il a autant de charme que le chevalier de Saint-George ! Joue-t-il de la musique, lui aussi ? demanda Lucile.

Le brillant Saint-George était réputé pour ses talents de compositeur, de violoniste et son sens du spectacle, utilisant au besoin son fouet en guise d'archet.

– La ci-devant du Barry avait pour page un homme de couleur qui lui donnait, paraît-il, satisfaction dans tous les domaines ! se moqua Adèle.

– Il était sûrement moins mignon !

– Arrêtez ! Ce n'est pas ce que vous croyez ! protestai-je.

– T'as quand même commandé une nouvelle robe pour lui !

Elles éclatèrent de rire.

– Je dois seulement l'accompagner à une cérémonie républicaine.

– Pas un mariage, tout de même ? Tu nous inviterais !

J'étais vexée de rougir bêtement.

– Il n'y a pas si longtemps, on pouvait acheter des Noirs à Paris ! affirma Charlotte David. Oui, des ventes humaines en plein Paris ! C'était rare mais possible.

Des aristocrates fortunées passaient commande, en toute discrétion, à des marchands négriers, comme elles achetaient des babioles aux marchandes de faveurs, d'étoffes et autres colifichets qui passaient à leurs hôtels, le matin à l'heure de la toilette. Elles versaient un acompte. Quelques mois plus tard, elles étaient livrées... La négrillonne Nanette, dix ans, très propre et parlant bien le français... Le créole Aladin, quatorze ans, sachant parfaitement servir à table et accommoder les cheveux... La sauvagesse Zamor, seize ans, excellente cuisinière... Le négrille Pompée, venu directement de Gorée, très divertissant, chanteur, acrobate, des dispositions physiques étonnantes...

On raconte que dans certains salons, on organisait même des ventes aux enchères.

– La situation des femmes n'est pas si différente, releva Adèle. Des esclaves ! Appréciées pour leurs qualités domestiques et pour la bagatelle !

J'abandonnai mes amies à leur conversation épicée pour rejoindre Joseph que je devinais impatient.

C'était un jour important.

Dans l'immense salon de l'Hôtel de Ville, d'autres hommes de couleur attendaient, tous très élégants. Joseph avait cousu lui-même la tenue qu'il portait, en s'inspirant du vêtement de Belley, son compatriote député, le jour de l'abolition, à la Convention. Une redingote bleue, une chemise de batiste blanche, un pantalon bouton d'or et une grande ceinture rouge.

Je lui découvrais ce nouveau talent de couturier.

Quand on l'appela, Joseph s'avança devant les représentants de la Commune, ceints d'une écharpe tricolore. Ils lui posèrent des questions, lui firent prêter le serment civique et jurer fidélité à la Constitution. Puis l'un d'eux lut solennellement :

– Nous, officiers municipaux de la Commune de Paris, certifions que le citoyen Joseph, Marie Pasteur, natif de Port-Égalité, île de Saint-Domingue… Âgé de vingt-cinq ans, taille 5 pieds 10 pouces (1,79 mètre), métis de couleur caramel clair, cheveux et sourcils noirs, front haut, yeux bruns, nez bien fait, bouche large et régulière, menton égal, visage énergique et non marqué de petite vérole… Domicilié à Paris, faubourg Poissonnière, maison appartenant au citoyen Sanson, bourreau de Paris, à qui il a donné des preuves de son civisme… A prêté serment de respecter la loi, de maintenir la Liberté, l'Égalité, la sûreté des personnes et des biens, de mourir s'il le faut pour la patrie et de respecter la Constitution républicaine… Délivré en la maison commune l'an II de la République française, une et indivisible.

L'officier lui remit son certificat de civisme et lui donna l'accolade sous les applaudissements.

Déjà, il laissait place au suivant. Nous restâmes quelques instants devant les hautes fenêtres donnant sur la place de Grève. Joseph regardait, fasciné, le document qu'il tenait dans ses mains.

– De vrais papiers d'identité… J'aurais jamais cru que ça m'arriverait un jour ! murmura-t-il, étranglé par l'émotion.

Ce soir-là, chez les Sanson, Joseph se mit aux fourneaux pour fêter sa citoyenneté nouvelle. Il cuisina pour toute la maisonnée avec une virtuosité de professionnel. Il débitait des légumes à toute vitesse sans jamais donner l'impression de forcer, ciselait des herbes, les faisait glisser dans la marmite, rectifiait son assaisonnement avec sûreté… Ses gestes s'enchaînaient comme de longues phrases auxquelles, jusqu'au dernier mot, on reste suspendu. Il avait l'éloquence des fourneaux. Tout son corps bougeait, en souplesse. C'était un spectacle de le regarder cuisiner. Comme une comédie-ballet qu'il exécutait avec grâce, tout en parlant et en riant. Attiré par les effluves inhabituels, Gabriel nous rejoignit dans la cuisine où il entrait rarement :

– Ça sent bon, ton ragoût. C'est quoi ?

– Poulet créole aux navets.

Gabriel goûta en toussant.

– C'est relevé mais c'est bon !

– Je l'ai cuisiné comme un citoyen français : moins de piment, plus de rhum !

Je dressai la table avec maman Sanson tandis que le bourreau, pour l'occasion, décachetait des flacons de vins de Bourgogne.

– Charles-Henri, sors l'abbé du placard !

En faisant pivoter un rayonnage, il révéla la cachette du père Benoît. Lui qui accompagnait autrefois Sanson pour les exécutions capitales était, à présent, passible de déportation. Il allait passer un an dans ce placard, installé dans un fauteuil, sous un crucifix, avec une lampe, son bréviaire et son pot de chambre.

– À table, l'abbé !

– Alors, Charles-Henri, combien d'exécutions, aujourd'hui ? fit l'ecclésiastique en se désengourdissant.

– Une douzaine. Et du beau monde. La bande des « enragés ». Hébert, le fondateur du *Père Duchesne*, et ses amis.

– Tes affaires prospèrent en ce moment !

– Pensez-vous, mon père, la Convention me verse une misère ! Dix-sept mille livres par an. Entre les gages de mes aides, le loyer, les véhicules, le fourrage, les locations supplémentaires, les écriteaux pour les exécutions publiques et l'entretien de la machine qu'est drôlement gourmande…

– Sans compter les paniers pour les cadavres, monsieur l'abbé, et les frais d'inhumation et les pourboires aux fossoyeurs…, ajouta maman Sanson.

– Bref, j'en ai au bas mot pour trente mille à trente-cinq mille livres par an. J'ai écrit au gouvernement pour exiger le remboursement de mes avances et l'augmentation de mes appointements. Sinon, j'arrête tout !

– Ça, c'est une bonne idée ! fit Joseph en apportant le plat.

L'abbé sourit. Je lui fis remarquer :

– Vous êtes le seul à pouvoir encore vous plaindre, Charles-Henri !

– C'est vrai ! ajouta Gabriel. La semaine dernière, on a raccourci une ménagère rien que parce qu'elle avait protesté contre les prix au marché !

– Allez, maintenant, on oublie le travail. On fête la citoyenneté de Joseph ! conclut le bourreau.

Et nous avons pris place autour de la table tandis que le père Benoît récitait le bénédicité.

Après le dîner, nous sommes remontés dans nos chambres. Au moment de nous séparer, nous avons échangé un regard inhabituel avec Joseph. Un regard qui disait : c'est maintenant ou jamais. Avant qu'un malaise s'instaure et qu'il se retire, l'alcool m'aida à prendre l'initiative de l'embrasser.

La magie de ce premier baiser.

Il dura une éternité. Nous ne parvenions plus à désunir nos lèvres. Je n'avais jamais rien vécu de comparable.

Ce fut vraiment un premier baiser.

Quand je suis revenue à moi, Joseph tenta de me repousser délicatement, en passant la main dans mes cheveux :

– Je veux pas que t'aies d'ennuis à cause de moi !

À quoi bon ? Nous savions tous deux qu'il était bien trop tard pour revenir en arrière.

Comment est-ce arrivé si vite ? Et si naturellement ? Et si peu de temps après la mort de Benjamin ?... Je n'ai aujourd'hui encore aucune réponse. Cette époque ne ressemblait à aucune autre. Le bourreau avec qui nous avions dîné ce soir pouvait nous trancher la tête demain. La période était si tragique qu'il n'y avait plus de temps pour le deuil. Danton, ravagé par la mort de sa femme, se remariait au bout de cinq mois. Les prisons de la Terreur devenaient des lieux d'amour. La banalité de la mort abolissait toute convention. Cela nous poussait-il à aller au-devant de nos désirs ? L'attitude réservée de Joseph m'a-t-elle rassurée ? Sans doute. J'avais subi la brutalité des hommes et c'était bien la première fois que j'avais une telle audace. Mais il y a une autre raison, plus intime. J'avais le pressentiment que si j'essayais de me contenir, j'allais mourir en me consumant de l'intérieur. Par je ne sais quel mystère, Joseph avait libéré une soif d'aimer enfouie au plus profond de moi. Un élan d'amour qui me dépassait.

44.

Que savais-je du commerce des corps avant de rencontrer Joseph ?

J'avais connu le viol avec Valbreuse, des étreintes inquiètes avec Benjamin, toujours soucieux de ne pas m'importuner trop longtemps, et enfin la révélation brûlante du plaisir avec Sylva. Mais d'un plaisir sans amour. Car, dans le fond, je n'étais qu'un jeu piquant pour elle, une innocente qu'elle s'amusait à initier, pour mon grand agrément sans doute, mais qu'elle abandonna sitôt qu'elle rencontra Alexandre.

Il y avait dans le plaisir d'être avec Joseph un caractère d'évidence que je n'avais jamais connu. C'était comme la découverte d'une terre vierge, où rien n'évoquait le passé douloureux de mes sens, où j'étais enfin libérée de mes odieux fantômes.

Avec Joseph, l'amour était une fête. Oserais-je dire qu'il me faisait l'amour comme il cuisinait ? M'offrant en partage le meilleur de lui-même, soignant les préparatifs, m'accommodant avec raffinement et me dévorant sans réserve. Du coup, je m'enhardissais et je me découvrais, à mon tour, un appétit insoupçonné.

J'aimais son corps ferme et longiligne comme une anatomie de David, sa peau douce comme celle d'une fille et ses bras puissants où je ne demandais qu'à élire domicile... J'aimais l'odeur de sa peau. J'aimais la chaleur de sa voix, j'aimais la franchise de son sourire. J'aimais ses gestes merveilleusement assurés. J'aimais enlacer mes jambes dans les siennes et ne plus en bouger. J'aimais faire l'amour avec lui et j'aimais m'endormir contre lui. J'aimais me réveiller en sentant sa chaleur...

J'ai honte à le confier : c'est durant les semaines les plus tragiques de la Révolution que j'ai été la plus heureuse de ma vie.

Ce matin-là, j'avais pris mon service tôt, au *Café français*. Profitant du calme matinal, je buvais une tasse de moka en lisant la gazette. Les nouvelles étaient plus légères que d'habitude : des membres du Comité de salut public avaient fait une ascension en montgolfière, accompagnés du mathématicien Monge qui voulait les convaincre de l'utilité de créer une compagnie d'aérostiers militaires.

Soudain, un client entra, blême, et annonça :

– Danton et Desmoulins viennent d'être arrêtés avec leurs amis !

Je restai stupéfaite. Incrédule. Abandonnant mon service, je filai aussitôt chez Lucile, dans le quartier de l'Odéon.

Je la trouvai hagarde. Camille avait bel et bien été arrêté à l'aube et conduit à la prison du Luxembourg, si proche, au bord de ce jardin où ils s'étaient rencontrés. Lucile n'avait pas le droit de lui rendre visite. Je m'efforçai de la rassurer, en toute sincérité :

– Robespierre est le meilleur ami de Camille, votre témoin de mariage, le parrain de votre fils ! Ils se sont affrontés récemment mais jamais Robespierre ne laissera Camille en péril ! C'est une manœuvre du Comité de salut public ! Peut-être même qu'il n'en sait rien ! Je l'ai souvent vu, seul à seul, au café, ce n'est pas le tyran qu'on dit ! Allons le trouver ! Ne perdons pas un instant !

Lucile ne demandait qu'à me croire, elle confia le petit Horace à ses parents et nous partîmes chercher Louise Danton, à quelques rues de là. Malgré son très jeune âge, Louise réagissait avec un sang-froid impressionnant. Elle bouclait ses bagages, au milieu de l'appartement qui était sens dessus dessous, donnant une idée de la brutalité avec laquelle il avait été perquisitionné.

– Depuis plusieurs jours, Georges savait qu'il était en danger. Il refusait de fuir. Il disait : "Emporte-t-on sa patrie à la semelle de ses souliers ?"... Ils ont cherché partout la preuve qu'il avait fait des affaires douteuses, ils n'ont rien trouvé, évidemment ! Ils sont repartis furieux !

– Le peuple aime Danton ! Comme il aime Desmoulins ! Et il les approuve de vouloir mettre fin aux violences ! Viens avec nous chez Robespierre !

– Non, me répondit Louise. Georges m'a fait jurer de partir me mettre à l'abri avec les enfants. Loin de Paris. À Arcis. J'y vais par la première voiture.

En chemin, Lucile me confia que Danton et Robespierre avaient dîné ensemble quelques jours plus tôt. C'était la première fois qu'ils se reparlaient depuis longtemps et, malgré le vin de champagne que servit Danton, cela s'était très mal passé. Ils avaient pu constater à quel point leurs divergences étaient irréductibles.

Robespierre était obsédé par l'idée de sauver la République et pour cela il prônait un État toujours plus autoritaire.

Danton, lui, voulait mettre fin au carnage. Il voulait avant tout économiser le sang humain. S'il avait créé le Tribunal révolutionnaire, c'était pour arrêter les violences populaires, pas pour qu'il devienne un abattoir ! Selon lui, la République n'était plus menacée à présent : la guerre civile était maîtrisée, la guerre aux frontières aussi.

Robespierre, au contraire, était convaincu que la corruption continuait de gangrener la Nation comme les termites une maison. Il refusait d'attendre qu'elle s'écroule ! D'ailleurs, il devait considérer Danton comme corrompu.

– Depuis qu'on t'appelle l'Incorruptible, tu vois des corrompus partout ! se moquait Danton. Et partout, des ennemis !

Nul ne savait au juste ce qu'ils s'étaient dit mais le ton était rapidement monté. Le point le plus sensible, ce qui les différenciait intimement tous les deux, c'était le chapitre de la vertu.

Pour Robespierre, c'était la qualité suprême : sans vertu, il n'y avait pas de République ! Et la République n'était jamais assez vertueuse !

Ce simple mot faisait éclater de rire Danton :

– Je ne connais pas d'autre vertu que celle que ma femme m'offre chaque nuit !

Il trouvait d'ailleurs suspect que Robespierre veuille être un modèle de vertu.

– N'est-ce pas tout simplement que les femmes ne t'intéressent pas, Maximilien ? Alors tu n'as aucun mérite ! se moquait-il.

L'humour de Danton aggravait son cas. Comme celui de Camille. Robespierre qui en était totalement dépourvu le percevait comme une menace à son pouvoir.

On raconte que Robespierre n'avait jamais connu de femmes.

Il préférait, en tout cas, le pouvoir à la volupté.

Danton, c'était le contraire, j'en suis persuadée.

Est-il possible que des blessures d'amour-propre aient causé tant de ravages entre deux hommes qui avaient porté la

Révolution ensemble, qui en avaient incarné les débuts lumineux ? Mes héros !

Nous passâmes prendre Charlotte Robespierre pour qu'elle nous aide à entrer en contact avec son frère. Ensuite, j'étais convaincue que nous parviendrions à le convaincre.

J'ignorais alors que le Comité de salut public s'était réuni, quelques heures plus tôt, en présence de Robespierre, dans le but avoué d'en finir avec les « modérés », maintenant que les « enragés » étaient éliminés.

Parmi les plus inflexibles, le jeune Saint-Just, à la beauté androgyne, qui s'érigeait en professeur de vertu, lui aussi. Ce même Saint-Just qui avait été emprisonné, à dix-neuf ans, pour avoir volé les bijoux et l'argenterie de sa pauvre mère qui se sacrifiait pour lui !

Les membres du Comité de sûreté générale avaient été convoqués à cette réunion secrète. C'est par David que j'en eus le témoignage.

Comment faire tomber Danton ?

De quoi pouvait-on l'accuser ?

D'avoir été proche de ces puissants d'hier, devenus des pestiférés : Mirabeau, le général balafré Dumouriez, les girondins, le duc d'Orléans… D'être leur complice ! Donc un traître !

Et un corrompu ?

Certes, Danton avait géré des fonds secrets, il avait toujours jonglé avec l'argent, mais on n'a jamais prouvé qu'il en ait détourné à son profit.

L'affaire était délicate car Danton était populaire.

Robespierre ne disait rien. Il attendait qu'on sollicite son avis. On finissait toujours par solliciter son avis et généralement par s'y ranger.

– Qu'en penses-tu, Maximilien ?

Il dut savourer ce moment, prit son temps.

– Si Danton est innocent, un procès lui permettra de l'établir, susurra-t-il.

– Bravo ! fit Saint-Just qui en profita pour ajouter : Camille Desmoulins doit être inculpé lui aussi ! Chacun connaît l'amitié ancienne qui vous lie. S'il est exclu de ce procès, on y verra du favoritisme !

Chacun connaissait surtout la hargne de Saint-Just envers Desmoulins qui ne l'avait guère ménagé dans ses articles, pas plus que Barère.

Tous les regards convergèrent alors sur l'Incorruptible.

La vie de son meilleur ami était entre ses mains.

Allait-il échapper à ce piège, lui qui en avait tant déjoué avec une si grande habileté ?

Non. Il finit par acquiescer.

– Signons l'acte d'accusation, conclut aussitôt Barère. Et toi, David, tu signeras au nom du Comité de sûreté générale !

À deux exceptions près, l'acte fut signé par tout le monde.

Des copeaux de bois volaient dans la cour du menuisier Duplay où travaillaient des ouvriers sans-culottes quand nous arrivâmes. L'un d'eux s'interposa pour nous empêcher d'entrer.

– Je suis Charlotte Robespierre. Nous venons voir mon frère. C'est très urgent !

La porte s'ouvrit alors sur la mère Duplay, plus revêche que jamais.

– Ton frère n'est pas là !

– Tu mens, j'en suis sûre !

– Toujours aussi exaltée, ma pauvre Charlotte !

– Où est-il ?

– Qu'est-ce que j'en sais, moi ! À la Convention, peut-être…

– Dis-lui que je le cherche, implora Lucile. C'est une question de vie ou de mort ! Pour son meilleur ami, Camille !

La mère Duplay approuva d'un sourire mauvais.

J'eus la désagréable impression d'entrevoir, en repartant, la silhouette de Robespierre qui s'éclipsait à sa fenêtre.

Je préférai chasser cette idée.

Nous sommes arrivées très en avance au procès. Déjà, la foule se pressait devant la salle d'audience. Les gardes peinaient à contenir cette marée humaine qui déferla dès qu'on entrouvrit les portes.

Danton et Camille comparaissaient avec une vingtaine d'autres prévenus. Parmi eux, Fabre d'Églantine, le poète de la bande. Il avait connu quelques succès au théâtre. Il avait composé des vers et des chansons. Certains lui ont survécu. *Il pleut, il pleut bergère...* C'est lui aussi qui avait trouvé les noms du calendrier révolutionnaire : floréal, germinal, thermidor... Un calendrier dont il ne vivra que six mois et qui disparaîtra après treize étés. Fabre s'était compromis dans l'affaire de la Compagnie des Indes où il avait fait des placements douteux et surtout fort maladroits. Trop poète pour être malhonnête ! On amalgamait son cas à celui de Danton et Camille qui devenaient ainsi ses complices. Et pour faire bon poids, selon une stratégie chère à Fouquier-Tinville, on jugeait avec eux une charretée de détenus de droit commun.

Pour ce procès à charge, l'accusateur public et le président Herman se donnaient la réplique. Leur numéro de duettistes commençait à être bien rodé. Mais cette fois il fut clair que Danton et Camille leur voleraient la vedette. Et ce, dès qu'on leur demanda de se présenter :

– Accusés, levez-vous ! Votre nom, votre âge, votre demeure...

– Je suis Danton. J'ai trente-cinq ans. Ma demeure demain sera le néant mais mon nom, lui, restera au panthéon de l'Histoire !

– Je suis Camille Desmoulins… J'ai trente-trois ans, l'âge du sans-culotte Jésus !

Ils étaient brillants, ils étaient drôles. La voix de stentor de Danton couvrait celle du tribunal. Il tenait le public. La salle réagissait à chacune de ses saillies. Le président ne cessait de répéter :

– Silence ! Silence ou je fais évacuer la salle !

D'emblée, ils dénoncèrent l'inanité de ce procès.

– Vous et vos amis devez répondre de l'accusation de complot contre-révolutionnaire avec une puissance étrangère !

– De quel complot parles-tu, Fouquier-Tinville ? répliqua Danton en dévisageant les autres prévenus. J'ai des amis politiques ici : Desmoulins, Delacroix, Philippeaux, d'accord… Mais les autres, je ne les connais pas ! Ce sont des droits communs que je n'ai jamais vus ! Vous les connaissez, vous ?

Ses amis firent signe que non.

– Nous sommes-nous déjà rencontrés, citoyens ?

Les droits communs baissèrent la tête.

– Comment voulez-vous que nous complotions ? lança-t-il en toisant chaque juré.

Une houle soulevait la salle.

– Silence !

– Silence ! Silence ! Tu manques de vocabulaire, citoyen président ! Ça ne vous suffit pas de museler la presse, vous voulez aussi faire taire les citoyens ! Mais ce n'est pas si facile de faire taire Danton !

– Fouquier-Tinville, mon cher cousin, dit Camille. Te souviens-tu qui t'a trouvé cet emploi au Tribunal ? C'est moi, ne l'oublie pas ! Te voilà bien docile envers tes nouveaux maîtres, Isidore !

Et l'auditoire de se remettre à rire.

– Citoyen Danton, tu es en outre accusé de vol et de corruption !

– Évidemment, Fouquier ! C'est l'accusation que vous brandissez toujours contre vos ennemis !… Seul problème : tu n'as aucune preuve ni aucun témoin à charge ! As-tu le moindre fait à l'appui de tes accusations ?

– C'est moi qui pose les questions, Danton !

– As-tu des témoins ? tonna-t-il. Que mes accusateurs se montrent et je les replonge dans le néant d'où ils n'auraient jamais dû sortir ! Vils imposteurs, paraissez !…

Cette fois, un silence de mort régnait dans le public qu'il balayait du regard.

– Personne ! Je demande la création d'une commission d'enquête et j'ai vingt députés à citer comme témoins !

– Bravo, Danton ! hurla une voix suivie de beaucoup d'autres dans un déferlement d'applaudissements.

Parfois, nous échangions un demi-sourire avec Lucile.

Georges et Camille dominaient les débats avec une telle évidence que nous nous prenions à espérer que la vérité triompherait, pour une fois.

En gardaient-ils eux-mêmes l'espoir ?

Camille, peut-être. Danton, je ne pense pas. Il avait longtemps cru que sa popularité le protégerait. Mais il avait trop d'intelligence politique pour ne pas savoir que la situation était jouée par avance. Il avait d'autant plus de mérite à continuer à se battre comme un fauve. Rien n'entamait son éloquence et son insolence. Il restait au meilleur de lui-même.

Le tour que prenait le procès ne pouvait qu'inquiéter le Comité de salut public : il fallait à tout prix les faire taire ! C'est Saint-Just, paraît-il, qui fit passer une note au président Herman, alors que le climat devenait de plus en plus insurrectionnel à l'audience.

Après l'avoir lue, Herman déclara :

– Faites évacuer la salle ! Les débats sont suspendus ! Le verdict sera rendu à huis clos.

– C'est un déni absolu de droit ! éructa Danton. Le verdict à venir n'est que trop clair.

– L'intérêt du peuple a toujours été notre souci ! cria Camille.

– Mon seul tort, c'est d'avoir porté à bout de bras cette révolution avant qu'elle dévore ses enfants ! dit Danton.

– Et le mien, de demander qu'on instaure un Comité de la clémence pour sauver les innocents ! ajouta Camille.

Ils furent évacués dans le plus grand chahut. Même les soldats leur manifestèrent du respect en renonçant à les attacher ou à les tenir. Lucile et moi étions effondrées. Georges trouva encore la force de hurler :

– Je suis fier de ce que nous avons accompli ! Et je préfère être guillotiné que guillotineur !

– Moi aussi je préfère être guillotiné que guillotineur !

Dans la cour du bourreau, Gabriel, planté devant son père, avait revêtu son uniforme militaire, il allait rejoindre l'armée. Et cette fois, inutile de le rappeler !

– Tu me lâches alors qu'y aura un monde fou pour l'exécution de Danton !

– J'veux pas couper la tête d'un homme pareil !

J'ai cru que le père Sanson allait faire un coup de sang. Il est resté livide, titubant devant son fils avant de tourner les talons, le pas lourd, respirant difficilement.

Le printemps était précoce, cette année-là. Les arbres fruitiers, taillés par Joseph, croulaient sous les fleurs, parés d'une guipure somptueuse. Cette splendeur virginale dans le jardin du bourreau avait des allures de mensonge, à la veille du carnage annoncé. Je ne pouvais pas la regarder sans éprouver une impression de malaise.

J'ai pris Gabriel dans mes bras. Il avait toujours détesté ce métier comme une malédiction. Au moins avait-il cru que c'était un mal nécessaire. Aujourd'hui, ce n'était plus le cas.

Il est resté longtemps blotti contre moi avant de partir sans se retourner.

Pour rien au monde, je ne me serais mêlée à la foule qui se pressait pour voir la charrette de Sanson conduire les condamnés jusqu'à la guillotine, place de la Révolution.

Je n'ai pas vu Camille en larmes hurler : « Lucile… Horace… Pardonnez-moi de vous abandonner ! »

Je n'ai pas vu Danton le réconforter en lui disant qu'au moins leurs vies n'auraient pas servi à rien ! Ni invectiver Robespierre lorsqu'ils passèrent sous ses fenêtres, lui qui demeurait si près de l'échafaud, au bout de la rue Saint-Honoré : « Robespierre ! Bientôt, ce sera ton tour !… Allez, viens, on t'invite !… Je t'entraîne, tu me suis ! »

Je ne me rappelle même plus si c'est Sanson lui-même qui me rapporta ses derniers mots : « Tu montreras ma tête au peuple, bourreau ! Elle en vaut la peine ! »

Pourquoi Camille s'effondra-t-il alors que Danton montra un courage et une maîtrise de soi impressionnants jusqu'au bout ?

Camille hurla et pleura toutes les larmes de son corps. Il n'était pourtant pas moins courageux que Danton. Il l'avait prouvé par ses journaux. Il avait toujours dit haut et fort ce qu'il pensait. C'était bien pour cela qu'il se retrouvait ici aujourd'hui… Il ne manquait pas de courage physique non plus. C'était lui qui avait poussé les Parisiens à prendre les armes le 12 juillet 1789 avant d'attaquer la Bastille !

Alors pourquoi ?

Je crois qu'il n'y était pas préparé. Jusqu'à ces derniers jours, il n'avait jamais imaginé que Maximilien puisse le lâcher. La camarde le prenait en traître. Le matin même de son arrestation, Camille avait appris la mort de sa propre mère. Et maintenant il avait peur pour Lucile et pour Horace. Peur qu'ils n'y résistent pas. Et cela le rendait fou de douleur…

Et Danton ?

Espérait-il retrouver Gabrielle, sa première femme adorée, dans l'au-delà de la Révolution ? C'est peu probable, mais je veux croire que l'âme de Gabrielle l'aida. Sa véritable confrontation avec la mort, Danton l'avait vécue, un an plus tôt, quand Gabrielle était morte et qu'il l'avait déterrée pour l'embrasser une dernière fois. Cet homme extraverti, tout en énergie physique, s'était colleté à la mort, en un véritable corps à corps. C'était sa manière de prendre le deuil et quelque chose s'était brisé en lui. Il n'était qu'une chair en sursis, il le savait à présent, la Grande Faucheuse ne lui faisait plus peur. Il ne la laisserait pas entamer sa joie de vivre ni son ardeur au combat. Les quelques jours précédant son exécution, à la prison du Luxembourg, il plaisantait encore, déridait ses amis, félicitait le gardien… Bien sûr, il laissait Louise et les enfants. Mais il avait eu le temps de prendre toutes ses dispositions pour les mettre à l'abri et il savait que Louise s'occuperait bien des petits.

Cette tragédie me bouleversait mais je n'ai été véritablement atteinte qu'une semaine plus tard quand Sanson entra dans ma chambre pour me remettre un paquet grossièrement emballé, qu'il triturait, mal à l'aise.

C'était rare de voir le bourreau mal à l'aise. Il s'agissait pourtant d'une délicatesse de sa part et même d'une faveur rare.

– Tu connaissais bien Lucile Desmoulins, tu donneras ça à sa famille.

Sanson venait de la guillotiner. On l'avait arrêtée quelques jours après Camille sous prétexte qu'elle avait conspiré pour le faire évader. Elle avait confié le petit Horace, en larmes, à sa mère en les implorant de ne pas être tristes : elle allait rejoindre l'homme qu'elle aimait.

Comment dire mon effroi ?

Dans le paquet, les cheveux de Lucile.

XI.

Cahier outremer

Si j'écris ces Mémoires, c'est aussi pour témoigner sur mes chers disparus.

Je veux qu'on sache qui était Benjamin, si désespérément au service du peuple, si fragile, si entier et si généreux.

Je veux qu'on sache qu'en Vendée vécut un prêtre remarquable, le père Frédéric qui, à son échelle déjà, tâchait d'accomplir certains des idéaux que portera la Révolution, avant que cette guerre fratricide le jette dans le camp opposé.

Je veux qu'on sache qui étaient mes précieuses amies, la douce Lucile, la belle Adèle et quelques autres.

Je voudrais apporter ma modeste lueur sur les hommes immenses que j'ai eu la chance d'approcher par la coulisse avant qu'ils soient emportés dans les tourbillons contradictoires de l'Histoire.

Je veux qu'on sache l'humanité des Sanson, ces proscrits, et les qualités de cœur de Gabriel.

Et aussi, je veux que tu saches un jour, mon cher fils, tout l'amour que je portais à ton père.

45.

Quelques jours après la mort de Lucile, mon amie Adèle, qui faisait toujours commerce de ses charmes chez Mme de Sainte-Amaranthe, vint au café avec un client en vue : Robespierre le jeune, un habitué du *Cinquante*, comme Benjamin avant lui.

Ce jour-là, pour la première fois, j'entendis parler d'un jeune militaire particulièrement doué pour la stratégie, un certain Napoléon Bonaparte.

Augustin Robespierre l'avait découvert au siège de Toulon où ce Corse avait joué un rôle décisif dans la victoire sur les Anglais et obtenu, à l'âge de vingt-cinq ans, le grade de général de brigade. À peine plus âgé, Augustin était devenu son ami. Il regrettait que Bonaparte n'ait pas pu venir se distraire à Paris avec lui. Il était resté à Nice, où il avait pris des responsabilités dans l'armée d'Italie. Augustin ne tarissait pas d'éloges sur ce Corse qui se démarquait des autres Corses, comme ce scélérat de Paoli qui avait offert l'île de Beauté aux Anglais.

Tandis qu'Augustin parlait, j'essayais de me contenir. Mais je n'y parvins pas longtemps. Soudain, j'explosai :

– Ton frère et toi, vous êtes des monstres !… Vous avez tué Danton ! Vous avez tué Desmoulins ! Et même Lucile, vous l'avez envoyée à la guillotine ! Vous massacrez la Vendée ! Vous avez fusillé Benjamin !… J'ai cru en vous ! Vous avez incarné un idéal pour moi ! L'espoir d'un monde meilleur ! Et voilà le résultat ! Ne compte pas sur moi pour t'apporter ne serait-ce qu'un verre d'eau !

Le même jour, Fouché vint me trouver.

– Sais-tu où est Charlotte Robespierre ?

Décidément, après le frère, la sœur !

– Comment le saurais-je ?

– Tu la connais bien, dit-il, puisqu'elle fait partie du groupe de femmes que tu réunis ici !

– Qui t'en a informé ? fis-je, stupéfaite.

– C'est mon talent de tout savoir. J'ai besoin de lui parler. Donne-moi sa nouvelle adresse, c'est important.

Je n'aimais guère Fouché. Ni l'emprise qu'il exerçait sur Charlotte, son ancienne fiancée.

Il n'avait rien de remarquable physiquement. Mais son intelligence, sa vivacité, ce mélange de froideur et d'état d'alerte permanent exerçaient sur elle un charme puissant, il en faisait ce qu'il voulait. En son absence, elle m'en disait pis que pendre, mais dès qu'il était là, elle était subjuguée.

C'était bien la première fois que je voyais Fouché aux abois, cet homme au calme de saurien. Malgré mon antipathie à son égard, je lui donnai l'adresse de Charlotte.

Elle m'apprendrait plus tard que Fouché venait d'être rappelé de Lyon, où il était en mission, pour un entretien avec Robespierre. Cette subite convocation ne laissait rien présager de bon. Avec quelle arrière-pensée voulait-il que Charlotte l'accompagne ? Je l'ignore.

Toujours est-il qu'elle céda à ses volontés, le conduisit chez les Duplay et assista à leur échange.

Fouché tenta d'abord d'amadouer l'Incorruptible en donnant un tour amical à la conversation. Il lui rappela leur rencontre à Arras, avant la Révolution, où il était arrivé comme modeste enseignant... Ces soirées vivifiantes où il éprouvait tant de plaisir à entendre Maximilien parler politique !... Le brillant avocat qu'il était alors se montrait si désintéressé que Fouché avait dû lui prêter de l'argent pour monter à Versailles, quand il avait été élu député aux états généraux...

Robespierre, glacial, l'interrompit : ce n'était pas pour évoquer des vieux souvenirs qu'il l'avait convoqué mais en raison de son comportement inqualifiable. Savait-il comment on l'appelait ? Le mitrailleur de Lyon !

En effet, Fouché venait de procéder aux tristement célèbres canonnades de Lyon, avec son acolyte Collot d'Herbois. Les condamnés étaient attachés en longues grappes humaines avant d'être abattus au canon, placés au bord de fosses qu'ils avaient eux-mêmes creusées. On y poussait ensuite leurs dépouilles et on achevait les survivants à la baïonnette, quand ils n'étaient pas enterrés vivants.

Un stratagème d'extermination à grande échelle digne des noyades de Carrier. La période la plus meurtrière de la longue carrière de Fouché.

Cette cruauté est en contradiction absolue avec toutes les lois de la République ! s'indigna Robespierre. Car il y a une vertu républicaine mais Fouché n'en avait aucune notion ! Et ces violences inouïes faisaient le jeu de leurs ennemis !

Fouché essaya de plaider que Lyon était en insurrection. Devait-on la laisser devenir une deuxième Vendée ? Il n'avait fait qu'appliquer les ordres de la Convention. C'est elle qui avait décrété que Lyon devait être détruite et qui leur avait ordonné de mener une répression sanglante. Et s'ils utilisèrent le canon, c'est que les condamnés étaient trop nombreux pour la guillotine, ou même pour être fusillés car les soldats ne tenaient pas le coup. Et aussi parce qu'il fallait aller vite et économiser la poudre !

Robespierre lui reprocha alors de s'être également enrichi en détournant des fonds publics.

Fouché hurla que c'était faux.

Mais il y avait bien pire : Fouché avait ridiculisé la religion ! Un ancien prêtre comme lui ! Il avait organisé des profanations indignes ! Il avait habillé un âne avec une chasuble et une mitre d'évêque, il avait accroché à son cou une clochette, un missel et un calice, et l'avait fait promener à travers la ville en répandant de l'encens sur son passage !

Ce dernier reproche surprit Fouché par sa véhémence. Il s'agissait de peu de chose comparé au reste. Il tenta de se justifier :

– Je déchristianisais ! Il fallait bien combattre le fanatisme religieux !

– En y répondant par un fanatisme pire encore ? Et par des sacrilèges !

Fouché avait heurté un point très sensible. Robespierre combattait vigoureusement la déchristianisation. Il y avait toujours été opposé, d'ailleurs. Une société ne pouvait pas vivre sans aspirer à une dimension supérieure, selon lui. Le peuple avait besoin d'un culte. Un culte laïque au besoin. On ne ridiculisait pas ces choses-là ! Le peuple aspirait à un Être suprême !

Il le chassa.

En sortant, Fouché était livide, convaincu que son sort était scellé. Mais il ne fallait pas longtemps à un homme pareil pour se reprendre. Il remonta la rue Saint-Honoré avec Charlotte jusqu'au Palais-Égalité où il la quitta pour entrer dans le Louvre.

C'était là que se trouvaient les Comités, en particulier le Comité de salut public.

Qui Fouché était-il si pressé d'aller voir ?

Barère, j'en suis convaincue.

Barère est un étrange personnage qui traversa toute la Révolution à des positions clés mais dont on sait peu de chose. Il doit cette discrétion à Fouché, précisément, qui, plus tard, devenu ministre de l'Intérieur sous Napoléon, l'autorisera à accéder aux archives révolutionnaires et à faire disparaître les documents compromettants.

Il fut libre d'effacer son passé.

Barère était un jeune avocat méridional, plein de faconde, au contact sympathique, quand il fut élu député aux états généraux.

C'est lui qui fera durcir les mesures contre les émigrés.

C'est lui qui préside la Convention quand le roi est condamné à mort.

C'est lui qui fait voter le décret de destruction de la Vendée.

C'est lui qui fait voter la destruction de Lyon.

C'est lui qui promettra au père d'André Chénier, venu le supplier, que son fils sortira de prison dans les trois jours, sans préciser que ce sera en deux morceaux.

Au Comité de salut public, il est l'un des plus jeunes et se montre particulièrement énergique. Il dort sur place et contrôle la plupart des décisions. Les débats peuvent durer des nuits entières. Barère intervient peu. Mais au petit matin, quand tout le monde est épuisé, il est encore frais, il manifeste un excellent sens de la synthèse en résumant les points de vue de chacun et pousse le Comité à choisir la solution qu'il souhaite.

Les pires exactions révolutionnaires ont été commises avec son aval : Lebas à Arras, Carrier à Nantes, Collot et Fouché à Lyon…

Fouché avait donc de bonnes raisons de venir le trouver :

– J'ai suivi à la lettre tes instructions et je viens d'essuyer les foudres de Robespierre !

Cependant, même Barère n'y pouvait rien Robespierre était devenu trop puissant. Il dominait le Comité. Il avait les sections pour lui. Il avait la Convention pour lui. Et surtout, sa popularité était extraordinaire. Le peuple l'adorait ! À ses yeux, il incarnait la vertu !

Comment Fouché pouvait-il riposter ?

Sa force a toujours résidé dans les renseignements qu'il collectait grâce à son excellent réseau de mouchards.

Maximilien était inattaquable, mais pas son frère Augustin.

C'est sans doute ce jour-là qu'il sortit son petit carnet :

– J'ai appris que Robespierre le jeune fréquentait le *Cinquante*, un lieu où la vertu n'est pas la qualité dominante... Prostitution, jeu, c'est aussi un foyer de contre-révolutionnaires... Veux-tu les dates et heures où on l'y a vu ?

Maintenant que Joseph avait remis le jardin des Sanson en état et fini de construire la serre, il avait du temps à lui. Et il refusait, poliment mais fermement, toute autre tâche qu'on lui proposait. « À quoi bon être un homme libre si c'est pas pour faire ce qui me plaît ? » disait-il.

Joseph voulait poursuivre son instruction.

Ses aptitudes intellectuelles avaient été relevées tôt par le géreur de sa plantation. Enfant, les livres avaient pour lui l'attrait mystérieux du « papier qui parle ». Il avait appris à lire et à écrire en cachette avec un affranchi. Les maîtres n'encourageaient guère l'éducation des esclaves, fussent-ils de maison. Ni même l'éducation religieuse, d'ailleurs. En tout cas à Saint-Domingue, bien moins évangélisée que la Martinique ou la Guadeloupe.

Pourquoi préférer l'ignorance à l'éducation ? Elle favorisait le maintien dans la servitude, tel était son avantage aux yeux des planteurs. Les idées des Lumières avaient déjà fait assez de dégâts comme ça. Ce qu'il fallait aux esclaves, c'étaient des outils pour travailler la terre, pas des outils de réflexion !

Joseph savait lire mais d'une manière chaotique, un peu lente. Soucieux d'améliorer son instruction, il tenait à ce que chaque soir nous fassions de la lecture et une dictée avant de nous mettre au lit.

J'étais son institutrice avant d'être sa maîtresse.

Ses expressions m'enchantaient.

J'adorais quand il me disait « j'ai grand-goût ! » pour dire « j'ai faim ». Ou qu'il avait travaillé « à faire sortir le sang de la roche » pour dire qu'il avait sué sang et eau. Ou quand il appelait les êtres humains des « chrétiens vivants ». Et notre maison, notre « caille ». J'aimais tous les petits mots qui ponctuaient ses phrases : « si Dieu le veut ! » ou « à l'heu' qu'il est » ou « sans reproche » ! Et quand on passait un bon moment ensemble, j'étais ravie de « bambocher » avec lui ! Ce que j'aimais moins, c'était quand il m'appelait « ma commère », même si c'était un mot doux dans sa bouche. Je préférais qu'il m'appelle « femme vaillante » ou « mam'selle ».

Il me demandait de corriger ses expressions désuètes mais, n'ayant aucune envie d'affadir son langage, je ne me montrais guère zélée. Je riais des surnoms qu'il distribuait à tout-va. Landreau était Loup-Garou, Latuile était Tête Chou. Gabriel Sanson, Zoreilles (elles étaient décollées). Le père Benoît, l'Éternel. Le bourreau, Tonton Coup'coupe.

Je m'imprégnais de son vocabulaire autant qu'il s'imprégnait du mien. J'étais ravie d'être sa « petite caille » et qu'il devienne mon « chéri-doudou ».

Le grand désir de Joseph, c'était d'apprendre le droit. (Je me souviens que Sade avait cette même fascination pour le droit, c'était bien leur seul point commun.)

Le père Benoît avait des compétences juridiques. Il accepta de sortir de son placard pour lui donner des cours quotidiens.

Joseph était maintenant bien accepté par les Sanson. Mais, contrairement à moi, il tenait à leur cacher notre amour. Il avait la hantise qu'on nous traite de « couple bigarré ». C'était, je crois, un secret de polichinelle, mais les Sanson faisaient mine de ne rien savoir.

Cette nuit-là, je dormais profondément quand Joseph me réveilla. Il avait entendu des bruits dans la cour. Par la fenêtre, je vis le bourreau en chemise de nuit, une lanterne à la main, qui avait une vive explication avec un groupe de sans-culottes armés de baïonnettes. Parmi eux, Landreau. Sanson était indigné par cette intrusion au milieu de la nuit.

– Y a pas d'heure pour les visites domiciliaires, Sanson ! C'est la loi !… Allez, pousse-toi !

– On n'entre pas comme ça chez l'exécuteur !

– C'est pas après toi qu'on en veut ! C'est après la citoyenne Deschaumes ! Reste en dehors de ça !

J'eus à peine le temps de quitter la chambre de Joseph pour passer dans la mienne avant que les bonnets rouges fassent irruption, suivis par Sanson.

– T'as rapporté les cheveux de la femme Desmoulins à sa famille ! me lança Landreau. On t'a vue ! C'est la confirmation de ta traîtrise !… Y a longtemps qu'on t'a à l'œil ! Tes sympathies contre-révolutionnaires sont bien connues dans not'section !

Pendant qu'il me harcelait, les autres perquisitionnaient. L'un d'eux trouva une bourse dans mon armoire et la remit à Landreau.

– C'est une grosse somme pour une simple serveuse, citoyenne !

– J'en ai hérité de mon mari décédé ! Les femmes ont le droit d'hériter à présent, non ?

– C'est de l'argent de l'étranger ! Tu mens !

– Quelle preuve as-tu ? lui demanda Sanson.

– Je le sais ! répliqua Landreau qui soudain me dévisagea.

Il avait remarqué quelque chose d'anormal.

– Où dormais-tu ? Ton lit n'est pas défait !

Il ouvrit la porte mitoyenne et découvrit Joseph qui finissait de s'habiller.

– Serais-tu négrophile, citoyenne ? ricana-t-il. T'as pas mis longtemps à te consoler !

Je voulus lui donner une gifle. Sanson arrêta mon geste à temps.

– Et toi, as-tu un certificat de civisme ? lança-t-il à Joseph.

– Oui et j'en suis très fier, citoyen ! répondit-il en allant le chercher.

Landreau l'examina, surpris, et le garda.

– Confisqué pour vérification !... Tu nous suis, toi ! me dit-il.

C'est alors que Sanson contre-attaqua :

– Ah non ! Cette petite habite chez moi et j'en réponds ! D'ailleurs, vous avez pris son argent, qui me dit que vous n'êtes pas des voleurs ? Veux-tu que je parle de ton cas à Fouquier-Tinville ?...

Il les regardait tour à tour dans les yeux.

– Lequel d'entre vous aurai-je le plaisir d'expédier le premier ?

Il effleurait le cou de l'un, tirait la chevelure d'un autre.

– Connais-tu la cravate à Sanson ? Veux-tu aller voir à quoi ressemble le fond de mon panier ?...

L'ardeur des sans-culottes retomba.

– Tu perds rien pour attendre ! me lança Landreau.

Il voulut sortir mais le bourreau faisait obstacle devant la porte. Ils se toisèrent un instant encore.

Le sectionnaire en chef se décida à reposer la bourse. Alors seulement, la voie se libéra.

Il n'avait pas pu me coincer ce soir-là. Mais je savais qu'il ne renoncerait pas. C'était un obstiné, un méticuleux, un impitoyable. Il allait bientôt me dénoncer au Comité de salut public. Cette fois, même Sanson ne pourrait plus rien pour moi.

46.

Au début de la Révolution, le bourreau ne parlait jamais d'exécutions quand il rentrait chez lui. C'était un principe. Comme dans certaines familles où l'on ne parle ni d'argent ni de politique à table.

Désormais, c'était l'inverse. Il lui était de plus en plus difficile de porter seul ce fardeau. Il nous rapportait les derniers moments des condamnés, leurs dernières phrases qu'il ne pouvait s'empêcher de ressasser.

Certaines me sont restées.

Le duc de Lauzun. Quand Sanson vint le chercher au guichet de la Conciergerie, il mangeait des huîtres dans la loge du gardien.

– C'est l'heure d'y aller, ci-devant duc de Lauzun !

– Allons, laisse-moi en manger une dernière douzaine avant de quitter ce bas monde, bourreau ! Et viens te joindre à moi ! T'as besoin de prendre des forces ! Tu fais une besogne difficile !

Sans lui laisser le temps de protester, Lauzun envoya le portier acheter une autre bourriche et du vin de champagne. Sanson, la coupe à la main, se retrouva à trinquer avec lui.

Un autre jour, c'est un homme ivre mort qui monta sur

l'échafaud. Il s'écroula sur la bascule et se mit à ronfler. Sanson eut la désagréable impression de le prendre en traître en le décapitant dans son sommeil.

Et ceux qui avaient la tête ailleurs ! Comment décapiter un homme qui a la tête ailleurs ? Là aussi, c'était presque déloyal : profiter d'un moment de distraction pour l'expédier. Comme ce jeune homme plongé dans la lecture d'un roman pendant le trajet en charrette. Arrivé à l'échafaud, il inséra un marque-page dans son livre et suivit docilement le bourreau qui l'envoya poursuivre sa rêverie dans l'au-delà.

Et Monseigneur Lamourette ! Au moment de prendre place, le prélat adressa un bon sourire à Charles-Henri et lui dit : « Allez, laisse-moi t'embrasser, bourreau. C'est l'humanité tout entière que j'embrasse en toi ! Si folle et si furieuse qu'elle devienne ! »

Sanson, désarçonné, se laissa faire.

Les exécutions se banalisaient. Les condamnés ne se comportaient plus comme des condamnés. Du coup, lui-même avait du mal à jouer son propre rôle. Déjà que ce n'était pas un rôle facile, bourreau, mais avec des partenaires pareils, ça devenait impossible !

Certains jours, c'étaient les condamnés qui le soutenaient. Comme l'ancien président du tribunal de Paris qu'il connaissait depuis longtemps. Un ancien collègue de travail, en somme. Presque un ami.

– Ah non, monsieur le président ! Pas vous ! Je ne pourrai jamais !

– Mais si, Sanson ! Il faut appliquer la loi ! Même si elle est injuste ! Fais ton travail !

Parfois, il avait si peu le moral qu'il se demandait s'il n'aurait pas préféré échanger sa place contre la leur !

Sanson ne supportait plus son public non plus.

Jour après jour, il retrouvait les mêmes visages, surtout des femmes, qui se bousculaient au premier rang. Les assoiffées de guillotine. Les fameuses tricoteuses qui arrivaient les premières avec leur tabouret et leur ouvrage pour assister à la messe rouge. Les mêmes qui avaient battu Théroigne de Méricourt ou appelé à l'insurrection contre les girondins en les accusant de jeter le pain du peuple à la Seine… Les idolâtres du bourreau ! Pour rien au monde elles n'auraient raté une représentation.

Il ne pouvait plus les voir, ces tricoteuses qui réclamaient leur sang quotidien.

Ce fanatisme nuira d'ailleurs à notre cause. On exploitera leurs débordements pour nous exclure, comme on avait instrumentalisé l'assassinat de Marat par Charlotte Corday.

Plus la Révolution avançait, plus nos libertés fondaient. Elles avaient culminé avec le divorce, depuis c'était la dégringolade ! Les tribunes de la Convention seront bientôt interdites aux femmes. Toute forme d'assemblée politique, aussi. Les gazettes, les clubs féminins, et jusqu'au moindre attroupement de plus de cinq femmes dans la rue, interdits !

Notre présence n'était plus souhaitée chez les sans-culottes non plus. Nous avions le droit de trimer, de nous occuper de nos foyers et de nous taire. Dire que sous l'Ancien Régime, des femmes avaient accédé à la régence du royaume… C'était devenu impensable dans la République !

De quoi les hommes avaient-ils peur ? De notre hystérie incontrôlable ? Peur que la violence féminine qui les avait servis contre les girondins ne se retourne contre eux ? Peur de ne plus être maîtres chez eux ? Je crois surtout qu'ils nous connaissaient mal et redoutaient de partager le peu de pouvoir qui leur restait.

Je continuais de réunir mes amies au café, du moins les rescapées.

Nous n'étions plus que quatre dans mon petit cercle : Adèle, les deux Charlotte (Robespierre et David) et moi.

J'appris par elles que Louise Danton était parvenue à Arcis avec les enfants, où ils étaient en sécurité. Je m'en voulais terriblement de ne pas avoir obligé Lucile à fuir, elle aussi. Ou au moins à se cacher à Paris.

– Elle ne t'aurait pas écoutée ! remarqua Adèle.

Sans doute, mais cela ne me consolait guère.

J'annonçai à Charlotte David que j'allais revoir son mari :

– Toujours pas de message ?

– Sûrement pas ! Il signe des arrêts de mort à tour de bras.

– Pourtant tu l'aimes encore !

– Peu importe ! Je ne veux plus le voir ! dit-elle, tout de même ébranlée.

David m'avait sollicitée pour une importante fête républicaine. « J'aurai besoin de mes meilleurs modèles… Toi la première ! » Il ne m'en avait pas dit davantage. Et je m'étais laissée convaincre. David avait toujours été gentil avec moi.

C'est ainsi que je me suis retrouvée dans son atelier, à faire des essayages, la poitrine à l'air, dans un drapé. (M'avait-il recrutée pour avoir des nouvelles de sa femme ou pour mes seins qui lui plaisaient bien, à l'époque ?) Le spectacle était ailleurs. Ce matin-là, Robespierre était présent. Le maître lui exposait le déroulement des festivités en animant des figurines sur une immense maquette. L'Incorruptible portait l'habit bleu céleste à revers rouges, ceint d'une écharpe tricolore, qu'il venait d'essayer et qu'il allait porter pour cette cérémonie. J'appris alors qu'elle s'appellerait la fête de l'Être suprême.

– Tu marches en tête du cortège, une gerbe de blé à la main. Toute l'Assemblée nationale te suit…

Robespierre semblait grisé à l'évocation de ce triomphe annoncé, cette cérémonie grandiose qui devait marquer son apogée.

– Les musiques ? murmura-t-il.

– Des chants patriotiques ! Beaucoup de trompettes, de tambours ! Des coups de canon aussi !

– Combien de personnes attendues ?

– Trois cent mille au bas mot… Des fleurs et des cocardes dans toutes les rues de Paris ! En chemin, tu croises la statue de l'athéisme que tu réduis en cendres avec la torche de la Liberté… La statue vivante de la Sagesse sort des flammes !

– Elle ne va pas s'asphyxier ?

– N'aie aucune inquiétude !… Dans tout le cortège, des chars présentent des produits du terroir français… Sur le Champ-de-Mars, une montagne symbolique surmontée d'un arbre de la liberté. C'est là que tu prononces ton discours !

Tandis que je bavardais discrètement avec une couturière, amie de Sylva, Robespierre darda sur moi son regard de myope. Se souvenait-il de nos brèves rencontres au *Café français* ?… Non, ce n'était pas moi qu'il fixait mais un jeune éphèbe musclé, à côté, dans une toge romaine. Son regard s'attarda un long moment et soudain, il sortit.

L'Incorruptible avait paru satisfait des préparatifs. David, très soulagé, vint vers nous, d'humeur badine, ce qui était fort rare :

– Ah ! Rien de tel qu'une femme, jeune et belle, pour exalter le sentiment républicain ! dit-il en ajustant mon drapé. La femme éveille l'énergie virile, l'énergie militaire !

– C'est ça, ton idée de la femme ? Une créature dépoitraillée qui chante des hymnes révolutionnaires pour exciter les soldats ?

J'ôtai aussitôt mon costume, hors de moi. Je n'avais pas voulu nuire à David devant Robespierre mais à présent, j'explosais.

– Calme-toi, Manon ! me souffla-t-il.

– La Révolution nous a donné le titre de citoyennes sans nous en donner les droits ! Vous avez choisi une femme pour représenter la Liberté et l'Égalité, et dans le même temps, vous nous les refusez ! Ce sera sans moi !

J'attrapai mes affaires et sortis.

Jamais les rues de Paris ne furent aussi pavoisées de fleurs et de cocardes que pour la fête de l'Être suprême. On en avait tressé des guirlandes dans toutes les rues. La cérémonie partait des Tuileries pour aboutir au Champ-de-Mars. Il y avait une foule considérable. Bien entendu, je n'y assistai pas, malgré la demi-journée de congé exceptionnel que m'avait accordée civiquement Morel. Cela ne m'empêcha pas d'entendre des rumeurs hostiles et j'en fus frappée : il était devenu si rare que les langues se délient ! Depuis des mois, les Parisiennes et les Parisiens rasaient les murs, baissaient les yeux, évitaient de parler. Le moindre mot pouvait se retourner contre soi.

– J'irai pas à la fête de l'Être suprême ! osait dire une marchande.

– Moi non plus ! Aujourd'hui, un Robespierre a plus de pouvoir qu'un Louis Capet, je veux pas assister à son triomphe ! répondait une cliente.

– Jamais on n'a coupé autant de têtes ! Qu'a-t-on besoin de cette Terreur ?

– En Vendée, les colonnes de Turreau tuent et violent tout ce qu'elles trouvent ! C'est un massacre ! Ils ne laissent que des cendres derrière eux !

– Et tout ça pour quoi ? On n'est même plus menacés par l'étranger !

Mais dès qu'un petit groupe se mettait à parler, les gardes nationaux venaient nous disperser.

Il faisait un temps magnifique. Cependant, la fête ne se déroula pas du tout comme l'avait prévu David. La cérémonie fut interminable. Arrivé très en retard, Robespierre, en tête de la procession, marcha trop vite ou alors ce furent les députés qui ralentirent délibérément le pas. Il se retrouva soudain tout seul, coupé du cortège. Comme il le craignait, la pyrotechnie eut des ratés. La déesse de la Sagesse faillit bien être carbonisée. Son discours devant tant de monde, dans un espace immense, fut inaudible et beaucoup trop long. On bâillait. On se moquait. On protestait. On n'avait pas décapité un roi pour célébrer un tyran. Il y eut des ricanements, des sifflets…

Robespierre dut être profondément atteint.

Depuis longtemps, on n'osait plus le critiquer en public.

Il dut, mieux que personne, sentir le danger de ce revirement. C'était un sérieux signal d'alarme. Rentré chez les Duplay, il se retira dans sa chambre, seul avec son chien, paraît-il.

On espérait qu'à l'occasion de la fête de l'Être suprême, de nombreux condamnés seraient graciés. Ce fut le contraire qui se produisit : deux jours plus tard, les épouvantables lois de Prairial étaient promulguées.

On basculait dans la Grande Terreur.

47.

J'avais fait le serment de vivre au présent sans songer à l'avenir, tant que l'époque était aussi incertaine. Mais mon amour pour Joseph changeait la donne. Je me prenais à rêver à ce que nous ferions si nous survivions à la Terreur. Un soir, je ne pus m'empêcher de lui confier :

– Sais-tu ce que j'aimerais ?... Ouvrir mon propre restaurant ! Je connais le métier, à présent. Une partie de la clientèle me suivrait... Serais-tu d'accord pour tenir les cuisines ?

– Tu veux que je devienne ton esclave ? sourit-il.

– Je serais ravie que tu sois mon esclave !

Joseph ne voulait pas contrarier mon enthousiasme mais je compris qu'il avait autre chose en tête. S'il se donnait tant de mal pour améliorer son éducation, c'était qu'il avait le désir de retourner à Saint-Domingue et d'y jouer un rôle.

Il l'admit volontiers.

– Mais je t'emporte dans mes bagages ! dit-il avec un sourire désarmant.

Qu'aurais-je fait à Saint-Domingue ? Contribuer à instruire la population qui savait très peu lire ? Créer une nouvelle gazette pour éclairer l'opinion publique ?

À l'évidence, je n'y avais pas ma place. J'étais incapable d'y concevoir le moindre projet. Joseph le sentit. Nous évitâmes d'y revenir, d'autant que la question n'était pas d'actualité. À quoi bon se déchirer ? En cela la Terreur nous arrangeait. Nous préférions éviter de parler de l'avenir.

Le jardin de Joseph devenait somptueux. Il s'étendait sous nos fenêtres. Il croulait sous les fleurs. Les rangées de salades et de choux pommelaient le potager, sa serre prospérait…

Joseph s'en était occupé comme un capitaine à la tête de son navire, posant un voile sur les légumes pour les protéger du froid, attentif au moindre vent, à la moindre pluie, et à présent le résultat était là. J'avais l'impression que c'était une préfiguration de ce qu'il ferait sur son île où la terre est tellement fertile, avec tant de soleil et de rivières. De ce qu'elle deviendrait en ouvrant des canaux, en irriguant des champs, en distribuant aux paysans les parcelles de terre qu'ils souhaitaient pour acquérir une forme d'autarcie.

Le jardin du bourreau était somptueux mais partout ailleurs, c'était l'horreur. Avec les lois de Prairial, il suffisait à présent d'être suspect pour partir à la guillotine, sans autre forme de procès. Plus de défense, plus d'audition de témoins. L'acquittement ou la mort pour seul verdict !

L'activité de Sanson s'intensifia encore.

J'en eus la révélation macabre en croisant dans sa cour deux hommes qui descendaient une malle d'osier d'une voiture à cheval.

– Dis à Sanson qu'on lui rapporte le panier de Mme Tussaud !

La voiture repartit aussitôt.

J'appelai le bourreau :

– Charles-Henri, un panier pour vous !

J'allais monter dans ma chambre. Cependant, mue par la curiosité, je revins en arrière et j'ouvris le panier. Je poussai aussitôt un cri d'effroi : il débordait de têtes coupées. J'étais à bout de nerfs quand Sanson arriva :

– Ça vous suffit pas de les trancher ? Vous pouvez pas les laisser reposer en paix ?

– Te mets pas dans cet état ! Je les prête seulement pour une nuit.

– Ils en font quoi ?

– Des moulages. Des têtes en cire…

– Mais pourquoi ?

– Pour faire un musée de la Révolution, à ce qu'il paraît. La galerie des ennemis du peuple !

– Et ils vous payent ?

– Heureusement ! La Convention m'a toujours pas remboursé mes arriérés ! Faut bien que je trouve des sous ! J'ai même vendu les couteaux qu'ont tranché la tête à Louis XVI ! À vrai dire, je les ai vendus plusieurs fois, sourit-il. C'est pas les tordus qui manquent !

Le spectacle des exécutions commençait à susciter de violentes réactions de rejet. Même les tricoteuses se lassaient. Les riverains ne supportaient plus de voir passer le cortège quotidien des charrettes. Et les députés – depuis la salle du Manège qui donnait sur la rue Saint-Honoré – encore moins.

Sanson fut donc prié de déménager son échafaud.

Il l'installa place de la Bastille. Mais l'endroit, symbole de la libération du peuple, n'était guère propice.

Il dut émigrer à la barrière du Trône-Renversé, dans le faubourg Saint-Antoine, où les femmes modestes se montrèrent beaucoup plus sensibles à la détresse des condamnés que les dames de la rue Saint-Honoré. D'ailleurs, la population du quartier, le premier à s'être soulevé en 1789, ne comprenait pas qu'on la récompense ainsi de sa fidélité révolutionnaire : en transformant le faubourg en abattoir et en fosse commune de la Révolution. À cela s'ajoutaient les difficultés pratiques : sous les pavés, la glaise n'absorbait pas le sang, il stagnait, pourrissait, dégageait des odeurs épouvantables. Il attirait la vermine. Sanson fit poser des grilles pour empêcher les hordes de chiens affamés de venir laper le sang mais, du coup, on ne pouvait plus nettoyer.

Joseph lui suggéra de brûler des herbes aromatiques. On fit remonter du Midi de la France de fortes quantités de thym, de genièvre, de sauge que l'on brûla à grandes brassées pour des résultats décevants. Et puis, c'était l'été et il fut torride. Les essaims de mouches pullulaient. En six semaines, Sanson expédia mille trois cents citoyens, soit une bonne trentaine d'exécutions par jour. Les cimetières débordaient. On dut creuser un nouveau charnier à Picpus…

C'est ainsi que, fortuitement, Sanson retrouva la trace du citoyen Sade, l'ancien secrétaire de ma section de sans-culottes. Je savais sa réputation sulfureuse mais il m'avait sans doute sauvé la vie par ses précieux conseils. J'avais appris qu'il avait été arrêté et conduit à la prison des Carmes. Ensuite, je perdais sa trace. Avait-il été exécuté ? Sanson ne se souvenait pas de l'avoir guillotiné, sans en être absolument sûr.

Au début de l'été, il m'annonça que le ci-devant marquis était toujours de ce monde et qu'il était interné dans une maison de santé à Picpus. Je résolus de lui rendre visite dès le lendemain.

La pension Coignard était une belle maison avec jardin qui avait appartenu autrefois à Ninon de Lenclos. Pour l'anecdote, c'était là que Saint-Just, âgé d'à peine dix-neuf ans, avait été interné quand il avait volé les bijoux et l'argenterie familiale.

Depuis la Terreur, c'était devenu une maison de santé où les riches suspects se faisaient transférer sous un prétexte médical, dans l'espoir d'échapper à l'échafaud. On y payait une fortune pour une simple mansarde. S'y ajoutaient des frais exorbitants pour la nourriture, le blanchissage, le chauffage. Et mieux valait être à jour de son règlement si on ne voulait pas se retrouver à la Conciergerie. Mais à ce prix, beaucoup sauvaient leur peau grâce aux relations que Coignard entretenait avec des intermédiaires corrompus avec qui il partageait les bénéfices.

C'était la plus douce des prisons qu'ait jamais connues Sade. Presque une résidence surveillée. Sa grande expérience de la captivité était un avantage. Il avait pour voisin de chambre un autre libertin, plus rigide, avec qui il n'avait d'ailleurs aucun échange, Choderlos de Laclos, l'auteur des *Liaisons dangereuses*.

La maison était bien tenue, la nourriture correcte. Sade recevait chaque jour la visite de sa maîtresse, Constance, une ancienne actrice avec qui il s'était mis en ménage, qui lui apportait des provisions. Bref, un endroit idéal pour se faire oublier, du moins jusqu'à ces derniers jours…

L'inquiétude commença à le saisir quand Sanson installa sa guillotine juste à côté. Elle vira à l'effroi, quelques jours plus tard, quand des terrassiers vinrent arracher les arbres fruitiers du jardin et creuser une grande fosse pour y enterrer les décapités…

En lui rendant visite, je fus saisie par la puanteur du charnier, mêlée aux effluves écœurants de genièvre et de thym que les fossoyeurs faisaient brûler en permanence, comme une tentative dérisoire pour accommoder une viande trop faisandée.

De sa fenêtre, on voyait une palissade à double porte battante, grande ouverte, derrière laquelle grouillait toute une agitation autour des fosses. On voyait passer les charretées de cadavres. On entendait les aides de Sanson qui récupéraient les vêtements pour les remettre à l'administration avant de jeter les corps raccourcis dans le charnier. Sanson avait la précaution de prélever lui-même les bijoux et les objets précieux avant l'exécution.

Sade, hébété, terrifié, lui qui ne supportait pas la vision de la guillotine, détournait les yeux en murmurant :

– Voilà où mène la vertu ! Voilà où mène la vertu !

Son asile inespéré avait viré au cauchemar depuis que la guillotine était à sa porte et la fosse commune dans son jardin. La Terreur le poursuivait jusque dans ses derniers retranchements. Face à lui, la préfiguration de ce qui l'attendait.

Pourquoi l'avait-on arrêté ? Il était suspect, bien sûr. N'avait-il pas été suspect toute sa vie ? Condamné sous tous les régimes pour le libertinage de ses mœurs et de ses écrits. On lui reprochait surtout son athéisme en contradiction absolue avec l'Être suprême, cet athéisme fanatique qui était pour lui la source de toutes les libertés.

– Voilà où mène la Vertu ! s'obstinait-il à murmurer.

Et je ne pouvais m'empêcher de penser à Robespierre, mon idole déchue, le grand vertueux qui avait aujourd'hui tant de sang sur les mains. Tandis que Sade, le débauché, lorsqu'il fut élu président de la section des Piques, sauva de l'échafaud ses beaux-parents, ceux-là mêmes qui l'avaient envoyé croupir treize ans en prison.

Je partis en promettant à Donatien que je reviendrais bientôt. Mais quand je revins, les visites à la pension Coignard étaient interdites.

À quelques jours de là, notre petit cercle féminin fut de nouveau tragiquement frappé. Il y eut une rafle chez Mme de Sainte-Amaranthe et mon amie Adèle fut emportée. Un groupe de sans-culottes avait fait effraction au *Cinquante*, dans la célèbre maison de galanterie qui passait pour un nid de contre-révolutionnaires. On avait arrêté tout le monde. Depuis le *Café français*, je vis, impuissante, un groupe de jeunes gens et de jeunes femmes traverser le Palais-Égalité, encadrés par une escouade de gardes et de sans-culottes, parmi lesquels Landreau. C'est à peine si je pus échanger un signe de la main avec la malheureuse Adèle, prise dans la nasse.

Adèle, après Lucile…

Par les bons soins de Fouquier-Tinville, ils furent amalgamés à d'autres présumés comploteurs pour donner forme à une prétendue conspiration de l'étranger visant à assassiner Robespierre.

On adjoignit même au groupe la petite Cécile Renaud, une ingénue de dix-neuf ans à l'allure enfantine, qui avait eu le malheur d'être surprise, un petit couteau dans la poche, à proximité du domicile de l'Incorruptible.

J'appris plus tard que j'étais censée, moi aussi, faire partie du voyage. Landreau, furieux de n'avoir pu m'arrêter chez Sanson, avait établi un dossier sur moi qu'il avait remis à Barère. Vendéenne donc royaliste, amie de Lucile Desmoulins donc traîtresse, complice d'émigrés et détentrice de fonds secrets donc corrompue… Mon procès était instruit par avance !

Ma chance, ce fut que mon dossier d'accusation devait être visé par le Comité de sûreté générale. C'est ainsi qu'il tomba entre les mains de David qui le fit disparaître, comme il me le révéla par la suite.

Cette exécution, d'une ampleur exceptionnelle, fut un choc pour le bourreau lui-même. Cinquante-quatre personnes !

Au guichet de la Conciergerie, il fit part de sa stupéfaction à Fouquier-Tinville. Il n'avait jamais exécuté un groupe aussi nombreux. Et l'exécuteur public voulait lui imposer en outre de leur faire revêtir la chemise rouge des parricides.

– Mais pourquoi ? s'étonnait le bourreau. Pourquoi ?

– Parce qu'ils ont voulu tuer Robespierre, le père de la Nation !

Le bourreau fit valoir qu'aucun condamné n'avait endossé de chemise rouge depuis Charlotte Corday qui, elle, ne s'était pas arrêtée aux intentions. Elle avait bel et bien assassiné Marat ! Fouquier fut inflexible, alors Sanson tenta de ruser :

– C'est que je les ai pas, les cinquante-quatre chemises !

– Fabrique-les !

– Et pour transporter tout ce monde, faut au moins neuf charrettes, je les ai pas non plus !

– Trouve-les ! Et sinon, fais plusieurs voyages !

Le lendemain, les habitants du faubourg Saint-Antoine virent passer l'un des pires convois de la Terreur. Cinquante-quatre condamnés, tous plus jeunes et plus beaux les uns que les autres, tous revêtus abusivement de la chemise rouge des parricides. Cette fois, c'en était trop. Ce spectacle souleva une immense indignation.

– C'est un carnage !

– La chemise rouge ! Mais il se prend pour qui, l'Incorruptible ?

– Tant de victimes pour un seul homme ! On n'y croit pas, à ce complot !

– Tout ce qui ressemble à la jeunesse, à l'amour, au désir lui fait-il si peur ?

– Combien va-t-il en massacrer encore, l'Être suprême ? Le grand Vertueux !

– Paraît que Robespierre le jeune la fréquentait, cette maison !

– Et même l'Incorruptible en personne ! On dit qu'il allait voir des catins ! Et maintenant, il les envoie à la mort !

– Celle-là, on dirait une enfant ! Ils n'ont pas le droit ! Pas une enfant !

D'après Sanson qui en resta marqué, la toute jeune Cécile Renaud, la plus jeune condamnée qu'il ait jamais exécutée, ne comprenait même pas ce qui lui arrivait. Sur la charrette, elle avait arrangé du mieux qu'elle pouvait ses cheveux coupés sous sa coiffe et, montrant cette dernière coquetterie au bourreau, elle lui demanda innocemment :

– Citoyen, suis-je bien ainsi ?

Sanson détourna la tête. Il expédia si vite le travail – cinquante-quatre exécutions en vingt-quatre minutes ! – que Barère demanda qu'on lui verse une prime.

Après cette performance, papa Sanson sombra dans un état de profonde stupeur. Il se déplaçait au ralenti, le regard ailleurs, comme un automate dans un cabinet de curiosités.

Parfois, il s'asseyait avec son violon devant son appentis et restait là, prostré pendant des heures, sans jouer une note.

Il voulait tout arrêter pour se retirer à Brie-Comte-Robert, dans sa campagne. Mais c'était impossible sans successeur, surtout en ce moment. Gabriel n'avait donné aucun signe de vie depuis son départ pour l'armée. De toute façon, il n'avait jamais voulu prendre la succession.

Maman Sanson était très inquiète pour son mari. Il se mettait à avoir des marottes. Le soir, devant son assiette de soupe à laquelle il ne touchait pas, il lui arrivait de frotter longuement la nappe.

– Mais enfin, Charles-Henri, que fais-tu ?

– J'ôte les taches de sang…, disait-il, le regard fixe.

Sur la nappe, il n'y avait aucune tache.

48.

Avant, Joseph me vantait souvent les charmes de Saint-Domingue : la fraîcheur de ses montagnes, ses sources, ses forêts, la douceur de son climat, ses plages de sable fin... Libérée du joug de l'esclavage, la perle des Antilles avait tout pour devenir un paradis terrestre. À quoi ressemblait-elle à présent ? Les colons avaient-ils accepté l'abolition ? Y aurait-il de nouveaux bains de sang ? Comment la vie allait-elle s'organiser pour ces milliers d'anciens esclaves ?

Joseph évitait d'en parler mais quand je le voyais perdu dans ses rêveries, je savais qu'il ne pensait qu'à cela. Il ne voulait pas me chagriner en abordant un sujet qui allait nous séparer.

Un soir, alors que j'étais au lit et lui encore à sa table à lire un ouvrage de droit, il me dit :

– Je suis d'accord pour ton restaurant, Manon. Je ne vais pas t'abandonner... D'ailleurs, personne ne m'attend à Saint-Domingue !

Je fus touchée mais je devinais que c'était un crève-cœur, je me suis levée et je l'ai pris dans mes bras.

– Moi aussi j'y ai repensé, Joseph... Ta place est là-bas. Ils ont besoin de toi. Tout est à construire depuis l'abolition... C'est si fragile !

– Et nous ?

– On ne peut pas s'aimer en reniant nos idées. Ce serait égoïste de vouloir te retenir.

– Je t'aime, Manon ! fit-il, visiblement touché.

– Moi aussi, je t'aime. Mais tu dois retourner là-bas avant…

Était-ce héroïque ou idiot de ma part ? Je n'en sais rien mais je ne voulais pas qu'il reste avec moi par renoncement.

Dès cet instant, Joseph n'eut qu'une hâte : s'embarquer pour Saint-Domingue au plus vite. Mais pour cela, il devait récupérer son certificat de civisme. Sans m'en avertir, car il se doutait bien que je désapprouverais sa démarche, Joseph se rendit à la section des sans-culottes, lui qui ne sortait jamais. Il ne pouvait ignorer le danger qu'il courait. Il en savait assez sur la noirceur humaine pour se méfier. Gardait-il cependant une part de naïveté ? Peut-être. Et j'aimais cela en lui. Même dans un milieu où tous les coups bas étaient permis, il conservait une forme d'idéal. Dans le fond, il avait une vision optimiste de la nature humaine. Il ne pouvait pas croire qu'un républicain comme Landreau puisse être un réel adversaire après un événement aussi considérable que l'abolition de l'esclavage. Quel intérêt y aurait-il trouvé, lui qui n'était pas planteur ?

Landreau dut être surpris et sans doute amusé de le voir se jeter ainsi dans la gueule du loup. Il lui demanda s'il était seul et affirma que son certificat était un faux. Joseph fut cueilli :

– C'est impossible ! Il m'a été remis à l'Hôtel de Ville par les représentants de la Commune.

– Arrêtez-le !

C'était absurde ! N'était-il pas un sans-culotte lui-même ? Ancien esclave, un sans-culotte des îles n'était-il pas bien plus sans-culotte encore que Landreau ? Joseph se débattit comme un beau diable. Il dut assommer quelques agresseurs mais ils finirent par le maîtriser au bénéfice du nombre et l'expédièrent à la Conciergerie. Le sectionnaire qui n'avait jamais réussi à me coincer finit donc par m'atteindre par le biais de Joseph.

J'appris son arrestation par le petit Laflêche qui fréquentait encore les sans-culottes. Je me précipitai aussitôt chez le bourreau :

– Joseph est à la Conciergerie ! Il faut le sortir de là !

– Que veux-tu que je fasse ? répondit-il, accablé.

– Tu vois Fouquier-Tinville tous les jours ! Parle-lui !

– Fouquier n'y peut rien non plus ! Je ne suis qu'un pion et lui aussi ! Des petits fonctionnaires de la mort, Manon ! On fait ce qu'on nous commande !

– Je croyais que Joseph était ton ami ! Demain tu devras le décapiter si tu ne fais rien !

Sanson hochait la tête en signe d'impuissance résignée.

– Et si c'était moi ? lui demandai-je rageusement. Tu ne m'aiderais pas ? Tu ne m'oublierais pas au moment de monter dans ta charrette ?

– Je pourrais lui faire gagner vingt-quatre heures, au mieux !

– Eh bien, fais-le ! Je t'en conjure !

Je me rabattis sur David. Je courus à son atelier, espérant de tout mon cœur qu'il y fût retenu par la préparation de quelque nouvelle cérémonie pour pouvoir lui parler en confidence, mais il n'y était pas. Je poursuivis alors ma course vers le Louvre où je frappai à la porte du Comité de sûreté générale. Rien ne m'aurait arrêtée. Mais David n'y était pas non plus. Personne ne l'avait vu. Il s'était soudain évaporé.

Ne restait que Charlotte Robespierre.

Je la trouvai chez elle, rue Saint-Fiacre, folle d'inquiétude pour Maximilien. Son frère avait basculé psychiquement depuis la mort de Danton et surtout de Camille. Cela s'était aggravé avec l'échec de la fête de l'Être suprême. Et maintenant, au moment où il était essentiel de manœuvrer, il faisait le mort. Il avait disparu pendant trois semaines, signe qu'il allait très mal selon elle. Ses ennemis en avaient profité pour pousser la population à bout en multipliant les exécutions. Ils voulaient provoquer sa chute en lui faisant porter la responsabilité de ce carnage. Mais Robespierre était revenu et il allait anéantir ses ennemis, selon Charlotte : demain, il devait prononcer un discours décisif devant la Convention.

Dès qu'il aurait repris la situation en main, elle lui demanderait de faire libérer Joseph. J'insistai. Demain, il serait trop tard. Beaucoup de suspects étaient exécutés le jour même. Il n'y avait pas un instant à perdre… Peine perdue !

La suite est connue.

Alors que la Convention bruissait du retour de l'Incorruptible, ceux qui avaient le plus à craindre pour leur survie s'activaient dans l'ombre, Fouché en tête. Il répandait un vent de panique dans les couloirs de l'Assemblée, murmurant à l'oreille de nombreux députés qu'ils étaient sur la prochaine liste de Robespierre. C'était le moment ou jamais d'exploiter tous les renseignements accumulés sur chacun d'eux et de toucher leurs points faibles.

– Tu entretiens une correspondance avec l'étranger, il le sait !

L'élu devenait blême d'inquiétude. Et à un autre :

– Ta maîtresse est une ancienne ci-devant, il est au courant !

Il n'en fallait pas plus pour qu'il sente « une légère fraîcheur dans le cou » annoncer sa dernière heure. Et à un troisième :

– Tu as acheté des biens nationaux en escroquant la Révolution !

– Mais c'est un odieux mensonge !

– Robespierre prétend le contraire, tu t'en expliqueras devant le Tribunal révolutionnaire !

Qui n'avait rien à se reprocher, dès lors qu'on poussait la vertu aussi loin ? Le seul qui était sûr d'être sur la prochaine liste, c'était Fouché lui-même. Leur contentieux s'était aggravé. Un mois plus tôt, Robespierre avait fait exclure des Jacobins Fouché qui, contre toute attente, était parvenu à se faire élire président. Robespierre savait qu'il avait affaire à un acharné. Fouché continuait, il inquiétait Barras :

– Tu as nettoyé Toulon comme j'ai nettoyé Lyon. Après tout le mal qu'on s'est donné, l'Incorruptible veut nous envoyer sur l'échafaud !

Et Barras, à son tour, propageait la rumeur pour sauver sa peau. La panique était à son comble quand Robespierre arriva, son discours à la main. Cela se joua en quelques instants. Il ne fallait pas le laisser parler. Il avait trop souvent retourné les députés par son talent oratoire. On le laissa à peine prendre la parole.

– Citoyens, je suis venu dénoncer un abominable complot...

Il fut aussitôt interrompu par une rumeur hostile :

– Encore ?

– Qui ça ?

– Pas de discours ! Des noms ! Pas d'insinuations !

– Eh bien, nous t'écoutons, Robespierre, des noms..., insista le président.

Il y eut un bref silence. Robespierre, fragilisé, manqua de présence d'esprit, il fut incapable de donner des noms. Les huées redoublèrent.

– Ça suffit, les menaces !

– À bas le tyran !

– À l'Abbaye !

– Arrêtez-le !

Il fut arrêté ainsi que Saint-Just et leurs amis.

Augustin n'était pas dans le lot. Mais il protesta qu'il voulait partager le sort de son frère. Alors, on l'arrêta aussi.

Fouché et ses amis avaient gagné.

Deux jours plus tard, les émissaires de Mme Tussaud vinrent chercher leur moisson de têtes chez le bourreau en se réjouissant par avance de cette récolte exceptionnelle : Saint-Just, Couthon, Augustin et surtout Maximilien Robespierre, certes défiguré par la balle tirée à bout portant par le gendarme Merda – le bien nommé – qui avait raté son coup, mais ils allaient arranger ça…

Ils n'en eurent pas l'occasion. Sanson, à bout de nerfs, les chassa en explosant de colère :

– C'est fini ! Plus de têtes ! Plus de panier ! Je ne veux plus vous voir ! C'est fini ! Fini !

49.

Il y a maintenant plus de trente ans que la Révolution est terminée. Je suis repassée, l'autre jour, faubourg Poissonnière, là où habitait le bourreau. J'ai poussé la porte cochère. Le jardin est à l'abandon. On va y construire de nouvelles habitations, on parle même d'un embarcadère non loin pour le futur chemin de fer.

Sanson a quitté cette maison, un an après la fin de la Terreur. Il a fini par se retirer dans sa campagne, à Brie-Comte-Robert. Gabriel était rentré du front et s'était résolu à prendre sa succession. Avec les guerres napoléoniennes qui allaient faire cinq millions de morts, le métier de bourreau deviendrait, en fin de compte, moins meurtrier que celui de soldat.

Une ou deux fois, j'ai rendu visite aux Sanson. Charles-Henri s'était remis à fabriquer des onguents et des potions qu'il vendait aux paysans du voisinage. Il était lui-même une réclame vivante pour ses préparations contre les rhumatismes, quand on voyait ses gros doigts courir encore sur son violon, comme ceux de Marie-Anne sur son épinette. Ils s'étaient remis à la musique de chambre.

Dans les semaines qui suivirent la mort de Robespierre, Paris changea de physionomie. Des voitures élégantes, des carrosses ressortirent des hôtels où ils étaient cachés, ce fut une floraison de toilettes extravagantes et de frivolités, il y avait une formidable fringale de divertissement et de légèreté.

C'était un bon moment pour ouvrir mon propre restaurant.

Dans les bouleversements post-thermidoriens, j'ai trouvé une belle occasion, non loin du Palais-Royal, et je me suis lancée à l'enseigne du *Petit Républicain.*

La clientèle a suivi. Des anciens du *Café français*, des révolutionnaires reconvertis dans les affaires, des émigrés de retour, des jeunes gens tirant le diable par la queue et dont je ne regardais pas les ardoises de trop près… Parmi eux, un officier d'artillerie de vingt-six ans, alors exclu de l'armée, sans solde en raison de ses amitiés robespierristes, mais qui ne tarderait pas à se remettre en selle et à pouvoir me rembourser ses dettes : Napoléon Bonaparte.

C'est chez moi qu'il croisa pour la première fois David. Dans une pose digne de ses héros romains, le peintre avait juré qu'il « boirait la ciguë » avec Robespierre. Mais à l'heure du sacrifice, il préféra se cacher, échappant de justesse à l'échafaud. Il fit six mois de prison, en profita pour se réconcilier avec Charlotte, qui le soutint dans l'adversité, et la réépousa l'année suivante. Quelques pirouettes plus tard, David mit son talent au service du futur Empereur, sur qui il reporta toute son admiration politique, comme un autre de mes clients : Joseph Fouché. Le futur ministre de la police venait déjeuner chez moi quand il osait descendre du grenier tout proche, rue Saint-Honoré, où il se faisait oublier en attendant des jours meilleurs.

Après la chute de Robespierre, les prisons changèrent d'occupants. Fouquier-Tinville fut arrêté et guillotiné. Mme Duplay, incarcérée à Sainte-Pélagie, fut pendue le soir même à la tringle de ses rideaux par des femmes, parvenues à s'introduire dans sa cellule. Charlotte Robespierre, trouvée évanouie devant la Conciergerie où ses frères étaient enfermés, fut incarcérée elle aussi mais on la libéra au bout de quelques jours. Sade aussi fut libéré mais pour peu de temps, selon son habitude.

Pour les prisonniers de la Terreur, les portes se rouvrirent.

C'est ainsi que Joseph fut sauvé in extremis.

« Mon amour, je n'ai pas cessé de penser à toi pendant ces quelques jours où j'ai cru que j'allais mourir. J'ai pensé à mes frères de couleur aussi et à mes devoirs envers eux. La liberté a ses exigences, comme tu as été la première à me le dire. Pardonne-moi de partir sans te revoir, Manon. Je m'y résous, la mort dans l'âme, car sinon jamais je n'aurai le courage de le faire. J'espère te retrouver très vite, mon amour. Je l'espère comme je t'aime, de tout mon cœur. Joseph. »

Ton père est donc reparti pour Saint-Domingue, ardent à défendre les siens et établir leurs droits. Nous nous écrivions souvent, malgré les naufrages, cyclones et autres aléas de la poste maritime. Quand il voulut rentrer définitivement en France, il en fut empêché par le rétablissement de l'esclavage sous Napoléon. Les colons tenaient leur revanche. Ils avaient noyauté l'entourage de l'Empereur pour servir leurs intérêts. Mais cette revanche fut de courte durée et elle eut des conséquences coloniales si désastreuses que l'Empereur lui-même regretta cette décision. Ton père combattit très activement contre les troupes napoléoniennes pour la liberté de Saint-Domingue et il vainquit. La République indépendante d'Haïti fut proclamée en 1804. La première république conquise par des esclaves contre une grande puissance. Le vent de la Révolution avait soufflé jusque dans la Caraïbe où le destin chaotique de cette île rebelle accapara Joseph.

Quelques mois après son départ, tu es né, mon bel enfant. J'étais si fière de toi !

Je n'avais jamais voulu dissimuler mon amour pour ton père et j'étais heureuse d'avoir un fils qui lui ressemble. Comme ce jeune Alexandre Dumas qui commence à tant faire parler de lui. Un enfant métis est, à mes yeux, la plus belle incarnation de l'amour humain.

Peu avant ta naissance, j'ai quitté la maison du bourreau où j'avais passé les années les plus intenses de ma jeunesse.

Ainsi s'ouvrait une nouvelle page dans ma vie de femme, de mère, mais aussi pour toujours de fille de la Révolution.

Notes historiques

Pourquoi écrire un roman sur la Révolution aujourd'hui ?

Cette période m'attirait pour son caractère éminemment romanesque, une fois dépassé l'imagerie patriotique. Les principaux acteurs sont jeunes. Pas de temps à perdre pour lutter et s'aimer. La vie quotidienne est sans cesse bouleversée. Les élans les plus généreux côtoient les pires opportunismes. Les enjeux humains grouillent derrière le paravent des grandes idées…

Mais très vite je me suis aperçu que l'aspect actuel de la Révolution m'intéressait tout autant. C'est le moment où les piliers de la République se mettent en place. Or ces valeurs fondatrices sur lesquelles notre société a largement reposé pendant plus de deux siècles sont particulièrement remises en question aujourd'hui. Parce que nous vivons une autre révolution en basculant dans un monde plus globalisé.

Ce roman est donc devenu, chemin faisant, l'occasion d'explorer d'où viennent les particularités constitutives de notre identité ou, disons, de notre mythologie nationale. Notre attachement à la laïcité qui fait que le port du voile est un objet de débat si vif ici alors qu'il ne l'est pas chez nos voisins… Une certaine idée des rapports sociaux au pays des tombeurs de la Bastille… Notre attachement à préserver une forme d'égalité républicaine face à la santé, à l'éducation… Notre sensibilité à la culture (dissociée de tout autre commerce – notre fameuse exception culturelle), à la liberté d'expression, de caricature même, liées bien sûr au rôle essentiel qu'ont joué l'opinion publique, la liberté de la presse, les écrits des philosophes des Lumières dans la

Révolution… Une ambition universaliste aussi, qui peut ressembler à de l'arrogance, vu de l'étranger, parce que les droits de l'homme et du citoyen ont été proclamés en France au nom des peuples du monde entier.

Parmi les échecs de la Révolution, figure en bonne place la redistribution très inégale des droits entre les hommes et les femmes qui, comme on le sait, n'est toujours pas réglée. C'est pourquoi un point de vue féminin s'est imposé pour raconter cette histoire, avec Manon comme narratrice.

Le lecteur attentif aura relevé quelques anachronismes, des mots peu en usage du temps de l'héroïne, comme « anticlérical » pour lequel il est difficile de trouver un équivalent, des formules dont on n'a pas voulu se priver, comme le non-cumul des mandats pour lequel les révolutionnaires avaient bien de l'avance sur nous…

N'est-ce pas là, au niveau de la langue, que la mise en perspective du passé et de l'époque actuelle achoppe ?

Il y a une explication simple à ces libertés de langage : c'est moi qui ai remanié le manuscrit de Manon, après l'avoir découvert aux Archives nationales où il dormait depuis près de deux siècles. Il n'avait jamais été publié. Je me suis permis d'y apporter de légères retouches pour le rendre plus lisible, en le resserrant ici ou là, et en m'efforçant de ne pas trahir sa personnalité.

Alors, ces cahiers existent-ils vraiment ? Peut-on les consulter ?

Non, bien sûr, nous sommes dans une pure fiction… Mais cela change-t-il quelque chose ? Cette histoire contient-elle moins de vérité parce qu'elle est inventée ? Un roman est-il forcément moins vrai qu'un livre d'histoire ? N'est-ce pas un genre plus propice pour essayer de deviner ce qu'ont vécu des protagonistes dans leur chair ou leur esprit ?

La principale différence avec un document réel, c'est que l'auteur n'aurait jamais pu écrire le présent roman sans une ample documentation. Il est donc largement redevable aux ouvrages qui suivent et auxquels il tient à rendre hommage.

OUVRAGES GÉNÉRAUX

On distingue schématiquement trois approches successives dans l'histoire de la Révolution :

– Les fondateurs, ceux qui ont eu accès à des sources parfois disparues depuis (Michelet, Tocqueville...). Ce sont souvent de grands prosateurs.

– Une approche plus idéologique, très active jusqu'à la chute du Mur, l'année du Bicentenaire de 1789 (Jaurès, Mathiez, Soboul, Furet...).

– Une approche plus indirecte et très fructueuse qui s'accentue depuis une vingtaine d'années, à travers une vision plus internationale de la Révolution, l'histoire des sensibilités, les biographies de personnages secondaires, des recherches concernant les minorités...

Dans cette immensité bibliographique, voici les principaux livres qui nous ont servi de points de repères :

MICHELET Jules, *Histoire de la Révolution française* (éd. par G. Welter, Gallimard, « Bibliothèque de la Pléiade », 2 vol.). C'est merveilleux de s'immerger dans Michelet. Écrite sur une période de dix ans, on peut suivre comme ses opinions évoluent à mesure qu'il découvre de nouvelles sources. Il a été en contact avec des témoins directs (à commencer par son père), il a visité beaucoup de lieux de la Révolution avant qu'ils soient détruits (salle du Manège...). Et il s'enflamme dans une langue magnifique tout en restant rigoureux.

TOCQUEVILLE Alexis de, *L'Ancien Régime et la Révolution*, Gallimard, 1967. Référence incontournable sur les origines de la Révolution. Un modèle de concision.

JAURÈS Jean, *Histoire socialiste de la Révolution française*, Éditions sociales, 1969. Six tomes volumineux mais leur découpage les rend faciles à consulter sur des thèmes précis. Un regard évidemment politique, et même un regard de stratège politique. Très souvent, il livre le compte-rendu des séances de l'Assemblée avant de développer ses commentaires. Comme beaucoup de journalistes de l'époque et comme le fera Benjamin.

FURET François et RICHET Denis, *La Révolution française*, Fayard, 1973. Un grand classique avec une présentation très claire. Un résumé présentant chaque partie et qui replace les enjeux dans un contexte général.

FURET François et OZOUF Mona, *Dictionnaire critique de la Révolution française*, Flammarion, 1988.

BERTAUD Jean-Paul, *La Révolution française*, Perrin, 2004. Comme dans ses nombreux autres livres sur cette période, l'auteur fait preuve d'un talent particulier pour restituer l'atmosphère de l'époque, la teneur de la vie quotidienne, dans une approche qui n'a rien de manichéen.

WAHNICH Sophie, *La Révolution française. Un événement de la raison sensible, 1787-1799*, Hachette, 2012. Cet ouvrage très récent est assez emblématique de cette approche nouvelle de la Révolution. L'auteur s'est également intéressée à des thématiques aussi subtiles que le bruit ou les émotions à travers la Révolution.

VOVELLE Michel, *La Révolution française. Images et récit, 1789-1799*, Messidor, 1986, 5 vol. De ce grand historien de la Révolution, nous avons surtout consulté la vaste iconographie qu'il a réunie dans cet ensemble très fourni. Largement issue des collections de la BN mais aussi de Carnavalet où certaines pièces sont présentées dans les collections permanentes.

BIOGRAPHIES, MÉMOIRES

Sur les Robespierre

DINGLI Laurent, *Robespierre*, Flammarion, 2004. Très complet.

ARTARIT Jean, *Robespierre ou l'impossible filiation*, La Table Ronde, 2003. Le point de vue d'un psychiatre et psychanalyste. Nous nous sommes appuyés sur son diagnostic pour souligner certains traits de caractère : névrose de persécution, homosexualité refoulée, penchants dépressifs…

MATHIEZ Albert, *Autour de Robespierre*, Payot, 1926. Dans l'œuvre de ce fervent robespierriste, nous avons surtout pioché des notations concernant son entourage et plus particulièrement Augustin.

ROBESPIERRE Charlotte, *Mémoires*, préface J.-C. Martin, Nouveau Monde éditions, 2006. Écrit une quarantaine d'années après la Révolution, avec le souci de réhabiliter Robespierre, le témoignage de sa sœur comporte beaucoup d'inexactitudes mais il nous fait entrer dans l'intimité de la fratrie et des relations entre Charlotte et Fouché.

Sur les Sanson

SANSON, Henri Clément, *Sept générations d'exécuteurs, 1688-1847*, 6 vol., éd. 1862. Rédigés par le petit-fils de Charles-Henri, qui a été lui-même bourreau, ce récit s'appuie largement sur le journal qu'a tenu le bourreau de Paris pendant la Révolution (t. 3, 4, 5). Ces Mémoires se terminent par un plaidoyer contre la peine de mort.

SANSON, Charles-Henri, *La Révolution vue par son bourreau*, Le Cherche Midi, 2006. Des extraits du précédent recueil choisis et préfacés par Monique Lebailly.

CHRISTOPHE Robert, *Les Sanson, bourreaux de père en fils pendant deux siècles*, Fayard, 1960. Les témoignages sur les Sanson sont sujets à caution. Notre héroïne s'est permis de prendre une liberté supplémentaire : elle fait survivre celui des deux fils du bourreau qu'elle préfère.

Sur David

MONNERET Sophie, *David et le néoclassicisme*, Terrail, 1998.

THÉVOZ Michel, *Le Théâtre du crime. Essai sur la peinture de David*, Minuit, 1989.

SCHNAPPER Antoine et SÉRULLAZ Arlette, *David*, catalogue exposition Louvre-Versailles, Réunion des Musées nationaux, 1989.

FAROULT G., FUMAROLI M., LERIBAULT C., SCHERF G., *L'Antiquité rêvée*, catalogue, musée du Louvre, 2010.

Sur les autres personnages réels

WENDEL Hermann, *Danton*, Payot, 1978. Une bonne biographie de Danton, vu d'Allemagne, dont la première édition date de 1932.

DUNOYER Alphonse, *Fouquier-Tinville*, 1746-1795, Perrin, 1913.

GIBOULET Alphonse, *Fouquier-Tinville*, Lacour, 2008. Deux Alphonse pour un Isidore !

BLANC Olivier, *Les Libertines. Plaisir et liberté au temps des Lumières*, Perrin, 1999. À propos de Mme de Sainte-Amaranthe et du *Cinquante*.

WALTER Gérard, *Marat*, Albin Michel, 1960.

MARAT, *Œuvres politiques*, t. 8, août 1792-janvier 1793.

CASTRIES, duc de, *La Fayette*, Tallandier, 1974, rééd. 2006. On n'a pas tenu compte du déménagement de La Fayette qui a quitté la rue Saint-Honoré pendant la Révolution.

BERTAUD Jean-Paul, *Camille et Lucile Desmoulins*, Presses de la Renaissance, 1986.

LEVER Maurice, *Donatien Alphonse François, marquis de Sade*, Fayard, 1981. Une excellente biographie très documentée, très vivante.

Mémoires de Madame Campan, première femme de chambre de Marie-Antoinette, présentée par Jean Chalon, Mercure de France, 1988. Un témoignage de première main mais qui est aussi une entreprise de réhabilitation.

ZWEIG Stefan, *Marie-Antoinette*, Livre de poche, 1999.

ZWEIG Stefan, *Fouché*, Livre de poche, 2000. On ne présente plus les biographies écrites par Zweig : un genre qu'il a réinventé en le transformant en thriller psychologique.

TULARD Jean, *Fouché*, Fayard, 1998.

FAUCHON Pierre, *L'Abbé Grégoire, le prêtre-citoyen*, Éd. de la Nouvelle-République, 1989.

MOUSSET Sophie, *Olympe de Gouges et les droits de la femme*, Félin, 2007.

OUVRAGES THÉMATIQUES

Sur les femmes

MARTIN Jean-Clément, *La Révolte brisée. Femmes dans la Révolution française et l'Empire*, Armand Colin, 2008. Une relecture de la période 1770-1820 sous l'angle de l'évolution des rapports hommes/femmes. Du même auteur, une très intéressante relecture sous l'angle de la violence.

Les Femmes et la Révolution, 1789-1794, présenté par Paule-Marie Duhet, Gallimard / Julliard, coll. « Archives », 1971.

MORIN-ROTUREAU Évelyne, *1789-1799 : Combats de femmes. La Révolution exclut les citoyennes*, Éd. Autrement, coll. « Mémoires », 2003.

Sur Saint-Domingue, les Noirs, la première abolition de l'esclavage

NOËL Erick, *Être Noir en France au XVIIIe siècle*, Tallandier, 2006.

PIQUET Jean-Daniel, *L'Émancipation des Noirs dans la Révolution française, 1789-1795*, Karthala, 2002.

DUBOIS Laurent, *Les Esclaves de la République. L'histoire oubliée de la première émancipation, 1789-1794*, Calmann-Lévy, 1998.

GAINOT Bernard, *Les Officiers de couleur dans les armées de la République et de l'Empire, 1792-1815*, Karthala, 2007.

GIROD François, *La Vie quotidienne de la société créole (Saint-Domingue au XVIIIe siècle)*, Hachette, 1972.

BRENDA / LENTZ, *Napoléon, l'esclavage et les colonies*, Fayard, 2006.

CONDORCET, *Réflexions sur l'esclavage des nègres*, 1781.

Sur la Vendée

MARTIN Jean-Clément, *La Vendée et la Révolution*, Perrin, 2007.

ROUCHETTE Thérèse, *Femmes oubliées de la guerre de Vendée*, Centre vendéen de recherches historiques, 2005.

PETITFRÈRE Claude, *La Vendée et les Vendéens*, Gallimard, 1981.

Autres thèmes

BERTAUD Jean-Paul, *C'était dans le journal pendant la Révolution française. La vie quotidienne en France au temps de la Révolution, 1789-1795*, Perrin, 1999.

GARNOT Benoît, *Histoire de la Justice*, Gallimard, 2009.

BALINSKI Michel, *Le Suffrage universel inachevé*, Belin, 2004.

ROSANVALLON Pierre, *Le Sacre du citoyen. Histoire du suffrage universel en France*, Gallimard, 1992.

Citoyens et citoyenneté sous la Révolution française, colloque de Vizille, Société des études robespierristes, 2006.

COBB Richard, *La Protestation populaire en France, 1789-1820*, Calmann-Lévy, 1975.

CHALLAMEL Augustin, *Les Clubs contre-révolutionnaires*, Paris, 1895.

LENOTRE G., *Paris révolutionnaire*, 1895.

FARGE Arlette, *Le vol d'aliments à Paris au* XVIII*e* *siècle*, Plon, 1974.

MERCIER Louis-Sébastien, *Le Nouveau Paris*, Mercure de France, 1994. Un ensemble important de notations sur la vie quotidienne à Paris pendant la période révolutionnaire, par un précurseur de la littérature réaliste. (Publiées en 1799, elles portent un désir de revanche historique sur la Terreur mais cela n'ôte rien au pouvoir évocateur de ces notations.)

HOHL Claude, *Contribution à l'histoire de la Terreur. Un agent du Comité de sûreté générale : Nicolas Guénot*, Bibliothèque nationale, 1968.

BIARD Michel, *Missionnaires de la République. Les représentants en mission, 1793-1795*, CTHS, 2002.

BLANC Olivier, *La Corruption sous la Terreur, 1792-1794*, Laffont, 1992.

CHARBON Paul, *Au temps des malles-postes et des diligences. Histoire des transports publics du XVIIe au XIXe siècle*, Jean-Pierre Gyss, 1979.

LIVET Georges, *Histoire des routes et des transports en Europe*, Presses Universitaires de Strasbourg, 2003.

BURSTIN Haim, *L'Invention du sans-culotte. Regard sur le Paris révolutionnaire*, Odile Jacob, 2005.

GENTY Maurice, *L'Apprentissage de la citoyenneté, Paris 1789-1795*, Messidor/Éditions sociales, 1987.

GAINOT Bernard, *Dictionnaire des membres du Comité de salut public*, Tallandier, 1990.

BODINIER B., TEYSSIER E., *L'Événement le plus important de la Révolution. La vente des biens nationaux*, Société des études robespierristes et CTHS, 2000.

Actes du Tribunal révolutionnaire, Mercure de France, « Le Temps retrouvé », 1986.

TULARD Jean, FAYARD Jean-François et FIERROT Alfred, *Histoire et dictionnaire de la Révolution française, 1789-1999*, Laffont, « Bouquins », Paris, 1987, 1988.

Vivre en France sous la Révolution (collectif), Liber, 1996.

Et pour savoir si l'on a eu un parent victime de Sanson ou d'un de ses confrères… la *Liste des guillotinés*, Éd. Généalogiques de la Voûte, 2002. 17 500 Français ou Françaises ont été officiellement guillotinés pendant la Révolution. Parmi eux, deux fois plus de paysans, ouvriers, artisans ou marchands que d'aristocrates ou d'ecclésiastiques. Compte tenu du brassage des générations, on considère qu'un Français sur vingt a eu un ancêtre ou un proche de cet ancêtre guillotiné.

Remerciements

À Anne-Marie Duport, Magally Constant et Maëlle Guillaud pour leurs relectures attentives et leurs précieux conseils.

À Jean Nainchrik dont l'intérêt pour la Révolution a contribué à la naissance de ce projet.

À Richard Ducousset pour la confiance immédiate qu'il m'a témoignée.

DU MÊME AUTEUR

Romans

BILLETS D'ABSENCE, Mercure de France.

LE SIMULATEUR, Gallimard.

BIENTÔT DE RETOUR, Flammarion.

LE JOUR OÙ LES CHIFFRES ONT DISPARU, Albin Michel.

Théâtre

LES GRANDES PERSONNES, Actes Sud-Papiers.

L'INVENTEUR MIROBOLANT, Actes Sud-Papiers.

UNE FEMME DE TERRAIN, Actes Sud-Papiers.

LA FABRIQUE DE COULEURS, La Chartreuse.

NATURE ET DÉPASSEMENT (avec Joëlle Seranne), L'Avant-scène.

Composition : IGS-CP
Impression : CPI Firmin Didot en décembre 2013
Éditions Albin Michel
22, rue Huyghens, 75014 Paris
www.albin-michel.fr
ISBN : 978-2-226-25212-8
N° d'édition : 20359/01 – N° d'impression : 120467
Dépôt légal : janvier 2014
Imprimé en France